KB264368

워싱턴 스퀘어

책세상문고
세계문학
0 3 7

워싱턴 스퀘어

Washington
Square

헨리 제임스 지음
임정명 옮김

책세상

일러두기

1. 이 책은 헨리 제임스Henry James의 《워싱턴 스퀘어*Washington Square*》를 온전히 옮긴 것으로, *Washington Square*(Harmondsworth · Middlesex : Penguin Books, 1995)를 텍스트로 삼았다.

2. 주석은 모두 옮긴이가 붙인 것이다.

3. 원서에서 이탤릭체로 표시된 것은 고딕체로 표시했다.

4. 맞춤법과 외래어 표기는 1989년 3월 1일부터 시행된 〈한글 맞춤법 규정〉과 《문교부 편수자료》, 《표준국어대사전》(국립국어연구원, 1999)을 따랐다.

제1장

어쩌면 미국의 뉴욕이라는 도시에서 출중한 의학 전문의로 살아간다는 것은 이들에게만 특별히 부여되는 영예를 항시 누릴 수 있음을 뜻하는 것일지도 모른다. 금세기 전반부의 일정 기간 동안, 특히나 후반부에는 더더욱, 이러한 존경을 나눠 누리는 한 의사가 의술을 베풀며 번창하고 있었다. 의사라는 직업은 미국 땅에서 항상 명예를 수반하는 직업이었고 다른 어느 곳에서보다도 더욱 성공적으로 '신사다운'이라는 통칭에 대한 우선권을 주장하고 있었다. 사회적 역할에 충실하기 위해 직접 돈벌이를 하거나, 적어도 그러하다고 믿게 해야 하는 나라에서, 의학 분야는 두 가지 대우받을 만한 신뢰의 근원이 상당한 수준으로 어우러진 직업으로 여겨졌다. 미국에서는 의술이라는 것이 대단히 추천받는 실용적 분야에 속했고 과학적 지식과도 접목되어 있었다. 이 사회에서 지혜에 대한 사랑이 항상 여가 혹은 기회와 함께하지는 않음을 감안한다면 이는 감사해야 할 장점이었다.

상당한 수준의 학식과 재능을 두루 갖추고 있다는 것은 의사 슬로퍼의 명성의 한 획을 차지했다. 그는 학구적인 의사라 불릴 만했지만 그렇다고 해서 그의 치료법에 추상적인 면이 있는 것은 아니었다. 그는 항상 사람들에게 뭔가를 복용하라는 처방을 내렸다. 상당히 철두철미한 의사로 알려져 있었지만 불편할 정도로까지 이론적으로 치닫는 일은 없었다. 가끔 그가 환자에게 필요 이상으로 세세하게 경위들을 설명하는 듯 보일 때에도, (일부 개업의들은 그렇다고 알려져 있지만) 설명 자체에만 지나치게 의존하는 법은 결코 없었고, 그는 항상 읽기 힘들게 쓴 처방을 남겼다. 아무런 설명 없이 처방전만 남겨놓는 의사들도 있었다. 그건 결국 참으로 신사답지 못한 처신이 아닐 수 없는데, 그는 결코 그런 부류가 아니었다. 내가 그려내고 있는 사람은 현명한 인물로 내비칠 것인데, 결국 이런 이유로 해서 의사 슬로퍼는 지역 명사가 되어 있었다. 우리의 주된 관심이 그에게 쏠릴 즈음, 그는 오십 세가량의 나이에 최고조의 명성을 누리고 있었다. 그는 재치 있는 사람이었으며 뉴욕 최고 사교계에서 세계인으로 통했고, 실제로 그러했다. 넘칠 정도로 그랬다. 혹 오해가 있을까 해서 그가 결코 아는 체나 하는 허풍선이가 아니라는 사실을 서둘러 덧붙여야겠다. 그는 철저히 정직한 사람이었는데, 어쩌면 그의 정직함을 충분히 보여줄 수 있는 기회가 부족했다고 해야 할 정도로 그는 정직했다. 그리고 그가 활동하고 있는 지역이 상당히 높은 계층을 위한 거주지라는 사실을 제쳐놓더라도 그 지역은 나라 제일의 '현명한' 의사를 보유하고 있음을 내세우길 좋아했으므로, 지역 주민들이 당연히 그의 것으로 돌리는 권리를 그가 주장한다고 해서 문제될 것은 없었다. 그는 관찰자였으며, 심지어 철학자이기도 했다. 게다가 현명함이라는 자질이 그에게는 아주 자연스러운 것이었고 또 (사람들이 말하듯이) 손쉬운 것이었으므로, 그는 결코 미미한 효과를 겨냥한 적이 없었고, 시시한 술수나 가장된 모습으로 이류 평판을 듣는 일도 없었다. 밝혀두어야 할 것은 행운이 유독 그를 편애했고, 따라서 번영으로 이르는 길 위의 발걸음이 그로서는 매우 부드럽게 느껴졌다는 것이다. 사랑했으므로 스물일곱 나이에 그는 무척 매력적인 한 소녀를 신부로 맞이했다. 뉴욕 출신의 캐서린 해링턴 양은 매력적인 외모 이외에도 만만찮은 지참금을 그에게 안겨주었다. 사랑스럽고 우아하며 소양을 갖춘 고상한 여인이었던 슬로퍼 부인은 작지만 번창하던 도시의 가장 아름다운 소녀들 중의 하나로 손꼽힐 정도였다. 1820년만 해도 베이[1]를 내려다보는 지형에 자리 잡고 배터리 지역[2]을 중심으로 발전을 거듭하고 있던 이 도시는 커널 가(街)[3]의 잔디 덮인 연도에 의해 도시 맨 위쪽 경계가 구분되어 있었다. 만 달러의 수입과 맨해튼 섬을 통틀어 가장 매력적인 눈을 가진 고상한 상류 사회의 젊은 여인에 의해 스물일곱의 나이에도 불구하고 열 명이 넘는 구혼자들 사이에서 오스틴 슬로퍼가 선택되었다는 것은 이례적인 일이었으나, 그는 이러한 견해를 잠식시킬 만큼 충분히 자신의 명성을 명확히 하고 있었다. 그녀의 눈, 그리고 함께 뒤따라온 자질들은 근 오 년간 젊은 내과 의사에게 넘치는 만족의 근원이 되었고, 그를 헌신적이고 아주 행복한 남편이게끔 했다.

　부유한 여인과 결혼했다고 해서 그가 추구해온 노선에 어떤 변화가 생기는 일은 결코 없었고, 마치 아버지의 죽음 앞에서 형제자매들과 나눠 가졌던 얼마 안 되는 재산 이외에 여전히 아무런 재원이 없는 사람처럼 그는 확고한 목표를 가지고 자신의 직업을 갈고닦았다. 이 목표라는 것은 어마어마한 돈을 벌겠다는 것이라기보다는 무언가를 익혀서 무엇이든 이루어내는 것이었다. 무엇이든 흥미 있는 것을 배우고 무언가 유용한 일을 하는 것, 간단히 말하자면 이것이 그가 그려놓은 밑그림이었으며, 그가 보기에 아내가 재산을 가져왔다는 사실은 조금도 자신의 목표의 타당성을 수정할 만한 것이 못 되었다. 그는 자신이 하는 일을 좋아했으며, 그가 긍정적으로 생각하는 의술을 베푸는 것을 즐겼다. 게다가 이는 너무나 명백한 사실이어서 만약 그가 의사가 되지 않았다면, 달리 할 만한 일이 없어 보일 정도였다. 따라서 그는 의사이기를, 가능한 한 최고의 조건을 갖춘 의사이기를 고집했다. 물론 편안한 집안 상황 덕택에 그는 상당한 고역을 면할 수 있었고, 아내가 '최상의 사람들'과 친밀히 지냄으로써 상당히 많은 환자들을 확보해주었는데, 사실 이들의 증상은 한층 심각한 건강 상태에 있는 환자들의 증상보다 홍미 면에서는 못했으나 적어도 지속성 면에서는 훨씬 더 오래갔다. 그는 경험하기를 열망했으며, 이십 년이라는 세월이 흐르는 동안 상당한 경험을 얻은 것이 사실이다. 덧붙여야 할 것은 그에게는 경험이라는 것이 그 자체의 내재적 가치가 어떠한 것이었든 간에 그것을 환영하기보다는 그 반대의 태도를 보이게 하는 그런 형태로 다가왔다는 것이다. 그의 첫아이, 열광적인 중독에 가벼이 빠지는 일이 없는 의사 스스로도 굳게 믿고 있었고 특별한 기대를 모았던 작은 소년은 어머니의 자애로움과 아버지의 과학이 그를 살리기 위해 강구할 수 있었던 그 모든 것에도 불구하고 세 살 나이에 죽음을 맞이했다. 이 년 후 슬로퍼 부인은 둘째 아이를 낳았고, 의사 자신이 감지하기에 그 아이의 성별은 그를 슬픔에 빠뜨린 첫아이, 존경받는 인물로 키우리라 다짐했던 그 첫아이를 대신하기에는 적합하지 않았다. 그 작은 여자 아이는 실망을 안겨주었으나 그렇다고 이것이 최악의 사태는 아니었다. 아이가 태어나고 일주일 후, 흔히 사람들이 말하듯 잘 지내던 한창 나이의 어머니는 갑작스레 불길한 증상을 보이더니 다음 일주일을 채 못 넘기고, 오스틴 슬로퍼를 홀아비 신세로 만들었다.

사람 살리는 일을 직업으로 삼고 있는 그가 자신의 가족에게는 변변찮은 존재였음이 분명했고, 삼 년이라는 기간 안에 아내와 어린 아들을 잃은 명민한 의사는 어쩌면 그의 재능이든 아니면 애정이든 어느 하나는 공격당할 대비를 해야 했는지도 모른다. 그러나 우리들의 친구는 비난을 비켜갔다. 그러니까 그 어떤 비난보다도 더 정당하고 무시무시했던 그 스스로의 비난을 제외하고는 그는 모든 비난을 피해갔다. 그는 극히 은밀한 이 비난의 무게를 남은 일생 동안 짊어지고 걸어야 했고, 그의 아내가 죽음을 맞이하던 그날 밤 세상 가장 강한 손이 그에게 가했던 그 징벌의 상처를 영원히 안고 살아야 했다. 언급했듯이, 세상은 그에게 감사해했고 그를 너무나 깊이 동정했으므로 그가 조롱받는 일은 없었다. 그의 불행은 그를 더욱 흥미로운 존재로 만들었으며, 심지어는 그가 유명해지는 데 도움을 주기까지 했다. 의사 가족이라 해도 정말이지 전혀 모르는 사이에 진행되는 질병은 피해갈 수 없음이, 그리고 의사 슬로퍼가 이미 언급된 두 명의 환자 이외에 다른 환자들도 잃었음이 널리 알려지게 되었고, 이는 명예로운 선례로 남게 되었다. 그에게는 어린 딸아이가 남아 있었다. 비록 그가 원하던 아이는 아니었지만, 그는 그녀를 잘 키워야 하지 않겠냐고 스스로에게 애기했다. 그는 아직 다 쓰지 않은 힘을 거머쥐고 있었고, 이로 인해 그 아이는 어릴 적부터 상당한 이득을 보았다. 물론 그녀는 가엾은 어머니의 이름으로 불렸고, 아주 자그마한 아이였을 때에도 의사는 그녀를 캐서린 이외의 다른 이름으로 불러본 적이 없었다. 그녀는 튼튼하고 건강한 아이로 자라났으며, 아이 아버지는 종종 아이를 바라볼 적마다 아이가 이 정도니 이 아이를 잃을 염려는 하지 않아도 되겠다고 혼잣말을 하곤 했다. "아이가 이 정도니"라고 말한 것은 실

은 있는 그대로를 보여주기 위해서이긴 하지만 이 진실에 대
한 얘기는 뒤로 미뤄야겠다.

제2장

　아이가 열 살이 되었을 무렵, 슬로퍼는 여동생, 페니먼 부인을 불러들였고, 함께 지낼 것을 청했다. 슬로퍼 집안의 딸은 모두해서 단 두 명이었고, 둘 다 일찍 결혼해서 살아가고 있었다. 올먼드 부인으로 불리는 어린 동생[4]은 번성한 상인의 아내이며, 생기 넘치는 집안의 어머니였다. 한창때의 여인인 그녀는 매력적인 외모에 편안하고 이성적인 여인이어서 여성에 대해서라면 가까운 사이라 해도 선호하는 취향이 분명했던 명민한 오라비가 가까이 하는 여동생이었다. 그는 여동생 라비니아보다는 올먼드 부인을 더 좋아했는데, 라비니아는 병약한 체질에 꽃처럼 화려한 말투의 웅변가인 가난한 목사와 결혼해서 서른셋의 나이에 아이도 재산도 없는, 페니먼 씨의 꽃다운 언변의 추억 이외에는 아무것도 가진 게 없는 미망인이 되었다. 페니먼 씨의 꽃다운 말투에서 풍겨나던 어떤 모호한 향내는 그녀의 대화에도 떠돌아다녔다. 그럼에도 그는 그녀가 자신의 집에 거처할 수 있게 방을 마련해주었으며, 라비니아는 십 년간의 결혼 생활을 포킵시[5] 지역에서 보낸 여인답게 민첩하게 이를 받아들였다. 의사가 페니먼 부인에게 무한정 집에서 함께 지낼 것을 제안한 것은 아니었다. 그는 그녀가 가구가 갖춰지지 않은 셋집을 구하러 다니는 동안 피난처 삼아 그의 집에 머물러도 된다는 암시를 했을 뿐이다. 페니먼 부인이 가구가 구비되지 않은 셋집을 찾는 일에 정말로 착수했는지는 확실치 않지만, 이론의 여지없이 그녀는 결코 그런 거처들을 찾아내지 못했다. 그녀는 오라비와 함께 머물기로 작정했으며 결코 멀리 떠나는 일이 없었고, 캐서린이 스무 살 되던 해 그녀의 고모 라비니아는 여전히 그녀의 측근 중에서도 가장 눈에 띄는 인물들 중 하나로 남아 있었다. 이에 관한 페니먼 부인 자신의 해명은 조카딸의 교육을 책임지기 위해 남아 있다는 것이었다. 그녀는 모든 이들에게 이러한 해명을 하며 돌아다녔으나, 적어도 의사에게는 예외였다. 의사는 언제고 지어내기만 하면 자신을 기쁘게 할 수 있는 변명들을 요구하는 법이 결코 없었다. 더군다나 페니먼 부인은 상당 부분 젠체하는 철면피 기질이 있었지만, 무슨 이유에서인지 오라비 앞에서는 자신을 교육의 근원으로 내세우기를 피하는 것이었다. 그녀는 처세술이 뛰어난 사람은 아니었지만, 그렇다고 해도 이런 실수를 피해갈 정도의 감각은 갖고 있었다. 오라버니 입장에서는 상당히 오랜 세월 동안 자신이 그녀를 먹여 살려야 하는 부담을 지는 것에 대해 여동생을 그녀의 입장에서 이해할 수 있을 정도의 처세 감각은 갖고 있었다. 따라서 그는 페니먼 부인이 암묵적으로 내놓은, 어머니를 잃은 불쌍한 계집아이가 가까이에 훌륭한 여인을 두는 것은 참으로 중요한 문제라는 제안에 암묵적으로 동의한 셈이었다. 그의 동의라는 것이 암묵적일 수밖에 없었는데, 그건 그가 단 한 번도 여동생의 지적 광채에 대해 휘황찬란해했던 적이 없었기 때문이다. 사실 캐서린 해링턴과 사랑에 빠져 있던 시절을 제외하고는 그는 결코 어떠한 여성적 자질에 대해서도 압도되었던 적이 없었다. 그리고 그가 어느 정도는 숙녀들의 의사라 불리는 것도 사실이었지만, 한층 복잡하기 이를 데 없는 성별인 여성에 대한 그의 개인적인 견해는 좀처럼 나아지는 법이 없었다. 여성의 복잡성에 대해 그는 도덕적인 본보기가 된다고 여기기보다는 불가사의하다는 견해를 갖고 있었으며, 그가 정해놓은 이지적 아름다움에 대한 기준은 자신의 여성 환자들에게서 찾을 수 있는 자질로는 좀처럼 만족스럽게 채워지는 경우가 없었다. 그의 아내는 이지적인 여인이었는데, 그녀는 아주 눈부신 예외적 경우였다. 그가 확신했던 몇 가지 자질 중에 아마도 이것이 가장 으뜸가는 것이었다. 물론 그러한 확신이 그의 홀아비 생활의 고통을 완화시키거나 단축시키는 데 일조하는 일은 거의 없었다. 그리고 이는 기껏해야 페니먼 부인의 역할과 캐서린의 장래성에 대한 그의 인식을 어떤 한계선 안에 두게 했을 뿐이었다. 그럼에도 불구하고 여섯 달이 지났을 무렵 그는 여동생이 영원히 머무르게 될 것임을 기정사실로 받아들였고, 또 캐서린이 나이가 들어감에 따라 결국 그녀에게 그녀 자신과 같은 불완전한 성의 동무가 필요한 많은 이유들이 있음을 인식하게 되었다. 그는 라비니아에게 더없이 예의를 차렸으며 빈틈없는 격식을 갖춘 정중함을 보였다. 그리고 그녀는 일생을 통틀어 그가 분노하는 것을 본 적이 없었다. 단 한 번, 그녀의 옛 남편과의 신학적 토론 중에 절제를 잃었을 때가 유일한 예외였다. 그는 결코 그녀와 신학적인 토론을 하는 법이 없었으며, 사실 어떠한 의논도 거의 하지 않았다. 캐서린에 대한 자신의 바람들을 그는 아주 분명하게, 명백한 최후통첩의 방식으로 알리는 것에 대해 스스로 만족하고 있었다.

한번은 그 여자아이가 열두 살 되었을 무렵이었는데, 그가 그녀에게 이렇게 일렀다.

"그 아이를 영리한 여인으로 키울 수 있도록 힘써줬으면 하는데, 라비니아, 난 그 아이가 총명한 여인이 되었으면 해."

이에 페니먼 부인은 잠시 생각하는 듯하더니 이렇게 물었다. "오스틴, 착한 아이가 되는 것보다 영리한 아이가 되는 게 더 좋다고 생각하는 거예요?"

"착한 게 무슨 소용이 있다는 거지?" 의사가 되물었다. "영리하지 못하다면 착한 건 아무 쓸모가 없어."

페니먼 부인으로서는 이러한 주장에 맞설 만한 어떠한 근거도 찾을 수가 없었다. 그녀는 자신이 세상에서 대단히 쓸모 있는 존재일 수 있는 이유는 많은 것들을 처리하는 데 적합한 자신의 능력 때문일 수도 있다는 생각을 해보는 것이었다.

"물론 나는 캐서린이 착한 여인이 되길 바라고 있어." 다음 날 의사가 말하기를, "하지만 어리석지 않다고 해서 그 아이의 미덕이 줄어드는 일은 결코 없을 거야. 난 그 아이가 사악해진대도 하나도 두렵지 않아, 그 아이의 습성에는 악의의 기미라곤 전혀 없을 테니 말이야. 그 아인 프랑스 사람들이 말하듯이 '빵처럼 착하지' 않은가 말이야. 하지만 앞으로 여섯 해가 더 지난 후에도 그 아이를 먹기 좋은 빵이나 버터에 비교하고 싶은 생각은 조금도 없거든."

"그 아이가 활기 없는 아이가 될까 두려우세요? 오라버니, 내가 버터를 갖다 줄 사람이잖아요, 그러니 오빠는 염려하지 않으셔도 되요!" 그 아이의 '교양'을 떠맡고 있고, 어느 정도 캐서린이 재능을 보이고 있는 피아노 교습을 책임지고 있고, 얌전한 학생이 될 것이 틀림없긴 하지만 캐서린을 사교춤 교습으로도 안내할 페니먼 부인이 이렇게 말하는 것이었다.

페니먼 부인은 큰 키에 말랐지만 매력적인 외모를 지닌 약간 노쇠한 여인으로 완벽할 정도로 붙임성 있는 성격에, 상류계급다운 고상함에 대한 높은 기준을 갖고 있었고, 가벼운 문학적 취향을 갖고 있었으며, 그리고 어리석게도 일정 부분 솔직하지 못하고 그릇된 행동을 하는 측면이 있었다. 그녀는 낭만적 기질의 여인이었고 감상적이었다. 사소한 비밀이나 신비스런 일들에 대해 그녀는 열정을, 아주 순수한 열정을 보였다. 여태껏 그녀의 비밀스런 일들이라고 해봐야 늘 상해버린 계란처럼 쓸모라고는 전혀 없는 그런 것이었기에 더욱 그러했다. 그녀가 항상 진실만을 말한다고는 결코 볼 수 없지만, 이러한 결함은 대단치 않은 것으로 그녀에게는 여태껏 그다지 감출 만한 일도 없었다. 그녀는 자신에게도 연인이 있어서, 가게에 맡겨놓은 편지들을 통해서 어떤 상상 속의 이름의 그와 사연을 주고받을 수 있기를 원했을 것이다. 내가 말하려는 것은 그녀의 상상력이 이 정도의 선을 넘을 정도로 친밀감을 발전시키는 일은 없었다는 점이다. 페니먼 부인에게는 연인이라고는 전혀 없었지만, 기민한 그녀의 오라비는 그녀의 마음의 변화를 이해하고 있었다. "캐서린이 열일곱이 되면," 그는 스스로에게 얘기하는 것이었다. "라비니아는 그 아이를 설득해서 수염을 기른 어떤 젊은이와 사랑에 빠지게 하려고 애쓰겠지. 터무니없는 얘기지. 수염을 길렀건 안 길렀건 어떤 젊은이가 캐서린을 사랑하겠냔 말이야. 하지만 라비니아는 그 일에 착수할 것이고, 그러고는 그 아이한테 얘기를 할 테지. 아마도 은밀히 일을 꾸미는 것을 그 아이가 좋아하게 될 리도 없고, 굳이 설득할 필요도 없이 그 아인 나한테 모든 얘길 하겠지만 말이야. 캐서린은 새겨듣지 않을 거야, 믿으려 하지도 않을 것이고. 다행히 그 아이가 갖고 있는 마음의 평정 덕택이겠지. 가여운 캐서린에겐 낭만적인 구석이라곤 없거든."

그녀는 건강하고 튼튼한 아이로 자라났으며 어머니의 미모의 자취는 어디에도 없어 보였는데, 못생긴 정도는 아니었고 그저 평범하고 생기라고는 없는 온순해 보이는 외모를 지녔다. 그녀에 관한 최상의 평은 '괜찮은' 얼굴을 지녔다는 정도였고, 비록 그녀가 상당한 유산을 상속받게 되어 있기는 했으나 누구도 그녀를 미인이라고는 생각하지 않았다. 그녀의 도덕적 순수성에 대한 아버지의 생각은 충분히 타당한 것이었다. 그녀는 탁월할 정도로 침착하고 착한 아이였다. 애정이 깊은 아이였고, 유순했으며, 순종적이었고, 진실만을 말하는 것에 온통 매달렸다. 어린 시절에는 상당히 말괄량이였으며, 여주인공을 놓고 고백하기엔 다소 어색한 것이긴 하나 덧붙여 얘기해야 할 것은 그녀에게 일종의 먹보 기질도 있었다는 것이다. 내가 아는 바로는 그녀는 결코 찬장에서 건포도를 훔쳐 먹는 일은 없었지만, 용돈은 죄다 크림 케이크를 사는 데 썼다. 하지만 이 점에 관해서는 그 아이의 어린 시절을 둘러싼 어느 전기 작가의 솔직한 견해에 귀를 기울인다 해도, 하나같이 언급된 사실과 그에 대한 비평적 태도가 일치하는 것은 아니었다. 캐서린은 확실히 영리한 것과는 거리가 멀었다. 책을 읽는 데도 늘 느렸고, 사실 무슨 일에건 민첩하지 못했다. 그녀는 끔찍할 정도로 머리가 나쁜 것은 아니었고 비슷한 또래들과의 대화에서 그럴듯하게 처신할 만큼은 충분히 학식을 쌓았다. 하지만 밝혀둬야 할 것은 같은 또래의 아이들 사이에서 그녀는 항상 두 번째 자리로 물러나 있었다는 것이다. 뉴욕에서는 한창때의 숙녀라면 누구나 가장 눈부신 자리를 차지하는 것으로 알려져 있었건만. 캐서린은 상당히 자신을 낮췄고 스스로 빛나고 싶은 욕망이라곤 전혀 없었다. 당신은 대부분의 사교적 모임에서 그녀가 상투적인 표현 그대로 구석진 자리에 웅크리고 있는 것을 보게 되었을 것이다. 그녀는 아버지를 아주 좋아했고, 그리고 또 무척 두려워하기도 했다. 그녀에겐 아버지가 세상에서 가장 멋있고 잘생기고 가장 유명한 인물이었다. 이 가엾은 소녀는 자신의 가치가 자신의 애정 속에서 가장 완벽하게 발휘된다고 느꼈기 때문에 간간이 효성스런 자식으로서의 열정 속으로 떨리는 두려움이 뒤섞여 오곤 했지만, 이런 두려움은 그녀의 애정 위에 여분의 향을 더할 뿐 그 가장자리의 날을 무디게 하는 일은 없었다. 가장 절실하고도 깊은 그녀의 소망은 아버지를 기쁘게 하는 것이었고, 아버지를 기쁘게 해드리는 데 성공했다는 것을 알게 되는 것이 그녀에게는 곧 행복을 의미했다. 그녀는 어느 정도 이상으로는 성공해본 적이 없었다. 대체로 아버지는 그녀에게 매우 친절했음에도 불구하고 말이다. 그녀는 이를 너무도 잘 알고 있었고, 그녀에겐 문제의 그 한계를 넘어서는 것이 살아가는 중요한 이유이기도 했다. 이에 대해 의사가 서너 번 있는 그대로 솔직히 얘기했지만 그녀는 자신이 아버지를 실망시켰다는 것을 끝내 알지 못했다. 그녀는 평화롭고 순조롭게 자라났지만, 열여덟의 나이에 이르렀을 때에도 페니먼 부인은 그녀를 총명한 아이로 키워내지는 못했다. 슬로퍼는 딸을 자랑스럽게 여기고 싶어 했겠지만, 가엾은 캐서린에게는 내세울 만한 것이 없었다. 물론 수치스러워해야 할 일도 전혀 없었다. 하지만 의사에겐 이것만으로는 결코 충분치 않았다. 자긍심이 강한 그는 자신의 딸을 남달리 특별한 소녀로 생각할 수 있기를 바랐을 것이다. 그 아이는 예쁘고 우아하고 지적이고 남달리 뛰어난 소녀여야 마땅했으리라. 왜냐하면 그녀의 어머니는 그 짧은 생애 동안 가장 매력적인 여인이었고, 그녀의 아버지로 말하자면 그도 물론 그만의 가치를 갖고 있었기 때문이다. 흔해빠진 아이를 낳았다는 생각에 그는 때때로 노여움을 감출 수가 없었고, 심지어는 아내가 일찍 저세상으로 갔으니 이런 딸자식을 보지 않아도 되어 그나마 다행한 일이라고 안도하기까지 할 정도였다. 자연히 그는 스스로 이런 것들을 깨닫기까지 오랜 시간이 필요했으며, 캐서린이 다 자란 숙녀가 되고 나서야 그는 그 문제를 이미 마무리된 것으로 생각하게 되었다. 그가 그녀에게 품은 상당히 많은 의문점들은 그녀에게 좋은 점으로 작용했다. 그는 결코 서둘러 결론지으려 하지 않았다. 페니먼 부인은 빈번히 그의 딸이 명랑한 천성을 지녔다고 확신시키려 들었지만, 그는 이러한 확신을 어떻게 해석해야 하는지를 잘 알고 있었다. 그가 판단하기에, 그것은 캐서린이 그녀의 고모가 얼간이라는 사실을 알아낼 만큼 현명하지는 못하다는 것을 의미했다. 이는 페니먼 부인으로서는 분명히 마음에 들어했을 일종의 정신적 한계였다. 하지만 그녀도 오라비도 이 여자 아이의 한계를 더 부풀리는 일은 없었다. 왜냐하면 캐서린은 고모를 무척 좋아했고 고모에게 빚지고 있는 데 대한 고마움을 잘 인식하고 있었지만, 고모에 대한 그녀의 존경심 속에는 찬미의 증표로서 아버지에게 바치는 그 예의 바른 두려움의 표식이라고는 조금도 없었기 때문이다. 캐서린이 보기에, 페니먼 부인에 관해서는 예상 밖의 세계라는 것이 전혀 없었다. 말하자면 캐서린은 고모를 단번에 이해했고, 뜻하지 않게 불가사의한 일로 놀라는 법이란 결코 없었다. 반면에 그녀의 아버지의 놀라운 능력들은 그 힘이 뻗어나감에 따라 일종의 눈부신 모호함 속으로 사라지는 듯했는데, 이는 아버지의 능력들이 바닥나서가 아니라 캐서린 자신의 정신이 그 능력들을 좇아가기를 그만둬야 했기 때문이었다.

슬로퍼가 이 가엾은 소녀 앞에서 실망감을 내색하거나 혹은 소녀로 하여금 아버지의 기대를 배반한 것은 아닌가 하고 의문을 품게 내버려두는 경우는 상상할 수 없었다. 오히려 그 반대로 그녀에게 부당하게 대하고 있지나 않은지 염려되어 그는 본보기가 될 만한 열정을 가지고 아버지의 본분을 다했으며 그녀가 충실하고 사랑스런 아이임을 인정하기에 이르렀다. 게다가 그는 철학자였다. 그는 그의 실망감을 안고 수많은 시가를 피워댔으며, 충분한 시간이 흐르자 이에 익숙해지게 되었다. 실은 어떤 괴상한 논리에 의해서이긴 했지만, 그는 스스로 만족했고 아무것도 기대하지 않았다. "난 바라는 게 없어." 그는 스스로에게 말하곤 했다. "그러니까 그 아이가 내게 어떤 놀라움을 가져다 줘도 그건 순전히 다 일종의 상을 받는 것이나 다름없고, 그렇지 못할 경우에도 난 아무것도 잃을 게 없는 거지." 그러니까 이것이 캐서린이 열여덟이 될 무렵의 일이었고, 그래서인지 그녀의 아버지는 결코 조급히 구는 법이 없었다. 이 무렵 그녀는 놀라움을 선사하는 것은 둘째 치고, 그녀 스스로 어떤 놀라운 일을 받아들일 수 있을까 하는 게 문젯거리였다. 그녀는 너무 조용하고 감응이라고는 없는 아이였다. 함부로 속내를 드러내는 사람들은 그녀를 신경이 둔한 아이라고 했다. 하지만 그녀가 둔감하다면 그것은 그녀의 수줍음 때문이었다. 그녀가 불편하고 고통스러울 만큼 부끄럼을 많이 타는 아이였기 때문이다. 이런 점이 항상 이해를 구할 수 있었던 것은 아니었고, 때때로 그녀는 둔하다는 인상을 주었다. 사실, 그녀는 세상에서 가장 다감한 아이였건만.

아이 적만 해도 캐서린은 장차 키가 클 것이라는 기대를 갖게 했다. 하지만 열여섯이 되자 그녀는 더 이상 자랄 기미가 보이지 않았고, 그녀의 됨됨이의 다른 요소들과 마찬가지로 그녀의 키도 특별할 것이 없었다. 하지만 그녀는 튼튼했고 다부진 신체로 자라났으며, 게다가 다행스럽게도 그녀의 건강은 아주 양호한 상태였다. 우리의 의사가 철학자이기도 하다는 언급을 하긴 했으나, 만약 이 가엾은 소녀가 병약하고 고통받는 아이로 자라났다면 난 그의 철학에 대해 수긍하지 않았을 것이다. 건강한 외모는 캐서린을 아름답다고 할 만한 가장 우선적인 요소가 되었고, 하얀색과 붉은색이 균일하게 분포된 그녀의 깨끗하고 신선한 안색은 참으로 대단히 볼 만한 것이었다. 그녀의 눈은 작지만 고요했으며 이목구비는 다소 굵은 편이었지만, 머리 타래는 갈색에 부드럽기 그지없었다. 혹독한 평자들은 캐서린을 지루하기 짝이 없는 평범한 아이라고 말했지만, 좀 더 상상력을 발휘하는 부류의 사람들은 조용하면서도 숙녀다운 아이라고 부르곤 했다. 하지만 어느 쪽도 그녀에 대해 진지하게 관심을 갖고 얘기하지는 않았다. 그녀에 대해 젊디젊은 숙녀라는 인상이 적절히 형성되기 시작했을 무렵——사실 그건 그녀가 실제로 그렇다고 믿기 훨씬 전부터였지만——캐서린은 의상에 대해 적극적이고 활발한 취향——활발한 취향이란 표현은 참으로 적절히 사용된 것이다——을 드러내기 시작했다. 내가 이 점을 과장되게 써 내려가서는 안 되겠지만, 이 점에 관한 그녀의 판단력은 결코 신뢰할 만한 것이 못 되었다. 엉망진창이거나 당혹스럽게 되기 십상이었던 것이 사실이다. 이에 대한 그녀의 엄청난 탐닉은 실은 저절로 드러나게 마련인 다소 모호한 성질의 욕망이라고 해야 할 것이다. 그녀는 자신의 의상을 통해서 표현하려 했고, 말하려 했고, 화려하고 솔직한 옷차림을 통해서 말주변 없는 자신의 수줍음을 보충하고 싶어 했다. 하지만 그녀가 자신을 의상 속에 표현했다면, 사람들이 그녀를 재치 없는 아이로 보는 것을 비난할 수는 없는 일이었다. 덧붙여야 할 것은, 비록 그녀가 큰 재산을 물려받게 되어 있었던 것은 사실이지만——슬로퍼는 오랫동안 해마다 그의 직업을 통해서 이만 달러를 벌어들이고 있었고, 그 절반을 저축하고 있었다——캐서린이 마음껏 처분할 수 있는 돈은 상당수의 가난한 소녀들에게 허용된 정도를 넘어서는 경우는 없었다. 그 무렵 뉴욕에는 공화주의적인 단순성의 전당에 마련된 몇몇 제단의 불꽃들이 반짝이고 있었고, 슬로퍼는 그의 딸아이가 고전적인 아름다움을 겸비한 이 온화한 신앙의 여사제로 등장하는 것을 보고 싶었을 것이다. 자기 자식이 못생긴데다가 지나치게 차려입는다는 것은 생각만 해도 남모르게 그의 얼굴을 꽤 찡그리게 했다. 그는 살아가는 데 있어 올바른 것들을 사랑했고 많은 경우 그렇게 살고자 했지만 저속함을 무시무시하게 생각했으며, 그를 둘러싸고 있는 사회에서 저속함이 점점 더 번져가고 있다는 이론조차도 견딜 수 없어 했다. 더군다나 삼십 년 전 미국 땅에서의 사치의 기준이라는 것은 지금만큼 그리 높게 책정될 수는 없는 것이었고, 그리고 캐서린의 현명한 아버지는 자라나는 아이들의 교육에 대해서 구식 사고방식을 채택하고 있었다. 그는 그 분야에 대해 특정한 이론을 세워놓고 있지는 않았다. 아직까지는 자기 방어를 위해 한 무리의 학설을 수립하는 것이 필요한 것 같지는 않았다. 교육을 잘 받은 여인이라면 그녀의 재산의 절반을 등짝에다 매달고 다녀서는 안 된다는 것이 그에게는 타당하고 사리에 맞게 들렸다. 캐서린의 등짝은 아주 넓었고, 상당히 많은 재산을 짊어지고 다닐 수도 있을 것이었다. 하지만 아버지를 언짢게 할지도 모른다는 두려움의 무게 때문에, 그녀는 결코 이를 드러낼 엄두도 내지 못했다. 그래서 오랜 세월 동안 그녀가 남몰래 갈망했던 일이었음에도 불구하고, 우리의 주인공은 가장자리에 금색 술을 두른 붉은 야회복 새틴 드레스조차 입어보지 못한 채 스물의 나이를 맞이해야 했다. 그런 생각을 하고 있을 때면 그녀는 마치 서른 살 여인처럼 보였다. 하지만 참으로 이상하게도, 세련된 옷에 대한 그녀의 취향에도 불구하고 그녀에게는 멋쟁이 기질이라곤 전혀 없었고, 따라서 그녀가 그런 옷들을 입었을 때의 걱정거리는 그녀가 아니라 그 옷들이 괜찮게 보일까 하는 것이었다. 이는 명확히 밝힐 수 없는 애기이긴 하지만 그러한 가정을 해보는 것도 타당한 일이었다. 그녀가 방금 언급된 호화로운 궁중 의상을 입고 등장한 것은 그녀의 고모 올먼드 부인이 주최한 작은 연회에서였다. 이때 그녀는 이미 스물한 살이었고 올먼드 부인의 파티는 무언가 무척 중요한 일의 서막이었다.

이보다 삼사 년 앞서 슬로퍼는 집안의 수호신들을 뉴욕에서 흔히 주택가라고 불리는 곳으로 옮겨 왔다. 결혼한 이후 그는 줄곧 사회적 관점에서 보자면 1820년경 그 전성기를 누렸던, 시청에서 걸어서 오 분이면 닿을 시가에 자리 잡은 화강암 가로대가 있고 문 위로 거대한 부채꼴 채광창이 있는 붉은 벽돌 저택에 살았다. 그 이후로 유행의 조류는 서서히 북쪽 지역에서 자리 잡기 시작했는데, 사실 뉴욕에서는 시를 둘러싸고 흐르고 있는 좁은 수로 덕택에 이는 어쩔 수 없는 일이었고, 그리고 거대한 교통 흐름의 콧노래가 더 멀리 브로드웨이의 동서쪽으로 흘러 들어가기 때문이기도 했다. 의사가 주거를 옮길 무렵에는 미미하던 상거래의 속삭임들이 힘차게 술렁거리게 되었고, 그들이 즐거이 그들만의 복된 섬이라 불렀던 지역의 상업적 발전에 대해 많은 관심을 갖고 있던 모든 훌륭한 시민들의 귀에는 그것이 아름다운 곡조가 되어 들려왔다. 세월이 흘러감에 따라 그의 환자들의 절반이 과로에 시달리는 직장인들로 메워지는 것을 지켜보는 것은 좀 더 즉각적으로 나타나는 변화였을 테지만, 이러한 도시의 변화가 슬로퍼에게 끼친 영향은 오직 간접적인 것일 뿐이었다. 역시 화강암 가로대와 커다란 부채꼴 채광창으로 장식된 그의 이웃들 대부분의 거처가 사무실과 창고와 선적 회사들로 탈바꿈했고, 그렇지 않은 경우에는 기본적인 상업적 용도로 변모했을 무렵 그는 좀 더 조용한 거처를 찾아 나서기로 결심하게 되었다. 1835년경에 찾아볼 수 있는 조용하면서도 품위 있는 거처는 바로 워싱턴 스퀘어[6]였고, 그곳에서 우리의 의사 선생은 응접실 앞쪽으로 큰 발코니가 나 있고, 하얀 대리석 계단이 정문까지 높이 치달아 있으며, 정문 역시 하얀 대리석으로 되어 있는 훌륭하면서도 현대적이고 정면이 넓은 그런 집을 스스로 지었다. 이 건축물과 이것과 정확히 닮은꼴인 주변의 많은 건축물들은 사십 년 전만 해도 건축 과학의 최종 결정판이라고 여겨졌으며, 오늘날까지도 아주 견고하면서도 고귀한 건축물로 남아 있다. 이들 앞에 있는 공원은 상당한 규모의 갖가지 값싼 식물들을 보유하고 있었고, 나무 울타리로 둘러싸여 있어서 누구나 쉽게 드나들 수 있는 전원적인 분위기를 풍겼다. 그리고 이 공원 모퉁이를 돌아가면 좀 더 근엄한 지역인 5번가가 자리하고 있었고, 고고한 숙명에 걸맞은 널찍하고 자신만만한 분위기를 풍기며 이 지역의 근원을 이루고 있었다. 일찍부터 안면을 튼 사람들 사이의 온화함 때문인지는 알 수 없으나, 수많은 이들에게 이 지역은 뉴욕에서 가장 평판이 좋은 곳이었다. 이 지역은 널리 인정된 일종의 평안함을 보유하고 있었고, 이는 길고 날카로운 소음이 지배하는 이 도시의 다른 지역에서는 좀처럼 있을 수 없는 일이었다. 이곳은 세로로 뻗은 거대한 도로가 나 있는 수로의 어떤 상류 지역보다도 더 원숙하고 더 부유하며 더 고상한 풍채를 지니고 있었다. 믿을 만한 소식통을 통해 당신이 이미 들어 알고 있을지도 모르지만, 다양한 관심사의 온갖 근원들을 제공하는 것처럼 보이는 세상으로 당신이 들어설 수 있는 곳이 있다면 여기가 바로 그런 곳이었다. 당신의 할머니가 존경받는 고독 속에서 살아가며 아이의 상상력과 구미에 맞는 환대를 베풀었던 곳이 바로 이곳이었다. 그때만 해도 무성한 잎들이 있어 공원 대부분의 그늘이 되어주던 그 가죽나무에서 풍기던 이상한 냄새에 코를 킁킁거리면서도 아직 충분히 비판적인 안목을 갖추지 못한 까닭에 그 나무에 대해 마땅히 품게 마련인 혐오감을 내색할 줄 몰랐던 당신이 유모를 따라 고르지 못한 걸음걸이로 최초의 바깥 나들이를 나섰던 곳도 바로 이곳이었다. 떡 벌어진 상체에 튼튼한 하체를 지녔으며 항상 체벌용 막대기를 들고 다녔으며 짝이 맞지 않는 받침에 파란 잔을 받쳐 항상 차를 마셨고 당신이 눈여겨 관찰하고 감지하던 것들의 한계선을 확장시키던 나이 든 부인이 운영하던 학교——당신이 맨 처음 다녔던——

도 결국은 여기에 있었던 것이다. 어쨌든 우리의 여주인공이 삶의 여러 해를 보낸 곳도 이곳이며, 이것이 바로 내가 이 지역에 대한 여담을 늘어놓은 데 대한 변명이라면 변명이다.

올먼드 부인은 훨씬 더 위쪽 지역, 아직 개발이 덜 되어 이 지역을 둘러싼 도시 확장 계획이 이론적인 양상을 띠기 시작하던 지역, 도로가 외길이었을 때만 해도 포플러 나무들이 도로변에서 자라고 그들이 만들어내는 그늘이 산만한 네덜란드식 주택의 깎아지른 듯한 지붕과 뒤섞이고 돼지와 닭들이 도랑에서 장난치며 노는 그런 지역에 살고 있었다. 이제 뉴욕의 거리 풍광에서 이처럼 그림 같은 전원적인 아름다움의 요소는 자취를 감춘 뒤였고, 지금 와서 이를 상기시켜봐야 그들로 하여금 얼굴 붉히게 할 뿐인 그 구역에 사는 중년의 사람들의 기억 속에서나 찾아볼 수 있는 그런 것이 되었다. 캐서린은 훌륭한 사촌들이 한둘이 아니었고 올먼드 고모의 자녀들을 합해서 모두 아홉이나 되었는데, 이들 모두와 상당히 친밀한 관계를 유지하며 지냈다. 어렸을 적에는 이들을 다소 두려워하기도 했지만, 그녀는 말 그대로 제대로 된 높은 교육을 받은 것으로 여겨졌으며 페니먼 고모와 가까이 지내는 사람으로서의 어떤 반사적인 고상함을 지닌 사람으로 생각되었다. 어린 올먼드들 사이에서 페니먼 부인은 동정이라기보다는 오히려 찬미의 대상이었다. 그녀의 예의범절은 이상하면서도 얕잡아 볼 수 없는 데가 있었고, 그녀의 상복――그녀는 남편과 사별한 후 이십 년 동안 검정 드레스를 입고 다녔는데, 그러더니 어느 날 아침 갑자기 분홍색 드레스에 모자를 쓰고 나타났다 ——은 이상하고 엉뚱한 위치에 매달려 있는, 친밀함이라고는 느낄 수 없게 하는 그런 버클들과 구슬 장식들, 그리고 핀들로 항상 뒤엉켜 있었다. 그녀는 선과 악 둘 다를 위해서라지만 아이들을 너무 엄하게 대했으며, 그들에게서 어떤 미묘한 것들을 기대하는 듯한 강압적인 태도를 취하기도 했다. 따라서 그녀를 보러 가는 것은 교회로 끌려가서 맨 앞자리에 앉혀지는 것과도 같은 것이었다. 하지만 어느 정도 시간이 지난 후 캐서린에게 있어 페니먼 부인은 하나의 부수적인 부분일 뿐이지 그 핵심이 아님이 곧 밝혀졌고, 사촌들과 함께 토요일을 보내기 위해 찾아온 캐서린은 '내 주인님을 따르라' 놀이는 물론 심지어 개구리뜀도 얼마든지 함께 하곤 했다. 이런 놀이를 바탕으로 이들은 쉽게 친해졌고, 수년 동안 캐서린은 남자 친척 아이들과 친하게 지냈다. 내가 남자 친척 아이들이라고 한 이유는 어린 올먼드들 중 사내아이가 일곱이었기 때문이고, 캐서린은 바지를 입었을 때 가장 편하게 할 수 있는 놀이들을 좋아하는 경향이 있었기 때문이다. 하지만 점차 어린 올먼드들의 바지가 길어지기 시작했고, 그 바지를 입던 아이들도 각기 흩어져 나가 그들 스스로의 삶의 틀을 잡아가기 시작했다. 먼저 태어난 아이들은 캐서린보다도 나이가 많았고, 사내아이들은 대학으로 가거나 회계 사무소에 자리를 잡았다. 여자 아이들 가운데 하나는 정확히 제때에 결혼을 했고, 나머지 하나도 제때에 약혼식을 올렸다. 올먼드 부인이 내가 말했

던 이 작은 연회를 열게 된 것이 바로 이 둘째 아이의 약혼을
축하하기 위해서였다. 그녀의 딸은 스무 살 된 건강한 젊은 증
권 중개업자와 결혼하기로 되어 있었고 이는 참 잘하는 결혼
이라 여겨졌다.

제4장

물론 페니먼 부인은 여느 때보다도 많은 버클과 팔찌를 하고 조카딸을 대동하고 연회에 나타났다. 의사 선생 역시 저녁 무렵에 잠시 들여다보겠노라고 약속했다. 상당히 여러 차례의 춤이 준비되어 있었고, 연회가 시작된 지 오래 지나지 않아 메리언 올먼드는 큰 키의 젊은이를 대동하고 캐서린에게 다가왔다. 메리언은 이 젊은이를 자신의 약혼자인 아서 타운센드의 사촌이며 우리의 주인공과 알고 지내고픈 강렬한 소망을 갖고 있는 젊은이라고 소개했다.

메리언 올먼드는 열일곱 살 난 자그마한 체구의 예쁜 숙녀로 아주 작은 몸매에 아주 큰 허리띠를 하고 있었고, 그 우아한 예의범절은 결혼 생활에도 손색이 없을 정도로 무엇 하나 보텔 것이 없었다. 친구들을 안내하고, 간간이 부채를 흔들며, 인사 드려야 할 분들이 너무 많아 춤출 시간이 없다고 말하는 그녀는 이미 안주인이 보여야 할 모든 품위를 갖추고 있었다. 그녀는 타운센드 씨의 사촌에 대해 긴 연설을 늘어놓았으며, 다른 이들을 살펴보기 위해 돌아서기에 앞서 부채로 가볍게 그가 있는 쪽을 가리켜 보이는 것이었다. 캐서린은 그녀가 얘기한 것들을 다 이해하지는 못했다. 그녀의 관심사는 메리언의 익숙해 보이는 예의범절과 넘쳐나는 생각들에 쏠려 있었고, 무엇보다도 기막히게 잘생긴 이 청년을 바라보는 데 온통 집중되어 있었다. 하지만 그녀가 사람들에게 소개받을 때면 종종 실패하던 것과는 달리, 이번에는 메리언의 자그마한 증권 중개인의 이름과 똑같아 보였던 그의 이름을 알아내는 데 성공했다. 캐서린은 소개받는 자리에서는 항상 마음이 뒤숭숭해 흥분을 감출 수가 없었다. 하지만 이번만큼은 왜 그런지 모르게 힘들게 느껴졌고, 사람들——예를 들어 바로 이 순간에 그녀와 새롭게 알고 지내게 된 이 사람——이 이런 그녀를 조금이라도 못마땅해하지나 않을까 염려되었다. 그녀는 무슨 말을 해야 할지 무척 당황스러웠으며, 자신이 아무 말도 하지 않고 있으면 또 어떻게 될지 도무지 알 수가 없었다. 당장은 그 결과가 그리 나쁜 것 같지는 않았다. 타운센드 씨는 그녀가 당혹해할 시간을 전혀 주지 않고 편안한 미소를 지으며 그녀에게 말을 걸기 시작했다. 마치 그녀를 한 일 년은 알고 지내온 사람 같았다.

"정말이지 기분 좋은 파티입니다! 집도 참 아름답고요! 가족 분들도 아주 흥미로운 분들이시고요! 당신의 사촌은 참으로 귀여운 숙녀예요!"

　타운센드는 이 정도의 평을 할 만한 가치가 있다는 생각에서, 알고 지내는 사람 사이에 오가는 찬사로서, 그 자체로는 그다지 깊이 있는 것이 아닌 가벼운 소견을 말하는 듯 보였다. 그는 캐서린의 눈을 뚫어져라 정면으로 바라보고 있었다. 그녀는 아무런 대답도 하지 않은 채 그저 그를 바라보면서 듣기만 했다. 그러자 그는 어떤 특별한 반응을 기대하지도 않았다는 듯이, 똑같이 편안하고 자연스런 방식으로 다른 많은 것들에 대해 이야기하기 시작했다. 캐서린은 혀가 굳어버린 것처럼 느껴지긴 했지만 당황스럽거나 하는 기분은 전혀 들지 않았다. 그는 말을 하고, 그녀는 그저 그를 바라보기만 하는 것, 이것이 참으로 자연스러워 보였다. 그게 그리 자연스러울 수 있었던 것은 그가 너무도 잘생겼기 때문이었다. 아니 어쩌면 그녀가 혼잣말로 중얼거렸듯이 그가 참으로 아름다운 사람이었기 때문이었다. 잠시 음악이 없이 조용하더니 갑자기 다시 음악이 연주되기 시작했고, 그때 그는 더 깊고도 강렬한 미소를 지으며 그녀와 춤추는 영광을 허락해줄 것을 요청했다. 그녀는 이 요청에 대해서조차도 알아들을 수 있을 만큼 큰 소리로 동의의 뜻을 표할 수가 없었다. 그녀는 그저 그가 팔로 그녀의 허리를 휘감아 안도록 내버려두었고——그가 그러는 동안 예전에 그랬던 것보다 더 또렷하게, 바로 이곳이 신사의 팔이 닿을 수 있는 유일한 곳이라는 생각이 드는 것이었다——이내 그는 폴카에 맞추어 조화롭게 방을 빙글빙글 돌며 그녀를 이끌었다. 그들이 멈춰 섰을 때 그녀는 자신이 발갛게 상기되어 있음을 느꼈고, 잠시 동안 그를 바라볼 수가 없었다. 부채질을 하며 부채에 그려져 있는 꽃들을 바라보는 것이 그녀가 할 수 있는 일이었다. 그는 그녀가 다른 춤곡에 맞춰 다시 춤출 수 있는지 물었지만 대답을 해야 할지 망설여져서 여전히 꽃들에게 시선을 내리깔고 있었다.

"너무 어지러우신가요?" 너무나 친절한 목소리로 그가 물었다.

그제야 캐서린은 고개를 들어 그를 바라보았다. 그는 틀림없이 참으로 아름다웠고 전혀 발개진 흔적이 없었다. "그런 것 같아요." 춤을 추었다고 해서 어지러웠던 적이 결코 없었기 때문에 그녀는 도대체 왜 이런 건지 이유를 모른 채 대답했다.

"아, 네, 그러시다면." 타운센드가 말하기를, "어디 앉아서 얘기나 좀 할까요. 앉을 만한 좋은 곳을 찾아보죠."

그는 좋은 곳, 아주 멋진 곳, 딱 두 사람이 앉으면 좋을 만한 자그마한 소파를 찾아냈다. 이때쯤 방은 아주 붐볐고, 춤을 즐기는 사람들이 더 늘어났으며, 사람들이 그들 가까이서 등을 돌리고 자리를 잡기 시작했다. 그러니까 캐서린과 그의 동행은 둘만 고립된 채 아무에게도 보이지 않게 되었다. "우리끼리 얘기를 나누는 겁니다." 젊은이는 그렇게 얘기했지만 여전히 혼자서 모든 얘기를 다 떠맡고 있었다. 캐서린은 앉은 자리에서 등을 뒤로 기댄 채 눈을 그에게 고정시키고 미소를 지어 보이며 그가 참 영리한 사람이라고 생각하고 있었다. 그는 그림에 나오는 젊은이들 같은 생김새를 하고 있었는데, 캐서린은 한 번도 그렇게 섬세하고, 그렇게 조각된 듯이 잘 마무리된 그런 얼굴을 본 적이 없었다. 그런 얼굴은 그녀가 거리에서 지나치거나 무도회에서 만났던 뉴욕의 젊은이들에게서는 볼 수 없었다. 그는 키가 크고 호리호리한 체구였지만 아주 강해 보였다. 캐서린은 그가 마치 조각상 같다고 생각했다. 하지만 조각상은 그렇게 말을 할 수 없을 테고, 그리고 무엇보다도 그렇게 진귀한 빛깔의 눈동자를 갖고 있지도 않을 것이다. 그는 한 번도 올먼드 부인의 집에 걸음을 한 적이 없었고, 그래서인지 자신이 아주 낯선 이방인이 된 듯 느끼고 있었는데, 캐서린이 참으로 친절하게도 그에게 이렇게 동정심을 베풀어주고 있는 것이었다. 그는 아서 타운센드의 사촌이긴 했으나 그다지 가까운 친척이 아니라 촌수로 따지면 칠팔 촌 이상으로 아서는 가족들에게 소개하기 위해 그를 데려온 것이었다. 사실 그는 뉴욕에 대해서는 완전한 이방인이었다. 이곳은 그가 태어난 곳이긴 했지만, 그는 여러 해 동안 뉴욕을 떠나 있었다. 그는 세상의 문을 두드리고 다녔고, 괴상한 구석에서 머물기도 했었다. 돌아온 지 고작 한두 달 정도밖에 되지 않았지만 뉴욕은 참으로 유쾌한 곳이었고, 그는 외로웠다.

"알고 계시겠지만, 사람들이 당신을 잊어버린 것 같은데요." 그는 기분 좋은 눈빛으로 그녀를 바라보며 미소 속에서 말했다. 그는 몸을 약간 앞으로 비스듬히 숙여서 그녀에게 향한 채 팔꿈치를 무릎에 대고 있었다.

캐서린은 누구든 그를 한 번 본 사람은 결코 그를 잊을 수 없을 것 같다는 생각이 들었다. 하지만 이런 생각을 하고 있긴 했지만, 그녀는 혼자만 간직할 뿐 내색하지는 않았다. 마치 무언가 소중한 것을 간직할 때 당신이 그러하듯이.

한동안 그들은 그곳에 앉아 있었다. 그는 참 유쾌한 사람이었다. 그는 그들 가까이에 있는 사람들에 대해 물었고, 그들 중 몇몇에 대해서는 그들이 누구인지 맞춰보려 했으며, 온통 우스꽝스런 실수를 연발하곤 했다. 그는 그들을 적극적이고 냉담한 태도로 아주 자유롭게 비판했다. 캐서린은 누구든 그런 식으로 얘기하는 것을, 특히 젊은 남자가 그렇게 얘기하는 것을 한 번도 들어본 적이 없었다. 그것은 소설 속에서 젊은 남자가 얘기하는 바로 그런 방식이었고, 더 적절히 표현한다면 연극에서, 무대 위에서, 모든 사람들이 지켜보는 가운데 관객들을 바라보면서, 각광을 받으며 가까이에서 말하는 것과 같아서 당신이라도 그의 정신 상태가 궁금해졌을 것이다. 그럼에도 타운센드는 배우 같아 보이지는 않았으며 무척 진지하고 자연스러워 보였다. 참으로 흥미로운 시간이었다. 그런데 그 한가운데로 우리의 두 젊은이가 아직도 함께 있는 것을 발견한 메리언 올먼드가 군중들을 뚫고 쳐들어오는 것이 아닌가. 그녀는 약간 심술궂은 탄성을 질렀고, 이에 모든 사람들이 그들에게로 돌아섰고, 캐서린은 다른 사람들을 의식하고 얼굴이 붉어지는 대가를 치러야 했다. 메리언은 그들의 대화를 중단시켜버렸고, 그녀는 마치 이미 결혼한 여성이 하듯이,

그렇게 그를 자신의 사촌인 양 다뤘다. 반 시간이 넘도록 그를 올먼드 씨에게 소개시키기만을 고대하고 있는 그녀의 어머니에게로 달려가줄 것을 타운센드에게 주문하는 것이었다.

"다시 만나기로 해요." 일어서며 그가 말했고 캐서린에게는 이 말이 아주 특별하게 생각되었다.

그녀의 사촌은 캐서린의 팔짱을 끼고는 그녀가 이곳저곳 둘러보게 했다. "네가 모리스를 어떻게 생각하는지 물어볼 필요도 없겠네." 젊은 숙녀가 외쳐댔다.

"그게 그 사람 이름이니?"

"그 사람 이름 말고 그 사람에 대해 어떻게 생각하는지 묻고 있는 거야." 메리언이 말했다.

"뭐 특별한 건 없어." 캐서린이 대답했다. 캐서린이 감정을 속여가며 얘기한 것은 태어나서 이번이 처음이었다.

"그에게 이 얘기를 해줘야겠는데!" 메리언이 소리쳤다. "그에게 도움이 될 거야. 그 사람 굉장히 콧대가 높거든."

"콧대가 높다고?" 캐서린이 뚫어져라 쳐다보며 말했다.

"아서가 그렇게 얘기했어. 그리고 아서는 그 사람에 대해 잘 알거든."

"오, 그 사람에게 그런 말 하지 말아줘!" 캐서린은 애원하듯 중얼거렸다.

"그 사람 콧대가 높다는 말을 하지 말라고! 내가 그에게 이미 열 번도 넘게 그렇게 말했는데."

이 당돌한 고백에 캐서린은 그녀의 자그마한 말동무를 깜짝 놀라 내려다봤다. 캐서린이 생각하기에 그녀가 스스로를 그렇게 과신하는 것은 이제 결혼을 앞두고 있기 때문인 것처럼 보였고, 또 한편 자신도 약혼하게 되면 그런 대등한 위엄을 내보일 수 있을지 의아해지는 것이었다.

반 시간쯤 지났을 때 페니먼 고모가 창가 난간에 앉아서 머리를 약간 한쪽으로 기울이고는 금테 안경을 눈가로 추어올리고 방 안을 두리번거리는 것이 그녀의 눈에 들어왔다. 고모 앞에는 한 신사가 몸을 약간 앞으로 숙이고는 등을 캐서린에게 돌린 채로 앉아 있었다. 한 번도 본적이 없었지만 그녀는 즉시 그의 등을 알아봤다. 메리언이 부추기는 바람에 그녀를 떠나야 했을 때 그는 등을 돌려 돌아서지 않고 최대한 예의를 갖춰 물러났었다. 모리스 타운센드, 마치 누군가가 그의 이름을 그녀의 귀에다 대고 반 시간이 넘도록 계속 읊어대기라고 한 것처럼 그의 이름은 이미 그녀에게 아주 친숙해져버렸다. 모리스 타운센드는 조금 전에 그녀에게 했던 것처럼 파티에 모인 사람들에 대한 그의 인상을 고모에게 전하고 있었다. 그는 영리한 생각들을 이야기했고 페니먼 부인은 이에 수긍하듯이 계속해서 미소를 짓고 있었다. 이 장면을 포착하자마자 캐서린은 서둘러 자리를 피했다. 그가 몸을 돌려 자신을 바라보기를 원치 않았기 때문이었다. 그렇지만 이 모든 것이——모두 다——그녀에게는 기쁨으로 다가왔다. 그녀와 한 지붕 아래서 살고 있고 그녀가 매일 만나고 얘기하는 페니먼 부인이 그와 함께 얘기하고 있다는 것, 그 사실은 그를 그녀 가까이에 있게 하며 그의 정중한 말과 행동이 그녀를 향한 것이었을 때보다도 더 쉽게 그에 대해 곰곰이 생각할 수 있게 해주는 듯했다. 그리고 라비니아 고모는 그를 좋아할 것이고 그가 하는 말에 충격을 받거나 놀라는 일은 없을 것이다. 이 또한 이 소녀에게는 긍정적인 것으로 여겨졌다. 라비니아의 기준은 아주 높아서, 그녀가 모든 사람들에게 확신시켰듯이, 진정 천재적인 대화가 잠들어 있는 그녀의 죽은 남편의 무덤가 너머로 높이 세워져 있었기 때문이다. 캐서린이 올먼드가(家)의 소년들——캐서린은 그들을 이렇게 불렀는데——곁으로 다가갔을 때, 그들 중 하나가 우리의 여주인공에게 쿼드릴을 함께 추기를 청했고, 적어도 십오 분여 동안은 캐서린의 발을 묶어놓았다. 이번에는 캐서린은 전혀 어지럽지 않았고 정신도 아주 또렷했다. 춤이 막 끝났을 때, 그녀는 군중 속에서 그녀의 아버지와 얼굴을 맞대고 있는 자신을 발견했다. 슬로퍼는 결코 큰 웃음을 짓는 경우가 없었고 늘 엷은 미소를 띠었는데, 맑은 눈가와 말끔히 면도한 입가에 그 엷은 미소를 띠며 딸아이의 진홍색 드레스를 바라보고 있었다.

"이 휘황찬란한 아이가 내 딸이라니 될 법이나 한 소린가?" 그가 말했다.

당신이 그렇다고 답변했더라면 당신은 그를 적잖이 놀라게 했을 것이다. 하지만 분명한 사실은 그가 딸아이에게 항상 반어적인 표현을 써서 얘기한다는 점이다. 그녀와 얘기할 때면 언제나 그는 캐서린을 기쁘게 했다. 하지만 사실 그녀는 조각

조각들 사이에서 자신의 기쁨을 찾아내야 했다. 그녀에게는 조각조각들이 넘겨졌고, 이 사소해 보이는 조각들, 또 반어적인 표현의 부스러기들을 두고 어찌해야 할지 그녀는 알지 못했고, 그녀 자신이 사용하기에는 너무나 정교한 것이라 생각했다. 그리고 캐서린은 아직까지는 이해력의 한계를 통탄스러워하면서도 써버리기에는 그 조각들이 너무 소중한 것들이라고 생각했으며, 비록 이것들이 그녀를 무시하는 것이라 해도 여전히 인간 지혜의 총합에 기여할 것으로 믿고 있었다.

"전 휘황찬란하지 않아요." 그녀는 차라리 다른 드레스를 입고 있었기를 소망하면서 다소곳하게 말했다.

"넌 사치스럽고 부유한데다가 값이 많이 나가지." 아버지가 대답했다. "넌 마치 일 년에 팔만 파운드를 벌어들이는 사람처럼 보이는구나."

"글쎄, 아직 제겐 그런 돈이 없잖아요." 캐서린의 대답은 논리적이지 못했다. 자신이 장차 누리게 될 부에 대한 그녀의 개념은 아직까지는 상당히 막연한 것이었다.

"네게 그런 돈이 없다면 그런 것처럼 보여서는 안 되지. 파티는 즐거웠고?"

캐서린은 잠시 머뭇거리더니 먼 곳으로 눈을 돌리면서 낮게 대답했다. "좀 피곤해요." 이 파티가 캐서린에게 있어서 뭔가 중요한 시발점이 된다고 밝힌 바 있다. 태어나서 두 번째로 캐서린은 핵심을 회피하는 답변을 했다. 그리고 감정을 숨기게 되는 시기가 처음으로 찾아왔다는 것이 그날을 의미심장하게 했다. 캐서린은 말한 것처럼 그렇게 쉽게 피곤했던 적이 없었다.

어쨌든 집으로 돌아가는 마차 안에서 캐서린은 마치 피로함이 그녀의 일부인 양 그렇게 조용히 있었다. 여동생 라비니아에게 얘기하는 슬로퍼의 태도는 그가 캐서린을 향해 취했던 것과 상당히 유사한 데가 있었다.

"네게 사랑을 고백하던 그 젊은이는 누구지?" 즉각적으로 그가 물었다.

"이런, 오라버니도 참!" 페니먼 부인이 항의하듯이 중얼거렸다.

"그 청년 유별나게 다정히 구는 것 같더구나. 반 시간 남짓 너를 지켜봤지만, 그는 시종일관 네게 열중하는 분위기던데."

"내게 열중했던 게 아니에요," 페니먼 부인이 말했다. "캐서린에게 열중해 있던 거라고요. 캐서린 얘기만 계속하던걸요."

최대한 귀 기울여 듣고 있던 캐서린은 "오, 페니먼 고모!" 기절할 듯 소리쳤다.

"그는 아주 잘생긴데다가 얼마나 영리한지 몰라요. 자신을 아주 상당히 솜씨 있게 드러내는 사람이었어요." 그녀의 고모는 계속했다.

"그렇다면 그런 사람이 우리의 이 왕족과 사랑에 빠지기라도 했다는 얘긴가?" 의사가 우스꽝스럽게 물었다.

"오, 아버지!" 마차가 어둡다는 사실에 열렬히 고마워하며 한층 더 기절할 듯이 소녀가 외쳤다.

"그런 건 잘 모르겠어요. 하지만 그가 캐서린의 드레스를 칭찬했던 것은 사실이에요."

"드레스만요?" 캐서린은 어둠 속에서 중얼거렸고, 모두가 알아들을 정도였다. 페니먼 부인의 말은 그 의미가 빈약해서라기보다는 오히려 그 풍성함으로 그녀를 놀라게 했다.

"너도 알다시피." 그녀의 어버지가 말을 이었다. "그는 네가 한 해에 팔만 파운드의 수입이 있다고 생각할 게다."

"그가 그렇게 생각할 거라고는 믿지 않아요." 페니먼 부인이 말했다. "그는 너무나 품격 있는 사람이란 말예요."

"그런 생각을 하지 않을 정도로 굉장히 품격 있는 사람이란 말이지!"

"뭐, 네 그래요 !" 캐서린은 알지 못하는 사이에 어느덧 그렇게 외치고 있었다.

"난 네가 잠든 줄 알았는데." 그녀의 아버지가 대답했다. "시간이 된 게야!" 그가 스스로에게 덧붙였다. "라비니아가 캐서린을 위한 로맨스를 꾸밀 모양이군. 어린아이에게 그런 장난을 치다니 부끄러운 일이야. 그 신사 양반 이름이 뭐라고 했지?" 그는 소리를 높여 계속했다.

"그건 모르겠어요. 그리고 묻고 싶은 생각도 없었어요. 그 사람이 제게 인사할 수 있기를 청했을 뿐이에요" 어떤 품위를 갖추며 페니먼 부인이 말했다. "하지만 제퍼슨이 얼마나 모호하게 얘기하는 사람인지 잘 아시잖아요." 엘리자베스의 남편 올먼드 씨가 바로 제퍼슨이다. "캐서린, 애야, 그 신사 분 이름이 뭐였니?"

아주 잠시 동안 마차의 덜커덕거리는 소리가 없었더라면 아마 핀 떨어지는 소리라도 들을 수 있었을 것이다.

"저도 모르겠어요, 라비니아 고모." 아주 온화하게 캐서린이 대답했다. 그리고 그녀의 아버지는 지금까지의 그 모든 빈정대는 태도에도 불구하고 그녀의 말을 곧이곧대로 믿어버렸다.

제5장

　의사가 궁금증을 해결할 수 있었던 것은 사나흘이 지난 후 모리스 타운센드가 사촌과 함께 워싱턴 스퀘어를 방문했을 때였다. 집으로 돌아오는 마차 안에서 페니먼 부인은 이름은 알지 못하지만 맘에 드는 이 젊은 청년에게 그를 다시 만날 수 있다면 그녀와 조카딸에게는 큰 기쁨이 될 것임을 내비쳤다는 얘기를 오라비에게는 하지 않았다. 하지만 그녀는 늦은 일요일 오후 두 신사가 모습을 드러냈을 때, 상당히 기뻤으며 심지어 내심 우쭐해지는 기분까지 드는 것이었다. 아서 타운센드와 동행했으므로 그의 방문은 어려울 것 없이 더욱 자연스럽게 이루어졌다. 아서 타운센드는 앞으로 이들 가족과 인연을 맺게 되어 있었고 메리언과 결혼을 앞두고 있는 만큼 그의 방문은 상당히 예의 바른 행동임을 페니먼 부인은 캐서린에게 일러두었다. 이 모든 일들은 늦가을 무렵에 일어났고, 캐서린과 그녀의 고모는 황혼이 질 무렵 높은 뒤쪽 거실에서 난롯가에 함께 마주 앉아 있었다.

아서 타운센드와 동행한 젊은이는 페니먼 부인 곁의 소파에 자리를 잡았고, 그동안 아서 타운센드는 캐서린의 몫이 되었다. 지금까지는 캐서린은 가혹한 비평가는 아니었다. 그녀는 쉽게 즐거워했고 젊은 남성들과 얘기하는 것을 좋아했다. 그러나 오늘 밤, 메리언의 약혼자는 그녀를 다소 성가시게 했다. 그는 두 손으로 무릎을 문지르면서 난롯가를 바라보며 앉아 있었다. 캐서린으로 말할 것 같으면, 그녀는 거의 한 번도 대화를 지속하려는 내색조차 보이지 않는 지경에 이르렀다. 그녀의 신경은 온통 방의 다른 한 편 구석에 쏠려 있었으며, 그녀는 또 다른 타운센드 씨와 그녀의 고모 사이에 오가는 말들에 귀를 기울이고 있었다. 가끔씩 그는 캐서린을 넘겨다보며 미소 지었는데, 자신이 얘기하는 모든 것들이 그녀를 위해서라는 것을 보여주기 위해서인 듯했다. 캐서린은 자리를 옮겨 그들 근처로 가서 앉을 수 있기를 원했을 것이다. 그녀가 그를 더 잘 바라보고, 그가 하는 말들을 더 잘 알아들을 수 있는 곳으로. 하지만 그녀는 낯 두꺼운 여자로 비치는 것이, 적극적으로 보이는 것이 두려웠고, 그리고 게다가 그건 작달막한 메리언의 구혼자에 대한 예의가 아니었다. 그녀는 나머지 한 신사가 왜 그녀의 고모를 선택했는지 이해할 수가 없었다. 어째서 그는 평소 젊은이들의 열렬한 관심을 받는 일이라고는 결코 없는 고모에게 들려줄 얘기가 어쩜 저렇게 많은 것일까. 그녀는 라비니아 고모를 질투하는 것은 결코 아니었지만 약간은 고모가 부러웠고, 그리고 무엇보다도 궁금했다. 이해할 수가 없었다. 왜냐하면 모리스 타운센드야말로 그녀의 상상력이 무한하게 발휘될 수 있는 그런 대상이었기 때문이다. 그의 사촌은 자신이 메리언과의 결혼을 염두에 두고 선택한 집에 대해, 그리고 그가 집에 들여놓을 용품들에 대해 얘기하고 있었다. 왜 메리언은 더 큰 것을 원했고 올먼드 부인은 더 작은 것을 권했는지, 그리고 어떻게 자신이 뉴욕에서 가장 말쑥한 집을 가졌음을 확신하게 되었는지에 대해 얘기했다.

"문제 될 게 없어요." 그가 말했다. "이게 다 겨우 삼사 년을 위한 거랍니다. 삼사 년 후에는 집을 옮길 겁니다. 뉴욕에서는 다들 그렇게 살잖아요. 삼사 년마다 옮겨 다니는 거죠. 그리고 당신은 아마 항상 마지막 것을 갖게 되실 겁니다. 도시가 너무 빠르게 성장하고 있기 때문이죠. 그 속도를 따라가셔야 하거든요. 곧장 주택 지구로 돌진하는 추세잖아요. 뉴욕이 성장해 나가고 있는 방향 말이에요. 메리언이 외로워하지 않을까 하는 걱정만 없었다면 저는 위쪽 주택지로 갔을 겁니다. 바로 맨 꼭대기까지 가서 뉴욕이 다가오기를 기다리는 겁니다. 기껏해야 십 년만 기다리면 되거든요. 사람들이 모두 다 당신을 뒤따르게 되는 거죠. 하지만 메리언은 이웃들이 좀 있었으면 하더군요. 개척자가 되는 것을 원치 않더라고요. 그녀는 만약 최초의 정착자가 되어야 한다면 미네소타로 가는 편이 더 낫다고 얘기하더군요. 제가 보기에는 우리는 서서히 위쪽으로 옮겨가야 할 듯합니다. 하나의 거리가 지루해지기 시작하면 더 위쪽으로 가는 거죠. 그러니까 당신도 아시다시피 우리는 언제고 새 집을 갖게 되는 거죠. 새 집에 산다는 것은 대단한 특권이죠. 모든 최신식 개량품들을 다 누리게 되는 거죠. 사람들은 오 년마다 모든 것들을 다시 개발해내죠. 새로운 것들에 발맞춰간다는 것은 대단히 멋진 일이에요. 전 항상 온갖 새로운 것들을 직접 겪어보면서 보조를 맞춰나갈 생각입니다. 젊은 부부에게 있어 아주 훌륭한 지침이라고 생각지 않으세요? 계속해서 '더 높은 곳을 향하여' 나아가는 것 말입니다. 그 시 제목이 뭐였죠? 뭐라고 하더라? '보다 높은 것을 목표로!'"

캐서린은 요전날 밤 모리스 타운센드 씨는 이런 식으로 얘기하지는 않았다거나 그가 지금 그녀의 운 좋은 고모와 애기를 나누고 있다는 것을 느낄 수 있는 정도로만 자신의 어린 방문객에게 주의를 기울였다. 그런데 갑자기 이 야심 찬 친척이 더 흥미롭게 느껴졌다. 그는 캐서린이 그의 동료의 등장에 영향을 받고 있음을 의식한 듯 보였고, 그래서인지 이를 해명하는 게 타당하다고 생각한 것 같았다.

"제 사촌이 함께 데리고 가달라고 하더군요. 안 그랬다면 전 마음대로 이러지는 못했을 겁니다. 그가 무척 오고 싶어 하는 것 같았어요. 그가 얼마나 사교적인지 잘 아시잖아요. 전 당신의 의향을 먼저 묻겠다고 했죠. 하지만 페니먼 부인이 그를 초대했다고 하더군요. 그는 가고 싶어 하던 곳에 가서 정작 특별한 말은 별로 안 하더라고요. 하지만 페니먼 부인께선 꽨

찮다고 생각하시는 것 같네요."

"그분을 뵙게 되어서 참 기쁜걸요." 캐서린은 말했다. 그리고 그녀는 그에 대해 더 많은 얘기를 하고 싶었다. 하지만 무슨 말을 해야 할지 도무지 알 수가 없었다. "전에는 그분을 뵌 적이 없어요." 이내 그녀는 계속했다.

아서 타운센드는 눈이 휘둥그레졌다.

"그럴 리가요. 지난 밤 당신과 반 시간 넘게 얘기했다고 하던걸요."

"지난 밤 이전을 얘기하는 거예요. 그때가 처음이었다는 거죠."

"오, 그는 뉴욕을 멀리 떠나 있었어요. 전 세계를 돌아다닌 거죠. 이곳에는 그다지 아는 이들도 많지 않고요. 하지만 그는 아주 사교적이죠. 모든 사람을 다 알고 싶어 해요."

"모든 사람들을 다요?" 캐서린이 말했다.

"그러니까, 제 말씀은 모든 좋은 사람들을 뜻하는 겁니다. 젊고 아름다운 숙녀 분이면 누구든지요. 페니먼 부인 같은 분들요!" 그러더니 아서 타운센드는 은밀한 웃음을 웃어대는 것이었다.

"제 고모는 그분을 무척 좋아하시는 것 같으세요." 캐서린이 말했다.

"대부분의 사람들이 그를 좋아하지요. 너무 눈부시잖아요."

"그분은 오히려 외국 사람처럼 보일 때가 있어요." 캐서린이 넌지시 비쳤다.

“글쎄요, 전 외국 사람이라곤 본 적이 없어서요.” 마치 스스로 원해서 무지의 상태에 있기라도 하다는 듯한 어조로 젊은 타운센드가 말했다.

“저도 본 적은 없어요.” 한층 더 겸손하게 캐서린이 솔직히 털어놨다. “사람들이 외국 사람들은 하나같이 눈부시다고 그러더군요.” 어렴풋하게 그녀가 덧붙였다.

“글쎄, 전 이 도시의 사람들이 제게 걸맞은 정도의 영리함은 지녔다고 생각해요. 어떤 이들은 자신들이 저와 어울리기에는 지나치게 영리하다고 생각한다는 것도 알고 있고요. 하지만 그들이 실제로 그렇게 영리한 건 아니죠.”

“당신의 영리함이 지나칠 일은 없을 것 같군요.” 여전히 다소곳하게 캐서린이 말했다.

“전 잘 모르겠습니다. 제가 아는 어떤 이들은 제 사촌이 지나치게 영리하다고 그러더군요.”

캐서린은 극도의 관심을 보이며 이 얘기에 귀를 기울였고, 만약 모리스 타운센드에게 결점이 있다면 자연히 그것은 바로 그가 지나치게 영리하다는 그 점일 것이라는 느낌을 받았다. 하지만 그녀는 자신의 뜻을 털어놓지는 않았고, 이내 다시 질문했다. “그분은 이제 돌아오셨으니 이곳에 계속 머무르실 생각일까요?”

“아.” 아서가 대답했다. “만약 그가 뭔가 할 만한 일을 찾지 못한다면요.”

“할 만한 일이라고요?”

"장소든 아니면 다른 무엇이든 말입니다. 직업일 수도 있고
요."

"하는 일이 전혀 없단 말예요?" 캐서린이 말했다. 그녀는
상류 계층의 젊은이치고 이런 상황에 처해 있는 사람에 대한
이야기를 전혀 들어본 적이 없었다.

"없습니다. 찾아보고는 있습니다만. 하지만 어떤 자리도 구
하지 못한 거죠."

"참 안된 일이군요." 캐서린은 자신의 의견을 내보였다.

"그는 결코 개의치 않습니다." 젊은 타운센드가 말했다. "그
는 그런 상황을 편하게 받아들이고 있죠. 서두르지도 않고요.
참 특이한 사람이죠."

캐서린은 그 사람은 자연히 그럴 거라는 생각을 하면서 잠
시 동안 생각에 빠져 넋을 읽고 있었다. 그것을 여러 각도로
곱씹고 있었다.

"그의 아버지가 그를 사업계로 인도하지 않으실까요? 그분
의 직종으로요." 마침내 캐서린이 질문을 했다.

"그는 아버님이 안 계세요. 누님이 한 분 계시죠. 당신이 자
매가 있다고 해도 당신에게 그다지 큰 도움이 될 수는 없는 거
죠."

만약 그녀가 그의 누나라면, 캐서린은 이 논리를 반박하고
싶다는 느낌이 들었다. "그분의 누님은 상냥한 분이신가요?"
이내 그녀가 물었다.

"잘 모르겠지만, 전 그분이 아주 존경받을 만한 분이라고

믿고 있습니다." 젊은 타운센드가 말했다. 그러더니 그는 눈길을 돌려 그의 사촌을 바라보더니 웃기 시작하는 것이었다. "내 말은, 우린 네 얘기를 하고 있다고." 그가 덧붙였다.

모리스 타운센드는 페니먼 부인과의 대화를 잠시 멈추더니 엷은 미소를 머금은 채 뚫어져라 바라보았다. 그러더니 돌아가기라도 하려는 듯 자리에서 일어났다.

"너에 대해서라면 난 칭찬을 되갚고 싶은 마음이 없어." 그가 캐서린의 말동무에게 말했다. "하지만 슬로퍼 양에 관해서라면 문제는 또 달라지지."

캐서린은 이 짧은 말들이 기가 막히게 잘 들어맞는 말이라고 생각하면서도 당혹스러워하지 않을 수가 없었다. 그래서 그녀도 그만 자리에서 일어났다. 모리스 타운센드가 그녀를 바라보고 있었고 그리고 미소를 보내고 있었다. 그는 손을 내밀어 작별 인사를 청했다. 그녀에게 한마디 말도 하지 않은 채 그가 떠나가고 있는 것이었다. 하지만 이렇게라도 그를 볼 수 있었던 것이 캐서린에게는 참으로 가슴 벅찬 일이었다.

"당신이 말씀하신 것들을 그녀에게 죄다 얘기해줄게요. 당신이 가시고 나면요!" 페니먼 부인이 다소 의미심장한 웃음을 지으며 말했다.

캐서린은 얼굴이 붉어졌고, 그들이 그녀를 갖고 장난치고 있는 것 같다는 생각을 떨칠 수가 없었다. 도대체 이 아름답고 젊은 분이 무슨 말을 한 걸까? 그녀가 얼굴을 붉히고 있었지만 그는 여전히 그녀를 바라보고 있었고 참으로 다감하고 정중했다.

"당신과는 한마디도 얘기를 나누지 못했군요." 그가 말했다. "그것이 제가 여기 온 이유였는데 말이죠. 하지만 그건 다음번에 또 방문할 수 있는 훌륭한 이유가 되지 않을까요? 자그마한 구실 같은 거겠죠. 제가 하나라도 구실을 마련해야 한다면 말입니다. 제가 가고 나서 당신의 고모님께서 무슨 말씀을 하시든 전 하나도 두렵지 않습니다."

이 말을 뒤로하고 두 젊은 신사는 자리를 떴다. 그 직후에 캐서린은 아직도 얼굴에 홍조가 가시지 않은 채로 페니먼 부인에게 아주 심각한 추궁의 눈빛을 보냈다. 그녀는 정교한 책략을 구사할 줄도 몰랐고, 그렇다고 익살스런 간계에 기댈 줄도 몰랐다. 그녀는 자신이 헐뜯기고 있었다는 믿음을 숨기려 하지도 않은 채 자신이 갈망하는 것에 대해 알고 싶어 했다.

"나한테 무슨 말을 전해주겠다고 하신 거예요?" 그녀가 추궁했다.

페니먼 부인은 그녀에게 다가와서는 미소를 지으며 약간 고개를 끄덕거리더니 온통 그녀를 뚫어져라 쳐다보며 목에 매어 있는 그녀의 리본 매듭을 꼬아보는 것이었다. "대단한 비밀이란다, 내 사랑스런 아이야. 그 사람이 네 사랑을 구하러 왔다는구나!"

캐서린은 아직도 상당히 심각했다. "그가 고모한테 그렇게 얘기했단 말이죠?"

"그가 정확히 그렇게 얘기한 것은 아니야. 하지만 그렇게 추측하도록 만들더구나. 내가 추측하는 데 얼마나 뛰어나니.”

“내게 구애를 한다는 말씀이세요?”

“물론 나한테 하는 건 아니잖니, 젊은 아가씨. 물론 난 그 청년이 더 이상 절정의 젊음을 누리고 있지 않은 사람 앞에서 대부분의 다른 젊은이들에 비해 백배는 더 예의 바르다는 것을 밝혀야겠다만 말이다. 그 사람은 다른 사람을 마음에 두고 있었어.” 그러더니 페니먼 부인은 그녀의 조카에게 가볍게 부드러운 키스를 해주는 것이었다. “넌 그에게 아주 우아한 모습을 보여야 한다.”

캐서린은 눈이 휘둥그레지더니 당혹감을 감출 수가 없었다. “이해할 수가 없어요.” 그녀가 말했다. “그분은 나를 알지도 못한다고요.”

“그렇지 않단다. 그 사람은 알고 있어. 네가 생각하는 것 이상으로 잘 알고 있어. 너에 대한 얘기를 모조리 다 해줬거든.”

“오, 페니먼 고모!” 마치 이로 인해 신뢰에 금이 가기라도 한 듯이, 캐서린이 불평을 늘어놨다. “그는 전혀 모르는 사람이란 말예요. 우린 그 사람에 대해 아는 게 없잖아요.” 그 가엾은 소녀의 ‘우리’ 라는 표현에는 한없는 수줍음이 배어 있었다.

하지만 페니먼 고모는 이를 전혀 중요하게 고려하지 않았으며, 심지어 표독스럽기까지 한 기색으로 말하는 것이었다. “내 사랑하는 캐서린, 너도 잘 알잖니. 네가 그 사람을 찬미하고 있다는 것을 말이야.”

“오, 페니먼 고모!” 캐서린은 그저 다시 중얼거릴 뿐이었다.

그녀가 그를 좋아하는 것은 물론 틀림없는 사실이었다. 비록 그녀에게는 이것이 내놓고 애기할 만한 것처럼 보이진 않았지만. 하지만 이 눈부신 낯선 사람이, 갑작스레 유령같이 나타난, 그녀의 목소리라고는 거의 들어본 적도 없는 이 사람이 그녀에게 그런 유의 관심을, 페니먼 부인이 방금 사용한 그런 낭만적 어구로 표현되는 그런 관심을 갖고 있다니. 이것은 그저 누구나 상상력에 휘둘리는 여인으로 알고 있는 라비니아 고모의 쉴 새 없이 떠돌아다니는 두뇌의 한 조각에 지나지 않을지도 모를 일이었다.

제6장

심지어 페니먼 부인은 때때로 다른 사람들도 그녀만큼 엄청난 상상력을 소유하는 것이 당연한 일이라는 듯 생각했다. 그래서 반 시간이 지나 그녀의 오라비가 돌아왔을 때, 그녀는 바로 이러한 원리에 입각해서 얘기하기 시작했다.

"방금 전까지 그 사람이 여기 있었어요, 오스틴. 오라버니가 그를 못 보다니 너무 안타까워요."

"도대체 내가 누굴 못 봤다는 거지?" 의사가 물었다.

"모리스 타운센드 씨 말예요. 얼마나 유쾌한 만남이었는지 몰라요."

"도대체 그 모리스 타운센드라는 사람이 누군데 그래?"

"페니먼 고모는 그 신사 분을 말씀하시는 거예요. 제가 성함을 기억하지 못했던 분 말이에요." 캐서린이 말했다.

"엘리자베스의 파티에서 캐서린에게 그렇게 열중하던 그

젊은이 말예요." 페니먼 부인이 덧붙였다.

"오, 그 청년 이름이 모리스 타운센드다, 이거지? 그리고 그가 네게 청혼하러 여기에 왔었다는 거고?"

"오, 아빠!" 대답 대신 투덜거리며 소녀는 황혼이 점점 짙어져 어둠으로 변해가는 창가로 멀리 돌아섰다.

"오라버니 허락 없이 우리가 그런 일을 벌이는 일은 전혀 없을 거예요." 페니먼 부인은 아주 우아하게 말했다.

"애야, 결국 그 청년, 네 허락은 받아놓은 것 같구나." 그녀의 오라비가 대답했다.

라비니아는 이 정도로는 충분치 않다는 듯이 억지웃음을 웃었고, 캐서린은 이마를 유리창에 댄 채 오고 가는 이 모든 말들이 그녀의 운명을 결정짓는 말이 될 리가 없다는 듯이 자제하는 태도로 듣고 있었다.

"다음번에 그가 또 찾아오면." 의사가 덧붙였다. "나도 부르는 게 낫겠어. 날 만나보고 싶어 할지도 모르지."

모리스 타운센드는 닷새쯤 후에 다시 찾아왔다. 하지만 슬로퍼는 마침 그때 출타 중이었기 때문에 부를 수가 없었다. 그 젊은이의 이름이 안으로 전해졌을 때 캐서린은 고모와 함께였다. 그리고 페니먼 부인은 자신을 내세우지 않고 단언하듯이, 조카딸 혼자 거실로 들어가야 한다고 못 박는 것이었다.

"이번에는 너를 위해서야, 너만을 위해서라고." 그녀가 말했다. "전에 그가 내게 말을 걸었던 건, 그건 단지 예비 단계였던 거야, 내 신뢰를 얻기 위해서였지. 정말이지, 애야, 난 오늘 내 자신을 드러내 보일 용기가 없구나."

그리고 이건 진심이었다. 페니먼 부인은 대담한 여인은 아니었는데 모리스 타운센드는 그녀에게 상당히 강한 성격의 소유자로 여겨졌고, 대단한 기지를 발휘할 것 같은 그런 예리하고 단호하며 눈부신 성질인 놀라운 풍자적인 힘을 지닌 사람으로 강하게 와 닿았다. 그녀 스스로도 그를 '오만한' 사람이라고 얘기했고, 이 단어도 이러한 생각도 모두 맘에 들어했다. 그녀는 조금도 조카딸을 질투하지 않았고, 게다가 그녀는 페니먼 씨와 완벽한 행복을 누렸었다. 하지만 마음속 깊은 곳에서 그녀는 스스로 이렇게 털어놓는 자신을 어쩔 수 없었다. "내가 함께하고 싶었던 바로 그런 남편감이야!" 분명히 그는 상당히 더 오만한 인물일 것이다. 그녀는 그를 페니먼 씨보다 더 오만한 사람이라고 부르는 것으로 생각을 매듭지었다.

그렇게 캐서린은 타운센드와 혼자 대면하게 되었는데, 그녀의 고모는 그의 방문이 끝나갈 무렵에도 모습을 드러내지 않았다. 그의 방문은 아주 오래 지속되었다. 그가 그곳에 있었다. 응접실 앞쪽 가장 커다란 발걸이 의자에 한 시간 넘게 그렇게 앉아 있었다. 그는 이번에는 집에 온 사람처럼 더욱더 편안해 보였다. 더 친숙하게, 눕듯이 의자에 기대기도 하고 근처에 있는 쿠션을 지팡이로 두들겨보기도 했다. 그러더니 방을 무척 세심히 둘러보기도 하고, 방에 놓여 있는 물건 하나하나를 캐서린을 바라보는 것만큼이나 찬찬히 바라보는 것이었다. 하지만 캐서린을 찬찬히 바라보는 그의 태도 역시 전혀 거리낌이 없었다. 캐서린이 보기에 거의 숭고할 정도의 아름다움을 발하는 잘생긴 그의 눈에는 겸손한 헌신의 미소가 어려 있었다. 그의 미소는 그녀로 하여금 시 속에 등장하는 젊은 기사를 생각나게 했다. 그의 말투가 기사다웠던 것은 아니다. 그는 가볍고 편안하고 친근하게 얘기했다. 그의 얘기는 실용적인 방면으로 접어들었고, 그녀에 대해 엄청나게 질문을 쏟아냈다. 그녀의 취향은 어떤지, 이런저런 걸 좋아하는지, 취미는 뭔지. 매력적인 미소를 지어 보이며 그녀에게 말했다. "당신에 대해 얘기해줘요. 내게 밑그림이라도 좀 그려줘요." 캐서린은 정말 거의 할 말이 없었다. 그리고 밑그림을 그리는 데에도 전혀 재능이 없었다. 하지만 그가 돌아가기 전에 그녀는 자신의 취향에 대해 털어놓았다. 극장에 대해 남모르는 강렬한 열정을 갖고 있지만 그 열정이 충족되는 적은 거의 없으며, 벨리니나 도니체티의 작품 같은 오페라 음악을 좋아하고, 특히나——나이 어린 이 소박한 여인의 사정을 참작해서 상기해야 할 것은, 그녀가 이러한 견해들을 갖추게 된 것이 이렇다 할 교육을 받지도 못한 상황하에서였다는 것이다—— 핸드오르간 연주를 제외하고는 이 곡들을 거의 들어볼 기회가 없었음을 얘기했다. 그녀는 자신이 특별히 문학을 좋아하는 것은 아니라고 털어놓았다. 타운센드도 책은 지루하기 짝이 없다는 데에 그녀와 동의했다. 다만, 그가 말했듯이 이 사실을 알게 되기까지 당신은 아주 많은 책들을 읽어야 하는 것이다. 그는 사람들이 책으로 엮어낸 장소들을 직접 찾아봤으며 그곳들은 책에 묘사된 내용과 조금도 일치하지 않았다. 당신 스스로 직접 보는 것, 그것이 바로 대단한 것인데 그는 항상 직접 들여다보려고 노력했다. 그는 모든 유명한 배우들을 직접 봤으며, 런던과 파리에 있는 모든 최고의 극장들을 직접 찾아봤다. 그러나 배우들은 언제나 작가들과 같아서 늘 과장하기 마련이다. 그는 모든 것이 자연스러운 상태를 유지했으면 했다. 갑자기 그가 미소를 띤 채 캐서린을 바라보면서 말을 멈췄다.

"그래서 제가 당신을 좋아하는 거예요. 이런 말 하면 어떨지 모르겠지만 당신은 너무나 자연스러워요." 그가 덧붙였다. "나 자신도 자연스런 사람이라는 거 아시죠."

그리고 그녀가 그를 용서해줄 것인지에 대해 생각할 틈도 없이——나중에 서두르지 않고 시간이 지난 후에 그녀는 자신이 그를 용서했음을 인식하게 되었지만——그는 음악에 대해 얘기하기 시작했는데, 음악은 그의 삶에 있어서 가장 커다란 기쁨이라고 했다. 그는 파리와 런던의 모든 위대한 가수들, 파스타와 루비니 그리고 라블라슈의 노래를 들어봤으며 그러한 경험을 했을 때에야 비로소 노래라는 게 무엇인지 알게 될 것이라고 얘기했다.

"난 약간이지만 직접 노래를 하기도 합니다." 그가 말했다. "언제 한번 당신에게 보여드리지요. 오늘은 말고요, 언제 다른 날에 말입니다."

그러고는 그는 일어나서 돌아가려 했다. 그는 실수로 그녀가 그를 위해 연주해준다면 그녀에게 노래를 불러주겠노라고 말하는 것을 빠뜨렸다. 거리로 접어들고 나서야 이 생각이 드는 것이었다. 하지만 그는 이런 대수롭잖은 후회 정도는 접어둘 수 있었을 것이다. 왜냐하면 캐서린은 그 실수를 알아채지 못했기 때문이다. 그녀는 오로지 '언제 다른 날에'라는 말이 즐거운 소리로 들린다는 생각을 하고 있었을 뿐이었다. 그 말 자체가 미래 너머로 번져가는 듯 느껴졌다.

하지만 바로 이런 이유로 해서 부끄럽고 불편했던 것은 사실이지만 그녀는 아버지에게 모리스 타운센드가 다시 방문할 것임을 알려야 했다. 그녀는 아버지가 집 안으로 들어서자마자 갑작스레 거의 격렬하다 싶은 어조로 그 사실을 털어놨다. 그리고 나서는——그건 그녀의 의무였다——방을 떠날 수 있는 궁리에 착수했다. 하지만 충분할 만큼 재빨리 그 자리를 떠날 수는 없었다. 그녀가 막 문가에 이르렀을 때, 아버지가 그녀를 불러 세웠기 때문이다.

"그렇다면 애야, 그가 오늘 네게 결혼 신청을 한 것이냐?" 의사가 물었다.

이는 아버지가 묻지 않을까 그녀가 두려워하던 바로 그 말이었다. 아직 그녀는 대답할 준비가 되어 있지 않았던 것이다. 물론 그녀는, 그녀의 아버지의 뜻도 그러했겠지만, 이를 하나의 농담으로 받아들이고 싶었다. 하지만 그녀는 이를 부정하면서도 약간은 긍정적으로, 또 조금은 더 예리하게 말함으로써 아버지가 다시는 그 질문을 할 수 없도록 하고 싶었을 것이다. 이런 질문은 그녀를 불행하게 했고, 그녀는 이 질문을 좋아하지 않았다. 하지만 캐서린은 결코 예리해질 수 없을 것이다. 그리고 잠시 문손잡이에 손을 얹은 채 빈정대는 아버지를 바라보면서 엷은 웃음을 지은 채 그녀는 그저 그렇게 서 있었다.

"확실히," 의사가 스스로에게 말했다. "내 딸은 재기 있는 아이는 아니야!"

하지만 그가 이런 생각을 하자마자 바로 다음 순간 캐서린은 뭔가를 생각해냈다. 그녀는 최종적으로 이를 농담으로 받아들이기로 결정했다.

"다음번에는 청혼할지도 모르죠." 그녀는 계속해서 웃어대면서 소리쳤다. 그러고는 재빨리 방을 빠져나왔다.

의사는 뚫어져라 바라보며 서 있었다. 그는 그녀의 웃음이 진지한 것인지 의아해했다. 캐서린은 곧장 그녀의 방으로 갔고, 방에 다다랐을 즈음 그녀는 자신이 말했으면 좋았을 뭔가 다른 말이, 좀 더 나은 말이 있었음을 생각해냈다. 이제 그녀는 아버지가 그 질문을 다시 해주기를, 그래서 그녀가 이런 대답을 할 수 있기를 거의 갈망하는 정도가 되었다. "네, 모리스 타운센드 씨가 제게 청혼을 했어요. 그런데 제가 거절했어요."

하지만 정작 의사는 다른 점들에 대해 의문을 품기 시작했는데, 그의 집에 드나드는 버릇을 들인 이 잘생긴 젊은이에 대해 어느 정도는 알아야겠다는 생각이 자연스럽게 떠올랐다. 그는 여동생들 중 더 연장자다운[7] 올먼드 부인에게 일부러 찾아가지는 않고 편지를 썼다. 그렇게까지 서두를 필요는 없었지만 가능한 한 최우선적으로 그 문제에 관해 언급했다. 의사는 결코 불타는 열정을 품거나 침착하지 못하게 쉽게 흥분하거나 하는 일 없이 모든 것들을 주목하고 있었으며, 그가 모은 정보들을 주기적으로 들여다보았다. 올먼드 부인으로부터 얻은 모리스 타운센드에 대한 정보가 그 사이에 자리를 잡게 되었다.

"라비니아가 벌써 물어보러 왔었어요." 그녀가 말했다. "라비니아는 아주 흥분해 있더라고요. 전 이해할 수가 없어요. 결국 그 젊은이가 마음에 품고 있는 상대가 라비니아는 아니잖아요. 유별나기도 하지."

"아, 내 사랑하는 누이야." 의사가 대답했다. "라비니아와 십이 년간을 함께 살아왔는데, 내가 그걸 모를 리가 있겠니."

"라비니아는 어쩜 그렇게 꾸민 듯 부자연스런 생각을 갖고 있을까요." 올먼드 부인이 말했다. 그녀는 항상 라비니아의 유별난 점들에 대해서 오라비와 얘기하는 것을 즐겼다. "타운센드 씨에 관해 알아보러 왔었다는 것을 오라버니께 얘기하지 말았으면 하더라고요. 하지만 얘기할 거라고 알려줬어요. 라비니아는 항상 뭐든지 감추려고만 든다니까요."

"아직까지도 가끔씩은 말이다. 그 애만큼 조잡하게 일을 퍼뜨리고 다니는 사람도 없을 게다. 그 애는 마치 회전식 등대 같지 뭐냐. 기절할 듯한 눈부신 빛과 어둠을 번갈아가며 사방에 내던지잖니! 그런데 그 애한테 뭐라고 했다고?" 의사가 물었다.

"제가 말씀드린 그대로죠. 그에 대해 난 아는 바가 거의 없다는 거죠."

"그렇다면 틀림없이 라비니아가 실망했겠구나." 의사가 말했다. "그 아인 그 신사 양반이 오히려 어떤 낭만적인 죄를 범하고 있기를 더 바라고 있을 게다. 하지만 우린 사람들을 최대한 활용해야 한다. 사람들이 그러더구나. 우리의 신사 양반이 네가 어린 딸의 미래를 믿고 맡길 그 어린 소년의 사촌이라고."

"아서는 어린 소년이 아니에요. 자랄 만큼 자란 어엿한 어른이라고요. 오라버니도 저도 절대로 그렇게 어엿할 수는 없을 거예요! 그는 라비니아가 싸고도는 청년과는 먼 인척 관계일 뿐이에요. 이름이야 같지만 타운센드란 성은 얼마든지 있다고 들었어요. 아서 어머니는 '분가'에 대한 얘기를 하던데, 근래에 생긴 분가, 오래된 분가, 또 더 열등한 분가들이 있다는군요. 왕족들처럼 말이에요. 아서는 권세 있는 분가 출신인 것 같아요. 그런데 가엾은 라비니아의 청년은 그렇지가 않은가 봐요. 아서의 어머니도 이 이상은 거의 아는 바가 없더라고요. 어렴풋이 그가 '제멋대로' 살아왔다는 것 정도 알고 있을 뿐이었어요. 하지만 그 청년의 누이 되는 사람은 좀 알아요. 아주 괜찮은 부인이에요. 몽고메리 부인이라고 하는데 미망인이에요. 애가 다섯인데 재산이라곤 거의 없어요. 2가에 살고 있어요."

"몽고메리 부인께선 그 청년을 어떻게 생각하시지?"

"스스로를 돋보이게 할 수 있는 능력이 있는 청년이라고 생각하죠."

"게으름뱅이라고 말이야, 그렇지?"

"그 부인은 그렇게 말하지 않아요."

"그거야 가족으로서의 자존심이겠지." 의사가 말했다. "그 청년 직업이 뭐지?"

"아직은 없어요. 뭔가 할 일을 찾고 있나 봐요. 예전에는 해군에 있었다고 알고 있어요."

"예전에는? 나이가 몇인데?"

"삼십이 넘었나 봐요. 아주 어린 나이에 해군에 입대했겠죠. 약간의 재산도 물려받았다고 아서가 말했던 것 같아요. 그래서 해군을 떠난 것 같고요. 그런데 한두 해 안에 다 탕진했다더군요. 전 세계를 여행하며 해외에서 생활하며 삶을 즐겼던 것 같아요. 그게 일종의 방식인가 봐요. 그만의 이론 같은 거죠. 아서 말로는 착실하게 삶을 시작해보려고 최근에 다시 미국으로 돌아왔다고 하던데요."

"그렇다면 착실하게 캐서린하고 인생을 다시 시작해보려는 건가?"

"오라버니는 왜 그렇게 회의적인지 모르겠어요." 올먼드 부인이 말했다. "제가 보기에 오라버니는 캐서린을 부당하게 대하는 면이 있어요. 그 아이가 연간 삼만 달러의 주인이 될 거라는 사실을 기억하셔야죠."

의사는 잠시 여동생을 바라보았다. 그러더니 아주 가볍게 쓸쓸한 기운을 띠며, "적어도 너만큼은 그 아이에게 상당히 높은 값을 매기겠구나." 그가 말했다.

올먼드 부인은 얼굴을 붉혔다.

"그게 그 아이의 유일한 장점이란 뜻은 아니에요. 전 그저 그게 대단한 것이란 걸 얘기하고 싶었을 뿐이에요. 아주 많은 젊은이들이 그렇게 생각하고 있어요. 그리고 내가 보기에 오라버니는 그 점을 충분히 인식하고 있는 것 같지 않아요. 오라버니는 항상 자잘하게 그 아이는 결혼이란 걸 할 수 없는 아이로 빗대어 말씀하시잖아요."

"내가 빗대어 말하는 것들은 말이다, 엘리자베스. 네가 하는 말만큼이나 자상한 것들이야." 의사가 솔직하게 말했다. "그 아이가 벌어들일 재산을 가지고 캐서린이 구혼자를 몇이나 맞게 될까? 그 아이가 여태까지 어느 정도나 관심을 받아왔지? 캐서린은 결혼이란 걸 할 수 없는 정도의 아이는 아니야. 하지만 확실한 것은 그 아인 매력이라곤 없다는 거지. 사랑에 빠진 사람이 집 안에 있다는 생각에 라비니아가 저렇게 매료된 데 뭐 다른 이유라도 있다고 생각하니? 예전에는 단 한 명의 구혼자도 없었다. 그리고 라비니아는, 그토록 예민한 감수성과 동정심 많은 천성을 가진 그 아이도 그런 낭만적인 생각을 품어보지 못했어. 집 안의 누군가가 사랑에 빠졌다는 것이 그 아이의 상상력에 영향을 준 거야. 뉴욕의 젊은이들에게 얘기해줘야겠어. 그들이 캐서린에게 너무나 무관심해서 난 참으로 놀랐다고 말이야. 그들은 예쁜 여자 아이들을 더 좋아하지, 발랄한 소녀들 말이야. 네 딸 같은 아이들 말이지. 캐서린은 예쁘지 않고 발랄하지도 않아."

"캐서린은 아주 잘해내고 있어요. 그 아이에겐 자기만의 스타일이 있어요. 그건 가엾은 메리언이 갖고 있는 것 이상이에요. 그 아인 도무지 스타일이라곤 없어요." 올먼드 부인이 말했다. "캐서린이 그렇게 무관심 속에 내버려졌던 것은 모든 젊은이들이 보기에 그 아이가 자신들보다 더 성숙해 보이기 때문이에요. 캐서린은 도량이 큰 아이에요. 그리고 옷도 아주 훌륭하게 입고요. 젊은이들은 캐서린을 약간 두려워하는 것 같아요. 그 아인 이미 결혼한 기혼 부인처럼 보여요. 오라버니도 아시잖아요, 어느 젊은이가 결혼한 여자를 좋아하겠어요. 우리 뉴욕의 젊은이들이 무관심한 듯 보였다면 말이죠." 두 여동생 가운데 보다 현명한 여동생이 이야기를 계속했다. "그건 흔히들 젊은이들이 일찍 결혼하기 때문이에요. 스물다섯도 안 된 어린 나이에, 순수하고 성실할 적에 말이에요. 심사숙고하는 나이가 되기 전에 말이죠. 그 젊은이들이 조금만 더 기다린다면 캐서린은 더 나은 대접을 받겠죠."

"심사숙고를 통해서 말이냐? 그것 참 고마운 말이구나." 의사가 말했다.

"사십 세가량의 현명한 사람이 나타날 때까지 기다려보세요. 그런 사람이라면 캐서린을 아주 좋아할 거예요." 올먼드 부인이 계속했다.

"그렇다면 타운센드 군은 충분히 나이 들지 않았다 그 애기냐? 어쩌면 그 청년의 동기가 순수한 것일 수도 있다."

"물론 그 청년의 동기가 순수한 것일 수도 있어요. 그 정반대 경우를 기정사실로 받아들여야 한다면 상당히 가슴 아플 거예요. 라비니아는 그의 동기에 대해 확신하고 있어요. 그리고 그 청년 아주 호감 가는 사람이에요. 그 청년의 미심쩍은 부분을 좋게 해석해보는 건 어떠세요."

잠시 의사는 생각에 잠겼다.

"그 청년 지금은 어떻게 먹고살고 있지?"

"모르겠어요. 말씀드린 대로 그 청년 제 누이와 함께 살고 있다니까요."

"애 다섯 딸린 미망인이라고 했나? 그러니까 제 누이에게 얹혀산다는 거냐?"

갑작스레 참고 있을 수가 없었는지 올먼드 부인은 자리에서 일어났다. "몽고메리 부인에게 직접 물어보는 게 더 좋지 않을까요?" 그녀가 물었다.

"어쩌면 그래야 할지도 모르겠군." 의사가 말했다. "2가라고 했지?" 그는 2가를 기록해두었다.

제7장

하지만 그가 겉보기처럼 그렇게 진지했던 것은 아니다. 사실 그로서는 무엇보다도 이 모든 상황이 흥미로웠다. 그는 캐서린의 장래에 대한 생각으로 긴장된 나날을 보내는 것도 아니었고, 잠 못 이루는 일도 없었다. 심지어 그는 딸아이가 전에 없이 관심을 한 몸에 받는 상속녀로서 집 안을 온통 아수라장으로 만들고 비웃음을 사지나 않을까 경계할 정도였다. 더욱이 그는 페니먼 부인의 소망을 등에 업은 능수능란한 타운센드가 영웅으로 등장하는 이 소규모 연극——그걸 연극이라 부를 수 있다면——이 그에게 일종의 여흥거리가 될 것이라고 스스로 다짐까지 하는 것이었다. 여태까지는 그는 대단원에 손을 델 의도는 없었다. 엘리자베스가 제안한 것처럼 그는 모든 미심쩍은 부분에 대해 그 젊은이에게 유리한 방향으로 생각할 작정이었다. 그에 따르는 큰 위험 부담은 없었다. 어쨌

거나 캐서린은 스물두 살 된, 어찌 보면 다 피어버린 꽃이었고
열정을 다해 힘껏 잡아당기기 전에는 줄기에서 꺾어낼 수 없
는 그런 꽃이었다. 모리스 타운센드가 가난하다는 사실이 반
드시 그의 반감을 사는 것은 아니었다. 의사는 자신의 딸아이
를 부자에게 시집보내야겠다고 마음먹은 적도 없었다. 의사
가 보기에 그 아이가 상속받게 될 돈은 합리적인 사고방식을
지닌 두 사람을 먹여 살리기에 충분한 것이었다. 그러니 설령
돈 한 푼 없는 멋쟁이가 명단에 올라온다 해도 자신의 장점을
증명해 보일 수만 있다면, 그 젊은이는 어디까지나 그의 개인
적인 자질에 따라 평가될 것이었다. 물론 그것 이외의 다른 문
제들도 있었다. 아직까지는 그의 집 현관이 재산을 좇는 젊은
이들에 의해 포위될 기미가 조금도 없는 만큼, 사람들을 성급
하게 돈의 노예라고 비난하면서 속단하는 것은 아주 비열한
짓이라는 게 의사의 생각이었다. 그리고 끝으로, 그는 캐서린
이 정말로 자신의 도덕적 장점만으로도 사랑받을 수 있을지
사뭇 궁금해지는 것이었다. 가엾은 타운센드 군이 그의 집을
찾은 것이 고작 두 번뿐이라는 점에 생각이 미치자 그의 얼굴
에 웃음이 번졌고, 다음번에 그가 오거든 저녁 식사에 초대하
라고 페니먼 부인에게 일렀다.

정말로 얼마 안 있어 그는 다시 방문했고, 물론 페니먼 부인
은 기쁨을 주체하지 못한 채 자신의 임무를 수행했다. 모리스
타운센드는 합당한 훌륭한 예의를 갖추어 초대에 응했고, 며
칠 뒤 저녁 만찬이 열렸다. 마땅히 의사는 그 젊은이를 단독으

로 초대해서는 안 된다고 스스로에게 다짐했다. 그리하는 것
은 지나치게 그를 부추기는 모양새가 될 것이기 때문이었다.
따라서 두세 명의 손님들이 더 초대되었다. 하지만 표면적으
로는 전혀 그렇지 않았지만, 이 만찬의 진정한 동기는 모리스
타운센드였다. 그가 좋은 인상을 주려 한다고 생각할 만한 근
거들이 곳곳에서 드러났고 설령 그가 이러한 결과를 이끌어내
지 못했다 해도 지적인 능력이 부족해서 그런 것은 결코 아니
었다. 만찬이 이어지는 동안 의사가 그에게 말을 거는 경우는
거의 없었지만 주의 깊게 그를 지켜보고 있었고, 숙녀들이 자
리를 뜨자 그에게 굳이 포도주를 권하며 몇 가지 질문을 하기
시작했다. 모리스는 뭐든 억지로 권할 필요가 전혀 없는 젊은
이였고, 고급 적포도주만으로 그는 충분히 용기가 솟는 걸 느
꼈다. 의사의 포도주는 훌륭했고, 포도주를 마시면서 모리스
는 시종 지하 저장고 가득히 좋은 술을 갖고 있는 것이야말로
——틀림없이 이 집엔 저장고 가득히 포도주가 있었고——
장인의 아주 매력적인 자질이라고 생각하고 있었다는 점을
독자들에게 알려도 될 것이다. 의사는 이 감각 있는 손님이 놀
라웠고 그가 평범한 젊은이가 아니라는 점도 파악하게 되었
다. "이 사람 수완이 대단해." 캐서린의 아버지가 하는 말이
다. "틀림없는 수완가야. 활용하려고만 한다면 이 젊은이 대
단한 머리를 갖고 있어. 보기 드물게 잘생겼어. 숙녀들이 좋아
할 만한 그런 외모군. 그런데 어쩐다, 난 이 젊은이가 맘에 들
지 않아." 하지만 의사는 자신의 생각을 밖으로 내보이진 않

았고 손님들과는 외국에 대한 얘기를 주고받았는데, 의사가 속으로 표현한 대로라면, 모리스는 의사가 삼키기 어려울 정도로 많은 정보들을 쏟아내고 있었다. 슬로퍼는 여행을 한 적이 거의 없었고, 이 말 많은 손님이 읊어대는 얘기들을 다 믿을 필요는 없다고 스스로 결론을 내렸다. 의사는 골상학자로서 어느 정도 자긍심을 갖고 있었다. 이 젊은이가 거리낌 없이 확신을 갖고 얘기를 주고받으며 의사의 시가를 피워대고 연신 잔을 채우는 동안, 풍부한 표정을 담고, 밝게 빛나는 이 젊은이의 얼굴 위로 의사는 조용히 자신의 두 눈을 고정시켰다. "확신에 찬 모습이 악마 같군!" 모리스를 접대하는 주인이 말했다. "저처럼 확신에 찬 모습은 일찍이 본 적이 없어. 이야기를 꾸며대는 능력이야말로 상당히 놀랍군. 박식한 건 사실이야. 우리 때는 저렇게 많은 지식을 꿰고 있지 못했지. 그리고 머리도 좋고, 내가 지금 머리가 좋다고 했던가? 그런 생각이 드는 것도 당연하지, 마데이라 한 병에다 클라레를 한 병 반이나 마셨지 않은가 말이야!"

　만찬이 끝나고 모리스는 캐서린에게 다가가서 그녀 앞에 섰다. 캐서린은 붉은 공단으로 된 긴 윗옷을 입고서 난롯가에 서 있었다.

　"날 좋아하지 않으십니다. 조금도 날 맘에 들어하지 않으세요." 젊은이가 말했다.

　"누가요?" 캐서린이 물었다.

　"당신 아버님 말입니다. 비범한 분이시군요!"

"왜 그렇게 생각하시는지 모르겠어요." 캐서린이 얼굴을 붉
히며 말했다.

"느껴져요, 난 그런 데엔 아주 빨라요."

"당신이 잘못 아신 거겠죠."

"아, 그렇다면, 그분께 물어보시죠. 그러면 알게 될 겁니다."

"아버님께서 당신이 생각하듯이 그렇게 말씀하실까 봐 두
렵군요. 그런 질문은 하지 않겠어요."

모리스는 비웃음이 감도는 우울한 표정을 지어 보이며 그
녀를 바라봤다.

"그분의 뜻을 거역하는 게 당신에게는 조금도 즐거움이 될
수 없는 겁니까?"

"난 그분 뜻을 거역하지 않아요, 절대로." 캐서린이 말했다.

"날 위한 한마디 옹호의 말도 하지 않고 그저 내가 모욕당
하는 것을 듣고만 있겠다는 겁니까?"

"제 아버님은 당신을 모욕하지 않아요. 그분은 당신을 잘
모르세요."

모리스 타운센드는 크게 웃어젖혔고, 캐서린은 다시 얼굴
을 붉혔다.

"당신에 대한 얘기를 하진 않을 거예요." 혼란스러움을 떨
쳐버리려 그녀가 말했다.

"좋은 말씀입니다만, 당신이 말씀해주셨으면 하고 제가 바
라던 그런 말은 아니군요. '내 아버지가 당신을 맘에 들어하
지 않는다고요. 그게 무슨 문제가 되겠어요?' 이렇게 말씀해

주셨으면 좋았을 텐데요."

"아, 하지만 그건 문제가 돼요. 전 그런 말씀은 드릴 수 없어요!" 소녀가 소리쳤다.

그는 잠시 그녀를 바라보더니 엷게 미소를 지어 보였는데, 마침 그때 의사가 그를 지켜보고 있었다면 사교적 유연함을 띤 그의 눈 속에서 미세한 조바심이 어슴푸레 빛나는 것을 보았을 것이다. 하지만 그의 대답 속에는 어떠한 조바심도 전혀 없었다. 낮게 애원하듯 새어 나오는 한숨 속에 묻어나는 것이 고작이었다. "아, 그런가요, 그렇다면 그분 마음을 돌리는 일을 포기해서는 안 되겠군요."

그날 밤 늦게 그는 페니먼 부인에게 좀 더 솔직하게 마음을 털어놓았다. 하지만 그전에 캐서린의 소심한 간청에 못 이겨 두세 곡 노래를 불렀는데, 그런다고 해서 그녀의 아버지의 마음을 돌리는 데 도움이 될 거라 스스로를 위로했던 것은 아니다. 그는 달콤하고 밝은 테너의 음색이었고, 그가 노래를 끝마쳤을 때는 극도의 고요함을 지켜내고 있던 캐서린을 제외하고는 모두가 제각기 감탄사를 터뜨렸다. 페니먼 부인은 노래하는 그의 태도가 '너무나 예술적'이라고 감탄했고, 의사도 "아주 매력적이야. 정말이지, 참으로 매력적이군"이라며 큰 소리로 분명하게, 하지만 어떤 냉랭함을 담아 소리쳤다.

"그분은 날 좋아하지 않으세요. 조금도 말입니다." 모리스 타운센드는 페니먼 부인에게 그녀의 조카딸에게 했던 것과 똑같은 방식으로 말을 건넸다. "나를 아주 못된 인간으로 생각하시죠."

조카딸과는 달리, 페니먼 부인은 어떤 해명도 요구하지 않았다. 그녀는 그저 아주 다정하게 미소를 지어 보일 뿐이었다. 마치 모든 걸 다 이해한다는 듯이. 그리고 역시 캐서린과는 달리 그의 말을 반박하려 하지도 않았다. "오, 그게 무슨 문제가 되겠어요?" 그녀는 부드럽게 속삭였다.

"아, 당신이야말로 맞는 말씀을 하시는군요!" 모리스가 말했고, 항상 자신은 옳은 말을 한다며 대단한 자부심을 갖고 있던 페니먼 부인은 상당히 흡족해했다.

다음번에 여동생 엘리자베스를 만난 자리에서 의사는 라비니아의 보호를 받는 젊은이와 인사를 나눴다고 털어놨다.

"겉모양만 본다면." 그가 말했다. "보기 드물게 좋은 골격이더군. 해부학자로서 그렇게 아름다운 골격을 본다는 건 나로선 큰 기쁨이 아닐 수 없어. 사람들이 다 그 청년 같다면, 의사들이 거의 불필요해지긴 하겠지만 말이야."

"오라버니는 사람들을 보면 골격만 생각하시나요?" 올먼드 부인이 대답했다. "아버지로서 보기엔 그가 어때요?"

"아버지라니? 맙소사, 난 그 청년의 아비가 아니다!"

"그게 아니라 캐서린의 아버지로서 말예요. 라비니아 말로는 그 아이가 사랑에 빠졌다던데."

"이겨내야지. 그 청년은 신사가 아니야."

"아, 말씀 조심하세요! 그 청년이 타운센드 가문의 자손이란 걸 기억하셔야죠."

"그 청년 신사라고 부를 만한 사람이 못 돼. 그 청년의 정신 말이야, 신사의 것이 아니야. 아첨하는 재주는 대단하더군. 저속한 기질이지. 난 순식간에 간파했다. 그 청년 한마디로 너무 격의 없이 굴어. 난 격의 없이 구는 사람들 질색이야. 그 청년 말재주 있는 맵시꾼에 불과해."

"아, 그렇다면." 올먼드 부인이 말했다. "그렇게 쉽게 판단을 내릴 수 있다니 대단한 능력이군요."

"난 쉽게 판단을 내린 게 아니다. 내가 말하는 것은 지난 삼십 년간 관찰해온 결과야. 단 하룻밤 새 그런 판단을 내리기 위해 난 일생 동안 연구에 매진하고 있는 거다."

"오라버니 말씀은 물론 아주 일리가 있죠. 하지만 문제는 캐서린이 상황을 직접 관찰해야 한다는 거예요."

"그 아이에게 안경을 마련해줘야겠어, 내가 말이야!" 의사가 말했다.

제8장

　캐서린이 사랑에 빠진 게 사실이라면, 정말이지 그녀는 자신의 감정에 대해 완전히 침묵하고 있음이 분명했다. 하지만 의사는 당연히 그녀의 침묵이 엄청난 의미를 담고 있음을 인정할 준비가 되어 있었다. 그녀는 모리스 타운센드에게 아버지 앞에서 그에 대해 언급하는 일이 없을 것임을 밝혔을 뿐만 아니라 이 분별 있는 서약을 거둬들일 아무런 이유도 찾지 못했다. 워싱턴 스퀘어에서 만찬 대접을 받은 후 다시 그곳을 찾는 것은 모리스로서는 물론 품위를 갖춘 정중한 처신이었고 이러한 방문을 통해 친절한 접대를 받은 후 계속해서 모습을 드러내는 것도 극히 자연스러운 일이었다. 그에게는 주체하기 어려울 정도로 시간이 많았다. 삼십 년 전만 해도 한가한 뉴욕의 젊은이들을 자기 망각 상태로 빠져들 수 있도록 이끌어준다는 것은 마땅히 고마워해야 할 일이었다. 그의 방문에 대해 캐서린은 아버지에게 아무런 말도 하지 않았지만 이는 급속도로 그녀의 삶의 가장 중요한 부분이 되어갔고 그녀를 깊이 열중하게 했다. 그녀는 아주 행복했다. 아직까지는 이러한 만남이 어떠한 결실을 맺을지 알지 못했지만 갑작스레 지금 이 순간이 소중하고 신성하게 느껴지기 시작했다. 사랑에 빠졌다는 말을 누군가 한다면 그녀는 화들짝 놀랐을 것이다. 왜냐하면 그녀는 사랑이란 열렬하면서도 몹시 힘겨운 열정이라고 생각했기 때문이다. 그래서인지 요즈음 그녀의 가슴은 자신을 낮추고 희생하려는 충동으로 가득 차오르곤 했다. 타운센드가 돌아가고 나면 그녀는 으레 상상의 나래를 힘껏 펼치고 그가 곧 다시 돌아올 것이라는 생각에 빠져들었다. 그렇지만 바로 그런 순간에 일 년 동안, 어쩌면 영영 그가 돌아오지 못할 것이라는 말을 듣는다 해도 그녀는 불평하거나 반발하지 않았을 것이다. 겸허히 이 판결을 받아들이고 그를 만날 수 있었던 시간들, 그가 했던 말들, 그의 음성, 그의 발자국 소리, 그의 표정들을 떠올리며 위안을 찾으려 했을 것이다. 사랑이라는 것은 어떤 것들을 권리인 양 요구하게 하지만, 캐서린은 자신의 권리에 대해서는 생각해본 적이 없었고, 단지 기대하지 않았던 엄청나게 친절한 행위들로 자신이 둘러싸여 있다고만 생각했다. 그녀는 스스로 이 모든 일들에 대한 깊은 감사의 마음을 억누르고 있었다. 자신의 비밀을 잔치를 벌이듯 떠벌리고 다니는 것은 어쩐지 무례한 일처럼 느껴졌기 때문이다. 그녀의 아버지는 모리스 타운센드의 방문이 꺼림칙했고, 그녀가 자제하고 있다는 것도 알아차렸다. 캐서린은 이런 일에 대해 용서를 구하는 듯 보였고 변함없이 침묵을 지키며 아버지를 바라보았는데, 마치 그를 화나게 할까 두려워 아무 말도 하지 않는 것이라고 말하려는 듯 보였다. 그런데 이 가엾은 소녀의 무언의 웅변은 그를 가장 괴롭히는 것이었고, 몇 번이고 그는 유일한 자식이 얼간이라는 사실이 참으로 한탄스런 일이라고 스스로에게 되뇌는 것이었다. 하지만 그의 중얼거림은 소리 내지 않는 것이었고, 당분간 그는 누구에게도 아무런 언급도 하지 않았다. 젊은 타운센드가 얼마나 자주 찾아오는지 알고 싶긴 했으나, 딸아이에게 직접 묻지는 않으리라 결심했다. 그는 자신이 딸아이를 지켜보고 있음을 내보일 만한 어떠한 말도 하고 싶지 않았다. 올바른 사람이고자 하는 생각이 의사에게 큰 의미를 지닌 것인 만큼, 그는 딸아이에게 자유롭게 대해주고 싶었고 눈에 보이게 위험이 감지될 때에만 개입하기로 했다. 간접적 경로로 정보를 수집하는 것은 그다운 행동이 아니었고, 하인들에게 물어본다는 것은 생각할 수도 없는 일이었다. 라비니아에 대해서라면, 그는 이 문제를 놓고 그녀와 얘기하는 것 자체를 혐오했다. 그녀의 어설픈 낭만적 성향은 그의 짜증을 돋울 뿐이기 때문이다. 하지만 그가 이를 회피할 수는 없었다. 겉으로는 두 분의 숙녀를 위해 찾아온다는 모양새를 취하고 있는 이 영리한 젊은 방문객과 조카딸 사이의 관계에 대한 페니먼 부인의 믿음, 그 믿음은 더욱더 풍요롭게 무르익어갔고 이러한 상황에 대처하는 페니먼 부인의 처신 어디에도 미숙함이란 없었다. 그녀는 캐서린만큼이나 말없는 사람처럼 굴었다. 사실을 숨기는 데서 오는 쾌락이 사뭇 즐거웠고, 그녀는 신비로움이라는 노선을 옹호하고 나섰다. "자신이 학대받고 있다고 스스로에게 증명해 보일 수만 있다면 그 아이로선 그야말로 황홀한 일일 것이야." 의사가 말했다. 그리고 여동생이 자신의 말에서 이러한 믿음에 대한 구실거리를 뽑아낼 궁리를 할 것이라는 확신을 갖고 마침내 의사는 질문했다.

"도대체 이 집 안에서 무슨 일이 일어나고 있는지 내게 좀 알려줄 수 있겠니." 자신이 처한 상황을 고려하면 스스로 생각해도 다정한 어조로 그가 말했다.

"일어나고 있다고요, 오스틴?" 페니먼 부인이 소리쳤다. "도무지 무슨 말씀인지 전 하나도 모르겠군요. 지난밤에 늙은 쥐색 고양이가 새끼를 낳은 건 맞아요."

"그 나이에 말이냐?" 의사가 말했다. "생각만 해도 놀랍구나. 거의 기절할 지경이군. 고양이 새끼들이 다 빠져 죽지 않도록 잘 지켜봐주려무나. 그런데 말이야, 또 무슨 일이 있었지?"

"아, 그 귀여운 어린 고양이들요!" 페니먼 부인이 소리쳤다. "난 결코 그 고양이들이 물에 빠져 죽게 내버려두지 않아요!"

그녀의 오라비는 잠시 침묵을 지키며 시가를 피웠다. "네가 고양이들을 위해 품고 있는 동정심은 말이다, 라비니아." 그가 이내 말을 이었다. "네 안에 있는 고양이 같은 성격에서 솟 아니는 거야."

"고양이들이 얼마나 깨끗하고 우아한데요." 미소를 지어 보이며 페니먼 부인이 말했다.

"그리고 아주 교활하지. 너야말로 우아함과 청결함의 화신이지. 하지만 너에겐 솔직함이 부족해."

"오라버니, 물론 오라버닌 그렇지 않죠."

"난 청결히 하려 애쓰긴 한다만 우아한 체하지는 않지. 모리스 타운센드가 일주일에 네 차례나 이곳을 드나든다는 얘기를 왜 안 한 거냐?"

페니먼 부인이 눈썹을 치켜들었다. "일주일에 네 번이라고요!"

"그렇다면 세 번이라고 해두지, 아니면 다섯 번, 네가 원한다면 말이다. 하루 종일 난 멀리 나가 있고, 아무것도 지켜볼 수 없다. 하지만 그런 일들이 일어나고 있다면 내게 알려야 하는 거다."

여전히 눈썹을 치켜든 채 생각에 몰두하더니, "오스틴" 그녀가 마침내 얘기를 꺼냈다. "나는 신뢰를 저버리는 일은 할 수 없어요. 차라리 어떤 고통이든 받겠어요."

"두려워할 것 없다. 네가 고통을 겪을 필요는 없어. 누구에 대한 신뢰를 말하는 것이냐? 캐서린이 영원히 비밀을 지키겠다는 서약이라도 하게 했단 말이냐?"

"결코 그런 일은 없었어요. 그 아인 그렇게 많은 얘기를 내게 하는 그런 아이가 아니에요. 별 믿음이 없는 거죠."

"그렇다면 그 젊은이가 너를 절친한 친구로 삼았나 보구나? 젊은이들과 그런 은밀한 동맹을 맺는 것은 대단히 무분별한 행위라는 걸 말해줘도 되겠니. 그 젊은이들이 널 어디로 이끌지 넌 모를 거다."

"동맹이라니 무슨 말씀인지 모르겠네요." 페니먼 부인이 말했다. "난 타운센드 씨에 대해 지대한 관심을 갖고 있어요. 그걸 숨기진 않겠어요. 하지만 그게 전부라고요."

"지금 상황으로는 그 정도면 아주 충분하지. 그런데 네가 왜 그렇게 타운센드 군에 대해 관심을 갖게 된 거지?"

"왜긴요." 생각에 잠기더니, 미소를 지어 보이며 말했다. "아주 흥미로운 청년이잖아요!"

의사는 인내심이 요구됨을 느꼈다. "그렇다면 무엇이 그 청년을 흥미롭게 하는 걸까? 잘생긴 외모인가?"

"그의 불행이죠, 오스틴."

"아, 불행을 겪어왔다고? 그런 일은 언제고 흥미롭지. 네 처지라면 타운센드 군의 불행을 한두 가지 누설해도 될 듯한데?"

"그 청년이 좋아할지는 나도 모르겠어요." 페니먼 부인이 말했다. "그 청년은 내게 자신에 대한 얘기를 엄청나게 쏟아냈어요. 말하자면 그의 인생사를 다 털어놓은 거죠. 하지만 내가 그 얘기를 옮겨서는 안 될 것 같아요. 오라버니가 따뜻하게 그의 얘기를 들어줄 수만 있다면, 그가 직접 얘기하려 할 거예요. 틀림없어요. 따뜻하게만 대한다면 오라버닌 그 청년으로부터 뭐든 얻어낼 수 있을걸요."

의사는 한바탕 웃어 보였다. "그렇다면 아주 따뜻하게 그 청년에게 캐서린을 그냥 내버려두라고 청해야겠어."

"아!" 페니먼 부인이 새끼손가락을 앞으로 구부린 채, 집게손가락을 오라비에게 흔들어 보이며 말했다. "캐서린이 그에게 했던 말은 틀림없이 그것보다는 더 친절한 것이었을 거예요!"

"그를 사랑한다고 말이냐? 그런 뜻이냐?"

페니먼 부인은 마룻바닥에 눈을 고정시켰다. "말했잖아요, 오스틴. 그 아인 내게 아무런 말도 털어놓지 않는다니까요."

"언제나 넌 너 자신만의 의견을 갖고 있잖니. 내가 묻고 있는 건 바로 그것이다. 네 의견을 확정된 것으로 간주할 생각이 없다는 걸 굳이 감추진 않겠지만 말이다."

페니먼 부인은 계속해서 양탄자를 응시하더니 마침내 눈을 들었고, 그것은 오라비가 보기에 참으로 의미심장했다. "난 캐서린이 아주 행복해한다고 생각해요. 내가 할 수 있는 말은 이게 전부예요."

"타운센드는 캐서린과 결혼할 생각이군. 이 말을 하려는 것 아니냐?"

"그가 캐서린에게 깊은 관심을 갖고 있긴 해요."

"그 아이를 아주 매력적이라고 생각한다고?"

"캐서린은 사랑스런 자질을 갖고 있어요, 오스틴." 페니먼 부인이 말했다. "그리고 타운센드 씨는 그런 자질을 알아보는 총명함이 있고요."

"네가 좀 거들었겠지, 그랬을 거야. 라비니아." 의사가 소리쳤다. "너야말로 아주 존경할 만한 고모지!"

"타운센드 군이 그런 말을 한 건 사실이에요." 미소를 곁들이며 라비니아가 말했다.

"그 청년이 진심에서 그렇게 말했다고 생각하는 거냐?" 그녀의 오라비가 물었다.

"저에게 말한 게 진심이냐고요?"

"아니지, 그거야 물론 진심이겠지. 그런데 캐서린에 대해 감탄하는 것 말이다, 그게 진심일까?"

"말할 수 없이 진지해요. 그가 캐서린에 대해 한 말들은 하나같이 참된 가치를 알아보는 사람만이 말할 수 있는 아주 매력적인 것들이었어요. 오라버니에게도 들려주려 할 거예요. 오라버니가 진정으로 다정하게 그의 말에 귀 기울이려 한다면 말예요."

"내가 그런 일을 할 수 있을지 모르겠구나. 그 청년 굉장한 친절함을 요구하는 것 같아서 말이다."

"그 청년은 민감한 기질을 갖고 있으면서도 마음이 통할 수 있는 사람이에요." 페니먼 부인이 말했다.

오라비는 말없이 시가를 또 한 모금 빨았다. "그런 섬세한 자질들이 그의 삶의 역경을 견뎌내며 살아남았다, 이거냐? 하지만 너는 그의 불행에 대해서는 한마디도 늘어놓지 않았어."

"그건 간단한 얘기가 아니에요." 페니먼 부인이 말했다. "그리고 내겐 그것이 어떤 신성한 신뢰와 같은 것이라고요. 하지만 그의 삶이 방종한 것이었다고 말하는 데는 아무런 이의가 없을 듯하군요. 그가 솔직히 털어놨거든요. 그렇지만 그는 그 값을 치렀다고요."

"그래서 그 청년이 가난뱅이가 된 것이고, 그런 거냐?"

"난 단순히 돈 얘기를 하는 게 아니에요. 그는 참으로 외로운 처지에 있어요."

"네 말은 그의 행실이 너무 안 좋아서 친구들이 다 그를 버렸다는 거냐?"

"행실이 안 좋은 친구들이 있었나 봐요. 그를 속이고 배신했대요."

"행실 좋은 친구들도 있긴 있었나 보군. 헌신적인 누이에 여섯 명이나 되는 조카애들도 있고."

한순간 페니먼 부인은 말이 없었다. "조카들이야 다 애들이고, 그 누이는 그다지 매력적인 사람은 아니에요."

"그 청년이 네게 제 누이 험담을 늘어놓지는 않았기를 바란다마는." 의사가 말했다. "내가 들은 바로는 그 누이가 그를 먹여 살리고 있다고 하니까."

"먹여 살린다고요?"

"함께 살고 있으면서 스스로 돈벌이를 하는 건 하나도 없어. 결국 같은 말이지."

"진지하게 일자리를 찾고 있다고요." 페니먼 부인이 말했다. "매일같이 일자리를 찾으려 한다고요."

"물론 그렇겠지. 이곳에서 말이야. 저기 앞거실에 앉아서 말이다. 약하기 그지없는 심성을 타고났고 엄청나게 부유하기까지 한 여인의 남편이 되는 것이야말로 그 청년에게 완벽하게 어울리는 자리지!"

페니먼 부인은 사실 상냥한 여인이었는데, 이 순간 그녀는 분노를 터뜨렸다. 상당히 힘 있게 자리에서 일어나더니 잠시 오라비를 뚫어져라 쳐다보며 그대로 서 있었다. "오스틴." 그녀가 말했다. "캐서린을 연약한 심성을 가진 아이로 보고 계시다면 오라버닌 상당히 잘못 알고 계신 거예요!" 이 말을 남기고 그녀는 위엄 있게 멀어져 갔다.

제9장

위싱턴 스퀘어 일가에게는 일요일 저녁마다 올먼드 부인
댁을 찾아 시간을 함께 보내는 것이 일상적 관례였다. 방금 언
급된 대화가 오고 간 다음 일요일에도 이러한 관례는 어김없
이 지켜졌고, 저녁 시간이 절반쯤 지났을 무렵 슬로퍼는 처남
과 함께 서재로 자리를 옮겨서 사업에 관한 얘기를 주고받고
있었다. 이십여 분 정도 자리를 비운 후 의사가 다시 사람들
사이에 뒤섞였을 때는 이 집과 친분이 있는 몇몇 친구들로 인
해 모임 분위기는 활기를 띠고 있었으며, 모리스 타운센드도
이미 모습을 드러낸 상태였고 지체 없이 자그마한 소파에 캐
서린과 함께 자리를 잡고 앉아 있는 것이 그의 눈에 포착되었
다. 몇몇 무리들로 나뉜 그 방 안에는 사람들의 말소리와 웃음
소리가 높았고, 의사가 스스로에게 표현한 바대로라면 이 두
젊은이들은 사람들의 관심을 끌지 않으면서도 담소를 나눌

수가 있었다. 그런데 한순간 그는 딸아이가 자신의 감시를 고통스럽게 의식하고 있음을 알아챘는데, 그 아이는 꼼짝 않고 자리에 앉아서 눈을 아래로 내리깔고는 몹시 얼굴을 붉힌 채 자신의 펼쳐진 부채를 응시하고 있었고, 무분별하게 행동한 죄를 스스로 실토하듯, 그리고 이 죄를 최대한 줄여보기라도 하겠다는 듯이 사뭇 오그라들어 있었다.

의사는 그 아이가 가엾어졌다. 가엾은 캐서린은 결코 반항적인 성격이 아니었고 만용을 부리는 재주라고는 전혀 없었다. 자신의 짝을 지켜보는 아버지의 눈길이 마땅치 않은 것임을 느꼈을 때에도 아버지에게 맞서려는 듯 보이는 어떠한 기미도 없었고, 단지 불편해 보일 뿐이었다. 의사는 진심으로 딸아이가 안돼 보였고 감시당한다는 느낌을 떨쳐버릴 수 있도록 그 아이에게서 돌아섰다. 그는 진정 현명한 사람이었고 마음속에서 그 아이의 상황에 대해 일종의 시적 정의(正義)를 내려주었다.

"활기라곤 없는 평범한 아이에게 젊고 잘생긴 한 젊은이가 다가와서 바로 곁에 자리를 잡고 앉아 자신이 그녀의 노예임을 속삭인다면, 저 청년이 그렇게 속삭이고 있다면 말이야, 그건 엄청나게 기쁜 일이겠지. 틀림없어, 저 아이가 싫어할 리가 없어. 저 아이는 날 잔인한 폭군이라고 생각하겠지. 틀림없이 저 아인 그럴 거야. 스스로 인정하긴 어렵겠지만 저 아인 활기가 부족하거든. 가엾어, 나이 찬 캐서린!" 의사는 생각했다. "저 아인 타운센드가 날 헐뜯을 경우 날 옹호할 아이야. 난 조금도 의심치 않아!"

그리고 그 순간 이러한 생각은 더 힘을 얻었고, 그 생각은 자신의 관점과 사랑에 빠진 딸아이의 관점 사이에 실재하는 어떤 대립점을 포착하게 했고, 그 결과 의사는 어쩌면 자신이 이 모든 일을 지나치게 냉혹하게 받아들이고 있고 다치지도 않았는데 지레 울음부터 터뜨리고 있는 것인지도 모른다는 생각을 하게 되었다. 아직 모르는 일로 모리스 타운센드를 비난해서는 안 되는 것이다. 사태를 지나치게 냉혹하게 받아들이는 것은 그로서는 상당히 혐오스런 일이었는데, 살면서 겪게 되는 수많은 절망과 고통의 절반은 모두 이런 냉혹함에 근원을 두고 있다고 그는 생각했다. 따라서 한순간 그는 혹시 이 총명한 젊은이의 눈에 자신이 우스워 보였던 것은 아닌지 자문해보았다. 이 젊은이는 어색함을 포착해내는 일에 관해서라면 겉으로 드러나지 않는 예리함을 갖고 있었다. 십오 분쯤 지나자 캐서린은 그에게서 풀려났고, 타운센드는 이제 난롯가에 서서 올먼드 부인과 얘기를 나누고 있었다.

"이 청년을 다시 한번 시험해봐야겠어." 의사가 말했다. 그러더니 그는 방을 가로질러 그의 여동생, 그리고 그녀의 손님과 자리를 함께하더니, 여동생에게 이 청년을 그에게 맡겨두라는 신호를 보내는 것이었다. 그녀는 즉시 그의 지시를 따랐고 모리스는 미소를 지어 보이며 그를 바라보았다. 그의 아름다운 두 눈에는 피하는 기색 하나 없었다.

"이 청년 자만심이 대단하군!" 의사가 생각했다. 그러고는 큰 소리로 말했다. "신분에 어울리는 지위를 찾고 있다고 들었는데."

"아, 지위라뇨, 그건 제겐 너무 과한데요." 모리스 타운센드가 대답했다. "참 듣기 좋은 말씀입니다만 전 그저 어떤 요란하지 않은 일자리, 건실하게 돈을 벌 수 있는 그런 자리라면 좋겠습니다."

"어떤 일자리를 마음에 두고 있나?"

"어떤 일자리가 제게 맞느냐는 말씀이신가요? 유감스럽게도 그다지 많지가 않습니다. 제가 가진 거라곤 통속극에서 사람들이 말하듯이 건장한 오른팔뿐입니다."

"자네 너무 겸손하군." 의사가 말했다. "건장한 오른팔 외에도 자네는 섬세한 두뇌를 갖고 있네. 난 내가 직접 본 것들 외에 자네에 대해 아는 것이 없네. 한데 자네 인상으로 보건대 자넨 상당히 총기가 있어."

"아." 타운센드가 목소리를 낮췄다. "그렇게 말씀해주시니 뭐라 드릴 말씀이 없군요. 그러시다면 제게 절망하지 말라는 충고를 해주시려는 것이군요?"

그러더니 그는 마치 이 질문에 두 가지 의미가 함축되어 있기라도 하듯 자신의 대화 상대를 쳐다보는 것이었다. 그의 눈길을 의식한 의사는 대답하기에 앞서 잠시 그 뜻을 재는 시간을 가졌다. "참으로 유감이네만 건장하고 성격 좋은 젊은이도 절망하게 되어 있다는 것을 인정해야 할 것 같네. 한 가지 일에 성공하지 못할 경우 또 다른 일을 시도할 수 있겠지. 다만 내가 덧붙여야 할 것은 그런 젊은이는 자신의 길을 아주 신중하게 선택해야 한다는 것이지."

"아, 네, 신중하게요." 모리스 타운센드가 동감이라는 듯이 반복했다. "예전에는 제가 신중하지 못했던 게 사실입니다만 이제는 다 넘어섰습니다. 아주 차분한 생활을 하고 있죠." 그리고 그는 눈부시게 깨끗한 신발을 내려다보며 잠시 서 있었다. 그러더니 드디어 "고맙게도 제게 도움이 되는 어떤 자리를 제안해주실 작정이신가 봅니다." 고개를 들고 미소를 지어 보이며 그가 물었다.

"저어런 뻔뻔스러운 경우를 봤나!" 의사가 속으로 소리쳤다. 하지만 이내 결국 이런 민감한 지점을 먼저 건드린 것이 자신이고, 자신의 말이 도움을 주겠다는 제안으로 들릴 수도 있었음을 깨달았다. "특별히 제안해줄 것은 없네만." 주저하지 않고 그가 대답했다 "내 자네를 항상 기억해둬야겠다는 생각이 드는군 그래. 가끔씩 일자리가 있다는 말을 듣곤 한다네. 예를 들어 뉴욕을 떠날 생각은 없나? 아주 멀리 말일세."

"죄송스런 말씀입니다만 그럴 수는 없습니다. 다른 어느 곳도 아닌 이곳에서 제 운을 찾아야 할 것 같습니다. 아시겠지만." 모리스 타운센드가 덧붙였다. "전 이곳에 연고가 있습니다. 제가 책임져야 할 사람들이 있죠. 홀로 되신 누님이 한 분 계신데, 오랫동안 떨어져 지내왔습니다. 그분께는 사실상 제가 전부인 셈인데 말입니다. 그분을 떠나겠다는 말을 할 수는 없을 것 같습니다. 아시겠지만 누님은 제게 상당 부분 의지하고 계십니다."

"아, 그거 참 맞는 말일세. 가족 간의 정이야말로 진정 소중한 것이지." 슬로퍼가 말했다. "이 도시에서는 그런 가족애를 찾아보기가 흔치 않다는 생각을 종종 한다네. 자네 누님 얘기는 들은 적이 있는 것 같군."

"그러실 수도 있습니다만 좀 의외군요. 제 누님께선 상당히 조용히 살아가고 계십니다."

"자네 말은." 짧게 웃어 보이더니 의사는 계속했다. "네댓 명이나 되는 어린아이들을 거느린 부인이 할 수 있을 만큼의 조용한 삶을 누리고 계시다는 얘기겠지."

"아, 제 어린 조카들 말씀이군요. 그 점이 중요합니다! 그 아이들을 양육하는 데 도움을 드리고 있습니다." 모리스 타운센드가 말했다. "그러니까 저는 일종의 아마추어 가정교사인 셈입니다. 그 아이들을 가르치고 있지요."

"내 말했듯이 그거 참 잘하는 일이군. 하지만 경력이라고 할 수는 없을 것 같군 그래."

"재산을 모으지는 못할 겁니다." 젊은이가 털어놨다.

"재산에 너무 눈독을 들여서는 안 되네." 의사가 말했다. "하지만 자넬 기억해두겠네. 내 맹세하지. 자넬 잊는 일은 없을 걸세."

"제 처지가 절망적으로 내몰린다면 어쩌면 멋대로 어르신을 믿고 떠올릴지도 모르겠습니다." 다소 높은 목소리로, 좀 더 밝게 미소를 지어 보이며 모리스가 대답했다. 그러자 그의 대화 상대자는 그만 몸을 돌려버렸다.

올먼드 부인의 집을 나서기 전에 의사는 그녀와 몇 마디 얘기를 나눴다.

"그 청년의 누이 되는 사람을 만나봐야겠다." 그가 말했다. "성함이 어떻게 된다고 했지? 몽고메리 부인이라고? 그 부인과 얘기를 좀 나눠봐야겠어."

"자리를 한번 마련해볼게요." 올먼드 부인이 대답했다. "최대한 빨리 그 부인을 초대할 수 있도록 기회를 만들어보겠어요. 오셔서 만나보시면 되겠네요. 만약 그 부인이 먼저 앓아누워서 오라버니를 부르러 보내야겠다는 생각을 하지 않는다면 말예요." 올먼드 부인이 덧붙였다.

"아니다, 그건 안 될 말이야. 그런 일이 아니더라도 그 부인은 걱정거리들이 충분히 많을 게야. 하지만 그 방법도 나름대로 일리가 있겠군. 그리되면 그 자녀들을 만나볼 수 있을 게 아니냐. 그 아이들은 꼭 만나보고 싶구나."

"오라버니는 너무 철두철미하세요. 그 아이들을 앞에 놓고 삼촌에 대한 심문을 하겠다는 거예요?"

"바로 그렇지. 그 아이들 삼촌이 직접 그랬어. 자신이 그 아이들 교육을 담당한다고. 그래서 아이들 어머니가 학교 등록금을 절약하고 있다고 하더군. 난 그 아이들에게 몇 가지 평범한 질문을 해보고 싶구나."

"아무리 봐도 그 청년은 학교 선생을 할 부류는 아니야." 잠시 후 구석진 자리에 앉아 있는 조카딸 위로 몸을 구부리고 있는 모리스 타운센드를 바라보며 올먼드 부인은 혼잣말을 했다.

그리고 사실 그 순간 이 청년의 입에서 흘러나오는 강의는 전혀 선생님다운 느낌을 주는 것이 아니었다.

"내일 아니면 그 다음 날에라도 어디 다른 곳에서 날 좀 만나줄 수 있겠소?" 낮은 목소리로 그가 캐서린에게 말했다.

"당신을 만난다고요?" 겁에 질린 두 눈을 들어 보이며 캐서린이 물었다.

"당신에게 할 말이 있어요. 중요해요, 아주 중요한 말이에요."

"집으로 오시면 안 되겠어요? 집에서 말씀하시면 되잖아요." 타운센드는 맥 빠진 모습으로 고개를 저었다. "난 다시는 당신 집 문턱을 넘지 않을 거요."

"오, 타운센드 씨!" 캐서린은 낮게 소리쳤다. 그녀는 도대체 무슨 일인지, 그녀의 아버지가 그에게 금지 명령을 내린 것인지 알지 못한 채 몸을 떨었다.

"난 그럴 수 없소. 그건 자존심의 문제요." 젊은이가 말했다. "당신 아버님께서 날 모욕했소."

"당신을 모욕했다고요?"

"그분이 날 보고 가난하다고 비웃더이다."

"오, 당신이 잘못 알고 계신 거예요. 그분을 오해하시는군요!" 캐서린은 자리에서 일어나며 힘을 주어 얘기했다.

"어쩌면 내가 너무 자존심이 강한 것인지도 모르죠. 지나치게 민감한 것일 수도 있어요. 하지만 어디 다른 곳에서 날 만나주면 안 되겠소?" 정답게 그가 물었다.

"제 아버지에 관한 한 당신은 쉽게 단정 지으시면 안 돼요. 그분은 선량함으로 가득한 분이세요." 캐서린이 말했다.

"일자리가 없다고 날 비웃으시더군요. 난 말없이 그 비웃음을 받아들였어요. 그건 오로지 그분이 당신과 가까운 분이기 때문이었소."

"전 잘 모르겠어요." 캐서린이 말했다. "그분이 어떤 생각을 하고 계신지 전 모르겠지만, 틀림없이 그분께서는 당신을 따뜻이 대하려 하셨을 거예요. 당신은 지나치게 자존심을 내세우시면 안 돼요."

"난 오로지 당신을 위해서만 자존심을 내세울 거요." 모리스가 대답했다. "오후에 공원에서 날 만나줄 수 있겠소?"

캐서린으로서는 잔뜩 얼굴을 붉혀 보이는 것이 방금 언급된 선언에 대한 답변의 전부였다. 그의 질문에도 아랑곳없이 그녀는 돌아섰다.

"날 만나줄 수 없겠소?" 그가 다시 물었다. "그곳은 아주 조용해요. 어두워지기 전까지는 아무도 우릴 보지 못할 거요."

"친절하지 않은 건 당신이에요. 웃고 계신 것도 당신이고요. 그런 말씀을 제게 하시잖아요."

"나의 소녀여!" 젊은이가 속삭였다.

"내게는 자랑스러워할 만한 것이라곤 없다는 걸 알고 계시잖아요. 전 못생긴데다가 바보 같죠."

모리스는 열정적인 속삭임으로 이 말에 화답했다. 분명히 들리는 말은 하나도 없었고, 오직 그녀만이 그의 가장 소중한 사람이라는 말이 확실히 들렸을 뿐이다.

하지만 그녀는 말을 계속했다. "심지어 난, 난 심지어는 ……." 그러더니 그녀는 잠시 멈추었다.

"심지어 당신이 어떻다는 겁니까?"

"난 용기도 없어요."

"아 그렇다면, 당신이 이렇게 두려워하고 있는데 우리가 뭘 할 수 있죠?"

잠시 그녀는 망설였다. 그러더니 드디어, "당신이 집으로 와주셨으면 해요." 그녀가 말했다. "그런 것이라면 난 두렵지 않아요."

"공원에서 만나는 게 더 좋겠는데요." 젊은이가 거듭 간청했다. "거의 매번 텅 비어 있다시피 하다고요. 아무도 우릴 보지 못할 거예요."

"누가 우리를 보든 전 개의치 않아요. 그리고 지금은 절 내버려두세요."

체념하듯 그녀에게서 돌아서긴 했지만 그는 원하던 것을 얻었다. 반 시간 후 아버지와 함께 집으로 돌아오는 길에── 용기를 내겠노라고 갑작스레 다짐했음에도 불구하고 바로 곁에 아버지가 있음을 감지하며──그 가엾은 소녀가 또다시 공포에 질려 부들부들 떨기 시작했음을 다행히 그는 전혀 알지 못했다. 그녀의 아버지는 아무런 말이 없었지만 캐서린은 어둠 속에서 그의 눈이 자신에게 고정되어 있음을 알고 있었

다. 페니먼 부인 역시 말이 없었는데, 조카딸이 온통 마른 잎
사귀들로 뒤덮인 분수대 곁에서의 낭만적인 연인들의 밀회보
다는 무명천으로 감싸인 거실에서의 대면을 더 좋아하더라는
말을 모리스 타운센드로부터 전해 듣고서는 정말이지 괴상한
선택이라고, 거의 외고집에 가까운 선택이라고 생각하며 놀
라움을 금치 못하고 있었다.

제10장

　그 다음 날 캐서린은 그녀가 선택한 장소에서——십오 년
전 양식으로 우아하게 장식된 뉴욕의 한 거실에서——그 젊
은이와 마주 앉았다. 모리스는 자존심을 집어삼키고는 꽤나
조소적인 그녀 아버지의 집 문지방을 넘는 데 필요한 용기를
내려고 애썼다. 상당히 배짱 있는 처신이었고, 그를 두 배나
더 흥미 있는 인물로 만들 것이 틀림없는 선택이었다.
　"우린 뭔가 결정짓지 않으면 안 돼요. 방향을 잡아야 한다
고요." 손으로 머리를 쓸어 넘기고 두 개의 유리창 사이 공간
을 장식하고 있는 좁고 기다란 거울에 흘낏 자신을 비춰 보면
서 그는 뜻을 분명히 밝혔다. 거울 아랫부분에는 하얀 대리석
으로 된 얇은 조각을 두른 금도금된 자그마한 받침대가 있어,
두 권의 책——초록빛이 도는 금박 글씨로 '영국사' 라고 새겨
진 2절판 책 두 권——과 같은 모양새로 접혀 있는 주사위 놀

이 판을 모퉁이 부분으로 지탱해주고 있었다. 모리스가 이 집 주인을 인정이라곤 없고 남을 조롱하기를 즐기는 사람으로 평하려 했었다면, 그건 그가 보기에 이 주인이 지나치게 경계의 빛을 띠고 있었던데다가 자신이 그에 대해 느꼈던 불만감을 표현하기에 더없이 좋은 방식이었기 때문인데, 의사 앞에서는 절대로 이런 불만을 드러내지 않기로 그는 결심했다. 하지만 아마도 독자가 보기에는 의사가 경계를 하는 것도 전혀 무리가 아니며, 이 두 젊은이의 관계는 이미 드러나 있었다. 이들의 친밀함은 이제 평범한 수준을 넘어섰고, 움츠러들고 뒷자리에 서게 마련인 사람치고는 우리 여주인공은 그녀답지 않게 자신의 애정을 마음껏 흩뿌린 것으로 보였을 수도 있다. 며칠 사이에 그녀는 이 젊은이로 인해 자신이 전혀 준비되어 있지 않다고 여겼던 일들에 대한 얘기를 귀담아 듣게 되었고, 어려움이 닥쳐오리라는 강한 예감도 갖게 되었다. 모리스 타운센드는 현재로서는 가능한 한 가장 넓게 기반을 닦아나가고 있었다. 그는 행운은 용감한 자의 편이라는 말을 기억해냈는데, 설령 그가 이를 잊고 있었다 해도 페니먼 부인이 그를 위해 기억해냈을 것이다. 페니먼 부인은 이제 연극의 막이 올랐다고 스스로를 부추겼고, 이 연극의 모든 부분에 매혹되어 있었다. 늘 그랬듯이 그녀는 추진하는 사람의 열의와 관객으로서의 조바심을 한데 모아서 진작부터 막을 올리려고 안간힘을 쓰고 있었다. 그녀는 또한 이 공연에 직접 참여할 수 있기를 기대하고 있었다. 마음을 털어놓을 수 있는 친구 역할을 맡거나 아니면 코러스가 되어서 맺음말을 전하고 싶어 했다. 때때로 그녀는 극의 주인공과 자신 사이에서 일어날 법한 멋진 장면들에 대한 생각에 빠져들었고 그 와중에 얌전한 여주인공의 모습은 어디에도 보이지 않는 경우가 전혀 없었던 것도 아니었다.

결국 모리스가 캐서린에게 했던 말은 한마디로 그녀를 사랑한다는 것, 더 정확히 말하자면 그녀를 찬미하고 있다는 것이었다. 사실 그 정도의 내색은 이미 한 상태였다. 그의 방문은 이를 잘 드러내는 일련의 암시였다. 하지만 지금 이 순간 그는 연인의 맹세로 그 뜻을 전했고, 기억에 남을 만한 징표로서 자신의 팔로 소녀의 허리를 감싸 안고는 입맞춤을 감행했다. 이 행복에 겨운 확신은 캐서린이 기대했던 것보다 더 일찍 찾아왔고, 너무나 자연스럽게 이는 그녀의 아주 소중한 보배가 되었다. 어쩌면 그녀는 이런 순간을 맞이하게 되리라는 기대조차 하지 않았을 것인데, 그녀는 이런 순간을 고대하지도 않았고 언젠가 틀림없이 이런 순간이 다가오리라고 스스로에게 속삭였던 적도 없었다. 내가 설명하려 했던 것처럼 그녀는 열정적이지도 또 단호하지도 못했다. 그녀는 하루하루 그녀에게 주어지는 것들을 받아들였다. 연인의 방문은 신뢰와 소심함이 이상하게 뒤섞인 행복의 감정을 자아냈고, 만약에 이 기분 좋은 일상이 갑작스럽게 끝나야 한다 해도 그녀는 자신이 버려졌다고 말하지 않을 것이고, 또 절망적이라고 생각하지도 않을 것이다. 바로 지난번, 그가 그녀와 함께했을 때 무르익은 헌신의 징표로서 모리스가 그녀에게 입맞춤을 한 후 그녀는 그에게 그만 자리를 비켜줄 것을, 그녀를 혼자 내버려둘 것을, 혼자 생각할 수 있도록 내버려둘 것을 간청했다. 또 한 번의 입맞춤을 빼앗은 후 모리스는 물러났다. 그런데 캐서린의 생각에는 어떤 일관성이 결여되어 있었다. 그 후로도 캐서린은 오랫동안 자신의 입술 위에 또 볼 위에 그의 입맞춤을 느끼고 있었고 이런 느낌은 그녀가 숙고하는 데 도움이 되기보다는 이를 가로막고 있었다. 그녀는 이 모든 상황이 그녀 앞에 뚜렷이 보이기를 원했다. 그래야만 그녀가 두려워하는 것처럼, 만약 아버지가 모리스 타운센드를 반대한다면 자신이 어떻게 해야 할지를 결정할 수 있을 것 같았다. 하지만 그녀 앞에 선명하게 그려지는 것은 누구든 그를 반대한다는 것은 참으로 이상한 일이라는 것뿐이었다. 그런 경우에는 분명히 어떤 오해가, 어떤 알지 못하는 일이 있을 것이고, 그런 일들은 곧 해결될 것이라고 느껴졌다. 결심을 하는 일도 선택하는 일도 그녀는 뒤로 미뤘는데, 아버지와 반목하는 장면이 떠오르면 두 눈을 내리깔고 꼼짝 않고 앉아서 숨을 참아내며 그렇게 기다리는 것이었다. 그러면 가슴이 뛰었고 무척 고통스러웠다. 모리스가 그녀에게 입맞춤을 하고 속삭였을 때에도 역시 가슴이 뛰었다. 하지만 이번에는 상황이 더 안 좋았고, 그녀를 겁에 질리게 했다. 그럼에도 불구하고 오늘 그 젊은이가 뭔가 결정짓고 대책을 세우자는 얘기를 했을 때 그녀는 그것을 진심으로 받아들였고 망설임 없이 단호하게 대답했다.

"우리가 해야 할 바를 다해야 해요." 그녀가 말했다. "아버지께 말씀드려야겠죠. 오늘 밤 제가 말씀드리도록 할게요, 당신은 내일 말씀드리고요."

"당신이 먼저 말씀드리겠다니 참 다행입니다." 모리스가 대답했다. "보통은 젊은 남자, 사랑에 빠져 있는 행복에 찬 젊은 이가 그런 일을 합니다만, 당신 뜻대로 해야죠."

그를 위해서 자신이 용감해져야 한다는 것이 캐서린에게는 기쁨으로 다가왔고, 만족스러워서인지 그녀는 엷게 미소를 지어 보였다. "여자들이 더 재치 있잖아요." 그녀가 말했다. "여자들이 우선적으로 그런 일을 해야 해요. 회유하는 능력이 더 뛰어나죠. 더 설득력 있어요."

"당신의 모든 힘을 모아 설득하셔야 할 겁니다. 하지만 결국." 모리스가 말했다, "당신은 누구든 제압하고 말 거예요."

"제발 그런 말씀은 마세요. 그리고 제게 이것만은 약속해주세요. 내일 아버지와 말씀 나눌 때는 아주 예의 바르고 또 공손하게 처신하셔야 해요."

"있는 힘껏 그렇게 하죠." 모리스가 약속했다. "큰 효과야 없겠지만, 어쨌거나 노력은 하겠어요. 물론 나도 당신을 싸워서 쟁취하기보다는 힘들이지 않고 얻을 수 있기를 원하니까 말입니다."

"싸운다는 말씀 마세요. 우린 싸움 같은 건 하지 않을 거예요."

"아, 우린 준비는 해둬야 해요." 모리스가 가로막았다. "특히 당신은 더욱 그렇습니다. 당신에겐 결코 쉬운 일이 아닐 테니까요. 당신 아버님이 맨 처음으로 무슨 말씀을 하실지 아세요?"

"아뇨, 모리스. 말씀해주세요."

"내가 날 팔아넘겼다고 하실 겁니다."

"팔아넘겼다고요!"

"관대한 표현이죠. 하지만 비열한 뜻을 담고 있어요. 내가 당신의 돈을 좇는 인간이란 뜻이죠."

"아!" 캐서린은 희미하게 중얼거렸다.

그 외마디 외침은 참으로 진지한 애원을 담고 있었고, 사람의 마음을 움직이는 힘이 있는 것이어서 모리스는 또 한 번 살짝 애정을 겉으로 드러내 보이는 행동에 몰두해야 했다. "하지만 틀림없이 그분은 그렇게 말씀하실 겁니다." 그가 덧붙였다.

"그런 일에 대비하는 것은 어렵지 않아요." 캐서린이 말했다. "내가 분명히 얘기할 거예요. 아버지가 잘못 알고 계신 거라고요. 다른 사람들은 그럴지 몰라도 당신은 그렇지 않다고요."

"당신은 그 점을 아주 확실히 해주셔야 합니다. 그분은 그 부분에 대해 강한 확신을 갖고 계시니까요."

캐서린은 잠시 연인을 바라보더니 말을 꺼냈다. "아버지를 설득하겠어요. 하지만 우리가 부자가 된다는 것이 난 기뻐요." 그녀가 덧붙였다.

모리스는 돌아서서 모자 꼭대기를 응시했다. "그렇지 않아요. 그건 불행이에요." 마침내 그가 말했다. "우리의 모든 고난은 다 거기서부터 시작될 거예요."

"그런가요. 그게 최악의 고난이라면 우린 그렇게 불행한 것도 아니에요. 많은 사람들은 그걸 대단한 불행이라고는 보지 않을 거예요. 난 아버지를 설득할 것이고, 그렇게 되면 우리는 우리가 부자라는 사실을 기뻐하게 되겠죠."

모리스 타운센드는 말없이 이 당찬 논리에 귀를 기울이고 있었다. "내 변호를 당신께 맡기겠어요. 남자라면 치욕을 참고서라도 스스로를 그런 혐의로부터 지켜내야 하거든요."

캐서린 편에서는 잠시 말이 없었다. 모리스가 뚫어져라 창밖을 응시하고 있는 동안 그녀는 그를 쳐다보고 있었다. "모리스." 갑작스럽게 그녀가 말을 꺼냈다. "당신 정말로 날 사랑하는 거죠?"

그는 돌아섰고, 눈 깜짝할 사이에 그녀 위로 몸을 굽혔다. "내 소중한 사람, 당신 그게 의심스러워요?"

"당신이 날 사랑한다는 걸 안 지 겨우 닷새가 지났어요." 그녀가 말했다. "그런데 이젠 당신의 사랑 없이 난 살 수 없을 것 같아요."

"당신에게 그런 일은 결코 없을 거예요." 그러더니 그는 낮고 부드러운, 확신을 담은 웃음을 지었다. 그러더니 이내 이렇게 덧붙였다. "당신도 내게 약속해줘야 할 게 있어요." 방금 전 말을 마친 이후 그녀는 눈을 감았고 아직도 감은 채로 있었다. 모리스의 말에도 그녀는 눈을 뜨지 않은 채 고개만 끄덕이는 것이었다. "약속해줘요." 그가 계속했다. "만약 당신 아버님이 날 반대하셔도, 그분이 우리의 결혼을 완강하게 반대하신다 해도, 당신은 변함없이 내게 충실할 것이라고 말이오.”

캐서린은 눈을 뜨고 그를 쳐다보았다. 그녀가 해줄 수 있는 약속이라고는 그가 그녀의 눈길 속에서 읽어낼 수 있는 것이 전부였다.

“당신 내게 충실할 거죠?” 모리스가 말했다. “당신이 당신 자신의 주인이란 것, 당신도 알잖아요. 당신은 성인이라고요.”

“아, 모리스!” 모든 대답을 대신해 그녀가 중얼거렸다. 아니 어쩌면 이 중얼거림이 그녀의 대답의 전부를 담고 있는 것은 아니었는지도 모른다. 왜냐하면 그녀가 자신의 손을 그의 손 안으로 밀어 넣었기 때문이다. 그는 그녀의 손을 잠시 쥐고 있었고, 이내 다시 그녀에게 입맞춤을 했다. 바로 이것이 그들 사이에 오고 간 대화의 모든 기록인데, 만약 페니먼 부인이 그 자리에 있었더라면, 워싱턴 스퀘어 공원의 분수 옆에서라면 있을 수 없는 일이었음을 인정해야 했을 것이다.

제11장

그날 저녁 아버지를 기다리고 있던 캐서린은 아버지가 집으로 돌아와서 서재로 걸어가는 소리를 들었다. 캐서린은 거의 반 시간 동안 마구 뛰는 가슴을 안고 조용히 앉아 있었다. 그러고 나서 서재로 갔고 문을 두드렸다. 이런 의식을 치르지 않고 그녀가 아버지 서재의 문지방을 넘나드는 경우는 결코 없었다. 이제 막 들어선 캐서린에게 난로 옆 의자에 앉아 시가와 석간신문으로 휴식을 취하고 있는 아버지의 모습이 들어왔다.

"말씀드릴 게 있어요." 아주 얌전하게 말을 꺼내고서 그녀는 가장 가까이 있는 자리에 앉았다.

"기꺼이 듣고 싶구나, 애야." 아버지가 말했다. 그는 기다렸다. 그녀를 바라보며 기다렸다. 반면 그녀는 오랫동안 입을 열지 않았고 난로만 쳐다보았다. 모리스 타운센드에 대한 얘기를 꺼낼 것이 분명한 만큼 그는 궁금했고 조바심도 났다. 하지만 그녀에게 아주 다정하게 대하리라고 작정한 이상 그는 그녀가 자신만의 시간을 갖도록 내버려두었다.

"저 약혼했어요!" 여전히 난롯가를 응시하던 캐서린이 마침내 알렸다.

의사는 덜컥 놀랐다. 이 기정사실은 의사의 예상을 뛰어넘는 소식이었지만, 그는 놀라운 기색을 드러내지는 않았다. "내게 알린 건 참 잘한 일이다." 그는 그저 이렇게 말했다. "그렇다면 네게 선택받는 영예를 누리게 된 행복에 겨운 젊은이는 누굴까?"

"모리스 타운센드 씨예요." 연인의 이름을 입 밖에 내면서 캐서린은 아버지를 쳐다보았다. 언제나처럼 회색빛 도는 아버지의 눈동자, 선명하고 정돈된 아버지의 미소가 그녀를 맞이했다. 잠시 그녀는 그대로 아버지의 눈동자와 미소에 대한 생각에 잠겼다. 그러고는 이내 난롯가로 눈길을 돌렸다. 훨씬 더 따뜻했다.

"약혼은 언제 했니?" 의사가 물었다.

"오늘 오후에요. 두 시간 전이에요."

"타운센드 군이 여기 왔었다고?"

"네, 아버지, 앞거실에요." 야외에서, 잎사귀를 벗어버린 가죽나무 아래에서 약혼식을 치렀다고 말하지 않아도 된다는 사실이 그녀는 아주 기뻤다.

"진심이냐?" 의사가 말했다.

"진심이에요, 아버지."

잠시 그녀의 아버지는 말이 없었다. "타운센드 군이 내게 알렸어야 했어."

"내일 아버지께 말씀드리겠다고 했어요."

"너한테서 모든 얘기를 다 듣고 난 후에 말이냐? 미리 내게 알렸어야지. 너에게 상당한 자유를 허락한다고 해서 내가 전혀 신경도 쓰지 않을 거라 생각한다더냐?"

"아니에요." 캐서린이 말했다. "그분은 아버지께서 마음 쓰신다는 거 알고 있어요. 그리고 저희 자율에 맡겨주신 것에 대해서 정말 감사히 여기고 있어요."

의사는 짧게 웃어 보였다. "그 자율을 좀 더 적절히 써먹었어야 했다, 캐서린."

"제발 그런 말씀은 마세요, 아버지!" 둔한 듯 착해 보이는 눈으로 다소곳하게 아버지를 쳐다보며 소녀가 간청했다.

그는 잠시 시가를 피우며 생각에 잠겼다. "너무 서두르는 것 아니냐." 마침내 그가 말을 꺼냈다.

"네, 그래요." 캐서린이 짤막하게 대답했다. "저도 그렇다고 생각하고 있어요."

그녀의 아버지는 잠시 그녀를 힐끗 쳐다보더니 난롯가로 눈길을 돌렸다. "타운센드 군이 널 좋아한다는 것을 의심하는 건 아니다. 넌 아주 순진하고 또 착한 아이니까."

"왜 그런지는 저도 모르겠어요. 하지만 그분은 절 좋아해요. 전 확신해요."

"그리고 너도 타운센드 군을 좋아하고 있고?"

"물론 저도 그분을 아주 좋아해요. 그렇지 않다면 그분과 결혼하겠다고 하지 않았겠죠."

"그렇지만 얘야, 네가 그 사람을 알게 된 지는 얼마 안 되었잖니."

"아." 어떤 열렬한 감정을 드러내며 캐서린이 말했다. "일단 한 사람을 좋아하기 시작하면 그렇게 되는 게 오래 걸리는 일은 아니에요."

"아주 서둘러 시작했나 보구나. 그를 처음 본 순간, 그때 시작된 거냐? 네 고모가 연회를 열었던 그날 밤 말이다."

"모르겠어요, 아버지." 소녀가 대답했다. "그건 말씀드릴 수가 없어요."

"물론 그렇겠지. 그건 네 문제니까. 네가 더 이상 어린아이가 아니라는 것을, 분별 있게 처신할 수 있는 나이가 되었음을 떠올리게 되었을 때, 난 네게 자율을 허용했다. 네 권한을 침범하거나 하진 않았다. 너도 내가 이러한 원칙에 맞춰 처신해 왔다는 것을 알게 될 거다."

"전 나이도 들었고, 또 아주 현명해졌다는 느낌이 들어요." 희미한 미소를 지어 보이며 캐서린이 말했다.

"머지않아 네가 더 나이가 들고 훨씬 더 현명해졌다고 느끼게 될까 두렵구나. 네 약혼, 난 탐탁지 않다."

"아!" 자리에서 일어서며 자그마하게 캐서린이 외쳤다.

"난 마음이 내키지 않는다, 얘야. 네게 아픔을 줘서 미안하구나. 하지만 난 네 약혼이 맘에 들지 않아. 결정짓기에 앞서 나와 의논했어야 했다. 널 너무 풀어놨나 보다. 네가 나의 관대함을 멋대로 써먹고 있다는 느낌이 든다. 무엇보다 확실한 것은 내게 먼저 알렸어야 했다는 거야."

캐서린은 잠시 망설였다. 그러더니 "아버지가 맘에 들어하지 않으실까 봐 두려웠어요." 그녀가 털어놨다.

"아, 그렇단 말이지! 너 아주 부도덕한 아이구나."

"아니에요. 전 부도덕하지 않아요, 아버지!" 상당히 힘을 주어 소녀가 소리쳤다. "제발 그런 무시무시한 말로 절 비난하진 말아주세요!" 사실 이 말은 그녀의 상상 속에서는 아주 끔찍한 것, 범죄자나 죄수하고나 어울리는 그런 뭔가 비천하고 잔인한 것을 뜻했다. "그건 두려웠기 때문이에요, 두려웠어요……." 그녀는 계속했다.

"네가 두려운 것은 네가 어리석게 행동했기 때문이다."

"아버지께서 타운센드 씨를 마음에 들어하지 않으실까 봐 두려웠어요."

"네가 말한 바로 그대로다. 난 그 청년 맘에 들지 않아."

"사랑하는 아버지, 아버진 그분을 모르세요." 캐서린이 말했다. 논쟁하려는 그녀의 목소리는 너무도 소심하게 들려왔고 그의 마음을 흔들었다.

"네 말이 맞다. 내가 그를 깊이 알지는 못하지. 하지만 알 만큼은 충분히 알고 있다. 그 청년에 대한 내 나름의 인상을 갖고 있지. 그 청년을 잘 모르는 건 너도 마찬가질 텐데."

그녀는 가볍게 두 손을 앞으로 모아 쥐고 난로 앞에 서 있었고 그녀의 아버지는 의자에 등을 기댄 채 그녀를 쳐다보며, 다소 자극적일 수도 있는 차분한 태도로 이렇게 말하는 것이었다.

그러나 캐서린이 갑자기 격렬히 저항하기 시작한 것은 사실이지만 이 말이 그녀를 자극했는지는 알 수 없는 일이다. "제가 그를 모른다고요?" 그녀가 외쳤다. "어째서요, 전 그를 잘 알아요. 여태껏 제가 만난 그 누구보다도 그를 더 잘 안다고요!"

"그 청년의 한 부분을 알고 있는 것이겠지. 그가 네게 보여 주기로 작정한 부분만 말이다. 그렇지만 넌 그 나머지 부분은 모르잖니."

"나머지 부분이라고요? 그게 뭔데요?"

"그게 무엇이든 아주 많은 부분이 남아 있지."

"무슨 말씀인지 저도 알아요." 모리스가 미리 경고하던 바를 떠올리며 캐서린이 말했다. "그가 돈에 눈이 멀었다는 말씀이시잖아요."

그녀의 아버지는 조용하면서도 차갑고 이성적인 눈동자로 가만히 그녀를 응시했다. "애야, 내 뜻이 그런 것이었다면 그렇다고 말을 했겠지! 하지만 내가 타운센드 군에 대해 잔혹한 말을 하게 되면 너는 더욱더 그에게 관심을 갖게 되겠지. 그런 일만큼은 특별히 내가 주의하고 있는 일이다. 난 그런 실수를 범하고 싶지 않아."

"맞는 말씀을 하시는 거라면 잔혹하다고 생각하지 않을 거예요." 캐서린이 말했다.

"그렇게만 한다면 넌 상당히 분별 있는 젊은 여인이겠지!"

"어쨌든 아버지 나름의 이유가 있겠죠. 제게 그 이유를 들려주고 싶으실 거고요."

의사는 약간 웃었다. "그렇고말고. 네가 그런 요구를 하는 것도 당연하지, 네 권리지." 그러더니 그는 잠시 시가 연기를 내뿜었다. "좋다. 타운센드가 단지 네 재산 때문에 눈이 멀었다는 비난은 하지 않겠다. 네가 앞으로 받게 될 재산에 눈이 멀었다고 비난하지도 않을 것이고. 하지만 난 그가 너의 행복을 갈망하는 다정함에 앞서 더 크게 너의 이러한 장점들을 계산에 넣고 있다고 생각할 만한 온갖 이유를 다 보여줄 수 있다는 말을 하고 있는 것이다. 물론 현명한 젊은이가 너를 위해 순수한 애정을 바치는 걸 막을 도리는 전혀 없겠지. 넌 정직하고 사랑스러운 아이니까, 현명한 젊은이라면 어렵지 않게 그런 사실을 알아볼 것이고. 한데 우리가 이 젊은이, 정말이지 참으로 영리한 이 젊은이에 대해 알고 있는 중요한 사실에 따르면 말이다, 이 젊은이에게 너의 개인적인 장점이 아무리 소중하다고 해도 네 재산의 가치에는 미치지 못한다는 생각이 든단 말이야. 우리가 이 젊은이에 대해 알고 있는 가장 중요한 것은 그가 방탕한 생활을 해왔고 그 와중에 자신의 재산을 다 탕진했다는 것이지. 애야, 내겐 이 정도로도 충분하다. 난 네가 좀 다른 내력을 지닌 사람과 결혼했으면 한다. 건설적인 장래를 약속해줄 수 있는 그런 젊은이 말이다. 모리스 타운센드가 놀고 즐기며 제 재산을 탕진했다면, 네 재산이라고 해서 탕진하지 않으리란 보장은 전혀 없지.”

의사는 천천히 신중하게 가끔씩 멈추기도 하고 또 길게 늘여가며 이러한 얘기를 늘어놨는데, 그렇다고 해서 그가 내릴 결론에 대한 가엾은 캐서린의 불안한 마음이 조금이라도 줄어드는 것은 아니었다. 마침내 그녀는 고개를 숙이고 두 눈은 여전히 그에게 고정시킨 채 자리에 앉았다. 그러자 정말 이상하게도——어떻게 표현해야 할지 모르겠지만——아버지가 하는 말들이 하나같이 그녀의 뜻과 반대되는 것임을 알면서도, 그녀는 아버지의 그 단정하고 고상한 표현들을 우러러보게 되는 것이었다. 아버지와 논쟁을 해야 한다는 것은 무모하고 또 숨 막히는 그런 일이었다. 하지만 그녀 역시 자신의 입장에서 뜻을 분명히 해야만 했다. 그는 조금도 큰 소리를 내지 않았다. 조금도 화가 난 게 아니었다. 그러니 그녀도 목소리를 높여서는 안 되었는데 평온해지려는 노력이 그녀를 떨게 했다.

“우리가 그 사람에 대해 알고 있는 가장 중요한 것은 그게 아니에요.” 그녀가 말했다. 그녀의 목소리는 떨고 있는 그녀를 담아내고 있었다. “다른 것들이 있어요, 많은 다른 것들이요. 그 사람은 아주 고귀한 능력들을 갖고 있어요. 뭔가를 이루려고 깊이 갈망하고 있어요. 그 사람은 친절하고 관대하고 또 진실해요.” 가엾은 캐서린이 말했다. 여태까지 그녀는 자신의 이러한 달변의 원천에 대해 전혀 의문을 품지 않았다. “그리고 그분의 재산은, 그분이 써버린 재산은……, 아주 적은 액수였어요."

"그렇다면 더더욱 탕진하지 말았어야지." 웃음을 터뜨리고 자리에서 일어나며 의사가 말했다. 그러자 캐서린 역시 다시 자리에서 일어섰고, 무척 많은 것을 희망하면서도 지나치게 적게 표현하는 다소 고집스러워 보이는 진지한 태도로 그렇게 서 있었다. 그는 그녀를 자기 쪽으로 끌어당겨 그녀에게 입맞춤을 했다. "날 잔인하다고 생각하지 않을 거지?" 잠시 그녀를 품에 안으며 그가 말했다.

이 물음은 위안이 되지 못했다. 정반대로 캐서린에게는 이 질문이 그녀를 역겹게 할 무언가를 제안하려는 것으로 들렸다. 하지만 그녀는 충분히 조리 있게 대답했다. "아니에요, 아버지. 제가 어떤 느낌인지 아버지가 아신다면……, 아버지는 틀림없이 아실 거예요. 아버진 뭐든 다 알고 계시잖아요. 아버진 제게 아주 따뜻하고 다정하게 대해주실 거예요."

"그래, 네가 어떤 느낌인지 알 것 같구나." 의사가 말했다. "네게 아주 다정히 대하도록 하마. 아버지를 믿으렴. 그리고 내일 타운센드 군을 만나보마. 그 사이에, 그리고 당분간은, 네가 약혼했다는 얘기는 아무한테도 하지 않는 게 좋을 듯하구나."

제12장

　다음 날 오후 그는 외출하지 않고 타운센드의 방문을 기다렸다. 그는 자신이——그가 아주 바쁜 사람이라는 것을 감안한다면 당연히 그럴 것이——캐서린의 구혼자에게 상당한 예우를 하고 있고, 그런 만큼 이 두 젊은이로서는 불평의 여지가 줄어들게 되는 것이라고 생각했다. 모리스는 겉으로는 충분히 침착한 모습으로 나타났다. 이틀 전 밤에 캐서린의 동정심을 갈구하게 했던 그 '모욕적인 일'은 이제 잊은 듯했다. 슬로퍼는 지체 없이 그의 방문을 기다리고 있었음을 알렸다.

　"자네와 내 딸아이 사이에 오고 가는 일에 대해서는 어제 캐서린에게 들었네." 그가 말했다. "자네 결심이 그렇게까지 굳어지기에 앞서 미리 내게 알리는 것이 더 자네다운 일이었을 것이란 생각이 드네만."

　"마땅히 그랬어야 했습니다." 모리스가 대답했다. "따님을

자유롭게 내버려두신다는 그렇게 강한 내색을 하지만 않으셨
어도 말입니다. 그녀의 인생은 철저히 그녀 자신의 것으로 보
였습니다."

　"사실 그렇지. 하지만 그 아이가 나와 상의도 없이 남편감
을 선택할 만큼 도덕적으로 해방되어 있는 것은 아니지, 난 그
렇게 믿네. 난 그 아이를 자유롭게 놔두고 있어. 하지만 무관
심한 것은 결코 아니라네. 솔직히 자네의 이 대단찮은 사랑 애
기는 너무 빨리 무르익었어. 내가 놀랄 지경이라고. 캐서린이
자네를 알게 된 건 고작 며칠 전이잖나."

　"분명 그리 오래전은 아닙니다." 상당히 침착하게 모리스가
말했다. "우리가 서로를 이해하기까지 충분한 시간을 갖지 못
한 것도 사실입니다. 하지만 그건 너무도 자연스런 일이었습
니다. 우리가 우리 각자에 대해서, 또 서로에 대해서 확신이
선 그 순간부터 말입니다. 슬로퍼 양을 처음 본 순간부터 그녀
는 제 마음을 사로잡았습니다."

　"혹여 그 전부터 그랬던 건 아닌가?" 의사가 물었다.

　한순간 모리스는 그를 쳐다보았다. "물론 그녀가 매력적인
소녀라는 말은 듣고 있었습니다."

　"매력적인 소녀라……, 자네가 그 아이를 그렇게 생각한단
말인가?"

　"물론입니다. 그렇지 않고서야 제가 이 자리에 있어서는 안
되겠죠."

　의사는 잠시 생각에 잠겼다. "이보게." 마침내 그가 말했다.

"자넨 아주 다정다감한 젊은이야. 캐서린의 아버지로서 난, 진실로 공정하면서도 애정 어린 눈길로 그 아이의 많은 장점들을 바라보고 있네. 하지만 내가 주저 없이 말할 수 있는 것은 난 단 한 번도 그 아이를 매력적인 소녀라고 생각해본 적이 없다는 거야. 또 다른 누군가가 그렇게 생각해주기를 기대해본 적도 없다네."

이 얘기를 듣는 모리스 타운센드는 미소를 지어 보였는데, 존경심이라고는 찾아볼 수 없는 그런 미소는 아니었다. "캐서린의 아버지 입장에서 그녀가 제게 어떻게 보일지에 대해서는 생각해보지 못했습니다. 제가 그녀의 아버지가 될 수는 없으니까요. 전 제 관점에서 말씀드릴 뿐입니다."

"자네 참 말주변이 좋군." 의사가 말했다. "하지만 그게 필요한 전부는 아닐세. 어제 캐서린에게 얘기했네. 난 이 약혼 찬성할 수 없네."

"그녀에게서 전해 들었습니다. 전 참으로 깊이 좌절을 맛보고 있습니다. 마음이 아픕니다." 그러더니 모리스는 잠시 말없이 마룻바닥을 응시했다.

"자네 진심으로 내가 기쁨에 겨워 내 딸을 자네 품에 내던질 거라 생각했나?"

"아닙니다. 절 탐탁지 않게 여기신다는 생각은 하고 있었습니다."

"어째서 그렇게 생각하나?"

"전 가난한 청년입니다."

"그건 너무 심한 말이고." 의사가 말했다. "하지만 사실이라고 할 수 있지, 사윗감으로서 자네에 대해 엄밀하게 말하자면 말일세. 자넨 재력도, 직업도, 눈에 보이는 재능이나 전망도 없어. 자네 같은 부류의 사람을 내 딸아이의 사윗감으로 고르는 것은 신중하지 못한 일이지. 내 딸은 많은 재산이 있지만 심지가 굳지 못한 아이거든. 다른 입장으로라면 난 거리낌 없이 자네를 좋아할 수 있을 것 같네만. 사윗감으로라면 난 자네를 혐오하네."

모리스는 공손하게 귀를 기울이고 있었다. "전 슬로퍼 양이 심지가 약하다고는 생각지 않습니다." 그가 즉시 대답했다.

"물론 자넨 그 아이 편을 들어야겠지. 자네가 할 수 있는 최소한의 일일 테니 말이야. 하지만 난 내 아이를 이십 년 넘게 보아왔어. 그리고 자넨 여섯 주 동안이지. 어쨌거나 그 아이가 심지 약한 아이가 아니라고 해도, 여전히 자넨 돈 한 푼 없는 처지잖나."

"아, 예, 그게 제 약점이군요! 그러니까 어르신 말씀은 제가 돈의 노예란 말씀이시군요. 제가 바라는 건 오로지 따님의 돈뿐이란 말씀이신 거죠."

"난 그런 말 한 적 없네. 내가 그런 표현을 써야 할 이유는 없지. 게다가 그런 말을 한다는 것은 아주 고약한 취미거든. 마지못해 하는 경우가 아니라면 말이지. 난 그저 자네가 그릇된 부류에 속해 있다는 말을 하고 싶은 걸세."

"하지만 따님께서는 그런 부류와 결혼하는 게 아닙니다."

매력적인 미소를 지어 보이며 타운센드가 다그쳤다. "따님께
선 한 남자와 결혼하는 것입니다. 고맙게도 그녀가 사랑한다
고 말할 수 있는 그런 한 남자와 말입니다."

"답례로 줄 수 있는 것이라고는 거의 없는 그런 남자와 말
이지."

"가장 다정다감한 애정과 일생을 건 헌신, 이보다 더한 것
을 줄 수 있을까요?" 젊은이가 물었다.

"그건 어떻게 받아들이느냐에 달려 있는 걸세. 게다가 몇
가지 덧붙여 되돌려 주는 것도 물론 가능하겠지. 가능하다 뿐
인가, 그건 관례일세. 일생을 건 헌신이라는 것은 사실에 의해
측정되는 것이지. 게다가 이러한 경우 몇몇 물질적인 보장을
해줘야 하는 것이 관례지. 자네가 보장해줄 수 있는 게 뭐가
있나? 아주 잘생긴 용모와 참으로 훌륭한 몸가짐, 이런 것들
이 힘을 발휘하는 동안에는 괜찮지, 아주 좋지. 한데 이런 것
들은 그리 오래가질 않거든."

"한 가지 덧붙이셔야 할 것이 있습니다." 모리스가 말했다.
"신사로서의 맹세 말입니다."

"영원히 캐서린을 사랑하겠다는 신사로서의 맹세 말인가?
그런 확신을 갖고 싶다면 자넨 아주 훌륭한 신사가 되어야 하
네."

"제가 돈의 노예가 아니라는 맹세 말입니다. 슬로퍼 양에
대한 제 애정은 인간이 여태껏 마음속에 품어왔던 어떤 감정
보다도 순수하고 사심이 없는 것이라는 맹세 말입니다. 제겐

캐서린 양의 재산은 벽난로 속의 재나 다를 바 없습니다. 전 관심 없습니다."

"알겠네, 잘 알겠네." 의사가 말했다. "하지만 그 말을 듣고 보니 다시 부류 얘기로 돌아가게 되는군. 자네 입가에 맴도는 그 숭고한 맹세에도 불구하고 여전히 자넨 자네가 속한 부류에서 벗어나지 못하고 있네. 자네가 그리 하겠다면야 우발적인 경우가 있을 수 있겠지, 그게 전부야. 하지만 삼십 년간의 내 의료 경험에 의하면 우발적인 경우들은 쉽게 사그라지지 않는 결과를 낳게 마련이거든."

모리스는 모자를 만지작거렸다. 이미 놀랄 만큼 윤기가 도는 모자였다. 그러면서도 여전히 자제력을 보이고 있었는데, 그것은 의사로서도 인정하지 않을 수 없는, 참으로 칭찬할 만한 것이었다. 하지만 분명히 그는 깊은 낙담을 맛보고 있었다.

"어르신께서 저를 믿으실 수 있도록 제가 할 수 있는 일은 전혀 없는 것입니까?"

"만약 그런 것이 있다 해도 그런 제안을 하는 게 나로서는 내키지 않아. 그건 말이야, 자네 모르겠나? 난 자네를 신뢰하고 싶은 마음이 전혀 없네." 미소를 지어 보이며 의사가 말했다.

"들에 나가서 땅을 일굴 수도 있습니다." "바보 천치들이나 하는 짓이지."

"내일 손에 잡히는 첫 번째 일을 시작하겠습니다."

"부디 꼭 그렇게 하게나. 하지만 자네를 위해서 하게. 날 위해서가 아니라."

"알겠습니다. 절 빈둥거리는 한량으로 보시는군요!" 모리스가 소리를 높였고, 어쩔 수 없이 털어놓는 듯한 그의 어조에는 다소 지나친 감이 있었다. 하지만 그는 곧 자신의 잘못을 알아챘고, 얼굴을 붉혔다.

하지만 모리스는 뜻을 굽히지 않았다. "제가 그녀의 재산을 탕진할 거라 생각하시는군요."

의사는 미소를 지었다. "그건 아무 상관이 없네. 내가 말하지 않았나. 하지만 그런 생각을 안 했다고는 하지 않겠네, 인정하지."

"제 생각입니다만, 그건 제가 제 재산을 탕진했기 때문이겠죠." 모리스가 말했다. "전 숨김없이 그 부분을 털어놨습니다. 전 방탕한 생활을 했습니다. 어리석었죠. 원하신다면 무모했던 제 행동을 하나하나 다 말씀드릴 수도 있습니다. 개중 몇몇은 상당히 심각한, 참으로 어리석은 것들입니다. 전 숨길 생각 없습니다. 하지만 방탕한 생활은 젊었을 적 얘기입니다. 마음을 고쳐먹은 난봉꾼 얘기도 있지 않습니까? 제가 난봉꾼이었던 것은 아닙니다. 하지만 분명히 말씀드릴 수 있습니다. 어르신, 전 마음을 고쳐먹었습니다. 한때 향락을 즐기고 난 후 영영 손을 끊는 편이 더 나은 것 아닙니까. 따님께서는 나약한 인간 따위에게 관심을 갖지는 않을 것입니다. 그리고 제가 멋대로 감히 말씀드리자면 그런 젊은이를 별로 내켜하지 않는 것은 어르신께서도 마찬가지십니다. 게다가 제 재산과 그녀의 재산은 다릅니다. 아주 다릅니다. 제가 재산을 탕진한 것은 그게 제 재산이기에 그랬던 것입니다. 그리고 전 빚을 지지도 않았습니다. 재산이 바닥나자 제 탕진도 끝이 났습니다. 전 결코 단 한 푼도 빚진 적이 없습니다." "자네가 지금 어떻게 살아가고 있는지 물어봐도 되겠나? 물론……." 의사가 덧붙였다. "내 편에서 보자면 이런 질문은 앞뒤가 맞지 않는 것 같네만."

"제 재산의 부스러기를 먹고살고 있습니다." 모리스 타운센드가 말했다.

"말해줘서 고맙네." 의사가 무겁게 대답했다.

정말이지, 틀림없이 모리스의 자제력은 칭찬받을 만한 것이었다. "설령 제가 슬로퍼 양의 재산을 과도하게 중시했다 해도, 그 자체가 바로 제가 그녀의 재산을 잘 지켜낼 것임을 보장해주는 것 아닙니까?"

"자네가 그 아이의 재산을 지나치게 잘 지켜내든, 아니면 지나치게 가볍게 다루든 그 아이에겐 하나 좋을 게 없네. 캐서린은 자네가 방탕하면 방탕한 대로 또 절약하면 절약하는 대로 똑같이 고통을 받게 될 테니까."

"어르신께서는 지나치게 부당하신 듯합니다!" 젊은이는 무례하지 않게, 점잖게, 거칠게 소리치는 일 없이 이렇게 뜻을 밝혔다.

"그렇게 생각하는 건 자네 특권이네. 그리고 내 평판을 자네에게 맡기도록 하지! 자네를 만족시켰을 거란 생각은 결코 하지 않네."

"따님을 기쁘게 해주실 마음이 조금도 없으십니까? 따님을 비참하게 내모는 것이 어르신께 기쁨을 주리라 보십니까?"

"난 기꺼이 열두 달 동안 그 아이가 나를 폭군으로 생각하는 것을 감수할 생각이네."

"열두 달 동안이라고요!" 모리스가 소리쳤다. 그는 웃어젖혔다.

"그렇다면 일생 동안이라고 해두지. 그 아이가 그렇게 해서 겪는 고통은 그 반대 경우에도 똑같이 겪게 되는 것이니까."

이쯤 되자 모리스는 드디어 자제력을 잃었다. "아 어르신, 어르신께선 최소한의 배려도 없으시군요!" 그가 소리쳤다.

"자네가 날 그리 몰아붙인 거야. 자넨 지나치게 논쟁적이었다고."

"전 아주 소중한 것을 잃을 처지에 있습니다."

"그런가, 그게 뭐든 간에." 의사가 말했다. "자넨 이미 그것을 잃었네."

"진정이십니까?" 모리스가 물었다. "따님께서 절 포기할 거라 믿고 계십니까?"

"물론 내 말은, 나와 관련된 부분에서라면 자네가 모든 것을 잃었다는 뜻이었네. 캐서린이 자네를 포기하는 문제에 대해서는……. 아니네, 내가 확신할 수 있는 문제가 아니지. 하지만 내가 강력하게 권유할 것이고, 또 내 딸아이의 마음속에는 마치 내 계좌에서 내 돈을 내가 인출하듯 언제든 내가 찾아올 수 있는 상당히 값나가는 존경심과 애정이 축적되어 있네. 게다가 그 아이의 의무감이 상당한 수준으로 교육된 것이고 보면, 난 지극히 가능하리라 보는데."

모리스 타운센드는 다시 모자를 쓰다듬기 시작했다. "저 역시 그녀 안에 제게로 향하고 있는, 언제든 인출할 수 있는 값나가는 애정을 갖고 있습니다." 마침내 그가 입을 열었다.

이쯤에서 의사는 처음으로 자신의 불쾌함을 내색했다. "자네 감히 내게 도전하겠다는 건가?"

"좋으실 대로 말씀하십시오, 어르신. 제 말씀은 따님을 포기하지 않을 것이란 뜻입니다."

의사는 고개를 저었다. "자네가 자네 인생을 난도질하든 말든 난 조금도 두렵지 않네. 자넨 그런 삶을 즐기도록 타고난 인간이야."

모리스는 소리 내어 웃었다. "그렇다면 제 결혼을 반대하시는 것은 더더욱 잔인한 처사이십니다. 따님이 저를 다시 만나는 것도 금지하실 생각이십니까?"

"그 아인 금지 명령을 받을 나이는 이미 지났네. 게다가 난 구식 소설에 나오는 아버지가 아니야. 하지만 그 아이에게 자네와 헤어지라고 강하게 주문할 생각이네."

"그녀는 저와 헤어지려 하지 않을 겁니다." 모리스 타운센드가 말했다.

"그럴지도 모르지. 하지만 내가 할 수 있는 일은 다 해봐야 하지 않겠나."

“그녀는 이미 너무 멀리 갔습니다.” 모리스가 계속했다.

“물러서기에는 너무 멀리 갔다는 말인가? 그렇다면 그쯤에서 멈추라고 할 생각이네.”

“멈춰 서기에는 너무 멀리 갔다는 말씀입니다.”

의사는 잠시 그를 처다보았다. 모리스는 손을 문에 얹어놓고 있었다. “그런 말을 하다니 자네 상당히 무례하군.”

“더 이상 아무 말씀 드리지 않겠습니다, 어르신.” 모리스가 대답했다. 그러더니 절을 했고 방을 나갔다.

제13장

어쩌면 의사가 지나치게 자신을 믿고 있는 것일지도 모른다. 올먼드 부인도 그런 암시를 했다. 하지만 그가 말했듯이, 그는 자신만의 인상을 갖고 있었고 그가 보기에는 그것만으로 충분했다. 그는 이를 수정하고픈 마음이 조금도 없었다. 그는 일생을 사람들을 진단하는 데 바쳤고——이는 의사로서의 업무의 일부였다——스물이면 열아홉의 경우 그가 옳았다.

"어쩌면 타운센드 씨는 스무 번째 경우일지도 모르죠." 올먼드 부인이 말했다.

"그럴지도 모르지, 그 청년은 아무리 봐도 내게는 스무 번째 경우로는 보이지 않지만 말이다. 하지만 난 그 청년에게 불확실함에서 오는 이득을 줄 작정이다. 그리고 확실히 해야 하니까, 난 몽고메리 부인을 찾아가서 얘기를 나눠봐야겠어. 그 부인은 틀림없이 내 처신이 옳았다고 얘기할 것이다만, 그 부

인이 내게 일생 최대의 실수를 저질렀음을 일깨워줄 가능성
도 당연히 있는 것이니까. 그렇게 된다면 난 타운센드 군에게
용서를 구해야겠지. 고마운 제안이다만 나와 대면시켜주려고
그 부인을 초대할 필요는 없다. 그 부인에게 솔직한 편지를 쓸
작정이다. 상황이 어느 정도인지를 알려주고, 찾아뵙는 것에
대한 허락을 구해야겠어."

　"솔직함이라는 게 오라버니 쪽에만 해당되는 얘기가 아닐
까 걱정스러워요. 그 가엾은 자그마한 부인은 동생 편을 들려
하겠죠. 그가 어떤 사람이든 간에요."

　"그가 어떤 사람이든 간에 말이냐! 그럴 거라 생각하지는 않
는다. 사람들이 언제나 형제들을 끔찍이 좋아하는 건 아니야."

　"아." 올먼드 부인이 말했다. "매년 삼만 달러가 집안으로
굴러 들어오는 문제라면……."

　"돈 때문에 동생 편을 든다면 그 부인은 협잡꾼일 게다. 그
녀가 협잡꾼이라는 것을 난 알아볼 수 있을 것이고. 그리되면
난 그 부인과 시간 낭비하고 있지 않을 게다."

　"그 부인은 협잡꾼은 아니에요. 본보기가 될 만한 부인이
죠. 그 청년이 이기적이라고 해도 그 부인은 자신의 동생에게
비열한 짓을 하려 하지는 않을 거예요."

　"그 부인이 함께 얘기를 나눌 만한 여인네라면, 그 부인은
캐서린에게 비열한 짓을 하기보다는 제 동생에게 그리하려
할 것이다. 그런데 그 부인이 캐서린을 본 적이 있던가? 우리
아일 알고 계신가?"

"제가 알기로는 그렇지 않을걸요. 타운센드 씨는 그들 둘이
함께하기를 특별히 바랐던 것 같진 않아요."

"그랬겠지. 만약 그녀가 본받을 만한 여인이라면 말이다.
하지만 어느 정도나 네 설명이 맞는지 지켜봐야겠지."

"그 부인을 어떻게 평가하실지 듣고 싶어지는데요." 올먼드
부인이 웃으면서 대답했다. "한데, 그건 그렇고 캐서린은 어
떻게 받아들이고 있어요?"

"늘 하던 대로 하고 있지. 실제로 그렇다."

"소란 피우진 않던가요? 울고불고 하진 않아요?"

"그 아인 야단법석 떠는 그런 아이가 아니잖니."

"사랑에 우는 처녀라면 누구나 다 야단법석을 떨게 마련이
에요."

"어리석은 과부가 더 그렇지. 라비니아가 내게 연설을 하더
구나. 날 아주 독단적이라고 생각하고 있지."

"라비니아는 일을 그르치는 데는 타고났어요." 올먼드 부인
이 말했다. "하지만 어쨌거나 캐서린이 너무 안됐어요."

"내 생각도 그렇다. 하지만 그 아인 이겨낼 거다."

"그 아이가 그를 포기할 거라 믿으세요?"

"그런 기대를 갖고 있지. 그 아인 아버지에 대한 상당한 존
경심을 갖고 있으니까 말이다."

"오, 그건 우리 모두가 잘 알고 있는 사실이죠. 하지만 그래
서 그 아이가 더더욱 안됐어요. 그 아이의 처지가 더욱 고통스
럽게 됐잖아요. 아버지와 연인 사이에서 선택하려 애쓴다는

것은 사실 거의 불가능하잖아요."

"선택을 하지 못한다면 더욱 잘된 일이지."

"그렇겠죠. 하지만 그 청년이 버티고 서서 그 아이에게 선택을 하라고 간청하겠죠. 그리고 라비니아가 그 청년 편을 들 테고요."

"라비니아가 내 편이 아닌 게 나로선 기쁜 일이지. 그 아인 훌륭한 동기들도 망쳐놓을 수 있는 아이니까. 라비니아가 네 보트로 뛰어드는 날이면, 네 보트는 뒤집히고 말 거다. 하지만 그 아이도 조심하는 게 좋을 거야." 의사가 말했다. "난 내 집 안에서 어떠한 배신행위도 용납하지 않을 테니까."

"라비니아도 조심해서 행동하지 않겠어요? 마음속으로는 오라버니를 아주 두려워하잖아요."

"난 아무런 해를 끼치지 않지. 그런데도 그 아이들은 날 두려워하는군." 의사가 대답했다. "그리고 바로 그러한 바탕 위에, 해로움이라곤 전혀 없는 내가 불러일으킨 그런 두려움 위에 내가 건재해 있는 것이겠지."

제14장

　그는 몽고메리 부인에게 솔직한 편지를 써 보냈고, 그녀는 제때에 답장을 보내 줘서 그가 한 시간가량 2가에 모습을 드러내도 괜찮을 시간을 알려왔다. 그녀가 살고 있는 집은 자그마하고 깔끔했다. 붉은 벽돌로 된 집은 새로 페인트칠이 되어 있었고, 하얗게 칠해진 정교한 가장자리 부분이 아주 눈에 띄었다. 비슷한 모양새의 집들과 함께 이 집도 이젠 일렬로 서 있는 더 장엄한 건물들에게 자리를 내주며 퇴색해가고 있었다. 널빤지 덮개 없이 창문에는 초록빛 덧문만이 있었는데 여기저기 작은 구멍들이 무리를 이루며 뚫려 있었다. 집 앞에는 아주 작은 '마당'이 있었는데 정체불명의 관목 덤불로 꾸며져 있었고, 덧문과 같은 초록색으로 칠해진 낮은 나무 울타리로 둘러싸여 있었다. 그곳은 마치 위엄을 갖춘 아기집처럼 보였고, 마치 장난감 가게 선반에서 가져온 것 같았다. 그곳을

방문한 슬로퍼는 방금 열거된 곳들을 흘낏 쳐다보며 스스로
에게 이렇게 말했다. 몽고메리 부인은 틀림없이 자존심을 잃
지 않고 검소한 생활을 하고 있는 왜소한 여인일 거야——그
녀의 주거지의 절제된 규모가 그녀가 작은 체구의 여인임을
보여주고 있었다——스스로 단정한 몸가짐을 하는 것에서 도
덕적인 만족을 찾을 것이고 눈부신 삶을 영위하지는 못할 테
니, 적어도 도덕적으로라도 흠 없는 삶을 살아가기로 결심했
겠지. 그가 예상했던 바로 그런 자그마한 거실에서 그녀는 그
를 맞이했다. 작지만 얼룩진 곳이라곤 하나 없는 방은 얇은 종
이 직물로 만든 잎사귀들로 산만하게 장식되어 있었고, 유리
로 된 늘어뜨려진 장식 다발들도 보였다. 그 한가운데에는
——비유하자면——주철 난로 덕택에 그나마 잎이 무성한
계절의 온기가 지켜지고 있었다. 마르고 푸른 연기를 내뿜고
있는 난로에서는 강한 바니시 냄새가 풍겨왔다. 분홍빛 천으
로 감아놓은 조각들이 벽을 장식하고 있었고, 테이블 위에는
몇 권의 시선집들이 장식으로 놓여 있었는데, 대부분은 황색
이 도는 금박이 입혀진 화려한 도안의 무늬가 찍혀 있는 검정
천으로 가장자리를 두르고 있었다. 의사는 시간을 갖고 이러
한 세세한 모양새들을 눈여겨보았는데, 몽고메리 부인이 모
습을 드러내기까지 십여 분가량 그를 기다리게 했기 때문이
다. 이런 상황에서 그녀의 이런 행위는 의사로서는 용서할 수
없는 것이었다. 하지만 마침내 그녀는 소란스럽게 모습을 드
러냈다. 그녀는 뻣뻣한 포플린 드레스를 쓸어내리고 있었는

데, 다소 겁을 먹은 것인지 우아하면서도 둥근 빰은 발갛게 상기되어 있었다.

그녀는 작은 체구에 통통하고 아름다운 여인이었다. 눈은 맑고 투명했다. 단정하면서도 활기찬 남다른 분위기를 자아냈다. 하지만 이런 자질들은 명백히 진심에서 우러나온 겸손함과 조화를 이루고 있었다. 의사는 그녀를 보자마자 그녀에게 예를 갖췄다. 작지만 용감한 여인, 생기 있는 직관을 지녔지만 실질적인 문제와는 분명히 다른 사교적인 문제에 관한 자신의 재능을 신뢰하지 못하는 여인. 이것이 몽고메리 부인에 대해 그가 지체 없이 내린 정신적 이력이었다. 그가 깨달은 바에 의하면 그녀는 그의 방문을 받는 영예를 누리는 것이 무척이나 영광스런 모양이었다. 2가에 자리 잡은 자그마한 붉은 집에서 살아가고 있는 몽고메리 부인 같은 사람에게 있어 슬로퍼는 위대한 인물들 중의 한 분, 뉴욕의 훌륭한 신사들 중의 한 분으로 여겨졌다. 긴장한 두 손을 반들거리는 포플린 드레스 자락 위에 포갠 채 그녀는 자신의 흥분된 두 눈을 의사에게 고정시키고 있었는데, 특별한 손님이란 당연히 그러해야 한다는 자신의 생각에 그가 완벽하게 응답하고 있다고 스스로에게 속삭이는 듯이 보였다. 그녀는 지체한 데 대해 사과했다. 하지만 그가 그녀를 가로막았다.

"괜찮습니다." 그가 말했다. "여기 앉아 있는 동안 부인께 무슨 말씀을 드려야 할지, 또 어떻게 얘기를 꺼내야 할지 마음을 정할 수 있도록 생각할 시간을 가질 수 있었습니다."

“오, 말씀하시죠!” 몽고메리 부인이 낮은 목소리로 중얼거렸다.

“그게 쉽지가 않군요.” 의사가 미소를 지으며 말했다. “제가 몇 가지 여쭙고 싶어 한다는 것은 제 편지를 통해 이미 알고 계시리라 생각됩니다. 대답을 주시기가 그리 쉽지만은 않으실 것 같습니다만.”

“그렇습니다. 무슨 말씀을 드려야 할지 생각해봤죠. 쉽지 않더군요.”

“하지만 제 입장을 이해해주셔야만 합니다. 제 심경을 말입니다. 동생 분께서 제 딸아이와의 결혼을 희망하고 있습니다. 그래서 그가 어떤 젊은이인지 알아봐야 하겠기에 그리할 수 있는 좋은 방법은 부인을 찾아뵙고 여쭙는 것이라 여겼고, 이렇게 찾아뵌 것입니다.”

몽고메리 부인은 분명히 아주 심각하게 그 상황을 받아들이고 있었다. 말하자면 그녀는 극도의 도덕적 몰입 상태에 있었다. 그녀는 눈부신 고상함으로 반짝이는 아름다운 두 눈으로 계속 그의 얼굴을 응시하고 있었다. 틀림없이 그녀는 그의 말 한마디 한마디에 진심으로 귀 기울이고 있었다. 그녀의 표정으로 보건대 그녀는 자신을 만나보려는 그의 의도를 아주 고귀한 뜻으로 받아들이고 있지만, 평범하지 않은 주제를 놓고 자신의 의견을 드러내기가 참으로 두려운 듯이 보였다.

“뵙게 되어 얼마나 기쁜지 모르겠어요.” 한순간, 이런 말이 그의 질문과는 아무런 상관이 없음을 인정하는 듯한 어조로 그녀가 말했다.

의사는 그녀의 이러한 자백을 이용했다. "부인을 기쁘게 해 드리려 찾아뵌 것이 아닙니다. 제가 온 건 부인께서 거북한 말씀을 하시도록 하기 위해서입니다. 그런 일을 부인께서 좋아하실 순 없으시겠죠. 부인의 동생 분은 어떤 젊은이입니까?"

몽고메리 부인의 밝게 빛나는 눈빛이 힘을 잃는 듯하더니, 종잡을 수 없이 헤매기 시작했다. 그녀는 약간 미소를 지어 보이더니 잠시 동안 아무런 대답도 하지 않았고, 급기야 의사는 조바심이 났다. 그리고 그녀가 말을 꺼냈을 때도 그녀의 대답은 만족할 만한 것이 아니었다. "친동생에 대해 애기하는 게 쉬운 일은 아니죠."

"친동생을 좋아하고 또 들려줄 애기가 많다면 그렇지도 않겠죠."

"그렇습니다만, 설령 그렇다 해도, 많은 것을 좌지우지할 애기이고 보면." 몽고메리 부인이 말했다.

"부인의 신상을 좌지우지하는 일은 전혀 없습니다."

"제 말씀은, 누구의 신상을 애기하는 것인가 하면, 누군가 하면……." 그러더니 그녀는 망설였다.

"남동생 분 말씀이군요. 이해합니다."

"제 뜻은 슬로퍼 양의 신상을 말씀드리려던 것입니다." 몽고메리 부인이 말했다.

의사는 이 대답이 맘에 들었다. 이 대답에는 진심이 어려 있었다. "맞는 말씀입니다. 그게 바로 핵심 사안입니다. 만의 하나라도 제 딸이 부인의 동생 분과 결혼을 하게 되는 날에는 모든 것이, 그 아이의 행복과 관련된 모든 것이 그 청년의 사람됨에 따라 좌지우지될 테니까요. 그 아인 이 세상에서 가장 착한 그런 아입니다. 그 청년의 손끝 하나도 다치게 하지 못할 아이죠. 그런데 그 청년이 만일 우리 모두가 소망하는 그런 청년이 아닐 경우, 그 아이를 아주 비참하게 할 수도 있을 겁니다. 아시다시피 이런 이유로 해서 부인께서 명확한 말씀을 해주시기를 제가 고대하고 있는 것입니다. 물론 그럴 의무는 전혀 없습니다. 부인께서 만나본 적도 없는 제 딸아이는 부인께는 아무것도 아니겠죠. 그리고 저 역시 어쩌면 그저 분별없고 무례한 늙은이에 불과할지도 모릅니다. 제 방문이 상당히 불쾌하다고 말씀하시든, 돌아가서 제 할 일이나 돌보라고 말씀하시든 그건 전적으로 부인 자유입니다. 하지만 부인께서 그러리라곤 생각하지 않습니다. 왜냐하면 저희가, 제 불쌍한 딸아이와 제가 부인께는 관심을 끊을 수 없는 존재일 테니까요. 감히 확신합니다만, 부인께서 캐서린을 만나보셨더라면 부인은 그 아이에게 상당한 관심을 보이셨을 겁니다. 제 말씀은 세상 사람들이 말하는 그런 의미의 관심을 뜻하는 것은 아닙니다만, 부인께서는 그 아이를 가엾게 생각하실 겁니다. 그 아인 너무 연약하고 마음도 단순하기 그지없습니다. 제물이 되기에 딱 알맞은 아이죠! 못된 남편이라면 그 아이를 불행에 빠뜨릴 엄청난 자질을 갖고 있겠죠. 왜냐하면 그 아인 머리가 명석한 것도 아니고, 그렇다고 남편을 더 나은 인간으로 바꿔놓을 만한 결단력이 있는 것도 아니니까요. 게다가 그 아인 고통을 겪어내는 일에 대해서라면 제멋대로 부풀린 힘을 키우게 될 겁니다. 말씀드렸듯이……." 무언가를 암시하는 듯한 그만의 전문가다운 웃음을 보이며 그가 말했다. "부인께선 벌써 관심을 보이시는군요."

"제 동생이 약혼했다는 얘기를 한 그 순간부터 전 관심이 갔습니다." 몽고메리 부인이 말했다.

"아, 동생 분이 그런 말을 했군요. 그걸 약혼이라고 얘기하던가요?"

"선생님께서 그 약혼을 반기지 않는다는 얘기도 했습니다."

"제가 동생 되는 분을 반기지 않는다는 얘기는 하지 않던가요?"

"네, 그 얘기도 했어요. 제가 어쩔 수 없는 일이라고 대답했습니다." 몽고메리 부인이 덧붙였다.

"물론 부인이 뭘 어쩔 수는 없겠죠. 하지만 부인께서 하실 수 있는 일이 있습니다. 제가 옳다고 말씀해주시는 것입니다. 말하자면 제게 일종의 공증을 해주시는 셈이죠." 의사는 이런 말을 하고 나서 한 번 더 그 전문가다운 미소를 덧붙였다.

하지만 몽고메리 부인은 조금도 미소를 짓지 않았다. 그의 간청에 실린 유머 섞인 견해는 그녀가 받아들일 수 있는 것이 아니었다. 그건 명백했다. "상당히 힘든 요청을 하시는군요." 마침내 그녀가 입을 열었다.

"분명 옳은 말씀이십니다. 그리고 제 딸아이와 결혼할 젊은이가 누리게 될 이득을 상기시켜드려야겠군요. 마음에 걸려서 말입니다. 그 아이에겐 어머니가 남겨준 만 달러의 수입을 좌지우지할 권한이 있습니다. 제가 인정하는 남편감과 결혼할 경우, 제가 사망할 시에는 그 재산의 거의 두 배에 달하는 유산을 그 아이가 받게 됩니다."

몽고메리 부인은 상당히 진지하게 이 놀라운 재정적 진술에 귀를 기울이고 있었다. 수만 달러나 되는 금액을 그렇게 손쉽게 언급하는 것을 그녀는 전혀 들어본 적이 없었다. 흥분해서인지 그녀의 얼굴이 약간 상기되었다. "따님께서는 상당한 부자가 되겠군요." 그녀가 나지막하게 말했다.

"정확히 그렇습니다. 그게 바로 고민거리입니다."

"그러니까 만약 모리스가 따님과 결혼하게 된다면 그 아인, 그 아이가……." 그러더니 그녀는 소심하게 미적거렸다.

"그가 그 재산의 주인이 된다고요? 결코 그런 일은 없습니다. 동생 분은 그 아이의 어머니 편에서 받게 될 매년 만 달러의 주인이 되겠지요. 하지만 전 제 직업에 충실히 종사하여 벌어들인 재산의 마지막 한 푼까지 모두 제 조카들에게 나눠 줄 것입니다."

이 말에 몽고메리 부인은 고개를 떨어뜨렸고, 잠시 동안 마룻바닥을 덮고 있는 밀짚 깔개를 쳐다보았다.

"제 생각에는." 웃음소리를 내며 의사가 말했다. "부인께서는 제가 그렇게 처신한다면 동생 분에게는 아주 비열한 처사가 될 거라고 생각하시겠죠."

"전혀 그렇지 않습니다. 결혼을 함으로써 쉽게 소유하기에는 너무 큰 재산이군요. 옳은 일이라 생각하지 않습니다."

"얻을 수 있는 것을 얻어내는 것은 그른 일이 아니지요. 하지만 이 경우 부인의 동생 분은 그만 한 능력이 없습니다. 캐서린이 나의 동의 없이 결혼한다면, 그 아인 단 한 푼도 내 주머니에서 빼내지 못할 겁니다."

"확실한가요?" 위로 올려다보며 몽고메리 부인이 물었다.

"제가 이곳에 앉아 있다는 사실만큼이나 확실합니다."

"그녀가 마음고생으로 여위어가도 그럴까요?"

"그 아이가 형편없이 수척해진다 해도 그렇습니다. 그런 일은 없겠지만 말입니다."

"모리스도 이 사실을 알고 있나요?"

"그에게 알려줄 수 있다면 더없이 기쁘겠습니다만." 의사가 소리쳤다.

몽고메리 부인은 다시 생각에 잠겼고, 그녀의 방문객은 이 일에 시간을 할애할 준비가 되어 있는 만큼, 이 부인의 다소나마 양심적인 태도에도 불구하고 그녀가 남동생의 편을 들고 있지나 않은지 자문해보고 있었다. 동시에 그는 자신이 그녀에게 시련을 가하고 있다는 생각에 부끄러워졌고, 시련을 견뎌내는 그녀의 우아함에 감명받고 있었다. "만약 이 부인이 사기꾼이라면." 그가 말했다. "그녀는 화를 내겠지. 정말로 속을 헤아릴 수 없는 그런 엉큼한 사람이 아니라면 말이지. 이 부인은 그렇게까지 교활한 것 같지는 않아."

"무슨 이유로 모리스를 그렇게 싫어하시지요?" 깊은 생각에서 빠져나오며 그녀가 즉각적으로 물었다.

"적어도 친구로서, 동료로서는 전 그 친구를 싫어하지 않습니다. 제가 보기에 그 친구는 아주 매력적인 청년이니까요. 그 청년은 훌륭한 친구가 될 수 있을 거라 생각합니다. 오로지 전 사윗감으로서만 그를 싫어하는 겁니다. 만약 사위의 유일한 임무가 장인의 식탁에서 식사하는 것이라면, 전 부인의 동생분에게 상당히 높은 가치를 부여할 것입니다. 그 청년 멋지게 식사를 합디다. 그런데 말입니다. 그건 사위가 해야 할 일 중 극히 일부분에 지나지 않습니다. 대개는 무엇보다도 자신을 돌보는 일에 전혀 익숙하지 않은 내 아이를 보호하고 또 돌보는 역할을 해내야 하는데 말입니다. 이 점에서 그 청년은 저를 만족시키지 못하고 있어요. 고백하건대 전 제가 받은 인상 이외에 아무것도 의지할 것이 없습니다만, 제 인상을 신뢰하는 버릇이 있습니다. 물론 부인께선 제가 받은 인상을 완전히 반박하실 자유가 있습니다. 그 청년 제가 보기에는 이기적인데다 뭐랄까 천박한 데가 있어요."

몽고메리 부인의 두 눈이 잠시 팽창되었고, 의사는 그녀의 눈에서 감탄의 광채를 본 듯했다. "그 아이가 이기적이라는 것을 파악하셨다니 놀랍습니다." 그녀가 소리쳤다.

"그 청년이 그 점을 잘 감추고 있다고 생각하십니까?"

"정말이지 아주 잘 감추고 있다고 생각해요." 몽고메리 부인이 말했다. "전 우린 모두 다 어느 정도는 이기적이라고 생각합니다." 재빨리 그녀가 덧붙였다.

"제 생각도 그렇습니다. 하지만 그 청년보다 훨씬 더 이기심을 잘 감추는 사람들을 전 보아왔습니다. 아시겠지만 전 사람들을 계층별로 또 유형별로 구분하는 제 버릇의 덕을 보고 있지요. 부인의 동생 분에 대해서는 개인으로 보자면 제가 실수한 것인지도 모르겠습니다만, 그 청년의 구석구석에 그와 같은 유형이 아로새겨져 있어요."

"그 아인 아주 잘생겼어요." 몽고메리 부인이 말했다.

의사는 잠시 그녀를 바라보았다. "당신네 여인들은 다 똑같아요! 하지만 부인의 동생이 속한 부류의 사람들은 당신들을 파멸시키고 말 겁니다. 당신들은 그들의 시녀가 되고 또 희생양이 될 것이고요. 문제가 되는 이러한 유형의 사람들의 특징은 삶의 쾌락 이외에는 아무것도 인정하지 않으려는——가끔씩 그 태평스런 강렬함이 끔찍할 정도인——그런 경향이 있죠. 주로 당신네 여성들, 상냥한 성의 도움에 기대어 그 모든 쾌락을 차지하려 하지요. 이런 부류의 젊은이들은 스스로 뭔가를 하는 경우가 전혀 없어요. 다른 사람들에게 자신들을 대신해 뭔가를 하게 하죠. 다른 사람들의 열광과 헌신, 그리고 맹신이 이들 젊은이들을 지속시켜주는 것입니다. 이 다른 사람들은 백에 아흔아홉이 여성들입니다. 우리의 젊은이들이 주로 고집하는 것은 누군가가 자신을 대신해서 고통받아야 한다는 것인데, 당신도 아시겠지만, 여인네들은 이런 일을 아주 훌륭하게 해내고 있어요." 의사는 잠시 말을 멈추더니, 이

내 갑작스럽게 덧붙였다. "부인께서도 동생 분으로 인해 엄청난 시련을 겪고 계시는군요!"

내가 언급했듯이, 이 외침은 갑작스런 것이었지만 또한 완벽하게 계산된 것이기도 했다. 오히려 의사는 이 아담하고 평온해 보이는 안주인이 모리스 타운센드의 부도덕한 파괴 행위에 휩싸여 있는 것을 좀 더 분명하게 보지 못한 게 실망스럽기까지 했다. 하지만 의사는 그 이유가 그 청년이 이 부인에게는 아무런 수고를 끼치지 않아서가 아니라, 오히려 이 부인이 자신의 상처에 회반죽을 두껍게 발라버리기로 작정했기 때문이라고 스스로에게 이르는 것이었다. 부인의 상처는 윤을 낸 저 난로와 꽃줄 장식을 한 조각품들 뒤에서, 자그마하고 단정한 그녀의 포플린 드레스 가슴 아래에서도 고통을 내뿜고 있었다. 만약 의사가 그녀의 여린 부분을 살짝 건드리기만 해도 그녀는 자신을 배신할 걸음을 내디딜 참이었다. 방금 내가 끌어들인 표현들은 그의 손가락을 갑작스레 그곳에 얹어놓는 시도였고 어느 정도는 그가 바라던 성과를 이끌어냈다. 잠시 몽고메리 부인의 눈에서 눈물이 터져 나왔고, 자존심 때문에 그녀는 작지만 진지하고 격하게 머리를 흔들어댔다.

"어떻게 그런 걸 알아내셨는지 모르겠어요!" 그녀가 소리쳤다.

"철학적인 방법이지요. 귀납법이라고 합니다. 아시다시피 부인께선 언제고 제 의견에 반박하실 수 있습니다. 하지만 부디 이 질문에 답해주셨으면 합니다. 동생 분에게 돈을 대주고 계시지요? 대답해주셔야 한다고 생각합니다."

"네, 그 아이에게 돈을 주고 있어요." 몽고메리 부인이 말했다.

"동생에게 대줄 돈이 충분하지 않으신 거고요?"

부인은 잠시 말이 없었다. "제 가난함을 털어놓으라고 하시면 그건 어려운 일이 아닙니다. 전 아주 가난한 여인네입니다."

"부인의, 부인의 아름다운 집을 보면 사람들은 전혀 그럴 거라 짐작도 못할 겁니다." 의사가 말했다. "제 여동생에게서 들은 얘긴데 부인의 수입이 그리 많은 편은 아니라고요. 게다가 부양할 가족은 많으신 것 같고."

"다섯 아이들이 있습니다만." 몽고메리 부인이 말했다. "그 아이들을 그릇되지 않게 키울 수 있어 전 행복합니다."

"물론 그러시겠죠. 소양도 있으시고 또 헌신적인 분이니까요. 하지만 부인의 동생 분이 일일이 자녀 분들을 헤아리고 있다고요?"

"일일이 헤아리다니요?"

"제 말씀은 동생 분도 아이가 다섯이라는 사실을 알고 있지 않느냐는 뜻입니다. 제게 그러더군요, 본인이 직접 조카들 양육을 담당하고 있다고요."

몽고메리 부인은 잠시 동그랗게 눈을 뜨고 응시하더니, 재빠르게 "아 네, 아이들을 가르치고 있어요. 스페인어를 가르쳐요."

의사는 웃어젖혔다. "그렇다면 부인의 수고를 굉장히 덜어 주고 있겠군요! 물론, 동생 분은 부인께서 소용할 수 있는 돈이 아주 적은 액수라는 것도 알고 있고요?"

"그 아이에게 종종 그렇게 얘기했어요." 여태까지 말하던 것보다는 좀 더 솔직하게 몽고메리 부인이 소리를 높였다. 틀림없이 그녀는 의사의 날카로운 투시력 앞에서 어떤 편안함을 찾은 듯했다.

"그러니까 부인께선 종종 그렇게 말해야만 하는 경우에 부닥쳤고, 동생 분은 자주 부인에게서 돈을 뜯어냈다는 뜻이군요. 제 점잖지 못한 말투를 용서하십시오. 단지 전 사실을 표현하려는 것뿐입니다. 동생 분이 부인의 돈을 얼마나 뜯어갔는지는 묻지 않겠습니다. 제 소관이 아니니까요. 제가 예상했던, 제가 기대했던 바에 대한 확신을 갖게 되었습니다." 그리고 의사는 조용히 모자를 쓸어내리며 일어섰다. "동생 분은 부인께 얹혀살고 있군요." 그곳에 그렇게 서서 그가 말했다.

황홀경에 빠진 듯한 표정으로 몽고메리 부인은 방문객의 움직임에 맞춰 재빨리 자리에서 일어났다. 그런데 그때, 다소 엉뚱하게도 그녀가 말했다. "난 한 번도 그 아이에 대해 불평해본 적이 없습니다."

"부인께서 항변하실 필요는 없습니다. 부인은 동생 분을 배반한 게 아닙니다. 하지만 그에게 더 이상은 돈을 내주지 말 것을 충고 드리고 싶습니다."

"그 아이가 부유한 사람과 결혼하려는 것은 저를 위해서라는 걸 모르시겠어요?" 그녀가 물었다. "말씀하신 대로 만약 그 아이가 내게 얹혀살고 있다면, 전 그 아이를 떼어버릴 생각만 하겠죠. 그리고 그 아이가 결혼하는 데 장애물을 놓는 일은 제 고난을 더 배가시킬 뿐이잖아요."

"힘드시면 절 찾아오십시오, 진심입니다." 의사가 말했다. "분명히 말씀드리자면, 만약 제가 그를 다시 부인의 손으로 던져 넣을 경우 제가 할 수 있는 최소한의 것은 부인께서 부담을 견디실 수 있도록 도와드리는 것이겠죠. 만약 부인께서 제가 이렇게 말하도록 허락하신다면, 그렇다면 전 당장에라도 동생 분을 부양하기 위해 필요한 자금을 멋대로 부인 손에 쥐어 드릴 수도 있습니다."

몽고메리 부인은 가만히 응시했다. 그녀는 분명히 그가 조롱하고 있다고 생각했다. 하지만 그렇지 않다는 것을 그녀는 이내 알아차렸고, 그러자 그녀 안의 감정들이 복잡하게 뒤엉켜 고통스러웠다. "선생님께 상당한 불쾌감을 내보여야 하는 것이겠지요." 그녀가 중얼거렸다.

"제가 부인께 돈을 드리겠다는 제안을 해서 말입니까? 그건 고정관념에 불과합니다." 의사가 말했다. "제가 다시 부인을 찾아뵐 수 있도록 허락해주셔야 합니다. 그러면 우리는 이런 문제들에 대해 얘기를 나누게 될 것입니다. 자녀 분들 중에 몇몇은 여자 아이가 아닐까 합니다만?"

"어린 계집아이가 둘입니다." 몽고메리 부인이 말했다.

"그러시다면 그 아이들이 자라서 남편감을 고르기 시작할 나이가 되면, 남편감들의 도덕성에 대해 부인께서 얼마나 염려할지 깨닫게 되실 것입니다. 그때가 되면 오늘 저의 이 방문을 이해하시게 될 것입니다.”

“아, 모리스가 비뚤어진 도덕성을 갖고 있다고 믿으시면 안 돼요.”

의사는 팔짱을 낀 채 잠시 그녀를 바라보았다. “도덕적 만족감을 위해서인데, 제가 무척 원하는 것이 한 가지 있습니다. 전 부인께서 이렇게 말씀하시는 걸 듣고 싶습니다, ‘그 아이의 이기적인 성격은 혐오스러울 정도입니다.’”

이 말은 의사의 목소리가 지닌 근엄한 분명함 속에 터져 나왔고, 순간 가엾은 몽고메리 부인의 마음속에 어떤 실제적인 영상을 그려내는 것처럼 보였다. 그녀는 잠시 그 영상에 눈길을 주더니 다음 순간 몸을 돌렸다. “선생님께선 절 괴롭히고 계십니다!” 그녀가 목소리를 높였다. “어쨌든 그 아인 제 동생입니다. 그리고 그 아이의 재능은, 재능은…….” 이 마지막 몇 마디에 이르러 그녀의 목소리가 떨렸고, 그가 깨닫기도 전에 그녀는 눈물을 터뜨렸다.

“그의 재능은 최고의 것입니다.” 의사가 말했다. “우린 그의 재능에 맞는 적당한 분야를 찾아야 합니다.” 그리고 그는 그녀를 그처럼 흔들어놓은 데 대해 자신도 애석해하고 있음을 아주 겸손한 태도로 그녀에게 확실히 심어주는 것이었다. “다 제 불쌍한 캐서린을 위해서 이러는 것입니다.” 그가 계속했다. “부인께선 꼭 그 아이를 알게 되실 겁니다. 그리고 이해하게 되실 겁니다."

몽고메리 부인은 눈물을 훔쳤고 눈물을 보인 데 대해 얼굴을 붉혔다. "선생님의 따님을 만나보고 싶군요." 그런 다음 이내 "따님을 그 아이와 결혼시켜서는 안 됩니다!" 그녀가 대답했다.

슬로퍼는 물러나왔고 귓가에서는 이 말이 부드럽게 메아리치고 있었다. "따님을 그 아이와 결혼시켜서는 안 됩니다!" 이 말은 그에게 방금 전에 자신이 얘기하던 도덕적 만족감을 안겨주었고, 그 말이 자그마한 체구의 가엾은 몽고메리 부인이 갖고 있는 가족에 대한 자존심에 명백히 상처를 입힌 것인 만큼 그 가치는 더욱 클 수밖에 없었다.

제15장

캐서린의 처신은 그를 당혹하게 했다. 의사가 보기에 이런 감정적 위기의 순간에 캐서린의 처신은 부자연스러울 정도로 수동적인 것이었다. 그가 모리스를 취조하기 전날, 서재에서 그 일이 있은 후 그는 다시 그녀와 얘기를 나눠보지 못했다. 그녀의 태도는 전혀 변함이 없었고 그렇게 일주일이 흘렀다. 동정심에 호소하는 듯한 어떠한 내색도 없자, 그는 다소 실망스럽기까지 했다. 관대한 아랑을 내보임으로써 자신의 가혹한 처사를 보상할 수 있도록 자신에게 기회를 주지 않는 딸아이가 조금은 원망스러웠다. 잠시 그는 그녀를 유럽 여행에 데리고 가는 것을 제안할까 생각해보았다. 하지만 그녀가 침묵 속에서 그를 비난할 경우에만 이를 실행에 옮기기로 작정했다. 말없이 하는 비난이라면 그녀가 대단한 재능을 보이리라는 것이 그의 생각이었다. 따라서 자신이 이러한 침묵의 총격에 노출되는 일이 전혀 없음을 알고 놀라지 않을 수 없었던 것이다. 암묵적이건 노골적이건 간에 그녀는 아무 말도 하지 않았고, 그다지 수다스런 성격도 아니고 보면 침묵하는 그녀의 태도에는 어떤 특별한 달변이 있을 수도 없었다. 가엾은 캐서린은 골이 난 것도 아니었다. 캐서린에게는 이런 처신을 꾸며서 할 만한 연극적인 재능이 거의 없었다. 그녀는 그저 상당한 참을성을 내보이고 있었다. 물론 그녀는 자신의 처지에 대해 생각하고 있었고, 틀림없이 아주 사려 깊게 그리고 아주 냉정하게 최고의 해결책을 만들어내야 한다는 생각을 안고 고민하고 있었다.

"그 아인 내가 시키는 대로 따를 거야." 의사가 말했다. 그리고 그는 자신의 딸자식이 대단한 정신의 소유자는 못 된다는 생각 속으로 깊이 빠져들었다.

딸아이가 좀 더 반항적인 태도를 보여서 의사 자신이 이 상황을 좀 더 즐길 수 있기를 희망했는지는 나로서도 알 수 없다. 하지만 그는, 예전에 그랬던 것처럼, 아버지의 자리라는 것이 순간적인 위엄을 발휘할지는 모르지만, 결국에는 흥미로운 사명은 아니라고 혼잣말을 하는 것이었다.

한편 캐서린은 아주 색다른 발견을 하게 되었는데, 착한 딸이 되고자 노력하는 것이 얼마나 흥분되는 일인지 그녀 자신에게 점점 더 뚜렷해지는 것이었다. 그녀는 완전히 새로운 느낌을 받았는데, 자신의 행동에 대해 기대감을 품게 되는 긴장된 상태에 있었다. 마치 다른 사람을 지켜보듯 자신을 바라보았고, 자신이 어떤 일들을 하게 될까 궁금해졌다. 그건 마치, 그녀 자신이기도 하면서 아니기도 한 다른 사람이 갑작스럽게 생겨나서는 시험되지 않은 역할들을 해나감으로써 그녀의 자연스런 호기심을 자극하는 것 같았다.

"이렇게 착한 딸이 있어 흐뭇하구나." 일주일쯤 지났을까 그녀에게 입맞춤을 해주며 아버지가 말했다.

"전 바르게 행동하려고 노력하는 중이에요." 완전히 순수하다고만은 할 수 없는 양심을 안고, 몸을 돌려세우며 그녀가 대답했다.

"뭐든 내게 하고 싶은 얘기가 있으면 망설일 것 없다. 그렇게 입을 다물고 있을 필요도 없고. 타운센드 군이 자주 우리 대화의 화제가 된다고 해서 내가 꺼려해서야 되겠니. 그러니 뭐든 그에 대해 특별히 하고픈 얘기가 있다면 난 기꺼이 듣고 싶구나."

"고맙습니다." 캐서린이 말했다. "지금으로서는 특별히 드릴 말씀이 없습니다."

그는 결코 딸아이가 모리스를 다시 만나고 있는지에 대해 묻는 경우가 없었는데, 만약 실제로 그런 일이 있다면 딸아이가 분명히 자신에게 알렸을 것이라는 확신이 있었기 때문이다. 사실 그녀는 모리스를 만나고 있지 않았다. 장문의 편지를 한 통 써 보냈을 뿐이었다. 적어도 그녀에게 있어서는 장문의 편지였고 모리스가 보기에도 장문의 편지라 할 만했음을 덧붙여도 좋을 듯하다. 다섯 장으로 된 편지는 놀라울 만큼 단정하고 고운 필체로 쓰인 것이었다. 캐서린의 필체는 아름다웠고 그녀는 이에 대해 약간은 자랑스럽기까지 했다. 그녀는 베껴 쓰는 일을 아주 좋아했고 이러한 재능을 입증하는 몇 권의 발췌본도 갖고 있었는데, 언젠가 그의 두 눈 속에서 자신이 얼마나 소중한 존재인가 하는 축복 어린 느낌이 특별한 깊이로 다가오던 날 그녀는 그 책들을 연인에게 보여주었다. 편지에서 그녀는 다시는 그를 만나지 않았으면 하는 것이 아버지의 바람임을 알렸고, 그녀의 '마음이 정해질 때'까지는 집으로 그녀를 방문하는 것을 삼가주기를 간절히 부탁했다. 모리스는 격정 어린 답장을 했고 도대체 그녀가 마음을 정할 일이 뭐가 있느냐는 질문을 했다. 이 주 전에 이미 그녀는 마음을 정했던 것이 아니냐고, 그녀가 그를 내팽개친다는 생각을 하며 만족하는 게 있을 수 있는 일인지. 그녀가 그에게 주었고, 또 그에게서 받았던 그 모든 충실의 약속들에도 불구하고, 그들의 시련이 막 시작된 단계에서 좌절할 작정이었는지. 또 그는 그녀의 아버지와 자신의 만남에 대한 설명을 늘어놓았는데, 이는 앞선 몇 장에서 밝혀진 것과는 완전히 다른 이야기였다. "그분은 지독하게 폭력적이셨소." 모리스가 편지에 썼다. "하지만 당신도 내 자제력을 알고 있잖소. 당신의 잔인한 감금 상태를 처부수는 일이 내 손아귀에 달려 있다는 걸 기억해내고는 난 내가 갖고 있는 모든 자제력을 다 불러 모아야 했소." 이에 대한 답장으로 캐서린은 세 줄로 된 짧은 편지를 보냈다. "전 아주 큰 고통 속에 있습니다. 제 사랑을 의심하진 마세요.

그렇지만 제가 좀 더 기다리고 생각할 수 있게 해주세요." 아버지와 맞서고 있다는 생각, 아버지의 뜻에 어긋나는 자신만의 뜻을 세워놓고 있다는 생각은 그녀의 영혼을 무겁게 짓눌렀고, 엄청난 물리적 중압감이 우리를 꼼짝 못하게 하듯이 그녀를 침묵하게 했다. 사랑하는 사람을 내팽개친다는 것을 그녀는 단 한 번도 상상해본 적이 없었다. 하지만 맨 처음부터 그녀는 그들의 어려움을 헤쳐나갈 만한 평화로운 방법이 있을 것이라고 스스로에게 확신을 불어넣으려 애썼다. 그런 확신이라는 것은 모호했고, 아버지가 마음을 바꾸리라는 확고한 믿음의 요인이 하나도 없었기 때문에 그러했다. 유일하게 그녀를 사로잡는 생각은 만약 그녀가 아주 올바른 태도를 보인다면 어떤 신비스러운 방식으로 상황이 나아질 수도 있으리라는 것이었다. 착한 딸이 되기 위해서는 인내하는 모습을 보여야 한다. 겉보기에 순종적이어야 하고, 아버지를 너무 가혹하게 판단하는 일은 없어야 하며, 드러내놓고 반항하는 어떠한 행동도 해서는 안 된다. 어쩌면 아버지 입장에서는 그렇게 생각하시는 게 합당한 것일 수도 있으니까. 그렇다고 해서 그녀와 결혼하려는 모리스의 의도에 대한 아버지의 판단이 정당한 것임을 인정하는 것은 결코 아니며, 그것은 세심한 부모라면 당연히 의구심을 갖게 되고 심지어 부당한 처신을 할 수도 있음을 뜻하는 것이었다. 어쩌면 이 세상에는 그녀의 아버지가 모리스도 그 부류라 믿고 있는 질이 안 좋은 사람들도 있을 것이고, 만약 모리스가 이들 사악한 부류의 사람들 가운데 하나임을 보여주는 아주 사소한 계기가 있었다면 아버지가 그 점을 고려하는 것은 당연했다. 물론 그녀에게 보이는 것을, 참으로 가장 순수한 사랑과 진실함이 그 젊은이의 두 눈 속에 자리 잡고 있음을 아버지가 보지 못했을 수도 있다. 하지만 때가 되면 하늘이 아버지를 이끌어 이러한 앎에 이르게 할지도 모를 일이다. 캐서린은 하늘에 상당한 기대를 걸고 있었고, 프랑스 사람들이 말하듯 자신의 난관을 풀어나가는 데 있어 하늘에 그 주도권을 맡겼다. 그녀 스스로 아버지에게 어떠한 사실을 가르친다는 것은 상상조차 하지 않고 있었다. 심지어 그의 부당함 속에도 어떤 우월함이 함께했고, 그가 하는 실수조차도 절대적인 것이었다. 하지만 적어도 그녀는 예의 바르게 처신할 수 있고 그리고 그녀가 충분히 좋은 모습을 보이기만 한다면 하늘이 이 모든 것들을, 아버지의 실수가 갖는 위엄, 그녀의 믿음이 보여주는 아름다움, 자식으로서의 그녀의 의무의 완전한 이행, 그리고 모리스 타운센드의 애정이 주는 환희를 모두 조화시킬 수 있는 길을 열어줄 것이었다.

페니먼 부인이 그녀의 명석한 요원이 되어줄 수만 있다면 가엾은 캐서린으로서는 기쁜 일이겠지만, 사실 부인 자신도 완벽히 그런 요원의 역할을 할 준비가 되어 있지 않았다. 페니먼 부인은 이 자그마한 연극이 드리우는 감상적인 그림자에서 지나친 만족감을 찾고 있었으므로, 이를 방해하는 일이라면 당분간은 어떠한 대단한 일도 그녀의 관심을 끌지 못할 듯했다. 그녀는 이 계획이 굳어지길 소망했고, 조카딸에게 조언을 함으로써 이러한 결과를 낳을 수 있다고 혼자 상상했다. 그녀의 충고는 다소 앞뒤가 맞지 않는 것이었고 날이면 날마다 제각기 모순을 드러냈다. 하지만 그녀의 조언은 캐서린이 뭔가 놀라운 일을 터뜨려야 한다는 진지한 열망을 가득 담고 있었다. "애야, 넌 **행동에 옮겨야 해. 이 상황에서 가장 중요한 것은 행동에 옮기는 거야.**" 조카딸이 기회를 앞에 두고 완전히 굴복하는 모습을 보이고 있음을 알고는 페니먼 부인이 말했다. 페니먼 부인의 진정한 소망은 이 소녀가 비밀 결혼식을 올리고 또 자신이 신부 들러리 혹은 소녀를 지도하는 부인의 역할을 수행하는 것이었다. 그녀는 이런 예식은 은밀한 지하 성당에서 행해져야 한다는 공상에 빠져 있었다. 뉴욕에서 은밀한 지하 성당을 찾기가 쉽지 않지만, 페니먼 부인의 상상력은 이런 사소한 일로 얼어붙는 일이 좀처럼 없었다. 그리고 그녀의 공상은 죄 지은 이 한 쌍——그녀는 캐서린과 그녀의 구혼자를 죄 지은 한 쌍으로 생각하길 좋아했는데——이 다급하게 바퀴가 돌아가는 마차를 타고 교외의 알지 못하는 숙소로 빠져나가고 자신이 그곳으로 이 한 쌍을 (두꺼운 베일을 쓰고서) 은밀하게 방문하는 데까지 펼쳐졌다. 그곳에서 이들은 낭만적인 궁핍의 시기를 견뎌내게 될 것이고 그러면 결국에는 자신이 그들에게 있어 지상의 섭리와도 같은 존재, 그들의 중재자이자 지지자, 또 세상과 그들을 소통시켜주는 매개자로서의 역할을 한 후에, 이들 한 쌍은 한 폭의 예술적인 그림에서처럼 그녀의 오라비와 화해에 이르는 것이다. 이 작품 안에서 그녀는 어떻게 해서든 중심적인 인물이 되어야 했다. 아직까지는 이러한 길을 캐서린에게 권하기가 망설여졌지만 그녀는 이 매력적인 한 폭의 그림을 모리스 타운센드에게 보여주는 시도를 감행했다. 그녀는 이 젊은이와 매일같이 소식을 주고받으며 그에게 워싱턴 스퀘어에서 일이 돌아가는 형세를 편지로 계속 알려주고 있었다. 그녀가 말한 대로 그가 이 집에서 추방당한 만큼, 그녀는 더 이상 그를 만나지는 못했다. 하지만 그녀는 만나보기를 희망한다는 말로 그에게 보내는 편지를 끝맺었다. 이 만남은 반드시 중립적인 곳에서 이루어져야 했기에, 그녀는 만남의 장소를 고르기에 앞서 굉장히 심사숙고했다. 그린우드 묘지 쪽으로 마음이 기울었지만 너무 멀어서 포기했다. 그녀의 표현대로라면 그녀는 의심을 부채질하는 일 없이 그렇게 오랫동안 집을 비울 수는 없었다. 다음으로 그녀는 배터리 공원을 생각해봤지만, 거긴 좀 춥고 또 바람이 부는 곳인데다가 요즈음에는 대단한 욕망을 안고 신세계에 자리 잡은 아일랜드 이민자들의 침입에 노출되게 되어 있었다. 그래서 결국 그녀는 흑인이 운영하는 7번가에 있는 굴 식당으로 결정했다. 지나가며 슬쩍 본 것을 제외하고는 아무것도 아는 바가 없는 그러한 장소였다. 그곳에서 그와 만나기로 약속을 하고, 그녀는 어스름한 저녁 무렵에 얼굴을 꿰뚫어볼 수 없는 베일을 덮어쓰고는 약속 장소로 나갔다. 반 시간 동안 그는 그녀를 기다리게 했는데, 그는 거의 도시 전체를 가로질러 와야 했다. 하지만 그녀는 기다리는 것이 좋았는데, 그건 마치 상황을 더 긴박하게 만드는 것 같았다. 그녀는 차 한 잔을 주문했는데 도무지 맛이라고는 없었고, 이는 그녀에게 자신이 어떤 낭만적인 이유로 인해 고통받고 있다는 생각을 하게 했다. 마침내 모리스가 도착하자 그들은 가게 뒤쪽 어스레하고 구석진 곳에서 반 시간가량 얘기를 나눴는데, 페니먼 부인이 수년간 보내왔던 시간 중에 지금 이 반 시간이 가장 행복한 순간이었다고 해도 지나치지 않았다. 정말이지 상황은 긴박했고, 그녀의 상대가 굴스튜를 주문하고 그녀가 보는 앞에서 먹어치우기 시작했을 때도 그녀는 그것이 잘못된 처신임을 거의 깨닫지 못했다. 사실 모리스는 스튜로 만든 굴이 줄수 있는 모든 포만감이 필요한 처지였는데, 독자에게는 이미넌지시 비추어졌겠지만, 그는 페니먼 부인을 자신의 마차의다섯 번째 바퀴라는 시각에서 바라보고 있었다. 잘생긴 외모의 젊은 신사가 남보다 나을 것 없는 자질의 젊은 여성에게 시험 삼아 호의를 베풀었다가 거절당했을 때 당연히 느낄 법한 그런 불쾌함이 그를 에워싸고 있었다. 약간 말라비틀어진 이 기혼녀의 아첨하는 듯한 동정은 그에게 아무런 실질적인 위안이 되지 못하는 듯했다. 그는 그녀를 허풍쟁이라고 생각했는데, 그는 상당한 확신을 갖고 허풍쟁이들을 가려내곤 했다. 처음에는 그도 워싱턴 스퀘어에 발판을 마련해두기 위해서라도 그녀의 말을 귀 기울여 듣고 그녀에게 호의적으로 대하려 했지만, 지금은 예의를 지키며 정중한 태도를 취하기 위해 모든 자제력이 필요한 지경이 되었다. 그녀가 기괴한 늙은 부인

네이고 당장 마차에 태워 집으로 돌려보내고 싶다고 그녀에
게 밝힐 수만 있었다면 그는 만족했을 것이다. 하지만 우리가
알고 있듯이, 모리스의 자제력은 그의 미덕이었고 그는 늘 유
쾌한 사람이 되려고 노력하는 습성을 지니고 있었다. 그래서
페니먼 부인의 행동이 이미 어지러운 그의 신경을 더 악화시
킬 뿐임에도 불구하고 그는 진지한 존경심을 발휘하여 그녀
의 말에 귀를 기울였고, 이러한 처신은 페니먼 부인으로부터
상당한 찬사를 자아냈다.

제16장

　물론 그들은 즉시 캐서린에 대해 얘기하기 시작했다. "그녀가 내게 전갈을 보내왔나요, 아니면……, 아니면 뭐든 보냈나요?" 모리스가 물었다. 그는 그녀가 자신에게 장신구나 머리타래를 보냈을 거라고 생각하는 듯했다.

　페니먼 부인은 약간 당황스러웠는데, 조카딸에게는 자신이 의도하고 있는 모험에 대해 얘기도 꺼내보지 못했기 때문이다. "꼭 전갈을 보내온 것은 아니에요." 그녀가 말했다. "난 그 아이에게 물어보지 않았어요. 그 아이를……흥분시킬까 봐 두려웠거든요."

　"그녀는 그다지 흥분하는 성미가 아닐 텐데요." 그러더니 모리스는 쓸쓸함을 담은 미소를 지어 보였다.

　"그 아인 그보다는 훨씬 더 훌륭해요. 꿋꿋해요. 그 아인 진실하죠."

"그렇다면 그녀가 변치 않을 거란 말씀이신가요?"

"죽을 때까지요!"

"오, 그렇게까지 되길 바라지는 않습니다." 모리스가 말했다.

"우리는 최악의 사태에 대비해야 해요. 내가 당신에게 해주고 싶은 말도 바로 이것이고요."

"최악의 사태라니요?"

"그러니까." 페니먼 부인이 말했다. "내 오라비는 심지가 굳은데다가 지력이 뛰어나요."

"으윽, 빌어먹을!"

"그분은 동정이라는 걸 모르죠." 설명하듯 페니먼 부인이 덧붙였다.

"그분이 마음을 바꾸지 않을 거란 말입니까?"

"논쟁으로는 절대 그를 꺾을 수 없어요. 내가 그를 연구하고 있잖아요. 오로지 명백한 사실만이 그를 무너뜨릴 수 있어요."

"명백한 사실이요?"

"그런 후에는 그가 마음을 바꿀 거예요." 굉장히 의미심장하게 페니먼 부인이 말했다. "그가 관심을 갖는 것은 사실뿐이죠. 틀림없이 명백한 사실에는 만족할 거예요."

"그렇다면." 모리스가 끼어들었다. "내가 그분 따님과 결혼하고 싶어 하는 것도 분명히 사실입니다만, 며칠 전에 만났을 때 그분은 조금도 꺾이는 기색이 없던데요."

페니먼 부인은 잠시 침묵을 지켰다. 그러더니 커튼 모양으

로 가장자리를 정리한 검은 베일이 달린 풍만한 보닛의 그림
자 밑으로 그녀의 미소가 번졌고, 여전히 더욱더 부드러운 밝
은 빛을 띠며 모리스의 얼굴 위에 그대로 꽂혀갔다. "먼저 캐
서린과 결혼을 하세요. 그리고 그 후에 그분을 만나는 거예
요!" 그녀가 소리쳤다.

"그걸 권하는 겁니까?" 잔뜩 찌푸리며 젊은이가 물었다.

그녀는 잠시 두려움을 느꼈으나 굉장히 과감하게 계속해나
갔다. "내가 생각하는 바는 바로 그것입니다. 비밀 결혼식 말
예요. 비밀 결혼식." 좋아하는 표현이었기 때문에 그녀는 그
구절을 반복해서 말했다.

"나더러 캐서린을 데리고 떠나라는 건가요? 그런 걸 뭐라
고 하죠? 그녀와 함께 사랑의 도피를 하라고요?"

"어쩔 수 없는 상황에 몰렸다면 그건 죄가 아니에요." 페니
먼 부인이 말했다. "말씀드렸듯이 내 남편은 고귀한 성직자였
어요. 사람의 마음을 움직이는 데 있어 그 당시 가장 탁월한
분이셨죠. 그분이 한번은 젊은 숙녀의 아버지 집에서 도피해
온 젊은이 한 쌍을 결혼시킨 적이 있었어요. 그 한 쌍의 사연
에 상당히 관심을 보이셨죠. 그분은 망설이지 않았고, 그리고
모든 것이 잘 해결되었어요. 그 아버지 되는 분은 후에 마음이
누그러졌고 그 젊은이를 아주 소중히 여기셨어요. 페니먼 씨
께서 그들을 저녁에 결혼시켰어요. 일곱 시경에요. 교회는 너
무 어두웠고 거의 아무것도 보이지 않았어요. 게다가 페니먼
씨께서는 극도로 흥분하셨답니다. 그분은 그렇게 인정 있는 분

이셨어요. 그분은 이제 다시는 그런 일을 하실 수 없겠지만요."

"운이 없군요. 캐서린과 저는 우리를 결혼시켜줄 페니먼 씨가 없으니 말입니다." 모리스가 말했다.

"그분은 안 계시죠. 하지만 당신께는 제가 있잖아요!" 페니먼 부인이 의미심장하게 끼어들었다. "내가 예식을 진행할 수는 없겠지만, 그래도 당신을 도울 수는 있어요. 지켜봐줄 수도 있고요!"

"이 여자 완전히 바보 천치구먼!" 모리스가 생각했다. 하지만 그는 무언가 다른 말을 해야만 했다. 그렇다고 해서 그게 더 예의 바른 말은 아니었다. "이런 얘기나 하려고 여기서 날 보자고 하신 겁니까?"

페니먼 부인은 자신의 용건이 다소 모호하다는 것과 먼 길을 걸어온 그에게 확실한 보답을 해줄 수 없다는 것도 이미 의식하고 있었다. "캐서린과 아주 가까이 지내고 있는 누군가를 당신이 만나보고 싶어 할 거라 생각했어요." 굉장한 위엄을 내보이며 그녀가 말했다. "게다가." 그녀가 덧붙였다. "그 아이에게 뭔가를 보낼 수 있는 소중한 기회도 되잖아요."

우수 섞인 미소를 지어 보이며 모리스는 자신의 빈손을 펼쳐 보였다. "대단히 고맙습니다만, 전 아무것도 보낼 것이 없어요."

"한마디 전할 말도 없으세요?" 암시하는 듯한 미소를 되찾으며 그의 상대가 물었다.

모리스는 다시 눈살을 찌푸렸다. "약해지면 안 된다고 전해주세요." 그가 다소 퉁명스럽게 말했다.

"참 알맞은 메시지군요. 고귀한 메시지예요. 이 말이 그 아이를 며칠 동안이고 행복하게 해줄 겁니다. 그 아인 정말이지 안쓰러워요. 상당히 용감하긴 하지만요." 망토를 바로잡고 일어설 준비를 하며 페니먼 부인은 계속했다. 분주히 채비하는 동안 그녀에게 기발한 생각이 하나 떠올랐다. 자신의 행보에 대한 증거물로서 과감하게 건네줄 수 있는 말을 찾아낸 것이다. "모든 걸 감수하면서까지 당신이 캐서린과 결혼한다면." 그녀가 말했다. "제 오라비가 못 미덥게 생각하고 있는 당신의 자질을 증명해 보일 수 있게 돼요."

"그분이 뭘 못 미덥게 생각하시는데요?"

"그게 뭔지 모른단 말인가요?" 재미있다는 듯이 페니먼 부인이 물었다.

"알든 모르든 그건 제게 중요치 않습니다." 기품 있게 모리스가 말했다.

"물론 그 점이 당신을 불쾌하게 했겠죠."

"난 그런 걸 경멸합니다." 모리스가 생각을 말했다.

"아, 그렇다면 그게 뭔지는 알고 있군요?" 그에게 손가락을 흔들어 보이며 페니먼 부인이 말했다. "그분은 당신이 좋아한다고, 돈을 좋아한다고 주장하고 있어요."

한순간 모리스는 머뭇거렸다. 그러더니 깊은 생각 끝에 하듯 얘기를 꺼냈다. "난 돈을 참 좋아합니다!"

"아, 하지만 그렇진 않죠. 그분이 생각하는 그런 식으로는 아니잖아요. 캐서린보다 돈을 더 좋아하는 건 아니잖아요?"

그는 탁자 위에 팔꿈치를 기대어 세우고 두 손에 머리를 파묻었다. "날 고문하시는군요!" 그가 중얼거렸다. 정말이지 이는 그가 처한 상황에 이 딱한 여인네가 지나치게 성가신 관심을 기울인 여파였다.

그렇지만 그녀는 계속해서 뜻을 관철시키려 했다. "그분의 존재에도 불구하고 당신이 그 아이와 결혼해서 그분의 돈 없이도 꾸려나갈 준비가 되어 있다면 당신이 그에게서 아무것도 바라는 것이 없다는 것을 그분도 받아들이게 될 거예요. 당신이 그런 부분에는 무관심하다는 걸 알게 될 거고요."

모리스는 머리를 약간 들어 보이며 논의를 계속했다. "그렇게 해서 내가 뭘 얻게 되는 겁니까?"

"그야, 당신이 그의 돈을 탐하고 있다는 생각이 잘못되었다는 것을 그분도 알게 되겠죠."

"그리고 그가 그 모든 것과 함께 죽음을 맞고, 의료 센터에 그걸 다 갖다주기를 원한다는 것도 알게 될 것이고요. 당신이 뜻하는 게 이런 건가요?" 모리스가 물었다.

"아니에요, 그런 뜻은. 아주 멋진 생각이긴 하지만요." 재빨리 페니먼 부인이 덧붙였다. "내 말은 당신에게 그렇게 부당한 대우를 한 후에, 결국에 가서는 그가 약간의 수정을 하는 것이 자신의 의무라고 생각할 거란 말이에요."

모리스는 머리를 저었다. 이 얘기에 약간은 솔깃했다는 것을 털어놓아야 했겠지만. "그가 감상적인 분이라고 생각하세요?"

"감상적인 사람은 아니에요." 페니먼 부인이 말했다. "하지만 아주 공정하게 그를 평가하자면, 그는 자신만의 제한된 방식으로 일종의 의무감을 갖고 있다고 생각해요."

순간 모리스 타운센드의 마음속에는 의구심이 일었다. 아주 희박한 가능성하에서라도 만약 의사의 마음속에서 이러한 의무감이 제 기능을 할 경우 자신이 어느 정도까지 덕을 볼 수 있을지에 대한 의문이었는데, 그는 익살스런 감각을 발휘해 이러한 의구심의 구석구석을 샅샅이 뒤지는 것이었다. "당신의 오라버니 되시는 분은 내게 아무런 의무가 없어요." 이어 그가 말했다. "나 또한 그에게 아무런 빚이 없고요."

"아, 그렇지만 그분은 캐서린에 대한 의무가 있잖아요."

"그렇죠. 하지만 당신도 아시겠지만, 그런 원리대로라면 캐서린 역시 그에게 의무를 지고 있어요."

페니먼 부인은 마치 그가 상상력이 아주 부족한 사람이라고 생각하는 듯, 우수 섞인 한숨을 몰아쉬며 일어났다. "그 아이는 항상 자식으로서의 의무를 성실하게 이행하고 있어요. 그러니까 당신은 그 아이가 당신에 대해서는 아무런 의무감도 갖고 있지 않다고 생각하시나요?" 페니먼 부인은 항상, 심지어 대화할 때조차도 인칭 대명사를 강조하곤 했다.

"그리 말한다면 너무 가혹한 일이겠죠. 난 그녀의 사랑에 대해 아주 고마워하고 있어요." 모리스가 덧붙였다.

"당신의 말을 그 아이에게 전할게요. 그리고 또 내가 필요하다면 저곳에 내가 있다는 것도 잊지 마세요." 그러더니 더이상 할 말을 찾지 못한 페니먼 부인은 모호하게 워싱턴 스퀘어 쪽을 가리켰다.

잠시 모래투성이인 가게 바닥을 쳐다보던 모리스는 좀 더 그곳에 머무르고 싶어 하는 듯 보였는데, 마침내 갑작스레 퉁명스럽게 고개를 들며, "그녀가 나와 결혼한다면 그분이 그녀와 관계를 끊을 거라고 믿으십니까?" 그가 물었다.

페니먼 부인은 잠시 응시하더니 미소를 지었다. "이런, 무슨 일이 일어날지 내 생각을 다 설명했잖아요. 결국 그게 할 수 있는 최상의 방안이라니까요."

"그러니까 당신 말은, 그녀가 뭘 하든 결국 그녀는 돈을 받게 되리라는 건가요?"

"그건 그 아이가 아니라 당신에게 달려 있어요. 최대한 그런 부분에는 무관심한 듯 보여야 해요." 교묘한 어투로 페니먼 부인이 말했다. 모리스는 다시 모래가 흩어져 있는 바닥으로 시선을 떨어뜨렸다. 그녀는 곰곰이 생각해보더니 계속해서 말을 이어갔다. "페니먼 씨와 나는 아무것도 가진 게 없었지만 우린 아주 행복했어요. 더군다나 캐서린은 어머니의 재산을 물려받았어요. 그 돈은 내 올케가 결혼하던 시절만 해도 상당히 큰 액수였다고요."

"그 말씀은 그만하시죠!" 모리스가 말했다. 그가 그 사실을 이미 모든 각도에서 다 검토해본 이상, 사실 그건 전혀 쓸데없는 말이었다.

"오스틴은 돈 많은 신부와 결혼했다고요. 왜 당신이라고 그러면 안 되겠어요?"

"아, 하지만 당신의 오라버니께선 의사셨죠." 모리스가 반기를 들었다.

"그렇다고 모든 젊은이가 다 의사가 될 수 있는 건 아니잖아요."

"전 의사라는 직업을 극도로 혐오하는 사람입니다." 지적이면서도 독립적인 자세를 취하며 모리스가 말했다. 그러더니 다음 순간, 그는 다소 엉뚱한 방향으로 나아갔다. "캐서린에게 유리하게 유언장이 이미 작성되어 있다고 생각하세요?"

"그렇다고 생각해요. 의사라도 죽는 건 마찬가지잖아요. 그리고 어쩌면 내 몫도 약간 있을지도 모르죠." 솔직하게 페니먼 부인이 덧붙였다.

"그렇다면 그분이 캐서린에 관한 유언을 수정할 수도 있을까요?"

"그렇죠. 그런 다음에는 다시 돌려놓을 것이고요."

"아, 하지만 그걸 믿고 있을 수는 없을 것 같은데요." 모리스가 말했다.

"그럴 거라고 믿고 싶으세요?" 페니먼 부인이 물었다.

모리스는 약간 얼굴을 붉혔다. "어쨌거나 난 캐서린에게 상처를 주는 원인이 되고 싶진 않아요."

"오, 두려워할 필요는 없어요. 아무것도 두려워하지 마세요. 그리고 모든 일이 잘될 거예요."

그러더니 페니먼 부인은 자신이 마신 찻값을, 모리스는 굴 스튜 값을 지불했고 그들은 희미하게 불이 켜져 있는 황량한 7번가로 걸어 나갔다. 어둠이 완전히 내려앉았고, 거리의 가로등은 움푹 파이고 균열이 생겨 서로 조화를 이루지 못하는 포장도로 위로 띄엄띄엄 떨어져 있었다. 이상한 그림들로 화려하게 장식된 합승 마차가 이 빠진 포장도로 위를 마구 뒹굴며 오고 있었다.

"댁으로 어떻게 가시죠?" 유심히 이 마차를 눈빛으로 좇으며 모리스가 물었다. 페니먼 부인은 그의 팔을 붙들었다.

그녀는 잠시 망설였다. "내 생각에는 이 방법이 좋을 것 같은데요." 그녀가 말했다. 그러더니 그녀는 계속해서 그가 자신을 부축해야 하는 중요성을 느끼도록 했다.

그래서 그는 도시의 서쪽 편 꾸불꾸불한 길을 따라 그녀와 함께 걸었다. 그러고는 법석거리며 붐비는 거리의 점점 짙어가는 황혼을 지나 조용한 워싱턴 스퀘어 구역으로 걸음을 옮겼다. 그들은 잠시 슬로퍼가의 새하얀 대리석 계단 발치에서 서성댔다. 그 위에는 반짝이는 은색 문패로 장식된 티끌 하나 없는 새하얀 문이 있어 모리스에게는 열려 있지 않은 행복으로 이르는 입구를 그려 보이는 듯했다. 그러더니 페니먼 부인의 상대는 우울한 눈을 들어 집의 윗부분에 있는 불 켜진 창문을 바라보았다.

"저게 내 방이랍니다. 내 사랑스러운 자그마한 방이죠!" 페니먼 부인이 말했다.

모리스가 말을 꺼냈다. "그렇다면 난 그곳을 쳐다보자고 공원을 돌아서 올 필요는 없겠군요."

"그거야 당신이 좋을 대로죠. 하지만 캐서린의 방은 뒤쪽이에요. 고귀한 두 개의 유리창이 있는 이층 방이에요. 다른 쪽 길에서는 그곳이 보일 것 같은데요."

"전 그 창문을 바라보고픈 마음이 없습니다, 부인." 그러더니 모리스는 집 쪽으로 등을 돌리는 것이었다.

"어쨌든 당신이 여기 왔었다고 그 아이에게 알려주겠어요." 그들이 서 있는 지점을 가리키며 페니먼 부인이 말했다. "그리고 그 아이에게 당신의 말도 전하겠어요. 약해져서는 안 된다는 말 말예요."

"아 예, 물론입니다. 아시겠지만 그런 얘기는 편지에 다 써 보냈습니다."

"말로 전하는 것이 더 많은 의미를 갖는 거예요. 그리고 잊지 말아요. 당신이 날 필요로 할 때 저곳에 내가 있다는 것을요." 그러면서 페니먼 부인은 삼층으로 슬쩍 눈길을 보냈다.

이렇게 그들은 헤어졌고, 혼자 남겨진 모리스는 잠시 그 집을 바라보며 서 있었다. 그러더니 그는 등을 돌렸고 우울한 심경으로 나무 울타리가 있는 반대편까지 공원을 거닐었다. 그러고서 다시 돌아오더니 그는 슬로퍼의 거처 앞에서 잠시 멈춰 섰다. 그의 눈이 그곳을 탐색했고 심지어는 붉은 빛이 도는 페니먼 부인의 방에도 눈길이 머물렀다. 빌어먹을 놈의 편안하기 그지없는 집이라고 그는 생각했다.

제17장

　그날 밤 페니먼 부인은 캐서린에게 말했다. 두 숙녀는 뒷거실에 앉아 있었는데, 그녀는 모리스 타운센드를 만났다는 사실을 알렸고 이 소식을 접한 소녀는 고통의 감정이 시작됨을 느꼈다. 그녀가 여태껏 화를 낸 것은 이번이 처음이었다. 그녀가 보기에 고모는 참견하기 좋아하는 여인네였다. 이 일로 그녀는 고모가 일을 그르칠지도 모른다는 것을 모호하게나마 깨닫게 되었다.

　"왜 고모가 그분을 만났어야 했는지 전 이해가 안 가요. 올바른 행동이었다고 생각하지 않아요." 캐서린이 말했다.

　"그분이 너무 안됐지 뭐냐. 누군가가 그분을 도와줘야 한다고 생각했어."

　"제가 아니면 아무도 안 돼요." 캐서린이 말했다. 그녀는 자신의 일생에서 가장 주제넘은 말을 한 듯이 느껴졌다. 그러면서도 동시에 그녀에게는 이렇게 하는 것이 올바른 것이라고 믿고 싶은 본능이 일었다.

"하지만 얘야, 넌 그럴 수가 없잖니." 라비니아가 끼어들었다. "그리고 그분에게 무슨 일이라도 일어난 건 아닌지 통 알 수가 있어야지."

"아버지께서 반대하셨어요. 그래서 난 그분을 만나지 않는 거예요." 캐서린이 아주 단호하게 말했다.

실제로 이 말은 아주 단호했고, 이 점이 페니먼 부인을 난처하게 했다. "만약 네 아버지가 잠자는 것을 금지한다면 넌 깨어 있을 아이로구나!" 그녀가 말했다.

캐서린은 그녀를 바라보았다. "난 고모를 이해할 수가 없어요. 정말 저와는 달라도 너무 다르세요."

"그렇겠지, 얘야, 언젠가는 날 이해하게 될 거다!" 그러더니 페니먼 부인은 다시 본래의 임무로 돌아가서 매일같이 첫 줄에서 마지막 줄까지 정독하는 석간신문을 읽기 시작했다. 그녀는 침묵으로 자신을 둘러쌌다. 모리스와의 만남에 대한 얘기를 들려달라고 캐서린이 간청해야 한다고 마음을 굳혔다. 하지만 오랫동안 캐서린이 아무런 말이 없자 그녀는 거의 인내심을 잃었고, 무정하다고 막 쏘아붙이려는 찰나 드디어 그녀가 입을 열었다.

"그분이 뭐라던가요?" 그녀가 물었다.

"이 모든 것들에도 불구하고 언제든지 너하고 결혼할 준비가 되어 있다고 하더라."

캐서린이 이에 아무런 응답을 하지 않자 페니먼 부인의 인내심이 또 바닥났다. 이 때문에 그녀는 마침내 자진해서 모리스가 매우 멋있어 보였고 처참하게 여윈 모습이었다는 정보를 건넸다.

"그분 슬퍼 보였나요?" 그녀의 조카딸이 물었다.

"눈 밑이 시커멓더라." 페니먼 부인이 말했다. "내가 그를 처음 봤을 때하고는 너무도 다르더구나. 그런 상황에서 그를 처음 만났다면 내가 받았을 인상이 맨 처음 그때보다 못한 것이었을까 모르겠어, 확신이 잘 서질 않는구나. 그가 절망하는 모습 속에도 눈부신 뭔가가 있었거든."

이는 캐서린의 감각에 선명한 그림으로 와 닿았다. 그리고 비록 그녀는 인정하지 않았지만, 자신이 그 그림을 응시하고 있는 듯 느껴졌다. "그분을 어디서 만나셨어요?" 이내 그녀가 물었다.

"그게……, 바워리 가[8]에서야, 제과점 안에서 만났어." 어느 정도는 거짓말을 해야겠다는 생각으로 페니먼 부인이 말했다.

"거기가 어딘데요?" 잠시 조용하더니 캐서린이 물었다.

"얘야, 너도 거기 가고 싶은 거니?" 고모가 물었다.

"오 아니에요." 그러더니 캐서린은 자리에서 일어나 난롯가로 걸어갔고 이글거리는 석탄을 바라보며 서 있었다.

"너 왜 그렇게 냉담한 거니, 캐서린?" 드디어 페니먼 부인이 말했다.

"냉담하다고요?"

"너무 차갑고, 너무 무심한 거 아니니."

재빨리 그녀가 돌아섰다. "그분이 그러던가요?"

페니먼 부인은 잠시 망설였다. "그가 했던 말을 전해주마. 그가 두려운 것은 단 한 가지라고 하더라. 네가 두려워하게 되는 것 말이다."

"뭘 두려워해요?"

"네 아버지 말이다."

캐서린은 다시 난롯가로 몸을 돌렸다. 그러고는 잠시 시간을 두고 그녀가 말을 이었다. "난 아버지가 두려워요."

페니먼 부인은 재빨리 의자에서 일어나서 조카딸에게 다가 갔다. "그렇다면 그 사람을 포기할 작정이니?"

잠시 동안 캐서린은 꼼짝하지 않고 두 눈을 뚫어져라 석탄 조각에 고정시키고 있었다. 마침내 그녀는 고개를 들어 고모를 바라보았다. "왜 저를 이렇게 다그치시는 거예요?" 그녀가 물었다.

"난 너를 다그친 적 없다. 전에 내가 언제 그런 말을 하든?"

"여러 번 그러신 것 같아요. 제게 그런 말씀을 하셨잖아요."

"그렇다면 그럴 필요가 있었는지 모르겠구나, 캐서린." 대단히 엄숙하게 페니먼 부인이 말했다. "그게 얼마나 중요한 일인지 네가 모르는 것 같구나." 그녀는 잠시 말을 멈추었다. 캐서린은 그녀를 바라보고 있었다. "그 젊고 용감한 젊은이의 마음을 실망시키면 안 된다는 게 얼마나 중요한 일인지 말이다!” 그러더니 페니먼 부인은 램프 옆 자신의 의자로 돌아갔고 다시 신문을 홱 집어 들었다.

캐서린은 두 손을 뒤로 하고 난로 앞에 서서 고모를 바라보았다. 그녀는 예전에 이처럼 우울하고 뚫어질 듯 고모를 응시했던 적이 없었다. “고모가 저에 대해 알고 있거나 저를 이해하고 있다고는 생각하지 않아요.” 그녀가 말했다.

“내가 그러지 못한다면 그것 참 안됐구나. 넌 나를 전혀 신뢰하지 않잖니.”

캐서린은 이런 비난을 부인하려는 어떠한 시도도 하지 않았고, 약간의 시간이 흐르는 동안 아무 말도 하지 않았다. 하지만 페니먼 부인의 상상력은 멈출 줄 몰랐고, 그리고 이번에는 신문도 그녀의 상상력을 사로잡지 못했다.

“만약 네가 네 아버지의 분노에 대한 두려움에 굴복한다면, 우리가 어떻게 될지 난 모르겠구나.” 그녀가 말했다.

“그가 내게 이런 말들을 하라고 하던가요?”

“그는 나더러 너에게 영향력을 발휘하라고 하더라.”

“고모가 잘못 아셨을 거예요.” 캐서린이 말했다. “그분은 날 믿고 있어요.”

“그가 그걸 후회하는 일이 절대 없었으면 좋겠구나!” 그러더니 페니먼 부인은 신문을 가볍게 찰싹 치는 것이었다. 갑작스럽게 단호해졌고 조목조목 반박하려드는 조카딸을 어떻게 대해야 할지 그녀는 알지 못했다.

캐서린에게는 이러한 태도가 이제는 더욱 명확해졌다. “타운센드 씨와 더 이상 어떤 약속도 하지 말았으면 좋겠어요."
그녀가 말했다. "옳은 일이 아니라고 생각해요."

페니먼 부인은 굉장한 위엄을 내보이며 자리에서 일어섰
다. "가엾은 것, 너 날 질투하는 거니?" 그녀가 물었다.

"오, 라비니아 고모!" 캐서린이 얼굴을 붉히며 중얼거렸다.

"뭐가 옳고 그른지 네가 가르칠 입장은 아니라고 생각하는
데."

이 점에서도 캐서린은 전혀 양보하지 않았다. "속이는 것은
옳은 일이 아니잖아요."

"난 절대로 널 속인 적 없다!"

"그래요. 하지만 난 아버지께 약속 드렸어요."

"네가 네 아버지와 약속했다는 것은 나도 아주 잘 알고 있
다. 하지만 난 네 아버지하고 아무 약속도 하지 않았어."

캐서린은 이 점을 인정해야 했고, 침묵을 지킴으로써 이를
이행했다. "타운센드 씨도 그런 일은 좋아하지 않으실 거예
요." 마침내 그녀가 말했다.

"날 만나는 걸 좋아하지 않는다고?"

"비밀스럽게 만나는 거라면, 그래요."

"비밀스럽게 만난 건 아니었다. 거긴 사람들이 북적대는 곳
이었어."

"하지만 거긴 은밀한 장소잖아요. 바워리 가에서 멀리 떨어
진 곳이라면서요."

페니먼 부인은 약간 움찔했다. "신사들은 그런 장소를 좋아

하는 법이다." 즉각 그녀가 답변했다. "신사들이 뭘 좋아하는지 난 알고 있어."

"아버지께서 아신다면 좋아하지 않으실 거예요."

"제발 얘야, 너 아버지한테 알릴 작정이니?" 페니먼 부인이 물었다.

"아니에요, 고모. 하지만 제발 다시는 그런 일 하지 말아주세요."

"내가 또 그런다면 아버지한테 알리겠다, 그런 뜻이니? 네가 네 아버지에 대해 품고 있는 두려움을 나도 똑같이 갖고 있는 것은 아니다. 난 항상 내 입장을 잘 지켜왔어. 하지만 이제 다시는 너를 대신해서 어떤 일에도 나서지 않으마. 넌 어쩜 이렇게도 고마워할 줄 모르니. 네가 자발적인 성격이 아니라는 것은 알고 있었다만, 난 널 의지가 굳은 아이라고 생각했고 네 아버지께도 너의 그런 면을 보게 될 거라고 얘기했다. 난 실망스럽다만, 네 아버지는 그렇지 않겠구나." 이를 끝으로 페니먼 부인은 조카딸에게 잘 자라는 짧은 인사를 남기고는 자신의 방으로 들어가버렸다.

제18장

캐서린은 혼자 난롯가에 앉아 있었다. 한 시간 넘게 그곳에 앉아 그녀는 깊은 생각에 잠겼다. 그녀가 보기에 고모는 너무 의욕적인데다가 어리석었다. 그리고 분명하게 이를 직시하는 것은, 페니먼 부인을 그렇게 단호하게 평가한다는 것은 그녀 자신을 늙고 근엄한 여자인 듯 느끼게 했다. 나약하다는 비난에 대해 분노의 감정 같은 것은 없었다. 그러한 비난은 그녀에게 아무런 인상을 남기지 못했다. 왜냐하면 그녀는 나약한 감정 같은 것은 갖고 있지 않았고, 자신의 진정한 가치를 몰라준다고 해서 상처받지도 않았다. 그녀는 아버지에 대한 끝없는 존경심을 갖고 있었고, 아버지를 언짢게 하는 것은 마치 숭고한 교회에서 불경스런 말이나 행동을 하는 것과 비슷한 죄악이라고 생각했다. 하지만 그녀의 결의는 천천히, 천천히 무르익고 있었고, 그 결의에 담긴 과격함은 기도로 깨끗이 씻어낼 수 있을 거라 믿었다. 저녁이 되어 램프가 다 타서 희미해지는 것도 그녀는 느끼지 못했다. 그녀는 그녀의 끔찍한 계획 위에 두 눈을 고정시켰다. 그녀는 아버지가 서재에 계신 것을 알고 있었다. 아버지는 저녁 내내 그곳에 머물러 계셨다. 때때로 아버지가 몸을 움직이는 소리를 들을 수 있었으면 하고 그녀는 생각했다. 어쩌면 아버지께서 거실로 나오실 수도 있다는 생각이 들었다. 가끔씩 나오시곤 하니까. 급기야 시계는 열한 시를 쳤고, 집은 완전히 정적 속에 파묻혔다. 하인들도 모두 잠자리에 들었다. 캐서린은 자리에서 일어나 천천히 서재의 문을 향해 걸어갔다. 그곳에서 잠시 그녀는 꼼짝 않고 서 있었다. 그러고는 문을 두드렸고, 다시 기다렸다. 아버지의 대답 소리가 들렸지만 그녀는 문의 빗장을 열 용기가 나지 않았다. 그녀가 고모에게 했던 말은 틀림없는 사실이었다. 그녀는 아버지가 두려웠다. 그녀가 자신에게 나약함 따위는 없다고 한 것은 그녀 자신을 두려워하지 않는다는 뜻이었다. 안에서 움직이는 소리가 들렸고, 아버지가 다가와 문을 열어주었다.

"무슨 일이냐?" 의사가 물었다. "너 거기 서 있는 모습이 꼭 유령 같구나!"

그녀는 방 안으로 들어갔지만, 그녀가 말하려고 했던 것들을 말할 수 있도록 애쓰면서 상당한 시간을 흘려보냈다. 아버지는 실내복 차림에 슬리퍼를 신은 채 책상에 앉아서 바쁜 시간을 보내고 있었다. 잠시 그녀를 바라보고 그녀가 말하기를 기다리더니 그는 다시 돌아가서 자리에 앉아 작업을 계속했다. 아버지는 그녀에게 등을 보이고 있었는데, 펜을 휘갈기는 소리가 들렸다. 입고 있는 옷 아래로 콩닥거리는 가슴을 안고 그녀는 문가에 그대로 서 있었다. 그녀는 아버지가 등을 보이고 있는 것이 아주 좋았는데, 아버지의 얼굴을 맞대고 얘기하는 것보다는 등에다 대고 얘기하는 것이 더 쉬울 것이기 때문이다. 드디어 그녀는 말을 꺼냈고 말하는 동안 계속 아버지의 등을 쳐다보았다.

"타운센드 씨에 대해 할 얘기가 있으면 기꺼이 들어주시겠다고 하셔서요."

"그렇단다, 애야." 돌아앉지는 않았지만 쓰기를 멈춘 채 의사가 말했다.

일을 계속하셨으면 하고 생각하면서도 그녀는 말을 계속했다. "그간 그분을 만나지는 않았지만 다시 만나고 싶다는 것을 말씀드려야 한다고 생각했어요."

"작별 인사를 하려는 거냐?" 의사가 물었다.

소녀는 잠시 머뭇거렸다. "그분이 떠나시는 건 아니에요."

풍자적으로 표현한 그녀를 비난하는 듯한 미소를 지어 보이며 의사는 천천히 의자를 돌려 앉았다. 어느 것 하나 캐서린이 의도한 것은 아니었으나 고난은 겹겹이 다가왔다. "그렇다면 그에게 작별 인사를 하려는 목적은 아니란 말이지?" 그녀의 아버지가 말했다.

"네, 아버지, 그런 건 아니에요. 적어도 영원히 헤어지는 건 아니에요. 제가 그분을 다시 만나지는 않았지만, 만나보고 싶어요." 캐서린이 반복했다.

의사는 깃펜의 깃털로 천천히 아랫입술을 문질렀다.

"그에게 편지를 보내기는 했고?"

"네, 네 번 보냈어요."

"그렇다면 그를 잊어버린 것은 아니로구나. 한 번의 편지로 충분했을 테니까."

"네." 캐서린이 말했다. "그분에게 부탁했어요. 기다려달라는 부탁을 했어요."

아버지는 그녀를 바라보며 앉아 있었고, 아버지가 분노를 터뜨리지나 않을까 그녀는 겁이 났다. 아버지의 두 눈은 너무 아름다웠고 또 차가웠다.

"넌 사랑스럽고 충실한 아이다." 마침내 그가 말했다. "이리로, 아버지한테 오너라." 그러고는 그는 일어서서 그녀를 향해 손을 펼쳤다.

그 말은 충격적이었고 그녀를 아주 지극한 기쁨에 떨게 했다. 그녀가 아버지에게 다가갔고, 그는 달래듯 온화하게 자신의 팔로 그녀를 감쌌다. 그리고 그는 그녀에게 입맞춤을 했다. 그러고 나서 그가 말했다. "너 이 아버지를 아주 행복하게 해주지 않으련?"

"그러고 싶어요. 하지만 그러지 못할 것 같아 두려워요." 캐서린이 대답했다.

"하려고만 한다면 할 수 있다. 다 네 의지에 달린 거야."

"그게 그 사람을 포기하는 건가요?" 캐서린이 말했다.

"그래, 그를 포기하는 것이다."

그러더니 그는 변함없이 온화하게 그녀를 조용히 품에 안고서 그녀의 얼굴을 바라보며 피하려 하는 그녀의 눈을 정확히 응시했다. 긴 침묵이 흘렀다. 아버지가 자신을 그만 놓아줬으면 하고 그녀는 생각했다.

"아버지, 아버지께선 저보다 더 행복하신 거예요." 마침내 그녀가 말했다.

"지금 당장이야 틀림없이 넌 불행하겠지. 그렇지만 수많은 세월을 불행해하며 견뎌내지도 못하는 것보다는 석 달 동안 불행해하고 이겨내는 편이 나을 것이다."

"그렇겠죠, 그렇게 된다면요." 캐서린이 말했다.

"그렇게 될 거야. 난 확신해." 그녀가 아무런 답변도 하지 않자 그가 계속했다. "나의 분별력, 나의 온화함, 네 미래를 걱정하는 나의 마음에 대한 믿음이 없는 것이냐?"

"오, 아버지!" 소녀가 나직이 내뱉었다.

"남자에 대해서는, 사악하고 어리석고 그릇된 그들의 자질들에 대해서는 아버지가 잘 알 거라고 생각하지 않니?"

그녀는 스스로를 아버지의 품에서 떼어내고는, 아버지와 마주 섰다. "그분은 사악하지 않아요. 그릇되지도 않고요!"

아버지는 날카롭고 맑은 눈으로 계속 그녀를 응시했다. "그렇다면 넌 나의 판단력을 무시하는 거냐?"

"전 믿을 수가 없어요!"

"너보고 믿으라고 요구한 적 없다. 하지만 믿음을 갖고 그

것을 받아들이란 말이다."

캐서린은 이것이 교묘한 궤변이라고 마음속으로 되뇌고 싶은 마음은 결코 없었다. 하지만 그녀는 아버지의 호소를 정면으로 맞받아쳤다.

"그가 뭘 어쨌는데요? 뭘 알고 계신 거죠?"

"그는 여태껏 아무것도 한 일이 없다. 이기적인 한량에 불과해."

"오, 아빠, 그 사람을 매도하시면 안 돼요." 사정하듯이 그녀가 소리쳤다.

"난 그 청년을 매도할 생각 없다. 그렇게 하는 건 대단한 실수가 될 테니까. 너 좋을 대로 하도록 해라." 돌아서서 그가 외쳤다.

"그를 다시 봐도 되는 건가요?"

"너 좋을 대로 해."

"절 용서해주실 건가요?"

"절대로 용서 못한다."

"한 번만 더 만나보면 돼요."

"한 번만이라니 그게 무슨 말이냐. 그를 포기하든가 아니면 계속 만나든가 둘 중의 하나다."

"그분에게 설명하고 싶어요. 기다려달라고 말하고 싶어요."

"뭘 기다린다는 거냐?"

"아버지께서 그분을 더 잘 알게 될 때까지요. 아버지가 동의하실 때까지요."

"그 청년한테 그런 말도 안 되는 소리 할 것 없다. 난 그 청년에 대해서 충분히 잘 알고 있고 절대로 동의하지 않을 거니까."

"하지만 우린 아주 오래 기다릴 수 있어요." 가엾은 캐서린은 가장 낮은 자세로, 간청하는 마음을 담은 어조로 말했다. 하지만 이는 아버지의 신경에 재치라고는 전혀 없는 되풀이의 효과를 낳을 뿐이었다.

하지만 의사는 매우 차분하게 답변했다. "물론 그렇겠지. 너희들만 좋다면 내가 죽을 때까지도 기다릴 수 있겠지."

캐서린은 저도 모르게 두려움에 울음을 터뜨렸다.

"너희들의 약혼은 네게 한 가지 유쾌한 영향을 줬어. 그 약혼으로 인해 넌 내가 죽는 날이 미치도록 기다려지겠지."

캐서린은 선 채로 바라보았고 의사는 자신이 편 논지에 즐거워했다. 그의 논리는 캐서린에게 강압적으로 다가왔다. 아니 오히려 모호하지만 강한 인상으로 다가왔다. 그 논리에 대해 반박하는 것은 그녀의 영역이 아닌 어떤 논리적 이치의 힘으로 여겨졌다. 그렇지만 그것이 과학적 진실이라 할지라도 그녀가 전적으로 그것을 받아들일 수는 없는 것이었다.

"그것이 사실이라면 전 결혼하지 않는 게 좋겠어요." 그녀가 말했다.

"그렇다면 어디 내게 증명해 보이도록 해라. 모리스 타운센드와 약혼함으로써 네가 분명히 내 죽음을 기다리고 있다는 것은 의문의 여지가 없는 것이니까."

메스껍고 어지러운 느낌에 그녀는 몸을 돌렸고 의사는 계속했다. "네가 애타게 기다린다면, 그러고 싶다면 말이다. 그의 열망이 무엇인지 확인해보도록 해라."

캐서린은 그의 논리에 굴복했다. 아버지의 말은 그런 위엄을 담고 있었고, 바로 그녀의 이런 생각들이 그녀를 그에게 복종하게 했다. 그녀의 미약한 논리가 중간에 개입할 경우 그의 논리는 그 안에 끔찍하게 추악한 부분이 들어 있음에도, 그녀 앞에서 빛을 발하는 것이었다. 하지만 갑작스럽게 그녀에게 영감이 스쳤다. 그녀에게 그것은 거의 영감에 가까운 듯 보였다.

"아버지께서 돌아가시기 전에 제가 결혼하지 않는다면 그 이후에도 하지 않겠어요." 그녀가 말했다.

인정해야 할 점은, 그녀의 아버지에게는 이것이 그저 또 다른 풍자적인 경구에 불과하다는 것이다. 그리고 보통 뛰어난 소양을 갖추지 못한 인물에게 있어서 고집스러움은 그러한 방식으로 표현되는 경우가 없기에, 딸아이가 이처럼 확고한 생각을 무자비하게 펼쳐 보이는 것이 그로서는 더욱더 놀라웠다.

"버릇없이 굴려고 그따위 말을 하는 거냐?" 그가 물었다. 자신이 한 질문이면서도 그것이 얼마나 터무니없는 질문인지 그도 인식하고 있었다.

"버릇없이 굴려고요? 아, 아버지, 어쩜 그렇게 가혹한 말씀을 하세요!"

"내가 죽기를 기다리는 것이 아니라면 지금 당장 결혼하는 게 좋을 거다. 아무것도 기다릴 것 없다."

잠시 동안 캐서린은 아무런 답변을 하지 않았지만, 결국 말을 이었다. "저는 모리스가 조금씩 조금씩 아버지를 설득할 거라고 생각해요."

"난 그 청년이 다시는 내게 말을 걸지 못하게 할 거다. 난 그 청년이 너무 싫다."

캐서린은 낮고 긴 한숨을 쉬었다. 그녀는 한숨을 억누르려고 노력했는데, 자신의 문제점들을 늘어놓거나 불성실하고 겉만 번지르르한 감정의 도움으로 아버지에게 영향을 미치려 하는 것은 잘못된 것이라는 생각이 확고했기 때문이다. 사실 그녀는 경솔히 행동한다는 느낌이 들어서 아버지의 감정에 영향을 미치려는 시도 자체를 옳지 못한 것이라고까지 생각했다. 그녀의 역할은 가엾은 모리스의 됨됨이에 대한 아버지의 지각과 인식에 온화하면서도 점진적인 변화를 일으키는 것이었다. 하지만 그러한 변화를 일으킬 수 있는 방법이 현재로서는 불가사의한 베일에 가려져 있었고, 비참하게도 그녀는 아무런 희망도 없이 무력함을 느껴야 했다. 그녀는 모든 논쟁을, 모든 답변을 다 써버렸다. 그녀의 아버지는 어쩌면 그녀를 동정했을지 모른다. 그리고 사실 그는 그러했다. 하지만 그는 자신이 옳다고 확신했다.

"타운센드 군을 다시 만나거든 네가 그에게 들려줄 말이 하나 있다." 그가 말했다. "네가 나의 동의 없이 그와 결혼한다면, 난 네게 단 한 푼도 물려주지 않을 것이다. 네가 하는 어떤 말보다도 이 말이 그에겐 더 흥미로울 것이다."

"정말 맞는 말씀이에요." 캐서린이 말했다. "그런 경우라면 전 아버지 돈을 단 한 푼도 받으면 안 되겠죠."

"사랑스런 애야." 웃으며 의사가 말했다. "네 순진함이야말로 감동적이구나. 타운센드에게 그런 어조로, 그런 표정을 지어 보이며 그 말을 전하도록 해라. 그리고 그의 답변을 주목하도록 해라. 점잖은 표현일 리 없다. 그가 화났다는 걸 말해줄 테니까. 그러면 난 기뻐해야겠지. 내가 옳다는 것이 판명될 테니까. 만약에 정말로, 충분히 있을 법한 일이다만, 그 청년이 네게 무례하게 굴수록 네가 그를 더 좋아하게 되지 않는다면 말이다."

"그분이 절 무례하게 대하는 일은 결코 없을 거예요." 캐서린이 얌전하게 대답했다.

"어쨌거나 그에게 그렇게 전하도록 해라."

그녀는 아버지를 쳐다보았고, 그녀의 고요한 두 눈은 눈물로 가득 차 있었다.

"그렇다면 전 그분을 만나보도록 할게요." 겁먹은 목소리로 그녀가 조용히 속삭였다.

"네 마음대로 해라." 그러더니 그는 문으로 걸어가서 그녀가 나가도록 문을 열어젖혔다. 그러한 동작은 그가 그녀를 내몰고 있다는 무시무시한 느낌을 주었다.

"지금으로서는 단 한 번만이에요." 잠시 머뭇거리며 그녀가 덧붙였다.

"너 하고 싶은 대로 하라니까." 손으로 문을 잡고 선 채로 그가 다시 한번 말했다. "난 내 생각을 말했다. 그를 만난다면 넌 은혜도 모르는 잔인한 자식이다. 넌 네 늙은 아비에게 생애 가장 처참한 고통을 주게 될 거야."

이 말은 그 소녀가 견뎌내기에는 지나친 것이었다. 눈물이 넘쳐흘렀고, 소녀는 가엾게 울부짖으며 한결같이 잔혹한 아버지를 향해 나아갔다. 그녀의 두 손은 애원을 담아 들어 올려졌지만 그는 그녀의 탄원을 냉혹하게 회피했다. 자신의 어깨에 기대어 그녀가 흐느껴 울며 자신의 불행을 털어놓게 하는 대신 그는 굳은 표정으로 그녀의 팔을 붙잡고는 문지방을 넘어 그녀가 가야 할 방향으로 이끌었고, 부드럽지만 단호하게 그녀 뒤에서 문을 닫았다. 이렇게 처신한 후 그는 귀를 기울였다. 오랫동안 아무 소리도 들리지 않았지만 그녀가 바깥에 서 있다는 것을 그는 알고 있었다. 딸아이가 안돼 보였지만, 앞서 말했듯이 그는 자신이 옳다는 것을 의심의 여지없이 확신했다. 드디어 그녀가 걸음을 옮기는 소리가 들려왔고 그러더니 그녀의 발자국이 층계에서 희미하게 삐걱거렸다.

의사는 서재를 여러 번 맴돌았다. 두 손을 주머니에 넣은 채 눈은 엷은 광채를 띠었는데 흥분하여 그런 것일 수도 있지만 부분적으로는 익살기 때문일 수도 있었다. "맹세코," 그는 스스로에게 일렀다. "난 저 아이가 고집을 꺾지 않을 것이라고 믿어, 저 아인 고집을 꺾지 않을 거야!" 그리고 캐서린이 '고집대로 달라붙어 있다' 는 생각은 우스꽝스런 측면이 있어 보였고 여흥거리가 되리란 기대를 낳았다. 스스로에게 말한 것처럼 그는 그것을 지켜볼 생각이었다.

제19장

이런 이유로 해서 다음 날 아침 그는 페니먼 부인과 개인적으로 몇 마디 얘기를 하려 했다. 그는 그녀를 서재로 불러들였고, 캐서린 문제에 관해서는 그녀의 p와 q를 조심했으면 하는 것이 그의 각별한 바람임을 알렸다.

"그런 말을 하다니 무슨 뜻인지 모르겠네요." 그녀의 여동생이 말했다. "내가 마치 알파벳이라도 배우고 있는 아이라는 듯 말씀하시네요."

"상식이라는 알파벳이라면 넌 결코 터득하지 못하겠지." 의사는 이렇게 답변해도 될 거라 생각했다.

"절 모욕하시려고 부르셨어요?" 페니먼 부인이 물었다.

"전혀 그렇지 않다. 충고하고 싶었을 뿐이다. 넌 젊은 타운센드를 뽑아 들었다. 그건 네 소관이지. 난 네 감정, 공상, 애정, 환상 따위에는 전혀 관심이 없다. 하지만 네게 요청하고 싶은 것은 말이다. 이따위 것들을 너 혼자만 간직하라는 것이다. 난 캐서린에게 내 생각을 말했다. 그 아인 내 뜻을 아주 잘 이해하고 있다. 그리고 앞으로 무엇이든 그 아이가 타운센드의 애정을 고무시키는 일을 하는 것은 내 소망을 정확히 거스르는 일이 될 것이다. 그 아이에게 도움을 주거나 위안을 주는 식의 일을 네가 한다면, 그건, 이런 표현 쓰는 것을 용서해라, 명백한 반역 행위다. 대역죄는 사형에 처해야 할 범죄라는 건 너도 알고 있겠지. 어떻게든 너 스스로가 처벌을 초래하게 될지 모르니 명심하도록 해라."

페니먼 부인은 종종 습관처럼 하던 그 독특한 방식으로 눈을 크게 뜨고 머리를 뒤로 젖혔다. "제가 보기에 오라버니는 마치 대단한 독재자처럼 말씀하시는군요."

"난 내 딸의 아버지답게 말하고 있을 뿐이다."

"여동생의 오라버니로서 말하고 있는 것 같지는 않군요." 라비니아가 외쳤다.

"라비니아." 의사가 말했다. "가끔씩 난 정말 내가 너의 오라비인지 의문이 생긴다. 우린 아주 완전히 다르잖니. 하지만 서로 다르다 해도 난관에 처해 있을 때는 서로를 이해할 수 있을 거라 생각한다. 지금은 절대적으로 그래야 할 때다. 타운센드에 대해서라면 전혀 숨기는 것이 있어선 안 된다. 내가 요청하고 싶은 것은 이게 전부야. 지난 삼 주간 넌 그와 편지를 주고받았을 거야. 그랬을 가능성이 아주 높지. 어쩌면 만나기도 했겠지. 물어보지 않으마. 내게 말할 필요 없다." 그는 그녀가

그 문제에 대해서 거짓말을 둘러댈 것이라는 도덕적 확신이
있었다. 그런 거짓말을 듣고 있는 것은 그로서는 역겨운 일이
었다. "네가 뭘 했든 그만둬라. 이게 내가 원하는 것이다."

"오라버니, 혹시라도 딸아이를 죽게 하고픈 건 아니겠죠."
페니먼 부인이 물었다.

"정반대로 난 그 아이가 살아나가기를, 또 행복하기를 바란
다."

"오라버니는 저 아일 죽일 거예요. 저 아인 끔찍한 밤을 보
냈다고요."

"단 한 번 끔찍한 밤을 보냈다고 해서 저 아이가 죽진 않아.
열두 밤을 그렇게 보낸다 해도 마찬가지야. 내가 아주 뛰어난
의사라는 것을 잊지 마라."

페니먼 부인은 잠시 망설였다. 그러더니 그녀는 감히 반박
했다. "오라버니가 뛰어난 의사라는 사실도 오라버니가 이미
두 명의 가족을 잃는 것을 막지는 못했어요."

그녀로서는 각오하고 말한 것이었지만 그녀의 오라비가 너
무나 날카로운 눈길을 보냈기 때문에——외과 의사의 수술용
칼과도 같은 그런 눈길이었다——자신의 용기에 흠칫 겁이
났다. 그러더니 그 눈길에 상응하는 말로 그가 대답했다. "내
가 의사라고 해서 또 하나 남아 있는 이 얌전한 가족과의 끈을
놓지 말라는 법도 없어."

페니먼 부인은 이미 가치가 하락해버린 자신의 모든 공적
들을 불러 모으는 분위기를 자아내며 물러 나왔고, 불쌍한 소

녀가 갇혀 있는 방으로 향했다. 그녀는 캐서린이 보낸 끔찍한 밤에 대해서 샅샅이 알고 있었다. 두 숙녀는 전날 밤 캐서린이 아버지와 헤어진 후 함께 있었기 때문이다. 조카딸이 위층으로 올라갈 때 페니먼 부인은 2층 층계참에 있었다. 그렇게 예민한 사람이 캐서린이 문을 닫아걸고 의사와 함께 있다는 사실을 알아냈다는 것은 놀라운 일도 아니었다. 이 만남의 결과에 대해 그녀가 극도로 호기심을 느꼈을 것이라는 사실도 놀라울 것이 없었다. 이러한 감정은 그녀의 엄청난 친절함, 또 관대함과 합쳐졌고, 바로 직전에 조카딸과 그녀 사이에 오갔던 냉담한 말들에 대해 후회하게끔 그녀를 충동질했다. 그 불행한 소녀가 어둑한 복도에 모습을 드러냈을 때, 그녀는 요란하게 동정의 마음을 내보였다. 찢어지던 캐서린의 마음에도 그들 사이의 냉담한 말들은 다 잊혀져 있었다. 고모가 그녀의 팔을 부축하고 있다는 것만이 그녀가 기억하는 전부였다. 페니먼 부인은 캐서린의 방으로 그녀를 이끌었고, 두 숙녀는 한밤중에 두세 시간이 지나도록 앉아 있었다. 나이 어린 숙녀는 또 다른 숙녀의 무릎에 머리를 파묻은 채 흐느꼈다. 처음에는 소리 없이 숨죽이듯 흘러나오던 흐느낌은 나중에는 드디어 완전히 고요해졌다. 모리스 타운센드와 더 이상 멋대로 만나지 못하도록 한 캐서린의 명령은 사실상 이 장면으로 해제되었다고 페니먼 부인은 느꼈다. 그녀의 느낌은 양심에 입각한 것이었고, 그녀를 기쁘게 했다. 하지만 아침 식사 이전에 조카딸의 방으로 다시 돌아왔을 때, 캐서린이 일어나서 아침 식사를 할 준비를 하고 있는 것을 보았을 때 그녀는 기뻐할 수가 없었다.

"너 식사하러 내려가서는 안 된다." 그녀가 말했다. "그렇게 무시무시한 밤을 보내고 네 몸이 성할 리가 없잖니."

"아니요, 전 아주 좋아요. 식사 시간에 늦지나 않을까 걱정이에요."

"난 널 이해할 수가 없구나." 페니먼 부인이 외쳤다. "넌 한 사흘 동안은 침대에 있어야 해."

"오, 전 그럴 수는 없어요." 캐서린이 말했다. 그녀에게는 이 제안이 아무런 매력도 없어 보였다.

페니먼 부인은 절망했다. 그녀는 굉장히 화를 내며 어젯밤에 울었던 흔적이 캐서린의 눈에서 완전히 사라져버렸음을 꼬집었다. 그녀의 신체는 도대체가 전혀 도움이 되지 않았다. "네 아버지에게 무슨 인상을 주고 싶은 거니." 그녀의 고모가 따져 물었다. "네가 쿵 하고 털썩 내려가 앉는다면 말이다. 도무지 아무런 감정의 흔적도 없이, 마치 아무 일도 없었다는 듯이 말이야."

"아버지는 제가 침대에 드러누워 있는 걸 좋아하지 않으실 거예요." 복잡하게 생각할 것도 없다는 듯 캐서린이 말했다.

"그렇다면 더더욱 그래야지. 그렇지 않고서 어떻게 네 아버지 마음을 움직이려고 그러니?"

캐서린은 잠시 생각했다. "어떻게 하면 좋을지는 저도 잘 몰라요. 하지만 그런 식으로는 아니에요. 전 온전히 늘 하던

대로 하고 싶어요." 그러더니 그녀는 옷을 갖춰 입었다. 그러고는 고모의 표현대로, 아버지 앞에 쿵 하고 털썩 내려가 앉았다. 그녀의 슬픔은 여전했지만, 이에 대해 그녀는 정말이지 지나칠 만큼 허식이 없었다. 수수했다.

하지만 그녀가 참으로 무시무시한 밤을 보냈다는 것은 틀림없는 사실이었다. 페니먼 부인이 돌아간 후에도 그녀는 잠자리에 들지 않았다. 아버지가 자신을 내치던 모습, 비정한 딸자식이라고 하던 말은 그녀의 눈과 귀를 가득 채우고 있었고, 그녀는 고통스러운 어둠을 응시하며 누워 있었다. 그녀의 가슴은 산산조각이 났지만, 이를 감당할 만큼 충분한 용기가 있었다. 때때로 자신이 정말 아버지를 신뢰하고 있으며, 여자 아이가 자신처럼 행동하는 것은 그릇된 것이라고 생각했다. 그녀는 옳지 못한 행동을 했다. 하지만 그녀로서도 어쩔 수 없었다. 그녀의 가슴이 사악해진다 해도, 그녀는 착하게 행동하려 애쓸 것이다. 그리고 그녀는 가끔씩 모리스를 향한 자신의 고집스런 마음에는 조금도 변함이 없지만, 예의범절이라는 것에 현명하게 양보함으로써 뭔가를 이룰 수 있을 것이라는 상상을 했다. 캐서린의 현명함이란 것이 막연한 것이긴 하지만, 그렇다고 우리가 그 공허함이나 들추려고 불려나온 것은 아니다. 그녀가 갖고 있는 최고의 현명함은 아마도, 아버지의 저주를 받고 온밤을 떨며 보내야 했던 소녀에게서 어떠한 초췌함도 찾아보지 못하고 그저 놀랄 수밖에 없었던 페니먼 부인을 대단히 실망시켰던 신선한 면에서 가장 잘 드러난다고 할 수 있을 것이다. 캐서린은 자신의 신선한 힘을 잘 알고 있었고, 이는 오히려 그녀가 짊어지고 있는 마음의 짐 위에 미래에 대한 예감을 덧씌우는 것 같았다. 그건 그녀가 건강하고 한결같으며, 또 상당히 오래 살 것이라는 예감, 보통의 적당한 연령보다 더 오래 살 것임을 보여주는 징표와도 같았다. 어떠한 구실이든 그녀가 꾸며댄다는 것은 그녀가 올바르게 행동해야 한다는 것과 정확히 상반되는 것이었고, 그럴 때마다 그러한 구실들은 더욱더 그녀를 무겁게 짓눌렀다. 이런 생각은 그녀를 아프게 했다. 그날 캐서린은 모리스 타운센드에게 편지를 썼는데, 다음 날 그녀를 찾아와 만나줄 것을 아주 짧게 써 보냈고 아무런 설명도 하지 않았다. 얼굴을 마주 보며 모든 것을 설명할 생각이었다.

제20장

다음 날 오후 그녀는 문간에서 들려오는 그의 목소리, 또 그가 홀로 들어서는 소리를 들었고, 커다랗고 밝은 앞거실에서 그를 맞이했다. 그녀는 누가 방문하더라도 자신이 무척 특별한 일로 시간을 낼 수 없음을 하인에게 지시해뒀다. 아버지가 돌아오실 가능성에 대해서는 두려워하지 않았다. 그 시간이면 아버지는 항상 도시 여기저기를 마차로 이동하기 때문이었다. 그녀 앞에 모습을 드러낸 모리스를 보았을 때, 맨 처음 그녀를 사로잡은 생각은 애정 가득한 회상이 그려낸 모습보다도 실제의 그는 더욱 아름답다는 것이었다. 그 다음 드는 생각은 그가 두 팔로 자신을 짓이겨 안았다는 것이다. 포옹에서 풀려났을 때, 그녀는 자신이 이제 정말로 도전의 심연 속으로 뛰어들었으며 잠시 동안이었지만 이미 그와 결혼한 것처럼 생각되었다.

그는 그녀가 얼마나 잔인했는지, 자신을 얼마나 불행하게 했는지에 대해 얘기했고 이렇게 정반대의 사람들에게 고통을 주도록 내몰린 자신의 험난한 운명이 캐서린에게는 통렬하게 와 닿았다. 하지만 질책 대신에, 아무리 미약한 것일지라도 그가 자신에게 도움을 주기를 그녀는 소망했다. 그는 틀림없이 충분히 현명하고 또 영리한 사람이니까 그들의 난관을 헤쳐 나갈 어떤 돌파구를 마련해주기를 바랐다. 그녀는 이러한 믿음을 내비쳤고 모리스는 자신도 그것이 당연하다고 생각하는 듯이 이 확신을 받아들였다. 하지만 그는 먼저, 이것 역시 당연한 것이라는 듯, 방향을 정하는 데 몰두하기에 앞서 심문을 했다.

"날 그렇게 오래 기다리게 하지 말았어야 했소." 그가 말했다. "내가 어떻게 지탱할 수 있었는지 모르겠소. 매 시간이 내게는 몇 년처럼 느껴졌소. 좀 더 일찍 결정을 했어야 했소."

"결정이라고요?" 캐서린이 물었다.

"날 계속 만날 것인지 아니면 날 포기할 것인지를 말이요."

"오 모리스." 길고 부드럽게 속삭이며 그녀가 외쳤다. "난 당신을 포기한다는 생각은 해본 적 없어요!"

"그렇다면 당신은 뭘 기다린 거요?" 젊은이는 논리적이고, 격정적이었다.

"난 아버지가 어쩌면……, 어쩌면……." 그러더니 그녀는 망설였다.

"어쩌면 당신이 얼마나 불행한지 알게 될 거라고요?"

"아니에요. 하지만 다른 각도에서 바라보실지도 모른다고
생각했어요."

"드디어 그분이 각도를 바꾸셨다는 걸 알리려고 날 부른 것
이고요, 그런가요?"

가설에 근거한 이런 낙관주의는 가엾은 소녀를 아프게 했
다. "아니에요, 모리스." 진지하게 그녀가 말했다. "그분은 여
전히 똑같은 시각으로 바라보고 계세요."

"그렇다면 왜 날 부른 거요?"

"왜냐하면, 당신이 보고 싶어서요." 애처롭게 캐서린이 소
리쳤다.

"틀림없이, 상당히 대단한 이유로군. 그렇지만 단지 날 보
고 싶은 게 전부인가요? 내게 들려줄 말도 없어요?" 그의 아
름답고 설득력 있는 두 눈이 그녀의 얼굴을 뚫어져라 쳐다보
았다. 그런데 그녀는 어떻게 하면 그의 눈길만큼이나 고귀한
대답을 만들어낼 수 있을지 알지 못했다. 잠시 그녀는 자신의
두 눈으로 그의 눈길을 받아들였고, 그러고는 다소곳이 말했
다. "난 무척 당신이 보고 싶었어요." 하지만 이렇게 말하고
나서는 아주 모순되게도, 그녀는 자신의 얼굴을 가렸다.

모리스는 잠시 찬찬히 그녀를 바라보았다. "내일 나와 결혼
해주겠소?" 갑작스럽게 그가 말했다.

"내일이라고요?"

"그렇다면 다음 주, 한 달 이내에 언제라도 말이오."

"기다리는 게 더 좋지 않겠어요?" 캐서린이 말했다.

"뭘 기다려요?"

뭘 위해서인지 그녀는 알지 못했다. 하지만 이처럼 굉장히 급격한 변화는 그녀를 놀라게 했다. "우리가 그 문제에 대해서 좀 더 생각해볼 때까지요."

슬픈 듯이, 비난을 담은 듯 그는 고개를 흔들었다. "지난 삼 주간 그 문제에 대해 생각해봤을 거라고 생각하는데요. 한 오 년 동안 당신 마음속에 놓고 그 문제를 생각해보고 싶은 건가요? 당신은 내게 충분한 시간을 줬어요. 내 사랑하는 소녀." 재빨리 그가 덧붙였다. "당신은 진실하지 못해요."

캐서린은 이마부터 턱까지 온통 얼굴을 붉혔고 눈에는 눈물이 가득했다. "오, 어떻게 그런 말씀을 하실 수 있어요?" 그녀가 중얼거렸다.

"왜요, 당신은 날 붙들든가 아니면 놓아줘야 하는 거요." 아주 이성적으로 모리스가 말했다. "당신은 당신의 아버지와 나, 둘 다를 기쁘게 할 수는 없어요. 우리 둘 사이에서 선택을 해야 한다고요."

"난 당신을 선택했어요." 열정적으로 그녀가 말했다.

"그렇다면 나하고 다음 주에 결혼해요!"

그녀는 선 채로 그를 바라보았다. "다른 방법은 없나요?"

"우리가 같은 결론에 이르려면 내가 아는 바로는 이 길밖에 없소. 혹 다른 방법이 있다면 그게 뭔지 나도 기꺼이 듣고 싶소."

캐서린으로서는 그런 길을 알지 못했고 모리스가 내뿜는

빛은 거의 무자비할 정도였다. 그녀가 아는 유일한 것은 그녀의 아버지가 어쩌면 결국에는 생각을 바꾸어 허락할지도 모른다는 것뿐이었다. 그래서 그녀는 이런 자신의 무력함에 난처해하며 어쩌면 그런 기적이 일어날지도 모른다고 또박또박 얘기했다.

"그게 조금이라도 가능할 거라고 생각해요?" 모리스가 물었다.

"아버지께선 그렇게 하실 거예요. 아버지가 당신이 어떤 분인지 알 수만 있다면요."

"그분이 날 알고자 하는 의지만 있다면 알 수 있어요. 무엇이 가로막고 있단 말이오?"

"그분의 사고방식과 이성이죠." 캐서린이 말했다. "그건 참으로……, 정말이지 끔찍할 정도로 강해요." 아직도 그런 것들이 떠오르는지 그녀의 몸이 떨렸다.

"강하다고요!" 모리스가 외쳤다. "난 당신이 그것들을 나약한 것으로 보았으면 했어요."

"오, 제 아버지에 관한 한 나약함이란 없어요." 소녀가 말했다.

모리스는 몸을 돌려서 창가로 걸어가더니, 그곳에 멈추어 서서 밖을 바라보았다. "당신 끔찍하게도 아버지를 두려워하는군요." 마침내 그가 말을 꺼냈다.

그녀는 이를 부인해야겠다는 어떠한 충동도 느끼지 못했다. 아버지를 두려워한다고 해서 부끄러워할 것은 없었기 때

문이고, 또 자신에게 전혀 명예로운 일이 아닐지라도, 적어도
아버지에게는 명예로운 일일 것이기 때문이었다. "제 생각에
도 정말 그런 것 같아요." 그녀가 말했다, 순진하게.

"그렇다면 당신은 날 사랑하는 게 아니에요. 내가 당신을
사랑하는 만큼은 아니에요. 날 사랑하는 것보다 더 많이 아버
지를 두려워한다면, 그렇다면 당신의 사랑은 내가 기대했던
만큼은 아니에요."

"아, 나의 친구!" 그에게로 다가서며 그녀가 말했다.

"내가 뭘 두려워하던가요?" 그녀를 돌아보며 그가 다그쳤
다. "당신을 위해서 내가 맞서지 못할 게 뭐가 있단 말이오?"

"당신은 귀한 분이에요, 용감한 분이시죠!" 가까스로 예의
바른 선을 넘지 않는 거리에서 멈춰 서며 그녀가 대답했다.

"당신이 그렇게 소심하다면 용감함과 고귀함도 내겐 별 소
용이 없어요."

"전 제가 소심하다고 생각하지 않아요. 진심이에요." 캐서린
이 말했다.

"'진심'이라니, 당신 무슨 말을 하는 거요. 당신의 소심함은
이미 우리 둘 다를 충분히 비참하게 했잖소."

"제가 기다릴 수 있도록, 아주 오랫동안 기다릴 수 있도록
강해져야겠어요."

"그리고 만약에 오랜 세월이 흐른 이후에 당신 아버님이 나
를 지금보다 더 혐오하신다면?"

"아버진 그러실 리가 없어요, 그러실 수 없어요."

"나의 성실함에 그분이 감명받을 것이다. 이게 당신이 말하려는 바요? 그분이 그렇게 쉽게 감명받는 분이시라면 왜 그렇게 그분을 두려워하는 거요?"

이건 정확히 핵심을 찌르는 말이었고 캐서린에게 일격을 가했다. "그러지 않으려고 노력할 거예요." 그녀가 말했다. 그러더니 그녀는 미리 앞당겨서 아내로서의 의무와 책임을 다하려는 듯한 모습으로 순종적으로 서 있었다. 이러한 모습은 어김없이 모리스 타운센드의 마음을 흡족하게 하는 것이었고, 그는 그녀를 휘감아 안음으로써 여전히 자신이 그녀의 이런 태도를 높이 평가하고 있다는 증거를 내보였다. 결과야 어떻든 간에 페니먼 부인이 당장 결혼하는 방법을 권했다고 그가 그녀에게 곧바로 알렸던 것도 오로지 그러한 감정을 겨냥하고 있었기 때문이었다.

"맞아요, 페니먼 고모는 그런 방법을 좋아하실 거예요." 캐서린이 단순하면서도 어떤 영리함을 내보이며 말했다. 하지만 잠시 후 그녀가 그에게 전할 아버지의 말씀이 있다는 얘기를 한 것은 순전히 천진난만한 행동이었고, 빈정거리고자 하는 의도는 조금도 없었다. 그 얘기를 전하는 것은 전적으로 그녀의 양심에 따른 것이었고, 그녀의 임무가 열 배나 더 힘든 것이었다 해도 그녀는 마찬가지로 양심적으로 그것을 수행했을 것이다. "아버지께서 당신에게 전하라고 하셨어요. 아주 똑똑히 전하라고 하셨어요, 그분이 직접 하신 말씀이에요. 만약 제가 그분의 동의 없이 결혼할 경우, 전 그분의 돈을 단 한 푼도 물려받지 못할 것이라고 하셨어요. 이 점을 굉장히 강조하셨어요. 아버지 생각에는, 아버지가 생각하시기에는……."

모리스는 얼굴을 붉혔다. 기개 있는 젊은이가 비열함의 누명을 썼을 때 얼굴을 붉히듯. "그분, 무슨 생각을 하고 계신데요?"

"상황이 달라질 거라고요."

"상황이 달라지겠죠. 많은 것들이 달라지겠죠. 우린 더 가난해지는 거죠, 수만 달러만큼이나요. 그리고 그건 대단한 차이죠. 하지만 그 점이 내 애정에 어떤 영향을 주지는 못해요."

"우린 그 돈을 바라면 안 돼요." 캐서린이 말했다. "왜냐하면 당신도 아시다시피 내겐 내 재산이 있잖아요."

"그래요, 내 소중한 소녀. 당신이 꽤 많은 재산을 갖고 있다는 것은 알고 있어요. 그리고 그분이 손댈 수 없다는 것도."

"절대 그러지 않으실 거예요." 캐서린이 말했다. "어머니가 제게 남겨주신 거예요."

모리스는 잠시 아무런 말이 없었다. "그분은 이 점에 대해서 아주 확고하신 거죠, 그렇죠?" 드디어 그가 물었다. "그분은 그런 말이 나를 지독하게 화나게 할 것이고, 나로 하여금 가면을 벗어던지게 할 거라고 생각하신 거예요, 그렇죠?"

"그분이 무슨 생각을 하셨는지 전 몰라요." 슬픈 듯이 캐서린이 말했다.

"그분에게 가서 내가 무척, 더할 나위 없이 그분의 뜻에 관심을 보이더라고 전해요!" 그러더니 모리스는 딱딱 소리를 내며 손가락을 꺾는 것이었다.

"난 그런 얘기 전할 수 없어요."

"가끔씩 당신은 날 실망시켜요, 그거 알아요?" 모리스가 말했다.

"그렇겠죠. 난 모든 사람들에게 실망을 줘요. 아버지에게도 그리고 페니먼 고모에게도."

"그래도 그건 나하고는 상관없는 일이에요. 당신은 내게 더 소중한 사람이니까."

"그래요 모리스." 상상의 세계로 잠기며 소녀가 말했다. 그녀의 상상 속에는 어떤 것이 있었던가. 결국 이 행복한 진실 안에서 헤엄친다고 해서 누구에게든 해가 되지는 않을 것이라는 것, 그녀는 그런 상상을 하는 것이었다.

"당신은 그분이 그 생각을 고집할 거라 믿나요? 영원히 고집할까요? 당신의 유산을 박탈하겠다는 생각 말이오. 당신의 올바름과 인내심이 그의 잔인함을 전혀 누그러뜨리지 못할 것이라고 믿고 있는 거요?"

"문제는 내가 당신과 결혼하게 되면, 그분께서는 절 올바르지 않다고 생각하실 거라는 점이에요. 그게 증거라고 생각하실 거예요."

"아, 그렇다면 그분은 결코 당신을 용서하지 않겠군!"

모리스의 잘생긴 입에서 냉혹하게 흘러나온 이 생각은 잠시나마 누그러졌던 이 소녀의 양심 속에서 순간 무시무시하게 온전히 되살아났다. "아, 당신, 날 아주 많이 사랑해주셔야 해요!" 그녀가 울부짖었다.

"내 사랑, 그건 조금도 의심하지 말아요." 그녀의 연인이 대답했다. "'상속권을 빼앗겼다'는 말은 당신도 싫을 거요." 그가 이내 덧붙였다.

"재산은 문제가 안 돼요. 그분이, 그분이 그렇게 느끼고 계시다는 것, 그 점이 문제예요."

"당신에게는 일종의 저주같이 느껴지겠죠?" 모리스가 말했다. "틀림없이 아주 비참한 일이겠죠. 하지만 당신은." 모리스는 곧바로 계속했다. "당신이 좀 더 영리해지려고 노력할 수만 있다면, 상황을 바로잡으려고만 한다면, 결국에는 이 저주 같은 것을 몰아낼 수 있을 거라고 생각지 않나요?" 다 이해하며 고민하고 있다는 어조로 그는 계속했다. "당신은, 당신과 같은 처지에 있는 정말로 영리한 여인이라면 결국 그분의 마음을 돌려놓을 수 있을 거라 생각하지 않나요? 당신 생각에는 ……."

갑자기 이쯤에서 모리스는 말을 멈췄다. 이 정교한 질문들은 전혀 캐서린의 귀에 들어오지 않았다. 상속권 박탈이라는 그 끔찍한 말은 가능한 모든 도덕적 비난을 품은 채 여전히 그녀의 귓전을 울리고 있었고, 아니 좀 더 정확히 말하자면 귓가에 머무르며 더 거대한 힘을 불러 모으는 것 같았다. 그녀가 처한 상황의 끔찍한 냉랭함은 아이같이 어린 그녀의 심장을 더 깊숙이 파고들었고, 외로움과 두려움으로 그녀는 무너져 내렸다. 하지만 그곳에, 그녀 가까이에 그녀의 피난처가 있었다. 그래서 그녀는 두 손을 뻗어 그녀의 피난처를 부여잡았다.
"아, 모리스." 떨리는 몸으로 그녀가 말했다. "당신이 좋다면 언제든 당신과 결혼하겠어요!" 그녀는 그의 어깨에 자신의 머리를 기대며 스스로를 내맡겼다.
"내 소중한 착한 소녀!" 자신의 상품(賞品)을 내려다보며 그가 소리쳤다. 그러더니 그는 다시 한번 다소 모호하게 입술을 약간 벌리고 눈썹을 추켜세우며 위를 올려다보는 것이었다.

제21장

　슬로퍼는 지체 없이 올먼드 부인을 찾아가 스스로에게 하던 표현을 그대로 써서 자신이 믿고 있는 바를 알렸다. "맹세컨대, 그 아인 고집을 꺾지 않을 거다! 고집대로 달라붙을 거야."
　"그 아이가 그와 결혼할 거라는 말씀이세요?" 올먼드 부인이 물었다.
　"그건 모르겠다만 그 아인 무너지지 않을 거다. 약혼을 오래 질질 끌면서 내가 누그러지기를 기대하겠지."
　"오라버니는 누그러지지 않을 생각이시고요?"
　"기하학적 명제가 누그러지는 법이 있을까? 난 그렇게 피상적이지 않다."
　"기하학도 피상을 다루는 것 아닌가요?" 우리가 아는 바대로 영리한 올먼드 부인이 미소를 지으며 물었다.

"그렇지, 하지만 피상을 깊이 있게 다루지. 캐서린과 그 젊은이는 나의 피상들이고, 난 그 아이들의 치수를 알아냈지."

"놀란 것처럼 말씀하시네요."

"대단하더구나, 관찰해야 할 것들이 더 많이 있을 것 같아."

"오라버니는 지독한 냉혈한이에요!" 올먼드 부인이 말했다.

"난 그래야 할 필요가 있어. 나를 둘러싸고 있는 이 모든 뜨거운 붉은 혈기에도 불구하고 말이다. 사실 젊은 타운센드 군이야말로 냉정하지. 그의 그런 장점은 나도 인정해야겠지."

"난 그 청년이라면 판단을 못하겠어요." 올먼드 부인이 대답했다. "하지만 캐서린에 대해서는 조금도 놀랍지 않아요."

"고백하자면 난 좀 놀라고 있다. 그 아인 엄청나게 혼란스러울 거야. 근심이 말이 아닐 거란 말이야."

"그 점이 오라버니에게는 대단한 흥밋거리잖아요. 오라버니의 딸이 오라버니를 그렇게 받든다는 것이 왜 그 정도로 재밌거리가 되는지 전 모르겠어요."

"내 흥미가 쏠리는 부분은 그러한 공경의 자세가 어느 지점에서 중단되느냐 하는 것이야."

"또 다른 감정이 시작되는 곳에서 중단되겠죠?"

"전혀 그렇지가 않다. 그건 아주 간단해. 두 개의 감정이 완전히 뒤섞이는 거야. 그래서 그 뒤섞인 감정은 극도로 이상해지는 것이지. 그건 제3의 요소를 만들어낼 것이고, 내가 보고 싶은 것이 바로 그것이다. 기다리는 것이 긴장되기까지 해. 긍정적인 흥분도 느껴지고. 그건 캐서린이 내게 주리라고는 전혀 생각지 못했던 그런 종류의 느낌이야. 정말이지 난 그 아이에게 아주 고마워하고 있어."

"그 아인 매달리겠네요." 올먼드 부인이 말했다. "분명히 그 아인 매달릴 거예요."

"그렇겠지. 내 표현대로라면 그 아인 달라붙을 거야."

"매달린다는 표현이 더 귀엽잖아요. 그게 바로 단순한 천성을 지닌 아이들이 하는 일이죠. 그리고 캐서린보다 더 단순한 아이가 어디 있겠어요. 그 아인 아무것에나 감명받지는 않아요. 하지만 한번 감명을 받으면 꼭 붙잡고 있을 아이예요. 그 아인 움푹 들어간 자국을 안고 있는 구리 주전자 같아요. 주전자에 광택을 낼 수는 있겠지만 자국을 지울 수는 없는 거예요."

"우리가 노력해서 캐서린을 윤이 나는 아이로 만들어야겠어." 의사가 말했다. "난 그 아이를 유럽으로 데려갈 생각이다!"

"유럽에 간다고 해도 그 아인 그 청년을 잊지 않을 거예요."

"그렇다면 그 청년이 캐서린을 잊겠지."

올먼드 부인은 엄숙해 보였다. "정말 그렇게 되길 바라세요?"

"진심이다." 의사가 말했다.

한편 페니먼 부인은 거의 지체 없이 모리스 타운센드와 다시 연락을 취했고 자신과 다시 만나줄 것을 그에게 요청했다. 그렇지만 이번에는 만남의 장소로 굴 식당을 선택하진 않았다. 그녀는 일요일 오후 어느 교회 문 앞에서 예배를 마치고 나오는 그녀와 합류할 것을 제안했다. 그리고 그녀는 기도하는 장소를, 그녀가 평소 다니던——그녀의 말대로라면 회중들이 그녀를 염탐하는——곳이 아닌 다른 곳으로 고르는 조심성을 보였다. 그녀는 다소 덜 우아한 장소를 선택했고, 자신이 지정한 시간에 교회 현관을 나섰을 때 그 젊은이가 좀 떨어진 곳에 서 있는 것을 보았다. 길을 건널 때까지 그녀는 그에게 전혀 아는 체하지 않았고, 그는 상당한 거리를 두고 그녀를 뒤따랐다. 그곳에서 미소를 지으며 그녀가 말했다. "드러내놓고 반갑다는 내색을 하지 못한 점 이해해주세요. 그 점을 어떻게 생각해야 하는지 아시죠? 무엇보다도 신중함이 먼저랍니다." 그리고 어느 쪽으로 가야 할지를 묻는 그에게 그녀는 작은 소리로 말했다. "우리가 눈에 가장 덜 띄는 방향으로."

모리스는 썩 쾌활한 기분이 아니었고 그래서 이 말에 대한 그의 응대는 특별히 정중한 것이 못 되었다. "어디로 가든 우리가 사람의 눈을 끌 것 같지는 않은데요." 그러더니 그는 무심히 돌아서서 시내 한가운데로 향했다. "그가 드디어 항복했다는 말을 전하러 오셨기를 바랍니다." 그는 계속 걸음을 옮겼다.

"안타깝게도 난 좋은 소식을 불러오는 전령사는 전혀 못 돼요. 그렇긴 하지만 또 어느 정도까지는 평화의 사자이기는 해요. 타운센드 씨, 난 정말 많이 생각해봤어요." 페니먼 부인이 말했다.

"당신은 생각이 너무 많아요."

“제 생각에도 그런 것 같아요. 하지만 나로서도 어쩔 수 없는걸요. 내 마음이 이처럼 끔찍할 정도로 활발히 움직이니 말예요. 내가 혼신을 쏟을 때면, 난 실제로 혼신을 다 쏟아 붓는답니다. 대신 그 벌로 두통을 앓죠. 내 유명한 두통 말예요. 하나의 완벽한 고통의 연결 고리죠! 하지만 난 여왕이 반지를 지니듯 그렇게 두통을 갖고 다니죠. 지금도 두통을 앓고 있다면 믿으시겠어요? 하지만 난 어떠한 이유로도 우리가 만나기로 한 약속을 어기진 않았을 거예요. 당신에게 들려줄 아주 중요한 말이 있어요.”

“그렇다면 들어봐야죠.” 모리스가 말했다.

“지난번 당신에게 즉시 결혼하라고 한 건 아무래도 좀 경솔했던 것 같아요. 그 문제를 다시 생각해봤어요. 지금은 좀 다른 각도에서 바라보고 있어요.”

“당신은 똑같은 문제를 놓고 아주 다양한 방식으로 바라보는군요.”

“그 방식의 수야말로 무한해요!” 페니먼 부인은 이런 편리한 재능이 마치 그녀의 가장 빛나는 자질 중의 하나라는 듯한 어조로 말했다.

“전 하나의 길을 정해서 거기에 충실하라고 권하고 싶습니다만.” 모리스가 대답했다.

“아, 하지만 선택한다는 게 쉽지 않아요. 내 상상력은 절대로 잠잠할 때가 없죠. 결코 만족하질 못해요. 이런 이유로 어쩌면 나는 쓸모없는 조언을 하는 사람이 되는 건지도 몰라요. 하지만 또 이런 이유로 난 아주 훌륭한 친구가 될 수도 있어요.”

“쓸모없는 조언을 하는 훌륭한 친구겠군요!” 모리스가 말했다.

“의도적으로 그러는 것은 아니에요. 게다가 매번 위험할 때마다 가장 겸손한 사과를 하기 위해 서둘러 달려오잖아요.”

“그래, 이번에는 무슨 충고를 하시려고요?”

“인내심을 갖도록 하세요. 기다리면서 지켜보는 거예요.”

“그렇다면 이건 쓸모 있는 충고인가요, 아니면 쓸모없는 것인가요?”

“그건 내가 말할 수 있는 게 아니에요.” 약간의 위엄을 섞어서 페니먼 부인이 말했다. “내가 확실히 말할 수 있는 것은 내 충고는 진실하다는 거예요.”

“그리고 당신은 다음 주에 또 내게로 와서 똑같이 진실하면서도 이번 것과는 다른 조언을 하겠죠?”

“다음 주에 당신을 찾아올지도 몰라요. 집 없이 거리로 내몰렸다는 말을 하려고요.”

“집 없이 거리로 내몰려요?”

“오라버니하고 끔찍한 소동을 벌였어요. 그가 협박하더군요. 뭐든 일이 벌어지면 날 집 밖으로 내쫓겠다고요. 당신도 알다시피 난 가난한 부인네랍니다.”

모리스는 그녀에게 약간의 재산이 있을 것이라는 추론을 했지만, 당연히 이 생각을 드러내지는 않았다.

“날 위해서 당신이 순교의 고통을 받고 계시다니 상당히 죄

송한데요." 그가 말했다. "하지만 당신은 당신의 오라버니를 이슬람교도처럼 잔인하다고 말했잖아요."

페니먼 부인은 잠시 망설였다.

"물론 난 오스틴을 정통 기독교인이라고는 생각지 않아요."

"그러면 그가 개종할 때까지 난 기다려야 하는 것인가요?"

"어쨌든 그분의 폭력이 누그러질 때까지 기다리세요. 당신에게 적합한 때를 기다리라고요. 타운센드 씨, 상품이 어마어마하다는 걸 기억하시고요."

잠시 모리스는 지팡이로 울타리와 문기둥을 아주 세게 두드리며 아무 말 없이 걸음을 옮겼다.

"당신은 정말 끔찍할 정도로 변덕스럽군요!" 마침내 그가 입을 열었다. "난 이미 캐서린에게서 비밀 결혼에 대한 동의를 받아냈다고요."

사실 페니먼 부인은 변덕스러웠다. 이 소식을 듣고 기쁨에 넘쳐 약간 뛰어오르기까지 했으니까.

"오, 언제, 어디서요?" 그녀가 소리쳤다. 그러더니 그녀는 갑자기 멈춰 섰다.

이 점에 대해서는 모리스 자신도 분명하게 알 수 없었다.

"그건 아직 결정하지 않았어요. 하지만 그녀는 동의했어요. 이제 와서 파기하는 것은 참으로 어처구니없는 일이에요."

말한 바대로 페니먼 부인은 걸음을 멈췄고, 그 자리에 서서 자신의 상대편에게 찬연한 눈길을 쏟아 부었다.

"타운센드 씨." 그녀가 계속했다. "당신에게 중요한 말씀을 드려야겠어요. 캐서린은 무슨 일이든 할 거예요. 당신을 너무나 사랑하니까요.”

이 발표에는 약간 모호한 구석이 있었고, 모리스는 두 눈을 들어 올렸다.

“정말 듣고 싶군요. ‘무슨 일이든’이라면 뭘 말씀하시는 겁니까?”

“당신은 계획을 늦춰도 돼요. 변경하셔도 돼요. 그렇다고 그 아이가 당신을 덜 좋아할 리는 없어요.”

모리스는 눈썹을 추켜세운 채 그곳에 그대로 서 있었다. 그러고는 그가 말했다. 간단하게 그리고 다소 냉담하게, “아!” 이렇게 하고 나서 그는 페니먼 부인에게 만약 그녀가 그렇게 천천히 걷는다면 사람들의 눈길을 끌게 될 것이라고 말했고, 거주권이 너무나 불안해진 그녀의 주거지로 서둘러 그녀를 돌려보내는 데 얼마간은 성공했다.

제22장

　캐서린이 어려운 걸음을 내딛는데 동의했다는 모리스의 말은 약간은 사태를 잘못 전달한 것이었다. 방금 전에 우리가 만났던 캐서린은 배수의 진을 치겠다고 공표했지만, 모리스는 이러한 다짐을 이끌어낸 직후 아직 배를 띄워서는 안 되는 타당한 이유들을 의식하게 되었고, 자신이 특정한 날짜를 눈여겨보고 있다는 인상을 캐서린에게 남겨 놓은 채 충분히 좋은 모양새로 날짜를 정하지 않고 빠져나왔던 것이다. 캐서린도 그녀 나름의 어려움이 있었을 것이지만 그녀의 용의주도한 구혼자의 어려움 또한 고려해볼 가치가 있었던 것이다. 상품은 틀림없이 대단한 것이었지만, 그렇다 해도 그것은 어디까지나 성급함과 신중함 사이의 중간 음을 교묘하게 연주함으로써만 획득될 수 있는 것이었다. 자신의 처신과 희망을 모두 신의 뜻에 맡기는 것도 아주 좋을 듯했다. 더군다나 신의 뜻이

란 것은 영리한 사람들 편에 서 있게 마련이고, 영리한 사람들
은 하나같이 직접 자신들의 몸을 걸고 위험을 무릅쓰려 하지
않게 마련이다.

  매력도 없는데다가 가난해지기까지 할 젊은 여인과의 결혼
에 대한 궁극적인 보상이 아주 명확한 연결 고리에 의해 당장
의 손실과 연결되어야 했다. 캐서린과 그녀의 미래의 재산 모
두를 잃게 되는 두려움과, 그녀의 마음을 너무 일찍 얻은 나머
지 그녀의 미래의 재산이 마치 잔뜩 수집해놓은 텅 빈 병과 같
이 실속 없는 것으로 판명될 경우에 대한 두려움 사이에서, 어
느 하나를 선택하기가 모리스 타운센드로서는 쉽지 않았다.
잘생긴 자신의 육체를 효과적으로 이용하여 이득을 얻어보려
한다는 인상을 주는 이 젊은이를 가혹하게 평가하려는 독자
들은 이 점을 기억해둬야 할 것이다. 어떠한 경우든 캐서린이
연간 만 달러의 수입을 확보하게 된다는 사실을 그는 잊지 않
았다. 그는 충분한 시간 동안 이 점을 심사숙고했다. 그렇지만
그의 준수한 외모는 그로 하여금 자신을 높이 평가하게 했고,
자신의 가치에 대해 완벽할 정도로 명확하게 인지하고 있었
으며, 이는 방금 언급된 총액으로는 적합하게 대변될 수 없는
것이라고 생각했다. 동시에 그는 그 금액이 적은 액수가 아니
며 모든 것은 상대적이라는 것을, 또 어느 정도의 수입이 높은
수입에 비해 덜 바람직하다 해도 전혀 수입이 없는 상태는 어
느 모로 보나 이득이 될 게 없다는 사실을 스스로에게 상기시
켰다.

　이러한 생각들은 상당히 오랫동안 그를 사로잡았고, 그로 하여금 항해를 수정하게 했다. 슬로퍼의 반대는 그가 풀어내야 할 문제에서 미지수로 남아 있었다. 그것을 풀어내는 가장 쉬운 방법은 캐서린과 결혼하는 것이었다. 하지만 수학적으로 봤을 때 여러 갈래의 지름길이 있었고, 한 갈래의 지름길 정도는 아직도 발견 가능성이 있다는 희망을 모리스는 버리지 않고 있었다. 캐서린이 그의 말을 그대로 믿고 받아들여서 그녀의 아버지를 누그러뜨리는 시도를 단념하기로 동의했을 때 그는 앞서 말한 것처럼 한발 뒤로 물러섰고, 결혼식 날짜를 여전히 미결정의 문제로 남겨두는 대단한 노련함을 발휘했다. 그녀는 그의 신중함을 전적으로 신뢰했고, 그가 자신을 희롱하고 있다는 의심을 품는 일도 없었다. 지금 그녀는 다른 종류의 문제점을 안고 있었다. 그 가엾은 소녀는 명예심을 매우 중시했고, 아버지의 소망을 거스르기 시작한 그 순간부터 자신은 그의 보살핌을 받을 권리가 없다고 생각했다. 그녀의 양심에 따르면 자신이 아버지의 지혜에 순응할 경우에만 그의 지붕 아래에서 살아갈 수 있는 것이었다. 그러한 위치는 상당한 영예를 수반하고 있었지만, 가엾은 캐서린은 자신이 이러한 영예를 요구할 권리를 상실했다고 느꼈다. 그녀는 아버지가 자신에게 근엄하게 경고했던 젊은이와 운명을 함께하기로 했고, 따라서 아버지가 그녀에게 행복한 가정을 제공하며 내걸었던 계약을 파기한 것이다. 그녀는 그 젊은이를 포기할 수 없고, 따라서 집을 떠나야 하는 것이다. 그녀가 더 사랑하는 사람이 그녀에게 또 다른 집을 제공하게 되면, 그녀가 처한 이 난처하고 혼란스런 상황도 막을 내리게 되는 것이었다. 이는 엄밀한 추론에 근거한 것이지만, 또한 무수히 많은, 그저 본능에 근거한 참회와 뒤섞인 것이기도 했다. 이즈음 캐서린은 음울한 나날들을 보냈고, 때때로 자신이 견딜 수 없을 만큼의 무게를 느꼈다. 그녀의 아버지는 결코 그녀를 쳐다보거나 그녀에게 말을 거는 법이 없었다. 그는 자신이 하려는 일들을 정확히 알고 있었고, 이러한 처신 역시 그 계획의 일부였다. 그녀는 두려움 속에서도 감히 할 수 있는 한 그를 쳐다보려 했고 (그녀는 자신이 아버지의 눈길을 끌려 하는 것처럼 보이는 것이 두려웠기 때문이다), 자신이 아버지에게 지운 슬픔에 대해 아버지를 깊이 동정했다. 그녀는 고개를 들고 바쁘게 손을 움직이며 자신의 일상을 돌봤다. 그러다가 워싱턴 스퀘어의 상황이 참을 수 없는 듯 보일 때면 그녀는 두 눈을 감고 한 남자, 그를 위해 자신이 그 신성한 법규를 파기한 그 남자의 지적인 모습을 떠올리며 그 속에 빠져들었다.

워싱턴 스퀘어의 세 사람 중에서 가장 엄청난 위기에 처한 듯한 태도를 보이는 사람은 페니먼 부인이었다. 캐서린이 침묵할 경우 그녀는 고요히 침묵했고, 말했듯이 캐서린의 슬픔에 찬 처신들은 아무런 꾸밈도 의도도 없는 것이어서 누구도 눈치 채지 못했다. 의사는 완고하고 냉담했으며 함께 지내는 사람들에 대해 완전히 무관심했는데, 그는 쉽고 깔끔하고 가볍게 이러한 태도를 취했다. 따라서 대체로 그가 자신의 불쾌함을 오히려 즐기고 있었음을 깨닫기 위해서는 그를 속속들이 알아야 했던 것이다. 하지만 페니먼 부인은 의식적으로 말을 삼가고 있었고, 침묵함으로써 뭔가를 암시하려 했다. 그녀가 스스로 선을 그은 그 세세한 움직임은 더욱 풍성하게 바삭바삭 소리를 냈고, 가끔씩 그녀가 아주 사소한 문제에 대해서 말을 할 때면 그녀는 자신이 말하는 것보다 더욱 의미심장한 뭔가를 뜻하는 듯한 분위기를 자아내곤 했다. 캐서린이 서재로 아버지를 찾아가 고백했던 그 저녁 이후 캐서린과 아버지 사이에는 아무것도 오가지 않았다. 그녀는 그에게 할 말이 있었지만——그녀는 그것에 대해 말해야 한다고 여겼다——하지만 그녀는 아버지를 자극할까 두려워 말을 꺼내지 못하고 있었다. 그 역시 그녀에게 할 말이 있었지만 먼저 말을 꺼내지 않기로 결심한 상태였다. 우리가 알다시피, 그는 그녀가 혼자 남겨질 경우 어떻게 계속 '달라붙어 있는지'를 관심을 갖고 지켜볼 생각이었다. 마침내 그녀는 그에게 얘기를 꺼냈고, 모리스 타운센드를 다시 만났으며 그들의 관계는 변함없이 예전 그대로임을 알렸다.

"우린 결혼하게 될 것 같아요. 머지않아서요. 그리고 아마도 그때까지는 그를 더 자주 만나게 될 것 같아요. 일주일에 한 번 정도예요. 그 이상은 아니고요."

의사는 마치 그녀가 처음 보는 사람이기라도 하듯 머리에서 발끝까지 그녀를 차갑게 쳐다보았다. 지난 일주일 동안 그의 두 눈이 그녀에게 머무른 것은 이번이 처음이었는데——

그들에 대해 이런 표현을 써도 괜찮다면——그것은 다행한 일이었다. "하루에 세 번이라도 안 될 게 뭐냐?" 그가 물었다. "너 하고 싶은 만큼 만나도록 해라. 방해될 게 뭐가 있다고 그 래?"

그녀는 잠시 몸을 돌렸다. 그녀 눈에 눈물이 고였다. 그러고 는 그녀가 말했다. "일주일에 한 번이 더 나아요."

"나는 왜 그게 더 낫다는 건지 모르겠다. 그보다 더 끔찍한 게 어디 있어. 내가 그따위 사소한 완화책에 눈 하나라도 깜짝 할 거라고 네 멋대로 생각한다면 넌 아주 잘못 생각하고 있는 것이다. 네가 그 청년을 일주일에 한 번 만나는 것은 하루 종 일 만나는 것만큼이나 잘못된 일이야. 내겐 아무 상관없는 일 이다마는."

캐서린은 귀를 기울이려 애썼지만 이 말은 그녀가 벗어나 려 하는 모호한 두려움 속으로 그녀를 끌어들이는 듯했다. "아주 가까운 시일 안에 저희는 결혼하게 될 것 같아요." 마침 내 그녀는 되풀이했다.

그녀의 아버지는 다시 그 무시무시한 표정으로 그녀를 바 라보았다. 마치 그녀가 다른 사람이기라도 한 것처럼. "왜 내 게 알리는 거냐? 그건 내가 알 바가 아니다."

"오, 아버지." 그녀가 소리쳤다. "아무리 그런 심정이라 해 도 조금도 관심 없으세요?"

"어림도 없다. 네가 일단 결혼하면 언제 어디서 왜 하든 내 겐 다를 바 없다. 아무런 상관이 없어. 그리고 네가 이렇게 항복하듯 깃발을 들어 올려서 네 어리석은 행동을 말로 해결해 볼 생각이라면 그런 수고 할 필요 없다.”

이 말과 함께 그는 돌아섰다. 하지만 다음 날 그는 자진해서 그녀에게 말을 건넸고, 그의 태도는 약간이나마 변해 있었다. “앞으로 넉 달 아니면 다섯 달 안에 결혼하게 될 듯하냐?” 그가 물었다.

“잘 모르겠어요, 아버지.” 캐서린이 말했다. “결정을 내리는 게 저희로서는 쉬운 일이 아니에요.”

“그렇다면 여섯 달 정도 미루는 건 어떻겠니. 그리고 그 사이에 난 널 유럽으로 데려갈 생각이다. 네가 가준다면 난 정말 기쁘겠구나.”

전날 아버지의 답변을 들은 후 그녀가 뭔가를 해준다면 정말로 ‘기쁘겠다’는 말을 듣는 것, 그의 가슴속에 아직도 특별히 뭔가를 희망하는 상냥함이 남아 있다는 것, 이는 그녀에게 상당한 기쁨을 줬고 그녀는 작지만 기쁨의 탄성을 질렀다. 하지만 이 제안에 모리스가 포함되어 있지 않다는 것, 그리고 실제로 유럽에 가는 것보다 모리스와 함께 집에 머물러 있기를 훨씬 더 원하고 있음을 그녀는 깨닫게 되었다. 그럼에도 불구하고 그녀는 최근 그 어느 순간보다 더욱 마음 놓고 얼굴을 붉힐 수 있었다. “유럽에 갈 수 있다면 정말 좋겠어요.” 이것이 자신의 애초의 생각은 아니라는 것, 자신의 어조 역시 가장 적합한 것은 아니었다는 느낌을 받으며 그녀가 말했다.

“그렇다면 좋다. 가도록 하자. 옷을 챙기도록 해라.”

"타운센드 씨에게 알려주는 게 나을 것 같아요." 캐서린이
말했다.

그녀의 아버지가 차가운 눈초리로 그녀를 쏘아보았다. "그
의 허락을 받는 편이 낫다는 뜻이라면, 나로서는 그가 허락해
주기를 바라는 수밖에 없지."

그의 말이 담고 있는 측은한 음색은 정확하게 그녀를 공격
했다. 그것은 의사가 여태껏 했던 말 중에 가장 계산적이고 가
장 인상적이면서도 사소하지만 애정이 담긴 말이었다. 이런
상황에서 아버지에게 그녀의 존경심을 보여줄 수 있는 멋진
기회를 갖는다는 것은 그녀에게 상당한 의미가 있었다. 그러
나 이외에도 그녀에게 와 닿는 다른 뭔가가 있었는데, 그녀는
즉시 이를 내보였다. "가끔씩 전 아버지가 그렇게도 싫어하시
는 일을 제가 하게 된다면 아버지와 함께 머물러서는 안 된다
는 생각을 했어요."

"나와 머무르는 것이라니?"

"제가 아버지와 함께 산다면 아버지에게 순종해야죠."

"네 이론이 그렇다면, 내 이론도 분명히 그렇다." 냉랭한 웃
음을 지으며 의사가 말했다.

"하지만 제가 아버지께 순종하지 않는다면 아버지와 함께
지내서는 안 되는 거죠. 아버지의 친절함과 보살핌을 누려서
는 안 되는 거예요."

이 놀라운 말에 의사는 갑작스레 자신이 지금까지 딸을 과
소평가해왔다는 느낌을 받았다. 이는 소심한데다가 고집이나

부리던 어린 숙녀의 것이라고 하기엔 무척 대단한 견해였으니까. 하지만 이는 그를 불쾌하게 했다. 그는 상당히 불쾌했고 그래서 그는 그만큼 이를 내색했다. "그런 생각을 하다니 정말 못된 버릇이구나." 그가 말했다. "타운센드 군에게서 주워들은 것이냐?"

"아니에요, 제 생각이에요." 캐서린이 열심히 답변했다.

"그렇다면 너 혼자 속으로만 생각하도록 해라." 그녀를 유럽으로 데려가야겠다는 생각을 전보다 더욱 굳히며 그녀의 아버지가 대답했다.

제23장

모리스 타운센드가 이번 여행에서 제외되었다면 페니먼 부인 역시 포함될 수 없었다. 초대해주었더라면 고마운 일이었겠지만, 그녀는(그녀를 객관적으로 평가한다면) 지극히 숙녀다운 태도로 실망감을 견뎌내고 있었다. "라파엘로 작품과 유적들을 볼 수 있다면 좋겠지만, 판테온의 유적들 말이다." 그녀는 올먼드 부인에게 말했다. "하지만 또 한편으로는 워싱턴 스퀘어에서 다음 몇 달간을 평화롭게 홀로 지내는 것도 나쁘진 않아. 난 쉬고 싶어. 지난 넉 달 동안 너무나 많은 일들을 겪었거든." 가엾은 라비니아를 외국으로 데리고 가지 않는 오라버니를 얼마간은 매정하다고 생각하면서도 이 여행의 목적이 캐서린이 그녀의 연인을 잊어버리도록 하는 데 있는 것이라면, 의사로서는 그 청년의 최고의 친구를 캐서린의 동행으로 함께하게 할 마음이 없으리라는 점도 쉽게 이해가 갔다.

"라비니아가 그렇게 바보처럼 굴지만 않았어도 판테온의 유적을 볼 수 있었으련만." 그녀는 혼잣말을 했다. 그리고 라비니아가 그 유적들에 대해 이미 페니먼 씨로부터 종종 충분히 설명을 들었음을 자신에게 확신시키려 했음에도 불구하고, 계속해서 그녀는 라비니아의 어리석음을 한탄했다. 페니먼 부인은 오라비의 여행이 캐서린의 변함없는 마음에 덫을 놓으려는 의도에서 비롯된 것임을 잘 이해하고 있었고 조카딸에게 이러한 믿음을 아주 솔직하게 털어놓았다.

"네 아버지는 이번 여행으로 네가 모리스를 잊어버리게 될 거라고 생각하고 있어." 그녀가 말했다(이제 그녀는 그 청년을 항상 '모리스'라고 불렀다). "너도 알다시피 눈에서 멀어지면 마음에서도 멀어지는 거야. 네가 그곳에서 보게 될 모든 것들이 네 머릿속에서 그를 몰아낼 거라고 생각하시는 거야."

캐서린은 상당히 놀란 듯 보였다. "아버지가 그런 생각을 갖고 계시다면 미리 말씀드려야겠어요."

페니먼 부인은 고개를 저었다. "애야, 다녀온 다음에 얘기하렴. 네 아버지가 그 모든 수고를 다 하고, 비용을 다 치른 다음에 말이다. 그렇게 하는 것이 그분을 만족시켜드리는 길이야." 그러더니 그녀는 좀 더 나긋한 어조로 판테온의 유적들에 둘러싸여서 연인을 생각하는 것도 틀림없이 멋진 일이라고 덧붙였다.

우리가 아는 바와 같이 아버지의 노여움은 그녀로 하여금 깊은 곳에서 솟아나는 엄청난 슬픔, 가장 순수하면서도 가장 고결한 종류의 슬픔에 젖게 했고, 이러한 슬픔에는 어떠한 분노나 증오의 감정도 전혀 묻어 있지 않았다. 하지만 아버지에게 그런 무거운 짐을 안겨드린 데 대한 자신의 사죄를 아버지가 그렇게 간단명료하고 경멸스럽게 내치고 난 이후 처음으로 그녀의 슬픔에는 약간의 분노의 흔적이 감돌았다. 아버지의 경멸을 그녀는 느끼고 있었고, 그러한 경멸은 그녀를 태워 죽이는 것이었다. 그녀의 그릇된 버릇에 대한 아버지의 말씀은 사흘 동안이나 그녀의 귓가에서 타올랐다. 이즈음 그녀의 동정심은 힘을 잃어갔고, 한 가지 생각이 그녀를 자극했다. 약간 모호한 것이긴 했지만, 그것은 상처 입은 그녀의 감정에 잘 어울리는 것이었다. 이제 그녀의 죄는 사해졌고, 그녀가 선택하는 대로 행동해도 된다는 생각이 들었다. 그녀의 선택은 모리스 타운센드에게 편지를 쓰는 것이었고, 그에게 공원에서 그녀와 만나 시내 주변으로 산책을 데리고 가줄 것을 청하는 것이었다. 그녀가 아버지에 대한 존경심으로 유럽으로 가는 것이라면, 적어도 이 정도의 만족감을 누리는 것은 괜찮을 것이었다. 이제 그녀는 모든 면에서 더 자유롭고 더 확고해진 기분이 들었다. 마침내 이제야 완전하게 그리고 거침없이 그녀는 자신의 열정의 주인이 된 것이다.

드디어 모리스는 그녀와 만났고, 그들은 아주 오래도록 산책을 했다. 그녀는 즉시 그에게 상황을 알렸다. 아버지가 그녀를 유럽으로 데려가려 한다는 것, 여섯 달 정도 걸릴 것이며 그녀는 절대적으로 모리스가 가장 좋다고 생각하는 대로 행동하겠다는 것을 얘기했다. 그녀가 집에 머무르는 것이 최고의 선택이라고 모리스가 생각해주기를 그녀는 절실히 원했고, 그가 자신의 생각을 말로 옮기기까지는 꽤 시간이 흘렀다. 그들이 함께 걷는 동안 그는 아주 많은 질문을 했다. 특히나 그녀의 주의를 끌었던 질문이 있었는데, 조금도 그 상황에는 어울리지 않아 보였다.

"그곳에 있는 유명한 것들을 모두 보고 싶은 생각 없어요?"

"오 아니요, 모리스!" 캐서린이 아주 강력하게 부인하며 말했다.

"맙소사. 어쩌면 여자가 저리도 따분하지!" 모리스가 속으로 외쳤다.

"아버진 제가 당신을 잊을 거라고 생각하세요." 캐서린이 말했다, "그 모든 것들이 당신을 내 마음에서 몰아낼 것이라고요."

"글쎄, 내 사랑. 어쩌면 그럴지도 모르죠."

"제발 그렇게 얘기하지 말아요." 그와 함께 걸음을 옮기며 캐서린이 부드럽게 말했다. "가엾은 아버지는 실망하시겠죠."

모리스는 가볍게 웃었다. "그래요. 내 생각에도 틀림없이 당신 아버님은 실망하실 거예요. 하지만 당신은 유럽을 보게 되겠죠." 익살스럽게 그가 덧붙였다. "대단한 수확이잖아요!"

"난 유럽 따위는 보고 싶지 않아요." 캐서린이 말했다.

"내 사랑, 당신은 보고 싶어 해야 하는 거예요. 그렇게 되면 당신 아버님의 마음이 누그러질 거예요."

자신의 고집을 떠올리며 캐서린은 이런 기대는 거의 하지 않았고, 외국 여행을 떠나면서도 여전히 뜻을 굽히지 않는 것은 아버지에게 못된 장난을 치는 것이라는 생각을 지울 수가 없었다. "그건 일종의 기만행위라고 생각하지 않으세요?" 그녀가 물었다.

"그분도 당신을 기만하려 했던 것 아닌가요?" 모리스가 소리쳤다. "그분께는 합당한 일이에요. 정말로 당신이 가는 편이 좋겠어요."

"그렇게 오랫동안 결혼하지 않은 채로 말인가요?"

"돌아와서 결혼하는 거예요. 파리에서 웨딩드레스를 사오는 게 좋겠어요." 그러더니 모리스는 상당히 친절한 어조로 자신이 이 문제를 어떻게 보고 있는지 말했다. 그녀가 가는 것이 바른 처신인데, 그리되면 그들은 완전히 정당한 입장에 서게 된다는 것이었다. 그것은 그들이 이치에 맞게 행동한다는 것과, 또 얼마든지 기다릴 수 있음을 보여줄 것이고, 그들이 서로에 대해 확신을 갖고 있는 이상 그들은 얼마든지 기다릴 수 있는 것이다. 그들이 두려워할 게 뭐란 말인가? 그녀가 여행을 떠남으로써, 만의 하나라도 그녀의 아버지가 호의적으로 감명받을 기회가 생긴다면, 그런 기회를 통해 사태를 해결해야 하는 것이다. 왜냐하면 결국 모리스는 그녀가 유산을 박탈당하는 바로 그 원인을 자신이 제공하고 싶은 마음은 조금도 없기 때문이다. 그를 위해서가 아니라 그녀와 그녀의 아이들을 위해서 그런 것이다. 그는 얼마든지 기다릴 수 있으며 힘들겠지만 그는 해낼 것이다. 그리고 그곳에서, 아름다운 풍광과 고귀한 기념비들 속에서 어쩌면 이 노신사의 마음이 누그러질 수도 있는 것이다. 그런 곳은 사람의 마음을 가라앉히는 힘을 발휘하게 마련이므로. 단 한 가지, 그것만을 제외하고는 모든 것을 기꺼이 희생하려는 그녀의 마음에, 그녀의 온순함과 인내심에 아버지가 감동을 받을 수도 있는 것이다. 그래서 만약 어느 날 어느 이름난 곳에서, 말하자면 이탈리아에서 저녁 무렵에 베네치아의 곤돌라 안에서 달빛을 받으며 그녀가 그에게 애원한다면, 그녀가 이 점에 대해서 약간만 더 영리해져서 정확한 코드만 짚어낼 수 있다면, 어쩌면 그는 그녀를 자신의 품에 안고 용서한다고 말할지도 모르는 일이다. 사태를 이런 식으로 바라볼 수 있다는 것이 캐서린에게는 상당히 충격적이었고, 비록 이러한 해석이 자신의 연기력을 바탕으로 하고 있다는 점에 이르러서는 미심쩍은 눈으로 바라볼 수밖에 없었지만, 이는 어디까지나 그녀의 연인의 뛰어난 지적 능력에 훌륭하게 들어맞는 것이었다. 달빛 아래서 곤돌라를 타고 '영리해져야' 한다는 계획에는 그녀가 감당할 수 없는 요소가 담겨 있는 듯했다. 하지만 어쨌든 둘은 모리스 타운센드를 전보다 더 사랑한다는 마음의 맹세를 확실히 해놓은 상태에서 그녀가 어디든 아버지를 순종하며 따를 준비가 되었다고 아버지에게 얘기한다는 데 의견 일치를 보았다.

캐서린은 의사에게 출발할 준비가 되었음을 알렸고 의사는 신속히 일정을 준비했다. 캐서린은 많은 사람들과 작별 인사를 했는데, 두 사람과의 인사가 우리의 적극적인 관심을 끄는 것이었다. 페니먼 부인은 조카딸의 여행에 대해서 판단력이 돋보이는 견해를 내놓았는데, 타운센드 씨의 신부가 될 여인이라면 외국 여행을 통해서 자신의 마음을 아름답게 가꾸려는 소망을 갖고 있어야 한다는 것이었다.

"넌 그분을 믿을 만한 사람에게 맡기고 가잖니." 입술로 캐서린의 이마를 짓눌러대며 그녀가 말했다. (그녀는 사람들의 앞이마에 입맞춤하는 것을 굉장히 즐겼는데 이는 지적인 신체 부위에 대한 무의식적 호감의 표현이었다.) "내가 그를 자주 찾아보도록 하마. 신성한 불꽃을 지키는 노년의 베스타 여신들 중 하나가 된 기분이구나."

"우리와 함께 가시지 않는 것은 고모가 정말 훌륭히 처신하신 거예요." 자신의 이러한 유추를 검증해보려는 기색 없이 캐서린이 대답했다.

"그게 바로 날 지탱시켜주는 자존심이란다." 항상 금속성의 소리를 내는 드레스의 몸통을 가볍게 두드리며 페니먼 부인이 말했다.

캐서린은 연인과 짧은 작별 인사를 나눴고 많은 말이 오가지도 않았다.

"제가 돌아와도 당신은 그대로겠죠?" 그녀가 물었다. 물론 의심스러워서 이런 질문을 한 것은 아니었다.

"그대로일 거요. 더욱 깊어지겠죠." 미소를 지으며 모리스가 말했다.

지구 동반구에서의 슬로퍼의 여정을 상세히 나열하는 것은 우리의 계획에 들어 있지 않다. 그는 호화로운 유럽 여행을 하고 있었고, 꽤 많은 장관들을 둘러보았다. 그리고——그처럼 높은 교양을 갖춘 사람에게서 기대해볼 만한 것이지만——오래된 물품과 예술품은 상당히 그의 관심을 끌었고, 결국 그는 여섯 달이 아니라 열두 달을 외국에 머물렀다. 워싱턴 스퀘어의 페니먼 부인은 그가 없는 상황에 잘 적응해나갔다. 그녀는 텅 빈 집에서 누구와도 겨룰 필요 없는 지배권을 즐겼고, 오라비가 집에 있었을 때보다 훨씬 더 매력적으로 그 집을 가꾸었다고 친구들 앞에서 의기양양해했다. 적어도 모리스 타운센드에게 있어서는 그녀가 그 집을 굉장히 매력적이게 만들어 놓은 듯 보였을 것이다. 방문객을 통틀어서 그는 그녀를 가장 자주 찾는 방문객이 되었고, 페니먼 부인은 그를 불러 차를 마시는 걸 굉장히 좋아했다. 뒷거실(손잡이와 경첩이 은으로 되어 있는 거대한 마호가니 미닫이문을 닫아놓으면, 보다 격식을 차려야 하는 손님들을 위한 공간과 뒷거실이 나뉜다)의 난롯가에 그가 앉는 의자가 마련되었고——아주 안락한 것이었다——그는 의사의 서재에서 궐련을 피웠으며, 그곳에서 부재중인 소유주의 진귀한 소장품들을 뒤적거리며 한 시간이나 머물렀다. 우리도 알고 있듯이 그는 페니먼 부인을 얼간이라고 생각했다. 하지만 결코 얼간이가 아니었고 사치스런 취향을 지녔으나 옹색한 자본밖에 없는 젊은이인 그는 이 집을 완벽한 나태의 성이라고 생각했다. 그에게 있어 이 성은 단 한 사람의 회원을 보유하고 있는 클럽이었다. 페니먼 부인은 의사가 집에 있었을 적보다 여동생을 만나는 일이 훨씬 줄어들었다. 왜냐하면 올먼드 부인은 페니먼 부인이 타운센드와 맺고 있는 관계에 대해 수긍할 수 없음을 알려야겠다는 쪽으로 생각이 기울었기 때문이다. 그들의 오라비가 비열하다고 생각하는 청년에게 그렇게 친근하게 대할 아무런 이유가 없었고, 게다가 캐서린을 비참하기 짝이 없는 약혼 속으로 밀어 넣은 경솔한 행위에 대해서 올먼드 부인은 놀람을 금할 수가 없었다.

"비참하다고!" 라비니아가 소리쳤다. "그 사람은 그 아이에게 아주 사랑스런 남편이 되어줄 거야."

"난 사랑스런 남편이란 걸 믿지 않아요." 올먼드 부인이 말했다. "난 착한 남편들에 대해서만 믿음을 갖고 있어요. 그가 캐서린과 결혼하고 그 아이가 오스틴의 돈을 물려받는다면, 그 아이들은 잘살아나갈지도 모르죠. 그는 나태하고 사랑스럽고 이기적인, 그런대로 착한 성격의 반려자가 되겠죠. 하지만 만약 캐서린이 오스틴의 돈을 물려받지 못한다면, 그는 자신이 그 아이에게 매어 있는 몸이라고 생각하겠죠. 신이시여, 그 아이에게 자비를 베푸소서! 그는 아무것도 소유하지 못하게 되겠죠. 낙담으로 인해 그는 그 아이를 혐오하게 되겠고, 앙갚음하려 하겠죠. 동정심이라곤 없는 잔인한 사람이 될 거예요. 비탄이 가엾은 캐서린을 덮칠 것이고! 그의 누이 되는 사람과 애기해보라고 권했잖아요. 캐서린이 그의 누이와 결혼하지 못하는 게 한이에요!"

페니먼 부인은 아주 손쉽게 인사하고 알고 지낼 수 있는 사이였음에도 몽고메리 부인과 마주 앉아 애기하고픈 생각은 조금도 없었다. 그리고 조카딸의 운명에 대한 이 놀라운 예언의 효과는 그녀로 하여금 타운센드의 고결한 천성이 그르쳐질 수도 있다는 점에 대해 거듭 동정하게끔 만든 것이 전부였다. 쾌활하게 삶을 즐기는 것은 그의 본성인데, 아무것도 즐길 만한 것이 없다는 게 판명된다면 그가 어떻게 편안할 수 있겠는가? 그녀는 오라버니의 재산에서 자신의 몫이 얼마 되지 않는다는 걸 예리하게 꿰뚫고 있었고, 언젠가는 타운센드가 오라비의 재산을 즐길 수 있어야 한다는 생각이 그녀 안에서 확고히 굳어져갔다.

"그가 재산을 캐서린에게 물려주지 않는다면 나한테 물려줄 리도 없잖아. 틀림없어." 그녀가 말했다.

제24장

　해외에 나가 있던 처음 여섯 달 동안, 의사는 딸아이에게 약간의 일정 변경에 대해 아무런 언급도 하지 않았다. 부분적으로는 계획적으로 그리했고, 또 부분적으로는 많은 다른 일들이 그의 생각을 사로잡았기 때문이기도 했다. 직접 물어보지 않고서 애정에 대한 딸아이의 생각을 확인하려 한다는 것은 무모한 시도였다. 집에 있으면서 그 친숙한 영향력 안에 있으면서도 그 아이가 밖으로 표현하지 않은 것을 보면, 스위스의 산이나 이탈리아의 기념비들을 앞에 두고 활발함을 찾기란 더욱 어려웠을 것이기 때문이다. 그녀는 시종일관 아버지의 온순하고 분별력 있는 동반자였으며 관광하는 내내 공손히 침묵을 지켰다. 피곤하다고 투정부리는 일은 절대로 없었고 전날 밤 아버지가 지정한 시간에 맞춰 항상 출발할 준비를 해 두었다. 어리석은 비평을 하는 일도 없었고 세련된 작품을 보고도 깊이 빠져들지도 않았다. "이 아이의 지적 수준은 저 솔 꾸러미 정도 될 거야." 의사가 말했다. 그래도 그녀가 솔 꾸러미와 달리 뭔가 탁월한 점이 있다면 솔 꾸러미들은 어디로 갔는지 행방불명이 되고 차 밖으로 나뒹굴기 일쑤인데, 캐서린은 항상 제 자리를 지키며 굳건하고 여유 있게 앉아 있다는 것뿐이었다. 하지만 그녀의 아버지는 이 정도의 예상은 했었고, 여행자로서의 그녀의 지적인 한계를 애써 감정이 가라앉아 있는 탓이라고 돌려 해석하려고 하지도 않았다. 그녀는 완전히 희생양으로서의 특성을 벗어버렸으며 그들이 외국에 있던 내내 단 한 번도 귀에 들릴 만한 한숨을 쉰 적이 없었다. 그녀가 모리스 타운센드와 편지를 주고받고 있으리라는 생각은 하면서도, 그에 관해 의사는 침묵을 지켰다. 왜냐하면 청년의 편지는 한 번도 그의 눈에 띄지 않았고, 캐서린의 편지는 항상 심부름꾼의 손에서 우체국으로 전해졌기 때문이다. 그녀는 연인으로부터 상당히 규칙적으로 소식을 듣고 있었지만 그의 편지들은 항상 페니먼 부인의 편지에 동봉되어 왔다. 그래서 의사가 그의 여동생의 필체가 적힌 편지 꾸러미를 그녀에게 건네줄 때면 그는 무심결에 자신이 비난해 마지않는 열정의 앞잡이 역할을 하는 셈이었다. 캐서린은 이렇듯 도의에 어긋난 행위를 저질렀는데, 육 개월 전이었다면 그녀는 아버지께 알려드려야 할 의무가 있다고 생각했을 것이다. 하지만 이제 그녀는 자신이 그러한 의무로부터 면제되었다고 생각했다. 그녀 생각에 존경심이 이끄는 대로 그녀가 아버지에게 했던 말에 대해 돌아온 대답들은 그녀에게 상처를 주었고 아직도 그녀의 가슴 한구석에 남아 있었다. 그녀는 최대한 아버지를 기쁘게 해드리려 애썼지만, 결코 다시는 그런 식으로는 말하지 않았다. 그녀는 연인으로부터 온 편지를 몰래 읽었다.

여름의 끝 무렵 어느 날, 두 여행객은 알프스의 어느 외로운 계곡에 서 있었다. 그들은 통행로 중 하나를 건너고 있었는데 오르막길에 이르러 그들은 마차에서 내려 상당히 걸어 들어와 헤매고 있었다. 얼마 지나지 않아 의사는 보행자용 좁은 길 하나를 찾아냈는데, 그 길은 가로로 펼쳐진 계곡을 지나 뻗어 있었고 그가 생각한 대로 그 길은 그 오르막길의 훨씬 높은 지점으로 그들을 데려다주었다. 그들은 꾸불꾸불한 길을 따라갔고 결국은 길을 잃게 되었다. 계곡은 아주 험하고 거칠었으며, 그들의 걸음은 오히려 기어오르기에 가까웠다. 하지만 그들은 훌륭한 도보 여행자였고, 어렵지 않게 그들의 모험을 감행해나갔다. 때때로 그들은 멈춰 섰는데, 캐서린이 쉬기 위해서였다. 그러다가 그녀는 바위 위에 자리를 잡고 앉았고, 험상궂은 얼굴을 한 바위들과 이글거리는 하늘을 둘러보았다. 8월도 거의 다 저무는 날의 늦은 저녁때였고, 밤이 가까이 왔고 그들이 굉장히 높은 지대로 올라왔을 때에는 공기조차 살을 에는 듯 냉랭했다. 서쪽으로는 차고 붉은 빛이 굉장한 홍조를 띠고 있었는데, 그로 인해 그 자그마한 계곡의 양옆은 더욱더 거칠고 어스레해 보일 뿐이었다. 그들은 몇 번을 멈춰 서게 되었는데, 그중에 한번은 그녀의 아버지가 전망을 보기 위해 그녀를 내버려둔 채 멀리 떨어진 높은 곳으로 멀어져 갔고 시야에서 사라져버렸다. 그녀는 산속의 개울 어딘가에서 들려오는 희미하게 술렁거리는 소리 외에는 무엇 하나 맞닿을 것 없는 침묵 속에 혼자 앉아 있었다. 그녀는 모리스 타운센드를 생각했다. 하지만 그곳은 너무나 황량하고 외로워서 그가 아주 멀리 있는 것처럼 느껴졌다. 그녀의 아버지는 오랫동안 모습을 드러내지 않았고, 그녀는 아버지에게 무슨 일이 일어난 것은 아닌지 걱정되기 시작했다. 하지만 마침내 그는 되돌아왔고 그녀 쪽으로 또렷한 황혼을 받으며 걸어왔다. 그녀는 걸음을 계속하기 위해 일어섰다. 하지만 그녀의 아버지는 걸음을 계속하려 하지 않고 뭔가 할 말이 있는 듯 그녀에게 가까이 다가왔다. 그는 그녀 앞에 멈춰 섰고, 그녀와 함께 방금 전 눈 덮인 봉우리들을 물들였던 붉은 빛을 응시하던 바로 그 눈길로 그녀를 쳐다보았다. 그러더니 갑자기 낮은 목소리로 그녀에게 예상치 못한 질문을 했다. "그 청년 포기했니?"

예상치 못한 질문이었다. 하지만 캐서린은 마음속에서는 준비가 되어 있었다.

"그렇지 않아요, 아버지." 그녀가 대답했다.

그는 다시 한번 아무 말 없이 잠시 그녀를 쳐다보았다.

"그 청년 네게 편지를 보내고 있고?" 그가 물었다.

"네, 한 달에 두 번씩이요."

의사는 지팡이를 휘두르며 계곡의 위아래를 훑어보았다. 그러더니 낮은 목소리로 그녀에게 말했다. "정말 화가 나는구나."

그가 뭘 뜻하는지, 그녀를 겁주려는 것인지 그녀는 잠시 확신이 서지 않았다. 만약 그럴 의도였다면, 그 장소를 택한 것은 아주 적절했다. 여름빛이 버리고 가버린 이 냉혹하고 음울한 골짜기는 그녀에게 자신의 외로움을 깨닫게 했다. 그녀는 주변을 둘러보았고 심장이 차가워지는 것을 느꼈다. 순간 그녀의 공포는 극에 달했다. 하지만 그녀는 조용히 "죄송해요"라고 작은 목소리로 말하는 것 이외에 아무런 할 말이 떠오르지 않았다.

"넌 내 인내심을 시험하고 있어." 그녀의 아버지가 계속했다. "그리고 넌 내가 어떤 사람인지 잘 알아두어야 한다. 난 그리 좋은 사람이 못 된다. 겉보기에 난 아주 온화한 사람이지만, 마음속 깊은 곳에 대단한 열정을 갖고 있지. 난 아주 혹독해질 수도 있다는 걸 네게 확실히 해야겠구나."

그가 왜 이런 말을 하는지 그녀는 알 수 없었다. 아버지가 의도적으로 그녀를 그곳으로 끌고 온 것인가, 그것도 계획의 일부였던 걸까? 무슨 계획을 세웠던 걸까? 캐서린은 스스로에게 물었다. 갑자기 그녀를 덜컥 놀라게 해서 움츠리게 하고 싶었던 걸까? 그녀의 두려움을 이용해서 그녀의 허를 찌르려 했던 것일까? 무엇에 대한 두려움인가? 그 장소는 험하고 외로운 곳이었다. 하지만 그런 장소는 그녀에게 아무런 해도 입히지 않을 것이었다. 그녀의 아버지에게는 말없는 강렬함 같은 것이 있어서 그를 위험한 존재로 보이게 했다. 하지만 캐서린은 아버지의 손으로, 탁월한 의사의 그 청결하고 곱고 유연한 손으로 그녀의 목을 죄는 것이 아버지의 계획의 일부일 것이라고는 생각하고 싶지 않았다. 그럼에도 불구하고 그녀는 한 걸음 뒤로 물러섰다. "아버지께선 뜻하시는 어떤 것도 다 해내실 수 있을 거라고 믿어요." 그녀가 말했다. 그리고 그것은 그녀의 순진한 믿음이었다.

"정말 화가 나는구나." 더욱 냉철하게 그가 말했다.

"왜 이렇게 갑자기 그리되신 거예요?"

"갑자기 이리된 게 아니야. 지난 여섯 달 동안 내 안에서 분노를 느끼고 있었다. 그런데 지금 막 이곳은 내 분노를 폭발시키기에 아주 좋은 장소라는 생각이 들었어. 아주 고요하잖니, 게다가 우리 둘뿐이고."

"네 아주 고요한 곳이에요." 멍하니 주변을 둘러보며 그녀가 말했다. "마차가 있는 곳으로 돌아가셔야죠?"

"조금 있다가. 그러니까 네 말은 이 모든 시간 동안 넌 단일 인치도 양보하지 않았다는 것이냐?"

"그렇게 할 수 있다면 저도 그러고 싶어요, 아버지. 하지만 전 그럴 수가 없어요."

의사 역시 주변을 둘러보았다. "넌 이런 곳에 혼자 남겨지고 싶으냐, 굶주리면서 말이야?"

"무슨 말씀이세요?" 소녀가 소리쳤다.

"그게 바로 네 운명이야. 그 청년은 널 그렇게 내버려둘 거다."

그는 딸아이의 마음을 다치게 할 의도는 없었다. 하지만 그는 모리스에게 해를 입혔다. 그녀의 가슴속에 격렬함이 다시 찾아왔다. "아버지, 그건 진실이 아니에요." 그녀가 외쳤다. "아버지께선 그렇게 말씀하시면 안 돼요. 옳지 않아요. 그리고 그건 진실하지 못해요."

그는 천천히 고개를 저었다. "그렇다, 그건 옳지 않지. 네가 믿으려 하지 않으니까. 하지만 그건 진실이다. 마차로 돌아가자."

그는 돌아섰고 그녀는 그를 따랐다. 그는 걸음을 더 빨리했고, 이내 훨씬 앞서 있었다. 그는 뒤를 돌아보지는 않았지만 가끔씩 멈춰 서서 그녀가 따라올 수 있게 해주었다. 그리고 그녀는 힘겹게 걸음을 옮겨나갔고, 처음으로 그에게 거칠게 대답한 데 대한 흥분으로 가슴이 방망이질을 해댔다. 이때쯤 날은 거의 어두워져 있었고 결국 그녀는 그의 모습을 놓치고 말았다. 하지만 그녀는 계속해서 걸어나갔고 그리고 잠시 후에 계곡이 갑작스럽게 꺾이는 곳에서 길을 찾을 수 있었다. 그곳에 마차가 대기하고 있었다. 아버지는 그 안에 근엄하고 조용히 앉아 있었고 그녀도 아무 말 없이 그의 곁에 자리를 잡았다.

후에 그녀가 이 모든 일들을 돌이켜 보았을 때, 그 후로 며칠 동안 그녀와 아버지 사이에는 단 한마디 말도 오가지 않았던 것 같았다. 그건 이상한 일이었지만 그렇다고 그 일이 아버지에 대한 그녀의 감정에 영원히 지속되는 영향을 주었던 것은 아니었다. 왜냐하면 아버지가 가끔씩 어떤 종류의 일을 벌이고 또 여섯 달 동안 그녀를 혼자 내버려두는 것도 자연스러운 일이었기 때문이다. 그 사건에서 이상한 부분이 있었다면 그것은 아버지가 스스로를 좋은 사람이 아니라고 말했다는 점이다. 아버지께서 무슨 뜻으로 그런 말씀을 하셨는지 캐서린은 쉽게 이해할 수가 없었다. 아버지의 말은 그녀의 신뢰를 자극하는 데 실패했고, 그렇다고 그녀가 품고 있는 적개심을 북돋우는 그런 것도 아니었다. 심지어 그녀가 느꼈을지도 모르는 가장 혹독한 비참함 속에서도 아버지가 완벽하지 못한 사람이라는 생각은 그녀에게 아무런 만족감도 주지 못했다. 그와 같은 언급은 의사의 탁월한 섬세함의 일부였다. 그처럼 영리한 사람들은 무슨 말이든 할 수 있고 무엇이든 뜻할 수 있을 것이기 때문이다. 그리고 그의 혹독함은, 그건 틀림없이 남성에게는 미덕이었다.

그는 여섯 달 더 그녀를 혼자 내버려두었다. 여섯 달 동안 그녀는 그들의 여행이 연장된 것에 대해 아무런 반항도 하지 않은 채 스스로 적응해나갔다. 하지만 여섯 달이 다 끝나갈 무렵에 의사는 다시 애기를 꺼냈다. 여행의 완전한 끝자락에서였다. 그들이 뉴욕행 배에 승선하기 바로 전날 리버풀의 한 호텔에서였다. 그들은 흐린 조명이 비추는 곰팡내 나는 커다란 거실에서 함께 저녁 식사를 했다. 그러고 나서 식탁보가 치워졌고 의사는 천천히 거실을 이리저리 거닐었다. 마침내 캐서린은 침실로 가기 위해 촛불을 집어 들었다. 그런데 그녀의 아버지가 그녀에게 그대로 있으라는 몸짓을 했다.

"돌아가면 뭘 할 생각이냐?" 그가 물었고, 손에 촛불을 든 채 캐서린은 그대로 서 있었다.

"타운센드 씨와의 일 말씀이신가요?"

"타운센드 군과의 일 말이다."

"우린 결혼하게 될 것 같아요."

의사는 다시 거실을 몇 바퀴 더 돌았고 캐서린은 기다렸다. "예전처럼 자주 그에게서 편지가 오느냐?"

"네, 한 달에 두 번씩이요." 재빨리 캐서린이 대답했다.

"그리고 그 청년이 계속 결혼 얘기를 꺼내고 있고?"

"네, 그래요. 그러니까, 그는 다른 얘기들도 하지만 항상 결혼에 대해 뭔가를 언급하곤 해요."

"그가 화제를 다양하게 늘렸다니 다행이구나. 안 그랬다면 그 청년이 쓰는 편지는 단조로운 것일 테니까."

"그 사람은 글을 잘 써요." 캐서린이 말했고, 이런 말을 할 기회를 갖게 된 것이 그녀는 아주 기뻤다.

"그런 사람들은 항상 글을 잘 쓰지. 하지만 그러한 장점이 제대로 먹혀드는 경우에 한해서만 그렇지. 그러니까, 도착하는 즉시 넌 그 청년하고 달아나겠구나?"

이는 말로 하기에는 약간 상스러운 표현이었고 캐서린 마음속의 위엄 있는 무언가가 이런 표현에 대해 저항했다. "도착하기 전에는 뭐라고 말씀드릴 수가 없어요." 그녀가 말했다.

"참으로 적절한 대답이구나." 그녀의 아버지가 대답했다. "내게 알려줬으면 한다. 이것이 내가 네게 바라는 전부다. 명확히 통지를 해줬으면 해. 불쌍한 늙은이가 외동딸을 잃어야 한다면 미리 언질을 해줬으면 하고 바라지 않겠니."

"오, 아버지. 아버지는 절 잃는 게 아니에요." 그녀가 대답했다. 그녀가 들고 있던 양초 왁스가 엎질러졌다.

"사흘 전에만 알려주면 충분할 거다." 그는 계속했다. "네가 확신이 서거든 말이다. 그 청년은 내게 아주 고마워해야 해, 알고 있니. 널 해외에 데려와서 그 청년 좋으라고 엄청난 일을 했잖니. 이제 너의 가치는 두 배나 더 높아졌어. 네가 그간 얻은 그 모든 지식과 취향들로 인해서 말이다. 일 년 전만 해도 넌 약간은 한계가 있었거든. 약간 촌스러웠다고나 할까. 하지만 이젠 넌 모든 것들을 눈으로 보았고 또 음미했어. 그러니 넌 아주 유쾌한 반려자가 될 수 있는 거지. 우린 그 청년을 위해서 양을 살찌웠어. 그 청년이 그 양을 도살하기 전에 말이야." 캐서린은 몸을 돌렸고 선 채로 아무 장식 없는 문을 바라보았다. "가서 자도록 해라." 그녀의 아버지가 말했다. "정오가 지나서야 출발하게 된다. 늦도록 자도 괜찮다. 아마 우린 아주 힘든 항해를 하게 될 거다."

제25장

실제로 항해는 힘들었고 캐서린은 아버지의 표현대로라면, 뉴욕에 도착하자마자 모리스 타운센드와 함께 '달아나는' 보상을 받지는 못했다. 하지만 그녀는 도착한 다음 날 그를 만났고 그 사이 그는 우리의 여주인공과 페니먼 부인 사이의 대화에서 자연스럽게 화제가 되었는데, 그녀가 도착하던 날 밤 두 숙녀 중의 한 사람이 잠자리에 들기 전까지 그녀는 오래도록 붙들려 있었다.

"난 그를 상당히 자주 만났단다." 페니먼 부인이 말했다. "그 사람을 안다는 건 쉬운 일이 아니야. 넌 그를 안다고 생각하는 것 같다만, 애야 넌 그렇지 못해. 언젠가 알게 되겠지. 하지만 그건 네가 그와 함께 살아본 다음에야 가능할 거야." 페니먼 부인이 말을 잇는 동안 캐서린은 계속해서 응시하고 있었다. "난 이제 그가 어떤 사람인지 알 것 같구나. 내겐 굉장한 기회들이 있었어. 너도 그런 똑같은 기회를 갖게 되겠지. 아니야, 어쩌면 넌 더 좋은 기회를 갖게 될 거야." 라비니아 고모는 미소를 지어 보였다. "그렇게 되면 넌 내 말을 이해하게 될 거다. 사람 됨됨이가 훌륭해. 열정과 에너지가 가득해. 진짜 진실하고 말이야."

관심과 걱정이 뒤섞인 상태에서 캐서린은 귀를 기울이고 있었다. 라비니아 고모는 극도의 동정심을 보였다. 지난 한 해 동안, 캐서린이 외국의 미술관들과 교회들을 헤매며 평온한 여행길을 스쳐 오는 동안, 그녀는 결코 입 밖에 내지 않았던 말들을 마음속에서만 되새기며 어떤 현명한 여인이 동행하기를 갈망했다. 어떤 친절한 여인에게 그녀의 이야기를 한다면, 가끔씩 그럴 수 있다면 그녀에게 위안이 되리라는 생각이 들었고, 몇 번이고 그녀는 숙소의 여주인이나 의상실에서 만난 사람 좋아 보이는 젊은 여인에게 그녀의 마음을 털어놓고 싶은 충동을 느꼈다. 만약 어떤 여인이 가까이에서 그녀와 함께 할 수 있었다면 때때로 그녀 앞에서 울음을 터뜨렸을지도 모를 일이었다. 이러한 상념들이 여행에서 돌아왔을 때 라비니아 고모의 첫 포옹을 어떻게 받아들일지를 결정할 것이라고 그녀는 생각했다. 하지만 정작 두 숙녀가 워싱턴 스퀘어에서 다시 만났을 때 눈물을 흘리는 따위의 일은 없었다. 그리고 그들이 단 둘이 함께했을 때는 어떤 냉정함 같은 것이 소녀의 마음에 일었다. 페니먼 고모가 일 년 내내 그녀의 연인과 함께했다는 생각이 캐서린의 마음을 강하게 짓눌렀고, 마치 그에 대해 완벽하게 알고 있다는 듯이 모리스의 됨됨이를 설명하고 해석하는 고모의 얘기를 듣는 것은 전혀 유쾌한 일이 아니었다. 그것은 질투 때문은 아니었다. 그것은 잠잠하던 페니먼 부인의 순진한 어리석음에 대한 생각이 다시 그녀의 뇌리에 떠올랐기 때문이었다. 따라서 안전하게 집에 와 있다는 것이 그녀에게는 기쁜 일이 아닐 수 없었다. 하지만 이렇게 해서라도 모리스에 대해 얘기할 수 있다는 것은 행복한 일이었다. 그의 이름을 말하고, 또 그를 부당하지 않게 대해주는 누군가와 함께할 수 있다는 것으로 그녀는 행복했다.

"고모는 그분께 아주 잘 대해주셨어요." 캐서린이 말했다. "종종 그런 얘기를 그가 써 보냈어요. 절대 잊지 않겠어요, 고모."

"내가 할 수 있는 일들을 했을 뿐이다. 할 수 있는 일이 별로 없었단다. 그 사람이 날 찾아오고 또 나와 얘기할 수 있게 해주는 것, 또 그에게 차 한 잔 대접하고. 그게 전부였어. 올먼드 고모는 그게 너무 지나치다고 생각하는 것 같더라. 날 끔찍하게 비난하곤 했으니까. 하지만 적어도 날 배신하지는 않겠다고 약속했다."

"배신하지 않는다고요?"

"네 아버지에게 알리지는 않겠다는 거지. 그는 종종 네 아버지의 서재에도 앉아 있곤 했거든." 낮은 소리로 웃으며 페니먼 부인이 말했다.

캐서린은 잠시 아무 말이 없었다. 그런 생각을 하니 불쾌했고, 무엇이든 은밀하게 일을 꾸미려는 고모의 비밀스런 버릇이 또다시 고통스럽게 떠올랐다. 독자들은 이미 알고 있겠지만, 모리스에게는 그녀 앞에서 자신이 그녀 아버지의 서재에 앉아 있었다는 얘기를 꺼내지 않을 정도의 약삭빠른 구석이 있었다. 그가 그녀를 알고 지낸 것은 단 몇 개월에 불과했고, 그녀의 고모는 십오 년간 그녀를 보아왔다. 하지만 그는 캐서린이 그 일을 우스갯소리로 받아들일 거라 생각하는 실수를 범하지는 않았을 것이다. "그분이 아버지의 방을 드나들 수 있도록 하셨다고요, 도대체 왜요." 잠시 후에 그녀가 말했다.

"내가 그를 들여보낸 게 아니다. 그가 직접 들어갔어. 책들이며, 유리관 속에 있는 모든 것들을 직접 보고 싶어 했어. 그것들을 하나하나 다 알고 있더구나. 그는 뭐든 모르는 게 없어."

캐서린은 다시 침묵을 지켰다. 그러더니, "전 그분이 일자리를 구하셨으면 했어요." 그녀가 말했다.

"그 사람 자리를 잡았어. 멋진 소식이지. 그래서 네가 도착하자마자 알려주라고 하더구나. 그 사람 어떤 위탁 중개상과 동업을 시작했어. 정말 갑자기, 일주일 전에 완전히 결정됐지 뭐니."

이는 정말로 캐서린에게는 멋진 소식이었다. 이 소식은 뭔가 잘될 것 같은 순조로운 분위기를 담고 있었다. "오, 정말 너무 잘됐어요!" 그녀가 말했다. 그러더니 이제는 잠시나마, 라비니아 고모에게 뛰어들어 그녀의 목을 감싸 안고픈 마음이 생겨나는 것이었다.

"그건 누군가의 밑에서 일하는 것보다 훨씬 잘된 거야. 그리고 그 사람은 남 밑에서 일해본 적도 없잖니." 페니먼 부인이 계속했다. "그 사람은 그의 동업자만큼이나 유능하단다. 그들은 완전히 대등한 위치에 있어. 그가 기다리기를 정말 잘했지 뭐니. 네 아버지가 이젠 뭐라고 하실지 궁금해지는구나! 그들은 듀앤 가에 사무실을 냈어. 그리고 자그마한 카드도 인쇄했고, 내게 가져와서 보여주더라. 내 방에 뒀으니까 넌 내일 보렴. 그가 마지막으로 이곳에 왔을 때 이렇게 말하더라. '제가 기다리길 잘했다는 것 아시겠죠.' 그는 이제 다른 사람의 부하가 되는 대신에 부하 직원들을 거느리게 되었지 뭐니. 그 사람은 절대 부하 직원으로 일할 수는 없을 거야. 그 사람이 그런 식으로 일하는 걸 단 한 번도 생각해본 적이 없다고 늘 그에게 얘기해줬어."

캐서린도 이러한 주장에는 동의했고 모리스가 주인이 되었다는 것을 알게 되어 기쁘기 그지없었다. 하지만 의기양양하여 이 소식을 아버지에게 알릴 생각을 하며 만족감을 느낄 수는 없는 상황이었다. 모리스가 사업을 벌여 자리를 잡든 종신형으로 유배 생활을 하든 그녀의 아버지는 어느 쪽에도 똑같이 전혀 관심을 보이지 않을 것이다. 그녀의 가방들이 방으로 옮겨져 오자 그녀의 연인에 대한 더 자세한 언급은 잠시 뒤로 미뤄졌고, 그 사이 그녀는 가방을 열어 그녀가 외국 여행에서 획득해 온 전리품들을 고모 앞에 늘어놓았다. 그녀는 수없이 많은 값진 전리품들을 들여왔다. 캐서린은 모든 사람들을 위해 선물을 가져왔다. 모리스를 제외한 모든 사람들을 위한 것이었는데, 모리스를 위해서 그녀는 그저 한결같은 자신의 마음을 가져왔을 뿐이었다. 페니먼 부인을 위해서 캐서린은 아낌없이 돈을 썼는데, 라비니아 고모는 낮은 목소리로 고마움과 취향에 대해 언급하며 반 시간가량이나 접었다 폈다를 반복했다. 그리고 또 그녀는 캐서린이 받아달라고 간곡히 청해야 했던 눈부신 캐시미어 숄을 두르고 꽤 긴 시간 동안 행진을 했는데, 어깨에 그 숄을 두르고는 숄이 얼마나 길게 내려오는지 보고 싶은 마음에 머리를 틀어 아래를 내려다보는 것이었다.

"이 숄은 내가 빌리는 걸로 해야겠어." 그녀가 말했다. "내가 죽을 때가 되면 다시 네게 물려줘야겠어. 아니, 그보다는." 조카딸에게 키스를 하며 그녀가 덧붙였다. "너의 첫 딸아이에게 남겨줘야 될지도 모르겠구나." 그러더니 숄을 우아하게 드리우고는 그곳에 서서 미소를 지어 보였다.

"아이가 태어날 때까지 기다리시는 편이 좋을 것 같은데요." 캐서린이 말했다.

"너의 그런 식의 말투가 난 맘에 들지 않아." 이내 페니먼 부인이 끼어들었다. "캐서린, 너 마음이 변한 거니?"

"아뇨, 전 그대로예요."

"조금도 빗나가지 않았단 말이니?"

"제 마음은 조금도 변하지 않았어요." 고모의 관심이 조금이라도 사그라지길 바라며 캐서린이 반복했다.

"그렇다면 난 기쁘구나." 그러더니 페니먼 부인은 캐시미어 숄을 거울에 비춰보았다. 그런 다음 "네 아버진 어떠셔?" 조카딸을 쳐다보며 그녀가 물었다. "네 편지는 워낙 별 내용이 없었어. 알아낼 수가 없더구나."

"아버진 아주 건강하세요."

"아, 내가 무슨 말을 하는지 알잖니." 캐시미어로 인해 한층 부유하고 위엄 있어 보이는 효과를 내며 페니먼 부인이 말했다. "아버지는 아직도 인정사정없니?"

"네 그래요!"

"하나도 변하지 않았어?"

"아버지는 더 완고해지셨어요, 그게 가능하다면요."

페니먼 부인은 숄을 벗어서 천천히 접기 시작했다. "정말 안됐구나. 네 자그마한 계획은 조금도 성공을 거두지 못했단 말이니?"

"무슨 작은 계획이요?"

"모리스가 나한테 그런 얘기를 하더라. 유럽에서 역습을 가해서 형세를 역전시키는 것 말이야. 네 아버지를 지켜보다가 그분이 유명한 광경에 흡족히 감명받을 때, 너도 알겠지만 네 아버지 아주 예술가인 체하잖니. 그렇게 되면, 그때 그에게 애원해서 그의 마음을 돌려놓는다는 것 말이야."

"한 번도 시도해보지 않았어요. 그건 모리스의 생각이었어요. 하지만 그가 우리와 함께 유럽에 갔다면 아버지는 결코 그런 식으로 감명받지 않는다는 걸 알게 되었을 거예요. 아버지에겐 예술적 기질이 있어요. 아버진 굉장히 예술적이세요. 하지만 우리가 한층 더 이름난 곳을 방문하면 할수록 그런 장소는 더더욱 그분께 애원하는 데는 아무 쓸모가 없었어요. 그런 곳들은 아버지의 마음을 더욱더 굳힐 뿐이었어요. 더 무시무시하게요." 가엾은 캐서린이 말했다. "난 결코 아버지 마음을 돌려놓을 수 없을 거예요. 그리고 이제 난 아무것도 기대하지 않아요."

"그렇구나, 이 말을 해야겠구나." 페니먼 부인이 말했다. "난 네가 그렇게 포기할 거라고는 전혀 예상하지 못했어."

"전 포기했어요. 난 이제 아무것도 개의치 않아요."

"너 아주 용감해졌구나." 짧게 웃으며 페니먼 부인이 말했다. "난 네 재산을 희생하라고 충고한 적은 없었는데."

"그래요, 전 예전보다 더 용감해졌어요. 제가 변했는지 물어보셨죠. 이런 식으로 전 변했어요." 소녀가 계속했다. "아, 전 정말 아주 많이 변했어요. 그리고 그 재산은 제 것도 아니잖아요. 만약 그분이 그 재산에 대해 개의치 않는다면 제가 그래야 할 이유는 전혀 없는 것 아닌가요?"

페니먼 부인이 머뭇거렸다. "어쩌면 그는 그 재산에 관심이 있을 수도 있어."

"그분이 관심을 갖는 건 절 위해서예요. 그분은 내게 상처를 주고 싶어 하지 않으세요. 하지만 그분도 알게 될 거예요, 이미 알고 계세요. 그가 그런 걱정을 하는 게 얼마나 불필요한 일인지. 게다가." 캐서린이 말했다. "제겐 제 소유의 충분한 재산이 있잖아요. 우린 아주 잘 지낼 수 있을 거예요. 그리고 이젠 그분도 직장을 구하셨잖아요? 난 그분 직장이 정말 맘에 들어요." 그녀는 말을 계속할수록 상당한 열의를 보였다. 그녀의 고모는 캐서린이 바로 지금과 같은 태도를 보이는 것을 한 번도 보지 못했고, 부인은 조카딸을 바라보며 이를 외국 여행 탓으로 돌렸다. 외국 여행은 조카딸을 더욱 적극적이고 또 성숙하게 만든 것이다. 그녀는 또 캐서린의 외모 또한 더 나아졌다고 생각했다. 그 아이는 어느 정도 아름다워진 것이다. 타운센드가 그녀의 외모에 대해 좋은 인상을 받을지 페니먼 부인은 궁금해졌다. 그녀가 이런 생각들에 잠겨 있을 때, 갑자기 날카롭게 캐서린이 말을 꺼냈다. "페니먼 고모, 고모는 왜 그렇게 모순투성이죠? 이번에는 이렇게 생각하다가 다음번에는 또 저렇게 생각하고, 그래 보이잖아요. 일 년 전만 해도, 고모와 떨어져 있기 전에 말예요. 고모는 제가 아버지 마음을 언짢게 하는 것에 대해 두려워하지 말았으면 하셨잖아요. 그리고 이제 와서는 제가 또 달리 행동하기를 바라시잖아요. 고모는 이런 식이에요. 변덕스러워요."

이 공격은 예상치 못한 것이었는데, 페니먼 부인으로서는 어떠한 토론에서도 논쟁이 그녀의 사람 됨됨이를 파고드는 데까지 진전되는 것을 본 적이 없었기 때문이다. 아마도 그녀와 논쟁하는 적들이 그렇게 깊숙한 곳에서 그들에게 유리한 어떤 원조를 받을 수 있으리라고는 생각하지 않았기 때문이겠지만. 그녀가 의식하는 바로는 꽃처럼 화려한 그녀의 이성의 들판이 적군들의 폭력에 의해 짓밟힌 적은 거의 없었다. 아마도 그녀가 명민하다기보다는 다소 위엄 있는 태도로 자신의 됨됨이를 방어하려 한 것도 이런 이유 때문일 것이다.

"네 행복에 대해 지나치게 깊이 관심을 가져준 것 이외에 네가 날 비난할 어떤 이유도 찾을 수가 없구나. 난생 처음으로 내가 변덕스럽다는 말을 듣는구나. 난 그런 식의 비난을 받아 본 적이 거의 없어."

"작년엔 내가 즉시 결혼식을 올리지 않는다고 화를 내시더니, 이젠 내가 아버지와의 싸움에서 이겨야 한다고 얘기하시잖아요. 아버지가 날 유럽으로 데리고 가서 아무런 소득도 얻지 못하고 오는 것이 아버지에게 마땅한 대우라고 하셨어요. 자, 아버진 절 데려가셨고 아무런 결실도 얻지 못하셨어요. 그러니 이제 고모께선 만족하셔야죠. 아무것도 변하지 않았어요. 아버지에 대한 제 마음을 제외하고는 모든 게 그대로예요. 난 이젠 깊이 개의치 않아요. 전 제가 할 수 있는 한 최대한 올바르게 처신했어요. 하지만 그분은 조금도 개의치 않으셨어요. 이젠 저도 마찬가지예요. 조금도 개의치 않아요. 제가 못된 아이가 되어버린 건지 전 모르겠어요. 어쩌면 그럴지도 모르죠. 하지만 상관없어요. 전 결혼하려고 집으로 돌아왔어요. 그게 제가 알고 있는 전부예요. 이 점에 대해 고모는 기뻐해야 해요. 고모께서 또 마음을 바꾸신 게 아니라면요. 고모는 정말이지 이상해요. 고모께선 고모 좋으실 대로 하세요. 하지만 다시는 내게 아버지에게 애원하라는 말 따윈 하지 마세요. 전 어떠한 경우에도 아버지에게 애원 따위는 하지 않을 거예요. 그건 다 끝난 일이에요. 아버지께선 절 버렸어요. 제가 집으로 온 건 결혼하기 위해서라고요."

조카딸의 입에서 흘러나왔던 그 어떤 말보다도 이 발표는 더욱 위압적이었고, 페니먼 부인은 그에 비례해서 놀랄 수밖에 없었다. 사실 그녀는 조금은 두렵기까지 했고, 이 소녀의 감정과 결심이 강력한 것인 만큼 그녀는 아무런 답변할 말을 찾지 못했다. 그녀는 쉽게 겁을 먹는 성격이었고 늘 양보하는 형식을 취하며 그녀의 패배를 헤쳐나갔다. 그녀가 하는 양보라는 것은 항상 지금의 경우처럼 약간의 신경질적인 웃음을 동반하는 것이었다.

제26장

페니먼 부인이 조카딸의 기분을 망쳐놓았다 해도——이 순간 이후로 쭉 그녀는 캐서린의 기질에 대해서 많은 얘기들을 하기 시작했는데, 이러한 기질들은 여태까지는 우리 여주인 공과 관련해서 전혀 언급된 적이 없었던 것들이었다——캐서린에게는 다음 날 평온함을 되찾을 수 있는 기회가 찾아왔다. 페니먼 부인이 모리스 타운센드로부터 온 전갈을 그녀에게 전했고 그녀가 도착하는 다음 날 그녀를 방문해서 환영 인사를 하고 싶다는 내용이었다. 그는 오후에 찾아왔다. 하지만 상상해볼 만도 한 것이, 이번에는 그가 슬로퍼의 서재를 자유로이 이용할 수는 없었다. 지난 한 해 동안 너무도 편안하게 아무런 제약 없이 오고 가던 터라, 이제 자신의 영역이 캐서린만의 특별한 공간인 앞거실로 제한되어야 한다는 사실을 상기하자 모리스는 자신이 부당한 처우를 받고 있다는 느낌마저

드는 것이었다.

"돌아왔군요. 이루 말할 수 없이 기뻐요." 그가 말했다. "당신을 다시 보는 게 얼마나 날 행복하게 하는지 몰라요." 그러더니 그는 미소를 지으며 머리에서 발끝까지 그녀를 쳐다보았다. 결국 그가 페니먼 부인과 같은 생각을 하는 것 같지는 않았다(페니먼 부인은 여자답게 세세한 부분들로 더 깊이 들어갔고, 캐서린이 아름다워졌다고 생각한 것이다).

캐서린에게 그는 눈부시게 빛나 보였다. 이 아름다운 젊은이가 그녀만이 독점하고 있는 재산이라는 믿음을 갖기까지 꽤 시간이 필요했다. 그들은 연인다운 얘기들을 수없이 주고받았다. 의문들과 확신들이 다정다감하게 오고 갔다. 이러한 문제에 관한 한 모리스에게는 놀라운 우아함이 몸에 배어 있었는데, 이러한 자질은 심지어 그가 첫발을 내디딘 중개업에 대해서조차도 그림처럼 멋있는 감흥을 선사하며 설명하게 하는 것이었다. 이는 그의 연인이 진지하게 질문을 했던 화제이기도 했다. 때때로 그는 그들이 함께 앉아 있던 소파에서 일어나 방 안을 거닐었는데, 그런 뒤에는 손으로 머리를 쓸어 올리며 미소를 머금고 다시 돌아와 앉았다. 오랫동안 떠나 있던 연인과 이제 막 결합한 젊은이답게 자연스레 그는 마음을 안정시키지 못했고 캐서린은 그가 이렇게 흥분하는 것을 본 적이 없다는 생각을 했다. 어쨌든 이러한 사실을 확인하는 것은 그녀에겐 기쁨이었다. 그는 그녀의 여행에 대해 질문했고, 어떤 질문은 그녀가 답을 할 수 없는 것이었다, 몇몇 지명들은 잊어버린데다가 아버지의 여행 경로를 정확히 기억하고 있지 않았기 때문이다. 하지만 이 순간 그녀는 너무 행복했고 자신의 모든 고난이 지나갔다는 믿음으로 기분이 상기된 나머지 자신의 변변찮은 답변에 대한 부끄러움 따위는 잊어버리고 말았다. 한 조각 양심의 가책도 없이, 기쁨에 겨운 떨림들 이외에는 어떠한 불안함도 없이 이젠 그와 결혼할 수 있을 것 같았다. 그가 질문하기를 기다릴 것 없이 그녀는 아버지가 예전과 조금도 달라지지 않은 심경으로 돌아왔음을, 그는 일 인치도 양보하지 않았음을 알렸다.

"이젠 그런 걸 기대해서도 안 돼요." 그녀가 말했다. "그리고 우린 그런 것 없이 해나가야 해요."

모리스는 미소로 응시하며 앉아 있었다. "내 가여운 소중한 당신!" 그가 외쳤다.

"절 동정하시면 안 돼요." 캐서린이 말했다. "전 이젠 그런 것 개의치 않아요. 익숙해졌어요."

모리스는 계속해서 미소를 지었으며 자리에서 일어나더니 다시 방 안을 서성였다. "내가 그분을 한번 만나보는 게 좋겠어요."

"그분을 설득하시려고요? 더 악화시킬 뿐이에요." 캐서린의 대답은 단호했다.

"이전에 내가 그 문제를 다루는 데 있어서 너무 형편없었으니 당신이 그런 말을 하는 것도 당연하죠. 하지만 이번엔 다른 방식으로 그 문제를 풀어볼 겁니다. 난 더 현명해졌어요. 내겐

일 년이라는 생각할 시간이 있었어요. 난 더 많은 요령을 터득했다고요."

"당신이 일 년 동안 생각한 것이 그런 것이란 말씀이세요?"

"대부분은 그랬어요. 당신도 알고 있잖아요. 그 생각이 내 머리 꼭대기를 떠나지 않는단 말이오. 난 패배자가 되고 싶진 않아요."

"우리가 결혼을 하는데 왜 당신이 패배한다는 거죠?"

"물론 본질적인 문제에 관해서야 난 패배자가 아니겠죠. 하지만 난 패배자라고요. 모르겠어요. 나머지 모든 부분에 있어서 말입니다. 내 평판의 문제, 당신 아버지와 나와의 관계도 그래요. 내 아이들과의 관계까지도 말이오. 우리가 아이를 갖게 된다면 말입니다."

"우리 아이들을 위한 돈은 충분할 거예요. 무엇이든 할 수 있을 만큼 충분한 돈이 있을 거라고요. 당신 사업도 번창할 거라고 기대하시잖아요?"

"눈부시게 성공해야죠. 그렇게 되면 우리 둘 다 아주 편안한 삶을 누리게 될 것이고요. 하지만 내 말은 단순한 물질적 안락만을 의미하는 게 아니란 말입니다. 도덕적인 안락을 뜻하는 것이에요." 모리스가 말했다. "지적인 만족 말입니다."

"난 지금 엄청난 도덕적 안락감을 느끼고 있어요." 캐서린이 자신의 뜻을 밝혔다. 아주 쉽게.

"물론 그렇겠죠. 하지만 나로서는 그건 다른 문제예요. 난 당신 아버님께 그분이 잘못되었다는 것을 증명해 보이는 데

내 자존심을 걸고 있어요. 게다가 난 지금 번창하는 사업의 경영진에 속해 있다고요. 난 동등하게 그와 겨룰 수 있는 상황에 있어요. 내게 기가 막힌 계획이 있어요. 그분을 만나볼 수 있게 해줘요!"

빛나는 얼굴을 하고 쾌활한 분위기를 풍기며 주머니에 두 손을 넣은 채 그가 그녀 앞에 서 있었다. 그러자 그의 두 눈에 자신의 눈을 고정시킨 채 그녀가 일어났다. "제발 그러지 마세요, 모리스. 부탁이에요. 안 돼요." 그녀가 말했다. 게다가 그녀의 어조에는 그가 처음으로 들어보는 어떤 온화하면서도 서글퍼 보이는 단호함이 감돌았다. "아버지께 어떠한 선의도 기대해서는 안 돼요. 우리는 아무것도 더 이상 기대해서는 안 돼요. 그분은 누그러지지 않으실 거예요. 우리가 얻을 것은 아무것도 없다고요. 이젠 난 알아요. 내겐 그럴 만한 아주 합당한 이유가 있어요."

"그렇다면 그 이유라는 게 뭐죠?"

망설임 끝에 그녀가 드디어 얘기를 꺼냈다. "아버지께서는 절 그다지 좋아하지 않으세요."

"이런, 맙소사!" 모리스의 성난 외침이었다.

"확신이 서지 않는 이상 난 이런 말 하지 않아요. 영국에서 떠나오기 바로 전날 내 눈으로 확인했고 직접 느꼈어요. 어느 날 밤엔가 아버지가 말씀하셨어요. 마지막 날 밤이었어요. 그러고 나서 내게 그런 생각이 엄습해 온 거죠. 언제 그런 느낌을 받게 되는지 당신도 아시잖아요. 아버지께서 내게 이런 느낌이 들게끔 하지 않으셨다면 제가 이런 일로 그분을 비난하는 일은 결코 없었을 거예요. 전 그분을 비난하는 것이 아니에요. 그저 당신께 지금의 상황에 대해서 말씀드리는 것뿐이에요. 그분으로선 어쩔 수 없는 거죠. 우리도 우리의 애정을 좌지우지할 수 있는 건 아니잖아요. 제 애정을 제가 조종하고 있나요? 그분께서 제게 그런 말씀을 하실 수도 있는 것 아니겠어요? 그분께선 오래전에 돌아가신 제 어머니를 너무나 사랑하셨어요. 아름다우셨고 아주 아주 총명한 분이셨어요. 그분은 항상 돌아가신 어머님 생각을 하세요. 전 조금도 어머니를 닮지 않았거든요. 페니먼 고모가 얘기해주셨어요. 물론 그게 제 잘못은 아니죠. 그렇다고 그분 잘못도 아니고요. 제 말씀은 이 모든 게 사실이라는 거예요. 그분이 결코 만족하실 수 없는 보다 큰 이유가 바로 이런 것이에요. 단순히 당신이 마음에 들지 않아서라기보다는요." "'단순히'?" 모리스가 소리쳤다. "그렇다면 대단히 고마워해야겠군요."

"이젠 그분께서 당신을 맘에 들어하지 않더라도 전 개의치 않아요. 모든 것들에 대해 예전보다는 덜 걱정하게 되었어요. 달리 느껴지거든요. 전 제 아버지와 결별했다는 느낌이 들어요."

"이거 참!" 모리스가 말했다. "당신네는 특이한 가족이군요."

"그렇게 말씀하지 마세요. 매정한 말씀은 말아주세요." 소녀가 애원했다. "당신은 제게 아주 다정히 대해주셔야 해요. 왜냐하면, 모리스, 왜냐하면……." 그러더니 그녀는 잠시 망설였다. "왜냐하면 난 당신을 위해 아주 큰일을 했으니까요."

"오, 알고 있어요, 내 사랑."

여태까지 그녀는 격분하거나 겉으로 감정을 드러내는 일 없이 차분하게, 논리적으로, 집중해서 설명하려고 노력하며 말을 이어왔다. 하지만 감정을 억누르려 했지만 헛된 일이 되어버렸고, 그녀의 감정은 떨리는 목소리 안에서 스스로를 배신하고 말았다. "예전에 당신이 우러러보던 아버지와 그런 식으로 결별한다는 것은 쉬운 일이 아니에요. 저는 너무 마음이 아파요. 아니 내가 당신을 사랑하지 않는다 해도 그건 마음 아픈 일이에요. 당신도 아시겠지요. 누군가가 당신을 그런 식으로 대한다면, 마치, 마치……."

"마치 뭘 말인가요?"

"마치 당신을 경멸하고 있다는 듯이 말이에요!" 캐서린이 힘을 주어 말했다. "우리가 배를 타고 돌아오기 바로 전날 밤 그런 식으로 말씀하셨어요. 대단한 말씀을 하신 건 아니었지만, 그것만으로 충분했어요. 그리고 전 돌아오는 길 내내 그 생각을 하고 있었어요. 그리고 마음을 정했어요. 다시는 그분께 어떤 요구도 하지 않겠다고요. 어떤 기대도 하지 않을 거예요. 이제 와서 그런 기대를 한다는 건 우스운 일이죠. 우린 함께 아주 행복해져야 해요. 그리고 우리가 그분의 용서에 기대는 것처럼 보여서는 안 돼요. 그리고 모리스, 모리스, 당신은 절대로 날 무시해서는 안 돼요."

이런 맹세를 하는 것 정도야 어려운 일이 아니었고 모리스는 훌륭한 효과를 연출하며 약속했다. 하지만 지금으로서는 그 이상 더 성가신 일에 대해서는 어떤 보증도 해줄 수가 없었다.

제27장

물론 의사도 돌아오자마자 여동생들과 많은 이야기를 나누었다. 그는 어렵지 않게 페니먼 부인에게 자신의 여행 얘기를 들려주었고 먼 나라들에 대한 자신의 감명을 전했다. 의사로서는 부러움을 자아내는 자신의 추억거리들을 부드럽고 품위 있게 벨벳 가운의 모양새를 빌려 그녀에게 들려준다는 것이 만족스러웠다. 하지만 꽤 긴 시간 동안 그는 그녀와 집안일들에 대한 얘기를 주고받았고, 지체하지 않고 자신이 변함없이 굽힐 줄 모르는 아버지임을 확실히 했다.

"틀림없이 넌 타운센드 군을 수도 없이 만났을 것이고 캐서린의 부재 상황에 대해서 최대한 그를 위로하려고 노력했겠지." 그가 말했다. "네게 묻지 않을 것이니 부인할 필요는 없다. 이런 물음을 네 앞에 내던져서, 대답거리를 짜고 또 짜내야 하는 불편함을 네게 끼칠 생각은 조금도 없다. 아무도 널 배신하지 않았고 누구도 네 처신을 감시하는 일 따위는 없었어. 엘리자베스는 내게 아무 말도 하지 않았고 네 뛰어난 외모와 훌륭한 정신세계 이외에는 너에 대한 어떤 언급도 하지 않더구나. 순전히 내 추론이야. 철학자들이 말하는 귀납적인 결론이지. 넌 고통 속에 있는 한 흥미진진한 인간을 위해 은신처를 제공했을 테지. 타운센드는 수도 없이 이 집을 드나들었을 것이고. 이 집 안의 뭔가가 그렇게 말하고 있어. 너도 알다시피 우리 의사들은 말이다, 미세한 지각의 대상을 포착함으로써 결론을 내리거든. 그리고 내 감각 기관에 와 닿은 인상에 따르면 그 청년 이 의자들 위에도 앉았었어. 아주 편안한 자세로 말이야. 그리고 난롯가에서 언 몸을 따뜻하게 하기도 했고 말이야. 그를 위한 그 정도의 위안거리를 내가 아까워하는 것은 아니야. 그 정도만이 그가 나에게 폐를 끼치며 즐길 수 있는 유일한 것이 될 테니까. 네가 그에게 무슨 말을 했는지 난 모른다. 아니 앞으로도 네가 무슨 말을 하려 하는지 난 알지 못해. 하지만 네가 알아두어야 할 것은, 계속 매달린다면 뭔가를 얻어낼 수 있다든가 혹은 내가 일 년 전에 취했던 태도에서 한 발짝이라도 물러설 것이라고 믿도록 그를 부추겼다면, 넌 그가 배상금을 요구할 만한 속임수를 쓴 것이다. 그가 널 상대로 소송을 들고 나오지 않으리라는 확신은 나로서는 해줄 수가 없구나. 물론 넌 일을 꼼꼼하게 진행했겠지. 너 스스로도 내가 지쳐 나가떨어질 것이라는 믿음을 갖게 되었겠지. 그건 온정적인 낙관주의자의 머리에 떠오르는 환각 중에서도 가장 근거 없는 것이야. 난 조금도 지치지 않았고 처음처럼 기운찬 상태야. 아직 오십 년 동안은 문제없을 거다. 캐서린 역시 조금도 물러서지 않은 듯 보이지, 그 아이도 똑같이 기운찬 상태지. 그러니까 우리는 예전에 있던 거의 그 상태에 머물러 있는 것이다. 그렇지만 이건 너도 나만큼이나 잘 알고 있겠지. 난 내 심경이 어떤지를 네게 통보해주고 싶었을 뿐이다. 명심하도록 해라, 사랑스런 라비니아. 재산을 노려 구혼하다 기만당한 젊은이가 당연히 품게 될 원한을 조심하도록 해라!"

"이런 사태를 예상했다는 말씀은 못 드리겠네요." 페니먼 부인이 말했다. "그리고 난 어느 정도 어리석은 희망을 품고 있었어요. 오라버니께서 가장 신성한 화제를 두고 얘기하면서까지 불쾌하게 빈정대는 그런 말투를 벗어던지고 돌아오지나 않을까 하는 바람 말이에요."

"반어법을 무시해서는 안 된다. 종종 상당히 쓸모가 있거든. 하지만 항상 필요한 것은 아니다. 그러니 내가 얼마나 품위 있게 그것을 아껴둘 수 있는지 네게 보여주도록 하마. 내가 알고 싶은 것은 모리스 타운센드가 계속해서 버틸 것인가인데 말이야."

"오라버니의 무기를 사용해서 답변해드리도록 하죠." 페니먼 부인이 말했다. "기다리면서 지켜보시는 게 좋겠네요."

"너 그런 말투를 내 무기들 중의 하나라고 부르는 것이냐? 난 그렇게 대충 대답한 적 없다."

"그렇다면 이렇게 대답하죠. 오라버니를 아주 불편하게 할 만큼 충분히 오랫동안 그는 버텨낼 거예요."

"라비니아." 의사가 소리를 높였다. "너 그걸 반어법이라고 쓰는 것이냐. 내가 보기엔 권투 같구나."

하지만 페니먼 부인은 권투를 하듯이 대응했음에도 불구하고 무척 겁을 먹은 상태였고, 그래서 자신의 공포감에 대해 곰곰이 생각하게 되었다. 의사도 많은 의혹들에 관해 올먼드 부인의 의견에 귀를 기울였다. 그는 라비니아에게 대하는 것 못지않게 그녀에게도 관대했으며, 오히려 그녀와 훨씬 더 많은 이야기를 나누고 싶어 했다.

"그동안 죽 그곳에서 그를 맞았던 것 같은데." 그가 말했다. "내 포도주가 줄었는지 확인해봐야겠어. 지금 내게 알려주는 것을 꺼려할 필요는 전혀 없다. 라비니아에게 이에 관해 하려던 말은 이미 다 했다."

"그가 집 안을 상당히 빈번히 드나든 것으로 알고 있어요." 올먼드 부인이 대답했다. "하지만 오라버니께서 라비니아를 그렇게 혼자 내버려두신 것은 라비니아에겐 대단한 변화였을 거예요. 그러니 함께할 말벗을 원했던 것도 당연하고요."

"그 점은 나도 인정한다. 그래서 포도주를 일렬로 정렬해 놓지도 않았던 것이고, 난 그걸 라비니아에 대한 보상으로 여겼던 것이다. 라비니아는 자기 혼자 그걸 다 마셔버렸다고 말할 수도 있겠지. 상상조차 할 수 없는 형편없는 취향을 생각해봐라. 그런 상황에서 그 젊은이가 자유롭게 집안을 활보했다고 생각해봐, 그곳에 드나들었다는 것만이라도 말이다! 그런 행실이야말로 그라는 인간을 가장 잘 설명해주는 것이지.”

“그의 계획은 가능한 것이라면 얻어내자는 거죠. 라비니아는 일 년 동안은 그를 먹여 살릴 수 있었을 것이고요.” 올먼드 부인이 말했다. “그건 너무나 대단한 성과죠.”

“그렇다면 그 아인 그 청년을 일생 동안 먹여 살려야 할 거다.” 의사가 소리쳤다. “하지만 누릴 걸 제대로 누릴 수는 없겠지. 사람들이 호텔 식탁 위에서 말하듯이 포도주 없이 그래야 할 테니까.”

“그가 일자리를 잡았다고 캐서린이 내게 알려주던데요. 그리고 돈도 많이 벌게 될 거라고요.”

의사는 눈을 들어 응시했다. “내겐 그런 얘기 한 적 없는데……. 그리고 라비니아는 감히 얘기를 꺼내지 못했을 것이고. 아!” 그가 소리를 높였다. “캐서린은 날 포기한 것이구나. 그건 문제가 되지 않아. 그 사업이 성취하게 될 모든 것들에도 불구하고 말이다.”

“그 아인 타운센드 씨를 포기하지 않은 거군요.” 올먼드 부인이 말했다. “첫눈에 알아봤어요. 그 아인 하나도 변하지 않은 채로 돌아온 거예요.”

“조금도 변하지 않았다. 티끌만큼도 더 영리해지지 않았고. 우리가 멀리 가 있던 내내 그 아인 막대기 하나 돌덩이 하나도 눈여겨보지 않았어. 그림 한 점도, 풍광도, 조각상도, 성당도 말이다.”

“그 아이가 어떻게 눈여겨볼 수 있겠어요? 생각해야 할 다른 것들이 있는데, 그런 것들은 결코 순식간에 마음속에서 사라지는 법이 없어요. 그 아인 참 날 감동시키는군요."

"날 화나게만 하지 않았더라면 나도 그 아이에게 감동받았을 것이다. 이것이 그 아이가 내게 준 인상이지. 난 그 아이에게 모든 시도를 해봤다. 난 더없는 냉혈한이 되었었지. 하지만 어쨌거나 지금 와서는 그게 다 무의미하게 되었다. 그 아인 철저하게 달라붙어 있더란 말이다. 결국 난 격노한 상태에 이르렀지. 애초에는 난 솔직히 그 문제에 대해 상당한 호기심 같은 걸 느꼈다. 그 아이가 정말로 고집을 부리는지 보고 싶었던 거지. 그런데 말이다, 맙소사, 인간의 호기심은 충족되는 법이란다! 그 아이가 능히 그럴 수 있다는 걸 알게 되었어. 그러니 이제 그 아이는 제멋대로 행동할 수 있게 된 것이지."

"그 아인 절대로 멋대로 굴지 않을 거예요." 올먼드 부인이 말했다.

"너까지 내 화를 돋우지 않도록 조심해다오. 만약 그 아이가 제멋대로 행동하지 않는다면 그 아인 버림받게 되겠지. 내버려져 먼지 속에서 나뒹굴게 되겠지. 내 딸아이에겐 적당한 자리 아니냐. 그 아이는 자신이 떠밀릴 때는 덤벼들기라도 해야 된다는 걸 모르거든. 그러고는 자신의 상처를 두고 투덜대겠지."

"그 아이가 투덜대는 일은 없을 거예요." 올먼드 부인이 말했다.

"그 점에는 더더욱 동의할 수가 없구나. 하지만 액운이 그리 흘러간다면야 나로선 막을 방도가 없지.”

“그 아이가 무너지게 된다면.” 온순하게 웃으며 올먼드 부인이 말했다. “우리로서는 최대한 많은 양탄자를 펼쳐줘야겠지요.” 그리고 부인은 소녀에게 어머니다운 엄청난 온정을 보임으로써 그녀를 돕겠다는 생각을 실행에 옮겼다.

페니먼 부인은 즉시 모리스 타운센드에게 편지를 썼다. 이 즈음 이 두 사람의 친분은 절정에 이르러 있었지만, 나는 몇몇 특이한 점들만 나열하는 데 만족할 생각이다. 이들의 친분 안에서 페니먼 부인의 몫은 혼자만의 감정이었고 따라서 잘못 해석될 수도 있는 것이었지만, 그렇다고 해도 그 감정 자체를 이 불쌍한 숙녀가 부끄러워해야 하는 그런 것은 아니었다. 그것은 이 매력적이고 불운한 젊은이에 대한 낭만적인 관심이었고, 캐서린이 질투할 만한 정도의 관심은 아니었다. 페니먼 부인 역시 조카딸에 대해 한 톨의 질투심도 없었다. 그녀는 마치 자신이 모리스의 어머니 혹은 누나인 듯 느껴졌다. 다감한 기질의 어머니처럼, 누이처럼 느껴졌다. 게다가 그녀는 그를 안락하고 행복하게 해주고픈 욕구에 열광해 있었다. 그녀의 오라버니가 그녀를 허허벌판에 남겨두었던 그해 동안, 그녀는 이를 실행하기 위해 분투했으며 그녀의 노력은 방금 지적된 그와의 친분이라는 성공을 낳았던 것이다. 그녀는 자신의 아이를 가져본 적이 없었고, 당연히 페니먼가의 자식들에게 주어졌을 배려를 캐서린에게 주기 위해 있는 힘을 다했다. 캐서린은 단지 부분적으로만 그녀의 열망에 화답하고 있었다.

그녀의 애정과 근심의 대상인 캐서린은 그녀의 친자식이라면 당연히 지녔을 천부적인 속성인 그림 같은 매력(그녀에겐 그렇게 보였다)을 갖고 있지 못했다. 페니먼 부인이 갖고 있는 어머니다운 열정이라는 것도 어쩌면 인위적이고 낭만적인 것일지도 모른다. 그리고 캐서린은 낭만적인 열정을 불러일으킬 만한 외모를 갖고 있지 않았다. 페니먼 부인은 예전과 다름없이 캐서린은 좋아했지만 그녀에 대해서는 자신에게 주어진 기회가 부족했다는 느낌이 점점 더 드는 것이었다. 그러니까 감상적으로 말하자면, (그녀가 캐서린을 덜 중요하게 생각하게 된 것은 아니라 해도) 그녀는 자신에게 넘칠 만큼 많은 기회를 준 모리스 타운센드를 선택했던 것이다. 잘생긴 외모에 폭군 같은 아들이 있었다면 그녀는 무척 행복했을 것이고 그의 애정 행각에 엄청난 관심을 보였을 것이다. 이것이 첫눈에 자신을 매혹시켰고, 섬세하고 계산된 존경심——페니먼 부인이 특히나 민감하게 반응하는 일종의 과시 같은 것이었다——으로 그녀를 감동시킨 모리스에 대해 그녀가 터득한 견해였다. 이후 모리스는 자신의 존경심을 엄청나게 깎아내렸는데도 자신의 재능을 아주 잘 이용하는 까닭에 여전히 감동을 주었으며, 그 젊은이 자신의 무모한 행동들은 오히려 일종의 자식으로서의 가치를 발산하기에 이르렀다. 만약 페니먼 부인에게 아들이 있었다면 아마도 그녀는 아들을 두려워했을 것이다. 그러니 우리 애기의 현 시점에서 그녀가 모리스 타운센드를 두렵게 느끼는 것도 당연한 것이다. 이것은 그가 워싱

턴 스퀘어에 길들여진 결과들 중 하나였다. 그는 그녀를 대함
에 있어 어려워하는 기색이 없었고, 자신의 어머니에 대해서
도 틀림없이 그러했을 것이다.

제28장

　페니먼 부인의 편지는 경고성이었고, 의사가 예전보다 더 고집 센 사람이 되어 돌아왔다는 내용을 담고 있었다. 이 점에 관해서는 캐서린이 필요한 모든 정보를 제공하리라는 것은 그녀로서도 예측하고 있었지만 우리도 알듯이 페니먼 부인의 예측이 빗나가지 않는 경우는 거의 없었으며, 무엇보다도 캐서린의 행동 여하에 좌지우지되는 것은 그녀다운 일이 아니라고 생각되었다. 그녀 편에서는 캐서린과는 무관하게 자신의 의무를 다하는 것뿐이었다. 앞에서 말했듯이 그녀의 젊은 친구는 그녀를 어려워하지 않았다. 그녀가 보낸 편지에 그가 아무런 답장을 하지 않았다는 것이 그 한 예였는데, 그는 그 편지를 충분히 눈여겨본 다음에 시가 불을 붙이는 데 사용했고, 그러고는 차분하게 또 다른 편지를 받게 될 것이라는 믿음을 갖고 기다렸다. "그의 정신 상태는 정말이지 내 피를 얼어

붙게 해요." 자신의 오라비에 대하여 페니먼 부인은 이렇게 썼는데, 이런 의견을 그녀는 조금이라도 낫게 수정할 기미가 없어 보였다. 그럼에도 불구하고 그녀는 또다시 편지를 써서 다른 비유적 표현을 빌려 속마음을 털어놓았다. "그의 증오는 붉게 빛나는 불꽃처럼 타오르고 있어요. 결코 꺼지지 않는 불꽃 말예요."그녀는 써 내려갔다. "그런데 그 불꽃은 당신 미래의 어둠을 밝혀줄 수는 없어요. 만약 나의 애정으로 그리할 수만 있다면 당신 인생의 모든 나날들은 영원한 태양이 될 텐데. 난 C에게서도 아무것도 찾아내지 못했어요. 그 아인 어쩜 그렇게 숨기는 게 많은지, 꼭 제 아버지 같다니까요. 그 아인 곧 결혼하게 될 거라 기대하고 있는 것 같아요. 틀림없이 유럽에서 준비를 해 왔고요. 엄청난 옷이며 신발은 열 켤레나 돼요. 그 밖의 것들도요. 내 소중한 친구, 당신은 그저 신발 몇 켤레로 결혼 생활의 막을 올릴 수는 없잖아요, 아닌가요? 이 부분에 대해 당신 생각을 좀 알려주세요. 난 너무도 당신을 만나보고 싶고, 할 말도 얼마나 많은지 몰라요. 미칠 듯이 당신이 그리워요. 당신 없는 집이 왜 이리 텅 빈 느낌인지요. 시내 소식은 뭐 없나요? 사업은 잘되어가고 있고요? 그 작지만 소중한 사업 말예요. 난 당신이 너무나 용감하다고 생각해요! 당신 사무실에 가봐도 될까요? 단 삼 분 동안만이라도요. 고객인 줄 알겠죠. 그들을 고객이라고 부르시나요? 무언가를 구입하러 들를 수도 있어요, 뭐 주식이나 아니면 기차 관련 상품이라도 말예요. 이 계획이 맘에 드는지 꼭 알려주세요. 난 세상일에 밝은 부인네들처럼 작은 그물주머니를 들고 가도록 할게요.”

특이하고 이상한 찾기 힘든 곳이라고 이미 밝힌 바 있는 그의 사무실을 페니먼 부인이 방문했으면 하는 뜻을 전혀 내비치지 않은 것으로 봐서, 그물주머니 제안에도 불구하고 모리스는 이 계획을 신통찮게 여기고 있는 듯했다. 하지만 그녀가 회견에 대한 열망을 꺾지 않고 있으므로——몇 개월에 걸친 친밀한 대화 후에 마지막까지도 그녀는 이러한 만남들을 ‘회견’이라고 불렀다——그는 함께 산책하는 데 동의했고 심지어 사업이 가장 활기를 띨 것으로 여겨지는 시간대에 그녀를 만나는 일로 사무실을 떠나 있을 정도의 친절함을 보였다. 텅 빈 구역들로 가득하고 개발되지 않은 포장도로가 깔린 길모퉁이에서 그들이 만났을 때 (페니먼 부인은 가능한 한 ‘세상일에 밝은 부인네들처럼’ 차려입고 있었다), 그녀의 끈덕진 재촉에도 불구하고 그녀가 그에게 건네줄 수 있는 것이라곤 자신의 동정심을 보증하는 말이 거의 전부라는 것을 알고서도 모리스는 놀라지 않았다. 그렇지만 그러한 보증의 말이라면 그는 이미 엄청나게 수집하고 있었고, 그저 그의 뜻이 곧 그녀의 뜻이라는 페니먼 부인의 말을 천 번째 듣기 위해 번창하는 사업장을 비워둔다는 것은 그로서는 아무런 가치가 없는 일이었을 것이다. 모리스는 뭔가 해야 할 말이 있었다. 그 말을 끄집어내기가 쉽지 않았고, 말을 건네는 동안 그 어려움으로 그에게는 독기가 서렸다.

“오 그렇습니다. 난 그가 자신의 재산을 얼음 덩어리와 붉</p>

게 달궈진 석탄으로 잘 섞어놨다는 것을 잘 알고 있습니다. 캐서린이 이미 그 점을 아주 명확히 해두었으니까요. 그리고 당신 역시 내가 지겨워할 정도로 그렇게 말해왔고요. 다시 반복하지 않으셔도 됩니다. 전 아주 만족하고 있습니다. 그는 우리에게 결코 단 한 푼도 주지 않겠죠. 전 그 점은 수학적으로 증명이 된 것으로 알고 있습니다."

이 시점에서 페니먼 부인에게 갑자기 신통한 생각이 떠올랐다.

"그를 상대로 소송을 하면 어떻겠어요?" 그녀는 이 단순한 방편이 전에는 단 한 번도 떠오르지 않았다는 사실에 의아해했다.

"당신을 상대로 소송할 겁니다." 모리스가 말했다. "그런 말도 안 되는 질문으로 또다시 나의 화를 돋운다면 말입니다. 남자라면 자신이 패배할 때를 알게 마련입니다." 순식간에 그가 덧붙였다. "그녀를 포기해야겠어요!"

이 말은 그녀의 가슴을 가벼운 떨림으로 쿵쾅거리게 했지만 페니먼 부인은 아무 말 없이 이 선언을 받아들였다. 이에 대한 대비가 전혀 없었던 것도 아니었다. 만약 모리스가 그녀 오라비의 재산을 물려받지 못한다는 것이 확실시된다면 모리스로서는 재산도 물려받지 않고 캐서린과 결혼한다는 것은 뭔가 부족함이 있을 거라는 생각을 그녀는 익히 해오던 터였다. '충분치 않다'라는 것은 실상을 가장 모호하게 표현한 것이었다. 하지만 페니먼 부인의 타고난 호의는 이러한 생각을 매듭짓게 했는데, 그 생각은 방금 모리스가 표현했듯이 노골적이지는 않았지만, 모리스가 의사의 푹신한 안락의자 위로 다리를 뻗은 채 부담 없이 대화를 하던 중에 간간이 그들 사이에서 암시된 바 있었고, 처음엔 그녀도 스스로 철학적이라고 이름 짓고 싶던 감정을 담아 이를 받아들이고자 했다. 그러고 나서 그녀는 이러한 생각으로 남몰래 상처받기에 이르렀다. 그녀가 자신의 아픔을 비밀로 했다는 것은 물론 그녀가 그 사실을 부끄러워하고 있음을 의미했다. 하지만 어쨌든 그녀는 조카딸의 결혼에 대한 공식적 보호자라는 사실을 상기하며 수치스러움을 떨쳐버리려 애썼다. 그녀의 논리가 의사의 검열을 통과하는 경우는 거의 없었다. 무엇보다도 모리스는 그 돈을 받아내야만 했다. 그리고 그녀는 그가 이를 이루도록 도와주려 했다. 둘째로, 더 나은 조건을 어렵잖게 찾을 수 있을 젊은이가 그 돈을 받지도 못한 상태에서 결혼해야 한다는 것은 모리스로서는 전혀 고려의 대상이 아니었고, 비통하리만큼 가엾은 일이었다. 유럽에서 돌아온 직후 이미 언급된 바 있는, 짧지만 통렬한 뜻을 의사가 직접 밝혔을 때, 모리스의 큰 뜻은 아무런 희망도 없어 보였고, 그래서 페니먼 부인은 그녀의 논의의 후자 쪽 가지에 온 정신을 쏟아 부었던 것이다. 모리스가 그녀의 아들이었다면 그녀는 그의 미래를 멋지게 구상하는 데 캐서린을 기꺼이 희생시켰을 것이다. 따라서 그럴 준비가 되어 있다는 것은, 현 상황으로서는 더욱 훌륭한 헌신인 것이다. 그럼에도 불구하고 이 희생의 칼날을 갑작스레, 말하자면 캐서린의 손아귀로 밀어 넣기 위해서 그녀는 잠시 숨을 가다듬어야 했다.

모리스는 잠시 길을 따라 걸었다. 그러더니 갑작스럽게 비정한 투로 되풀이했다. "그녀를 포기해야겠다니까요!"

"당신을 이해할 수 있을 것 같아요." 페니먼 부인이 조용히 말했다.

"난 틀림없이, 충분히 분명하게 말하고 있습니다. 더없이 난폭하고 상스럽게 말입니다."

이런 자신이 수치스러웠고, 수치심은 그를 불편하게 했다. 게다가 불편함이 극도로 참을 수 없는 지경에 이르다보니 그는 자신이 사악하고 잔인하게 느껴졌다. 그는 누군가를 비난하고 싶었고, 신중하게——그는 항상 신중했으므로——직접 말을 꺼냈다.

"그녀를 조금이라도 깎아내리실 수는 없는 건가요?" 그가 물었다.

"깎아내리다뇨?"

"그녀를 대비시켜야죠. 날 좀 편하게 해주는 척이라도 해야 되는 거 아녜요."

페니먼 부인은 걸음을 멈추고, 아주 진지한 표정을 지으며 그를 쳐다보았다.

"가엾은 모리스, 그 아이가 얼마나 당신을 사랑하는지 알고는 있는 거예요?"

"아뇨, 그런 건 모릅니다. 알고 싶지도 않고요. 난 항상 그런 사실을 알게 되는 것을 멀리하려 했어요. 너무 고통스러운 일이거든요."

"그 아인 몹시 고통스러워할 거예요." 페니먼 부인이 말했다.

"당신이 그녀를 위로해주면 되겠네요. 당신이 그런 척했던 것처럼 그렇게 나의 좋은 친구시라면, 당신은 해내시겠죠."

페니먼 부인은 슬프게 고개를 저었다.

"당신은 내가 당신을 좋아하는 '척' 했다고 말하는군요. 하지만 난 당신을 싫어하는 척할 수가 없어요. 내가 그 아이에게 말할 수 있는 건 내가 당신을 아주 귀하게 여기고 있다는 것뿐이에요. 그러니 당신을 잃게 되는 마당에 내 말 따위가 그 아이에게 무슨 위로가 되겠어요?"

"의사가 당신을 돕겠죠. 그는 일이 파기된다면 기뻐할 겁니다. 그리고 영리한 사람인 만큼 그녀를 위로할 수 있는 뭔가를 고안해낼 겁니다."

"새로운 고문 방법을 개발해내겠죠." 페니먼 부인이 소리쳤다. "하늘이여 그 아이가 아버지의 위안거리가 되지 않도록 구원하소서! '그렇게 될 거라고 난 누차 얘기했었다!' 라며 그 아이를 향해 승리의 함성을 지르겠죠."

아주 거북스럽게 모리스는 얼굴을 붉혔다.

"당신이 날 위로하는 것 이상으로 그녀를 더 잘 위로하지 못한다면, 틀림없이 당신은 별 도움이 안 되는 사람입니다. 어처구니없고 불쾌하지만 절대적으로 도움이 필요해요. 난 아주 절실히 그 필요를 느끼고 있다고요. 그러니 당신이 날 위해서 해결해주셔야겠습니다."

"평생 당신의 친구가 되어드릴게요." 페니먼 부인이 단언했다.

"지금 당장 내 친구가 되어달라니까요!" 그러더니 모리스는 걸음을 옮겼다.

그녀는 그와 함께 걸었다. 그녀는 거의 떨고 있었다.

"내가 그 아이에게 전해주기를 바라는 거예요?" 그녀가 물었다.

"말씀하시면 안 됩니다. 하지만 하실 수 있겠죠, 하실 것 아닌가요." 그러고서 주저하더니 그는 페니먼 부인이 무엇을 할 수 있을지를 생각하기 시작했다. "왜 그렇게 되었는지를 설명해주세요. 그녀와 그녀 아버지 사이에 나 자신을 끼워 넣고 싶지 않아서 그래요. 그가 그렇게 열망하던 대로(끔찍한 광경 아닌가요!) 그녀의 권리를 빼앗을 구실을 주고 싶지 않아서 그렇습니다."

놀랄 만큼 신속하게 페니먼 부인은 이 처방이 얼마나 매력적인지를 포착했다.

"그것이야말로 정말이지 당신답군요." 그녀가 말했다. "정말 훌륭한 것 같은데요."

모리스는 신경질적으로 지팡이를 흔들어댔다.

"이런 빌어먹을!" 그는 심술궂게 소리쳤다.

하지만 페니먼 부인은 주눅 들지 않았다.

"어쩌면 당신이 생각했던 것보다도 더 잘될 거예요. 어쨌든 캐서린은 정말이지 너무나 남다른 데가 있는 아이니까요." 그러더니 그녀는 캐서린이 어떤 경우에도 아주 얌전할 것임을, 그 아이가 소란을 피우는 일은 없을 것이라는 점을 그에게 확신시켜주는 것이 그녀의 책임인 것처럼 생각되었다. 그들은 더 멀리 걸음을 옮겼고, 걷는 동안 페니먼 부인은 그 외에도 이런저런 일들을 다 떠맡더니, 상당한 짐을 짊어지게 되었다는 생각에 다다랐다. 상상한 대로 모리스는 이미 모든 일을 그녀에게 떠맡길 준비가 충분히 되어 있었다. 하지만 그는 단 한 순간도 그녀의 얼간이 같은 활발함에 속아 넘어갈 사람이 아니었다. 그는 그녀가 기꺼이 수행하겠다고 약속한 것들이 사소한 부분에 불과하다는 것도 알고 있었고, 그리고 그녀가 기꺼이 그를 돕겠다는 말을 하면 할수록 그에게는 그녀가 더더욱 어리석은 여자로 보였다.

"그 아이하고 결혼하지 않으면 뭘 할 생각이에요?" 얘기가 진행되는 도중에 그녀는 용기를 내어 물었다.

"뭔가 눈부신 일을 해야겠죠." 모리스가 말했다. "내가 뭔가 멋진 일을 해내는 걸 보고 싶지 않으세요?"

그런 생각은 페니먼 부인에게 터질 듯한 즐거움을 선사했다.

"당신이 만약 그러지 못한다면 난 슬퍼서 병이 날 것 같아요."

"반드시 그렇게 할 겁니다. 이 일을 보상하기 위해서라도 말입니다. 이건 어디 하나 멋진 구석이라곤 없잖아요, 안 그래요?"

마치 이 일에도 뭔가 멋진 구석이 있음을 보여줄 수 있는 방법이 있기라도 하듯, 페니먼 부인은 잠시 생각에 잠겼다. 하지만 그러한 노력을 거둬들여야 했고, 패배에 따른 곤란함을 헤쳐나가기 위해 그녀는 새로운 질문을 감행했다.

"그러니까……, 당신은 또 다른 결혼을 말하는 건가요?"

모리스는 거의 알아들을 수 없게 말했다고 해서 결코 그 뻔뻔스러움을 면할 수 없는 그런 생각으로 이 질문에 답했다. "정말이지 여자들이 남자들보다 훨씬 노골적이군!" 그러더니 그는 알아들을 수 있는 소리로 대답했다. "결코 그런 일은 없습니다!"

페니먼 부인은 실망하고 냉대받는 느낌이었고, 들릴 듯 말 듯 자그마하고 냉소적인 외침 속에서 스스로를 위로했다. 그가 심성이 곱지 않다는 것은 틀림없는 사실이었다.

"다른 여자를 찾자고 그녀를 포기하는 건 아닙니다. 단지 더 넓은 삶의 이력을 위해서죠." 모리스가 말했다.

이것은 참으로 품위 있는 말이었다. 그렇지만 그녀의 본심을 이미 드러내버렸음을 직감한 페니먼 부인은 여전히 어렴풋이나마 증오심이 일었다.

"그러니까 그 아이를 두 번 다시 보러오지 않겠다는 건가요?" 다소 날카롭게 그녀가 물었다.

"아 아닙니다, 난 다시 돌아올 겁니다. 그렇지만 이런 걸 질질 끌어서 좋을 게 뭐 있겠어요? 그녀가 돌아오고 나서 네 번이나 그녀를 찾아갔어요. 지독히 끔찍한 일이었죠. 난 이런 일에 무한정 붙들려 있을 수는 없어요. 그녀도 그런 걸 기대해서는 안 됩니다. 안 그렇습니까. 한 여자가 한 남자를 계속해서 붙들어 놓을 수는 없는 일이잖아요.” 모양새 좋게 그가 덧붙였다.

“아, 하지만 마지막 작별은 해야 하는 것 아닌가요!” 그의 친구가 재촉했고 그녀의 상상 속에서 마지막 작별이라는 생각은 그 품위 면에서 단지 첫 만남에만 뒤처질 뿐 우월한 자리를 차지하고 있었다.

제29장

마지막 작별에 대한 준비 없이 그는 그렇게 몇 번을 다시 찾아왔고, 페니먼 부인이 아직까지는 그의 퇴각을 위한 꽃길을 닦아놓지 못했음을 알게 되었다. 그가 말했듯이 그건 말도 안 되는 어색한 처신이었고, 따라서 그는 캐서린의 고모를 향한 격렬한 적개심을 품게 되었다. 이제 그는 혼잣말하는 버릇이 생겼는데, 캐서린의 고모는 그를 혼란 속으로 질질 끌고 들어갈 뿐이었고, 그 이름난 자비심을 발휘해서 그를 그 혼란 속에서 구해낼 의무가 있는 것이었다. 사실 페니먼 부인은 자신의 방에 틀어박혀 있었고, 덧붙이자면, 그즈음 혼숫감을 늘어놓는 젊은 숙녀의 모양새를 하고 있는 캐서린의 도발성 그 한가운데에서 자신의 책임 영역을 저울질하고 있었고 그 막중함에 질려 있었다. 캐서린에게 마음의 준비를 시키고 모리스의 부담을 덜어주는 책무는 점점 커다란 어려움에 직면했고, 심지어는 충동적인 라비니아로 하여금 이 청년의 최초 계획의 수정이 기꺼운 마음으로 이루어진 것인지 자문해보게 만들었다. 눈부신 미래, 폭넓은 이력, 젊은 숙녀와 그녀의 타고난 권리를 이간질했다는 비난으로부터 면제된 양심. 이 탁월한 조건들을 추구하는 가운데 너무나 많은 문제들이 야기되고 있었다. 페니먼 부인은 캐서린 본인에게서 어떠한 도움도 받지 못했고, 그 가여운 소녀는 분명 자신의 위험을 전혀 알아차리지 못하고 있었다. 그녀는 사그라지지 않는 신뢰를 담은 눈으로 자신의 연인을 바라봤으며, 그녀가 고모에 대해 갖는 신뢰가 수많은 달콤한 언약을 주고받은 자신의 연인에 대한 신뢰에 못 미치는 것은 사실이었으나, 고모에게 설명을 한다든가 자신의 마음을 털어놓는 어떠한 기회도 허용하지 않았다. 망설임 속에서 갈팡질팡하던 페니먼 부인은 캐서린을 너무나 어리석은 아이라고 못 박고, 대단원의 막——그녀는 이를 그렇게 부르곤 했다——을 차일피일 뒤로만 미루며 자신의 손아귀에 아직 터지지 않은 폭약을 쥐고서 극도로 불편한 상태로 배회하고 있었다. 지금으로서는 모리스가 연출할 장면은 아주 미미한 것들이었고 심지어 그것마저도 그의 능력 너머의 일이었다. 그는 가능한 한 짧게 방문했으며, 자신의 연인과 앉아 있는 동안에도 끔찍할 정도로 얘깃거리가 없음을 알게 되었다. 그녀는 일상적인 대화 속에서도 그가 그 날을 알려주기를 기다리고 있었고, 그가 이 점에 관해 자신의 뜻을 확실히 할 준비가 되어 있지 않는 한 보다 추상적인 문제를 언급하는 것은 일종의 조롱으로밖에는 생각되지 않았다. 그녀는 가장 할 줄도 몰랐고 계략을 꾸밀 줄도 몰랐다. 그녀는 자신이 기대하고 있는 바를 거짓으로 꾸밀 줄도 몰랐다. 그녀는 그가 유쾌하고 즐거워할 수 있도록 애썼고, 얌전하고 끈기 있게 기다리고 있었다. 이 황금 같은 시기에 그가 뒤로 물러나 있다는 것이 조금은 이해가 안 가기도 했지만, 틀림없이 그에게는 그럴 만한 타당한 이유가 있을 것이었다. 캐서린은 온순한 구식 아내가 되었을 것이다. 그녀는 그 이유들을 좋은 뜻으로, 또 뜻밖에 다가올 길조 같은 것으로 생각했다. 그렇다고 해도 그녀가 날마다 동백꽃 다발을 기대하는 마음 이상의 어떤 기대를 품는 것도 아니었다. 하지만 약혼 기간 동안에는 아무리 꾸밈이라곤 전혀 모르는 젊은 숙녀라 해도 여느 때보다 더 많은 꽃다발을 기대하게 마련이다. 게다가 지금 이 순간은 향기 같은 것이 결여되어 있었고, 드디어 그녀를 부추겨 놀라게 했다.

"어디 안 좋으세요?" 그녀가 모리스에게 물었다. "너무 안절부절못하시잖아요. 창백해 보이세요."

"무척 안 좋아요." 모리스가 말했다. 그리고 그녀가 자신을 동정하도록 할 수만 있다면 자신은 무사히 풀려날 수 있다는 생각이 스쳤다.

"당신 너무 과로하시는 거 아닌가요, 너무 무리하지 마세요."

"그럴 수밖에 없어요." 그러더니 그는 일종의 계산된 잔인함을 덧붙였다. "난 당신에게 모든 걸 신세 지고 싶은 생각은 없어요."

"아, 어떻게 그런 말씀을 하실 수가 있어요?"

"난 너무 자존심이 센 것 같소." 모리스가 말했다.

"네, 당신은 무척 자존심이 강하세요."

"어쨌거나 당신은 날 있는 그대로 받아들여야 할 거요." 그는 계속했다. "당신은 결코 날 바꿔놓을 수 없어요."

"난 당신을 바꿔놓을 생각 없어요." 온순하게 그녀가 말했다. "난 당신을 있는 모습 그대로 받아들일 거예요." 그러고는 그녀는 그를 응시하며 서 있었다.

"돈 많은 여자와 결혼하는 남자는 사람들에게 엄청난 애깃거리가 된다는 것을 당신도 알잖소." 모리스가 말했다. "얼마나 불쾌한 일인지 몰라요."

"하지만 난 부자가 아니잖아요." 캐서린이 말했다.

"당신 재산은 날 애깃거리로 만들기에 충분해요."

"물론 당신에 대해 얘기들을 하겠죠. 그건 명예로운 거예요."

"그 정도 명예 없이도 난 아주 잘해나갈 수 있어요."

그에게 이런 일을 겪게 한 불운을 가져온 이 가엾은 소녀가 그를 이렇게 소중하게 사랑하고 있고, 진정으로 그를 믿고 의지하고 있다는 것이 이 괴로움에 대한 보상이 될 수 없는 것인지 막 그에게 물어보려던 참이었지만, 그녀는 주저했고 어쩌면 이 말이 가혹하게 들릴지도 모른다고 생각했고, 그녀가 망설이는 사이에 갑자기 그는 그녀를 떠나버렸다.

하지만 다음번 그가 찾아왔을 때 그녀는 이 문제를 다시 꺼냈고, 그녀는 다시 한번 그의 자존심이 너무 강하다고 말했다.

그는 자신이 바뀌지 않을 거란 말을 반복했고, 그러자 이번에는 그녀 쪽에서 조금만 더 노력한다면 그가 변할 수도 있을 것이라고 말하고픈 충동을 느꼈다.

가끔씩 그는 그녀와 말싸움 비슷한 것이라도 벌일 수 있다면 그에게 도움이 될지도 모른다고 생각했다. 하지만 보배 같은 양보심을 갖고 있는 젊은 여인과 어떻게 말다툼을 할 수 있는가가 문제였다. "내 생각에는 모든 게 다 당신의 노력 여하에 달린 것 같은데요." 그가 말문을 열었다. "나 역시 내 몫의 노력을 하고 있단 생각이 안 들어요?"

"이젠 다 당신이 하시면 되요." 그녀가 말했다. "난 내 몫의 수고를 다 겪었고 이젠 끝났어요."

"그렇지만 내 경우는 그렇지가 않아요."

"둘이 같이 견뎌나가면 되잖아요." 캐서린이 말했다. "우리가 해야 할 일이 바로 그것이잖아요."

모리스는 자연스럽게 미소를 지으려 했다. "우리 둘이서 함께 견뎌낼 수 없는 일들도 있어요. 예를 들면 헤어지는 것 말입니다."

"왜 헤어진다는 얘기를 하시죠?"

"당신은 그러고 싶진 않은 거죠. 당신이 원치 않는다는 것은 나도 알고 있어요."

"당신, 어디로 가시려는 거죠, 모리스?" 갑작스레 그녀가 물었다.

한순간 그는 그녀에게 눈을 고정시켰고, 그 와중에 잠시 그녀는 자신을 바라보는 그가 두려웠다. "소란 피우지 않겠다고 약속할 수 있죠?"

"소란이라고요? 제가 언제 소란 피우던가요?"

"여자들은 다 그렇죠!" 폭넓은 경험에서 나온 어조로 모리스가 대답했다.

"난 그렇지 않아요. 어디로 가시는데요?"

"만약에 말이오, 사업 관계로 내가 멀리 떠나야 한다면 당신 그걸 아주 이상하다고 생각해요?"

그를 응시하며 그녀는 한순간 의아해했다. "그렇겠죠. 그렇지 않기도 하고요. 날 데려가신다면 그런 생각이 들지 않겠죠."

"당신을 데려간다고요? 사업하러 가면서 말이오?"

"당신 하시는 사업이 뭔데요? 당신의 일은 저와 함께 있기 위한 것 아닌가요."

"난 당신에게서 내 생활비를 벌어들이는 게 아니잖소." 모리스가 말했다. "아니, 어쩌면." 갑작스레 묘안이 떠오르자 그가 외쳤다. "그게 바로 내가 하는 일 아니겠소, 그러니까 세상 사람들이 그렇다고 얘기하는 일 아니냔 말이오!"

아마도 이것이 대단한 타격을 주었음에는 틀림없지만, 그렇다고 적중한 것도 아니었다. "어디로 가시냐고요?" 캐서린은 단순하게 반복했다.

"뉴올리언스로 갑니다. 면화를 좀 구입할까 해요."

"나도 뉴올리언스로 가겠어요, 문제없어요." 캐서린이 대답했다.

"내가 당신을 황열병의 둥지로 데려갈 것 같소?" 모리스가 소리쳤다. "이런 시기에 내가 당신을 드러내놓을 거라 생각하는 거요?"

"황열병이 도는 곳이라면 당신은 왜 가시려는 거예요? 모리스, 가시면 안 돼요."

"육천 달러를 벌기 위해서요." 모리스가 말했다. "내가 그런 만족을 누리는 게 내키지 않는 거요?"

"우린 육천 달러 필요 없어요. 당신 너무 돈에 대한 생각에 사로잡혀 있어요."

"당신이 그렇게 말할 법도 해요. 이건 아주 좋은 기회라고요. 지난밤에 이 얘기를 들었어요." 그러더니 그는 그녀에게 그 기회가 어떤 것인지에 대해 설명했고 그가 동업자와 함께 계획한 사업이 가져올 눈부신 성공에 대해 장황하게 얘기하며, 그녀에게 예닐곱 가지의 세부적인 사항들을 몇 번이고 언급하는 것이었다.

그렇지만 스스로도 잘 알고 있는 이유들로 인해 캐서린의 상상력은 불타오르기를 완강히 거부하고 있었다. "당신이 뉴올리언스로 가실 수 있다면, 나도 갈 수 있어요." 그녀가 말했다. "당신은 나만큼 쉽게 황열병에 걸리지 않을 거란 말씀이세요? 어째서요? 어느 모로 보나 난 당신만큼 건강해요. 그리고 어떠한 열병도 난 두렵지 않아요. 유럽에 있을 때 우린 아주 비위생적인 곳에도 있었어요. 아버지께서 계속 제게 어떤 약을 먹게 하셨죠. 난 어떤 병에도 걸리지 않았고, 난 조금도

걱정하지 않았어요. 당신이 열병으로 죽는다면 육천 달러가
무슨 소용인가요? 결혼을 앞두고 있는 사람들은 그렇게 사업
생각에 매달리면 안 돼요. 면화 생각은 잊어버리셔야 해요. 저
에 대해 생각하세요. 뉴올리언스는 다른 때 가시면 돼요. 면화
야 항상 충분히 있을 테니까요. 지금은 가려 뽑고 하는 그런
순간이 아니라고요. 우린 이미 너무 오래 기다렸어요." 그는
여태껏 그녀가 지금처럼 강력하게, 달변으로 얘기하는 걸 들
어보지 못했다. 게다가 그녀는 두 손으로 그의 팔을 감아쥐고
있었다.

"소란 같은 거 피우지 않는다고 말했잖아요." 모리스가 말
했다. "난 이런 걸 소란이라고 불러요."

"당신이 소란 피우게 만든 장본인이에요. 난 전에는 당신에
게 아무것도 요구한 적 없어요. 우린 이미 너무 오래 기다렸다
고요." 자신이 여태껏 거의 아무것도 요구한 것이 없다는 생
각에 그녀는 다소나마 위안을 느꼈다. 이제 그녀는 더 큰 것을
요구할 권리가 있는 것처럼 느껴졌다.

모리스는 잠시 생각에 잠겼다. "그렇다면 좋아요. 이 일에
대해서는 더 이상 얘기하지 맙시다. 서신으로 사업 거래를 하
도록 할게요." 그러더니 그는 떠나려는 듯 모자를 매만지기
시작했다.

"가시려는 건 아니죠?" 일어선 채 그녀는 그를 바라보았다.

그는 말싸움을 이끌어내야 한다는 생각을 떨쳐버릴 수가
없었다. 그것이 가장 손쉬운 방법이었다. 그는 최대한으로 음

울하게 찌푸린 얼굴을 하고서 위로 쳐든 그녀의 얼굴 위로 눈길을 보냈다. "당신은 사려 깊지 못하군요. 당신, 날 위협하면 안 돼요."

하지만 언제나처럼 그녀는 모든 것을 시인했다. "물론 난 사려 깊지 못해요. 내가 너무 강압적이라는 것도 알고 있어요. 하지만 이런 게 당연한 거 아닌가요? 이런 건 단 한순간뿐이라고요."

"단 한순간에 당신은 나에게 엄청난 해를 입힐 수도 있어요. 다음번에 내가 올 땐 더 침착할 수 있도록 노력해봐요."

"언제 다시 오시는데요?"

"당신 조건을 붙이고 싶은 거예요?" 모리스가 물었다. "다음 토요일에 오도록 하죠."

"내일 와주세요." 캐서린이 애원했다. "당신이 내일 와주셨으면 해요. 난 아주 얌전히 행동하겠어요." 그녀가 덧붙였다. 그러더니 이쯤 이르자 그녀의 불안이 너무 심해져서 자신이 방금 한 확언은 걸맞지 않게 되었다. 갑작스런 공포가 그녀를 휘어잡았고, 열 개도 더 되는 흩어졌던 의문들이 단단히 결합한 듯 보이자 단 한 번의 도약으로 그녀의 상상력은 엄청난 거리를 뛰어넘는 것이었다. 그 순간 그녀라는 존재는 전적으로 그를 그 방 안에 붙들어두어야 한다는 소망에 온통 매달렸다.

모리스는 머리를 숙이고 그녀의 이마에 키스했다. "얌전히만 있다면, 당신은 완벽해요." 그가 말했다. "하지만 당신이 거세질 때면 당신답지 않아요."

절대로 자신을 과격하게 만들고 싶지 않은 것이 캐서린의
바람이었지만, 가슴이 쿵쾅거리는 것은 그녀도 어찌할 수가
없었다. 그녀는 최대한 온순하게 말을 계속해나갔다. "내일
다시 오겠다고 약속해주세요."

"토요일이라고 했잖소!" 미소를 지으며 모리스가 대답했
다. 그는 찡그리기도 하고 또 미소를 지어 보이기도 했다. 재
기도 바닥이 났고 그는 어찌할 바를 몰랐다.

"네, 토요일에도 오시고요." 미소를 지으려 애쓰며 그녀가
말했다. "하지만 우선 내일 오세요." 그는 문을 향해 가고 있
었고 그녀는 재빨리 그와 함께 걸음을 옮겼다. 그녀는 등을 기
대 문을 막아섰다. 그를 붙들기 위해서라면 무엇이든 하려는
듯 보였다.

"만일 내가 내일 오지 못하게 된다면 내가 당신을 속였다고
말할 거죠." 그가 말했다.

"못 오신다고요? 무엇 때문에요? 당신이 오려고만 하시면
오실 수 있잖아요."

"난 바쁜 사람이오. 여자 꽁무니나 쫓아다니는 사내가 아니
란 말이오!" 모리스가 단호하게 소리쳤다.

그의 목소리가 너무 냉혹하고 부자연스럽게 들렸기 때문
에, 어찌할 수 없는 눈길을 보내며 그녀는 비켜섰다. 그러자
그는 재빨리 문손잡이로 손을 갖다 댔다. 그는 확실히 자신이
그녀로부터 도망치고 있다는 생각이 들었다. 그런데 그 즉시
그녀가 다시 그에게로 다가왔고, 낮지만 결코 예리함이 덜하

지 않은 어조로 속삭이는 것이었다. "모리스, 당신 날 떠나시려는 거예요."

"그래요, 잠시 동안만."

"얼마나요?"

"당신이 분별력을 되찾을 때까지."

"그런 식으로라면, 난 절대로 분별 있는 여자가 될 수 없어요." 그러더니 그녀는 그를 더 오래 붙들려고 애썼다. 그건 거의 투쟁과도 같았다. "제가 한 일들을 생각해보세요!" 그녀가 외쳤다. "모리스, 난 모든 걸 포기했다고요."

"당신은 모든 걸 다시 돌려받게 될 거요."

"당신이 뭔가를 계획하고 있는 게 아니라면 그런 말씀 하실 리가 없어요. 뭐죠? 무슨 일이에요? 제가 뭘 어쨌는데요? 무엇이 당신을 변하게 했나요?"

"편지를 쓰겠소. 그 편이 낫겠소." 모리스는 더듬거렸다.

"그리고 당신은 돌아오지 않을 거고요!" 그녀가 외쳤다. 눈물이 터져 나왔다.

"사랑하는 캐서린." 그가 말했다. "그런 생각 하지 말아요. 당신은 날 다시 보게 될 거예요, 약속할게요." 그러더니 그는 가까스로 빠져나와서 자신의 등 뒤로 문을 닫았다.

제30장

　이번 일은 아마도 그녀 일생에서 마지막 감정 폭발이었고, 적어도 세상에 알려진 바에 의하면 캐서린은 다시는 그와 같은 격정에 휘말리지 않았다. 하지만 이때의 격정은 오랜 상처를 남겼다. 무슨 일이 어떻게 된 것인지 그녀는 거의 알지 못했고, 겉보기에는 그저 다른 소녀들이 으레 그러하듯이 연인과 의견 차이를 보인 것뿐이었다. 게다가 이 정도의 싸움은 결별이라고 할 수 없을 뿐 아니라, 일종의 위협거리로 봐야 할 필요도 없었다. 그럼에도 불구하고 그가 가한 것이 아니라 해도 그녀는 상처를 입었고, 그녀에게는 갑작스레 그가 얼굴에 쓰고 있던 복면이 벗겨진 것처럼 보였다. 그는 그녀로부터 벗어나고 싶어 했다. 화나 있었고 냉정하게 굴었으며 낯선 표정을 하고 이상한 말들을 했다. 그녀는 그저 놀라웠고 그래서 숨이 막힐 것 같았다. 그녀는 머리를 쿠션에 파묻고 흐느끼면서 혼잣말을 중얼거렸다. 하지만 그녀는 아버지나 페니먼 부인이 들어올까 두려웠고, 결국 자신을 일으켜 세웠다. 그렇게 그녀는 그곳에 앉아서 정면을 뚫어져라 쳐다보았다. 어느새 방 안은 점점 더 어두워져 있었다. 어쩌면 그가 다시 돌아와서 그럴 뜻이 아니었다고 말할지도 모른다고 자기 자신을 타일렀다. 그리고 그녀는 아마 그럴 거라고 믿으려 애쓰며 그가 초인종을 울리지나 않을까 귀를 기울였다. 오랜 시간이 흘렀고 모리스는 여전히 나타나지 않았다. 그림자들이 모여들었고, 엷지만 밝은 색채를 띠는 방의 미미한 우아함 위로 저녁은 자리를 잡았다. 불씨도 꺼져 있었다. 날이 어두워지자 캐서린은 창가에서 밖을 내다보았다. 그곳에서 반 시간을 그렇게 서서 그녀는 그가 계단을 걸어 올라올지도 모른다는 가냘픈 희망에 매달렸다. 마침내 그녀는 돌아섰다. 아버지가 들어오는 것을 보았기 때문이다. 그는 그녀가 창가에서 밖을 내다보고 있는 것을 보고는 잠시 하얀 계단 발치에서 멈춰 섰고, 준엄하게, 지나치게 격식을 갖추며 그녀에게 모자를 들어 보였다. 그 동작은 그녀가 처해 있는 상황과 너무나 상반되는 것이었다. 무시당하고 내버려진 가엾은 소녀에게 이처럼 품격 있게 존경을 드러내는 행위를 한다는 것은 아무래도 너무 어색했고 그녀에게 공포의 감정을 불러일으켰고 서둘러 자신의 방으로 돌아가게 했다. 그녀는 모리스를 포기한 것 같았다.

반 시간 뒤에 그녀는 자신의 모습을 보여야 했다. 무슨 일이 일어났음을 아버지가 눈치 채서는 안 된다는 거대한 욕망이 그녀를 둘러쌌다. 훗날 이는 그녀에게 큰 힘을 주었고(그녀가 생각했던 것만큼은 아니었지만), 애초부터 그녀에게 힘이 되는 것이었다. 이런 상황에서 의사는 평소보다 말을 많이 했다. 그는 직업상 방문하는 노부인의 눈부신 푸들에 대해 많은 얘기를 들려주었고, 그녀는 모리스와의 순간이 떠오르지 않도록 그 이야기들에 최대한 관심을 보이려 노력했다. 어쩌면 그 것은 환영이 아니었을까, 그가 잘못 생각했던 것이고 그녀는 질투심이 일었던 것이다. 사람들은 하룻밤 사이에 그렇게 변하지는 않으니까. 그러자 예전의 의문점들이 떠올랐다. 모호하면서도 통렬하게 다가왔던 괴상한 의혹들……. 또 그녀가 유럽에서 돌아온 이후로 죽 그가 예전 같지 않았음을 알게 되었다. 그리고 그녀는 다시 아버지의 얘기에 귀를 기울이려 노력했다. 아버지는 말씀을 아주 멋있게 하시는 분이지. 그러고 나서 그녀는 곧장 자신의 방으로 들어갔다. 그날 밤을 고모와 보낸다는 것은 그녀가 감당하기에는 역부족이었다. 밤새도록 그녀는 스스로를 심문했다. 그녀의 고통은 너무 컸다. 그런데 그 일은 그녀의 엉뚱한 감수성에 의해 생겨난 상상 속의 것이었을까, 아니면 이것이 명백한 현실을 대변하는 것이며 있을 수 있는 최악의 일이 실제로 일어난 것일까? 페니먼 부인은 아주 놀랍고 특별한 기지를 발휘해서 그녀를 혼자 내버려두는 방책을 취했다. 사실 그녀는 의문점들이 생겨나자 폭발은 일부에만 국한되어야 한다는, 소심한 사람들에게 알맞은 욕망에 빠져들었다. 분위기가 뒤숭숭한 동안에 그녀는 뒤로 빠져 있기로 했다.

밤사이 그녀는 가련한 신음 소리가 들려오길 기대라도 하듯, 캐서린의 방문 앞을 몇 번이고 서성거렸다. 하지만 방은 절대적인 고요함으로 뒤덮여 있었다. 그리하여 자신의 침상으로 돌아가기 전에 마지막으로 그녀는 그 방에 들어가기를 청했다. 캐서린은 책을 쥔 채 읽는 척하며 앉아 있었다. 그녀는 잠자리에 들 생각이 없었고, 잠이 들 것 같지도 않았다. 그녀는 찾아온 이에게 머물러 있기를 청하지도 않았고, 페니먼 부인이 나간 후에도 밤의 절반을 앉아서 지새웠다. 그녀의 고모는 슬며시 들어와서는 무척 엄숙한 자세를 보이며 다가왔다.

"애야, 너 무슨 걱정이 있는 것 아니냐. 내가 뭐 도와줄 건 없겠니?"

"아무 문제없어요. 도움이 필요한 것도 아니고요." 캐서린이 거짓말을 둘러댔다. 그러니까 우리의 도덕성은 우리가 잘못을 저질렀을 때만 손상되는 것이 아니다. 전혀 의도하지 않았던 불행이 우리 자신을 덮친다면, 그때도 우리의 도덕성은 타격을 입게 된다는 것을 캐서린이 증명하고 있었다.

"아무 일도 없단 말이니?"

"아무 일도 없어요."

"정말이니, 애야?"

"전혀 없어요, 틀림없어요."

"그러니까 난 아무것도 해줄 게 없고?"

"아무것도 없어요, 고모. 그냥 친절을 보여주세요. 절 내버려두시면 되요." 캐서린이 말했다.

　조금 전만 해도 지나치게 뜨겁게 환영하면 어쩌나 염려하던 페니먼 부인은 이제 차디 찬 반응에 실망하는 빛이었다. 후에 많은 사람들 앞에서 조카딸의 파혼 과정에 대해 세세한 사항들을 상당히 변형시켜가며 얘기할 적이면, 그녀는 가끔씩이 어린 숙녀가 그녀를 방 밖으로 '난폭하게 밀쳐냈다'는 말을 덧붙이는 데 늘 세심한 주의를 기울였다. 이런 말을 퍼뜨리는 것은 결코 그녀가 깊이 동정하고 있는 캐서린에 대한 적의에서가 아니라, 단순히 그녀가 손대는 얘기라면 무엇이든 치장하려드는 타고난 성미 때문이라는 점을 감안하면 페니먼 부인은 정말이지 독특한 여인이었다.

　이미 말했듯이, 캐서린은 아직도 모리스 타운센드가 문가에서 초인종을 울리기를 기대하기라도 하듯 절반의 밤을 지새웠다. 다음 날이 되자 이러한 기대는 다소나마 온당한 듯 보였지만, 그렇다고 그 젊은이가 다시 나타나 이러한 기대를 충족시켜주는 일은 일어나지 않았다. 그는 편지를 쓰지도 않았다. 이렇다 할 해명의 말도, 위안의 말도 한마디 없었다. 다행스럽게도 캐서린은 아버지가 조금이라도 이 사실을 알아서는 안 된다는 결심으로 인해 이즈음 격렬함을 더해가던 흥분 상태에서 빠져나올 수 있었다. 그녀가 얼마나 완벽하게 아버지를 속였는지는 때가 되면 알게 될 것이지만, 페니먼 부인처럼 보기 드문 명석함을 지닌 사람 앞에서는 그녀의 순진한 재능도 그다지 쓸모가 없었다. 이 부인은 그녀의 마음속 혼란을 어렵잖게 알아차렸다. 어떠한 흥분거리든 쏟아져 나오면, 페니먼 부인은 결코 그 안에서 자신의 당연한 몫을 놓치는 법이 없었다. 다음 날 밤 그녀는 다시 본연의 의무로 복귀했고, 마음의 부담을 덜어주고 싶다며 자신에게 털어놓으라고 조카딸을 다그쳤다. 어쩌면 그녀는 요즈음 암울해 보이는 부분들에 대해 해명하거나, 아니면 캐서린이 생각하는 것 이상으로 자신이 많이 알고 있음을 알릴 수도 있었을 것이다. 지난밤 캐서린은 냉담하게 굴었고, 오늘 그녀는 거만해 보였다.

"고모께서 완전히 잘못 알고 계신 거예요. 무슨 말씀을 하시는지 전 도무지 알아들을 수가 없어요. 제게 뭘 갖다 씌우시려는 것인지 모르겠군요. 전 제 인생에서 지금처럼 그 누군가의 해명이 불필요했던 적도 없다고요."

그 소녀는 이렇게 의견을 밝혔고 점차 그녀의 고모와 거리를 두게 되었다. 페니먼 부인의 호기심은 점점 더 커져갔다. 모리스가 무슨 말을 했는지, 뭘 했는지, 어떤 어조로 말했는지, 무슨 구실을 찾아냈는지 알기 위해서라면 그녀는 새끼손가락을 내줄 수도 있었을 것이다. 당연히 그녀는 회견을 청하는 편지를 썼지만 역시 당연하게도 자신의 청원에 대한 아무런 답도 받지 못했다. 캐서린이 이미 두 번의 짧은 메모를 써 보냈음에도 아무런 답을 못 받은 걸 보면 모리스는 편지 쓸 기분이 아니었던 것이다. 그 메모들은 아주 짧은 내용이어서 전체를 다 옮길 수 있는데, "화요일에 당신이 보였던 그런 냉혹함이 진심이 아니었다는 어떤 표시를 보내줄 수 없나요?" 이

것이 첫 번째 것이었고, 두 번째 것은 약간 길었다. "화요일에 내가 당신을 못 미더워했거나 당신에게 분별없이 굴었다면, 어떤 식으로든 내가 당신을 화나게 하고 곤란하게 했다면 사과할게요. 그리고 다시는 그런 바보짓 하지 않겠다고 약속할게요. 난 충분히 벌을 받았어요. 그리고 이해할 수가 없어요. 사랑하는 모리스, 당신 날 죽일 작정이군요!" 이 메모들은 금요일과 토요일에 보낸 것이지만, 토요일, 일요일이 지나가도 그녀가 갈망하는 만족감은 찾아오지 않았다. 그녀의 벌은 무게를 더해갔고, 그럼에도 그녀는 겉보기에는 놀랄 만큼 꿋꿋하게 이를 견뎌내고 있었다. 토요일 아침, 침묵 속에서 관망하던 의사가 여동생 라비니아에게 물었다.

"일이 터졌구나. 그 악당 놈이 물러난 거야!"

"그럴 리가 없어요!" 페니먼 부인이 외쳤다. 캐서린에게 무슨 말을 해줄까 골몰하고 있었지 오라비에 대해서는 어떠한 방어책도 준비되어 있지 않았던 그녀가 손안에 쥐고 있는 유일한 무기라곤 격분에 찬 부정의 말이 전부였다.

"좋다, 일시적 유예를 청한 것이라고 해둘까, 네가 그 편이 더 좋다면!"

"오라버니 딸아이의 순정이 농락당하기라도 했다면 대단히 행복하시겠어요. 그렇게 보여요."

"그렇긴 해." 의사가 말했다, "내가 금지시켰거든! 올바른 편에 선다는 것은 대단한 기쁨이지."

"오라버니의 기쁨이 치를 떨게 해요!" 여동생이 소리쳤다.

캐서린은 빈틈없이 일상적인 일과를 해내고 있었다. 고모와 함께 교회에 가기로 되어 있는 일요일 아침까지는 그랬다. 주로 그녀는 오후 예배에도 참석하곤 했다. 그런데 이번에는 그녀의 용기가 뒷걸음질 쳤고, 그녀는 페니먼 부인에게 혼자 가기를 청했다.

"너 분명히 숨기는 게 있구나." 그녀에게 약간 엄한 눈길을 보내며 페니먼 부인이 의미심장하게 말했다.

"비밀이 있다면 전 간직할 거예요." 캐서린은 대답하더니 돌아섰다.

페니먼 부인은 교회를 향해 걸음을 옮겼다. 하지만 도착하기도 전에 그녀는 걸음을 멈추고 발걸음을 돌렸다. 그러더니 이십 분이 지나기도 전에 그녀는 다시 집 안으로 들어섰다. 거실이 비어 있는 것을 보고는 이층으로 올라가 캐서린의 방문을 두드렸다. 그녀는 아무 대답도 듣지 못했다. 캐서린은 방 안에 있지 않았고, 페니먼 부인은 그 즉시 그녀가 집 안에 없다고 확신했다. "그에게로 갔구나! 도망친 거야!" 두 손을 꼭 쥔 채 부러움과 감탄이 뒤섞인 소리로 라비니아가 외쳤다. 하지만 그녀는 곧 캐서린이 아무것도 챙겨가지 않았음을 알아챘다. 방 안의 소지품들이 모두 그대로 있었다. 그러자 이 소녀가 온전한 정신에서가 아니라 분노에 휘둘려 달아난 것이라는 가설로 건너뛰었다. "그 아이가 그 사람 문 앞까지 쫓아간 거야! 그의 집 안에서 울음을 터뜨리겠구나!" 페니먼 부인은 조카딸의 용무를 이런 식으로 표현했으며, 이렇게 본다면 이는 은밀한 결혼식을 올리는 것보다 단지 한 겹 정도 강도가 약할 뿐 그림 같은 아름다움에 대한 그녀의 감각을 충족시키기는 마찬가지였다. 눈물 섞인 비난을 안고 연인을 찾아 그의 집으로 간다는 것은 페니먼 부인으로서는 너무나 마음에 드는 그림이었고, 이런 상황에 딱 들어맞는 어둠과 폭풍우가 동반되지 않은 데 대해 일종의 심미적 실망감에 휩싸였다. 조용한 일요일 오후는 그런 상황의 배경으로는 적합하지 않아 보였다. 게다가 실제로 페니먼 부인은 보닛을 쓰고 캐시미어 숄을 두른 채 캐서린을 기다리며 앞거실에 앉아 있었는데, 시간이 더없이 더디게 흐르는 이 상황에 너무나 화가 나는 것이었다.

드디어 올 것이 왔다. 페니먼 부인은 창문을 통해 그녀를 알아보고는 계단을 달려 내려와서 홀에서 그녀를 기다렸고, 그녀가 집 안으로 들어서자마자 그녀를 거실로 끌어들이더니 근엄하게 문을 닫아걸었다. 캐서린은 상기되어 있었고 눈은 빛났다. 그녀가 무슨 생각을 하고 있는 것인지 페니먼 부인은 알 수가 없었다.

"네가 어디 갔었는지 주제넘게 물어봐도 되겠니?" 그녀가 강압적으로 나왔다.

"산책했어요." 캐서린이 말했다. "교회에 가신 줄 알았는데요."

"갔었지, 그런데 예배가 평소보다 짧았어. 제발 애야, 어디로 산책을 갔었는데?"

"나도 모르겠어요!" 캐서린이 말했다.

"네 무지함이 놀라울 지경이구나! 사랑하는 캐서린, 날 믿도록 해."

"뭘 말씀이세요?"

"너의 비밀, 네 불행 말이야."

"난 불행하지 않아요!" 캐서린의 대답은 난폭했다.

"가엾어라." 페니먼 부인이 고집했다. "넌 날 속일 수는 없다. 난 다 알고 있어. 난 부탁을 받았단 말이야. 그러니까 너하고 애기를 나눠보도록 말이야."

"난 애기하고 싶지 않아요!"

"네게 도움이 될 거야. 너 셰익스피어 대사도 모르니? '슬픔은 소리 내지 않누나!' 사랑하는 애야, 이렇게 된 게 차라리 잘된 거야!"

"뭐가요, 잘된 거라뇨?" 캐서린이 물었다.

정말이지 그녀는 성미가 까다로웠다. 어느 정도의 까다로움은 눈감아줄 만도 했다. 그녀는 연인에게서 버림받은 어린 숙녀였으니까. 그렇다고 해도 자신을 옹호하는 사람들이 불편해하는 정도라면 애기가 달랐다. "네가 분별력을 갖추게 된 것 말이다." 페니먼 부인이 다소 엄한 분위기를 띠며 말했다. "사람들이 말하는 분별 있는 조언을 받아들여야 해. 현실적으로 고려해야 할 것들도 인정해야 하고. 그러니까 음, 헤어져야 한다는 것을 인정해야 하는 거야."

이 순간까지 냉정함을 잃지 않았던 캐서린이 이 말 한마디에 폭발했다. "헤어진다고요? 우리가 헤어져요? 고모가 뭘 안다고 그러세요?"

페니먼 부인은 마음에 상처를 입은 듯 슬픔에 젖은 모습으로 고개를 저었다. "네 자존심이 곧 나의 자존심이야. 너의 느낌 하나하나가 내 느낌이란다. 난 네가 어디쯤 서 있는지 정확히 알고 있어. 게다가 난 또." 그러더니 그녀는 우울한 표정으로 뭔가를 암시하듯 미소를 지어 보였다. "난 모든 사태를 다 알고 있어!"

이러한 암시는 캐서린에게 아무런 영향을 끼치지 못했는데, 그녀는 거칠게 질문을 반복할 뿐이었다. "왜 우리들이 헤어진다는 말을 하는 거죠? 뭘 알고 계신다는 거죠?"

"우린 체념하는 법을 배워야 해." 주저하면서도 될 대로 되라는 듯 점잔을 부리며 페니먼 부인이 말했다.

"뭘 체념한다는 거죠?"

"수정해야지. 우리 계획을 말이야."

"내 계획은 하나도 바뀌지 않았어요!" 희미하게 웃으며 캐서린이 말했다.

"아, 그렇지만 타운센드 씨의 계획이 바뀌었잖니." 그녀의 고모는 아주 온화하게 대답했다.

"무슨 말씀이세요?"

오만하면서도 간결한 어조로 최조당하자 페니먼 부인은 거부감을 느꼈다. 그녀가 조카딸에게 주기로 작정한 정보는 어디까지나 그 아이를 위해서였기 때문이다. 그녀는 모질게도 해보고 엄하게도 해봤지만 어느 것 하나 먹혀들지 않았다. 이 아이의 완고함은 충격적이었다. "뭐, 그렇다면." 그녀가 말했다. "그가 네게 아무 말도 안 했다면야!" 그러면서 그녀는 돌아섰다.

캐서린은 잠시 침묵 속에서 그녀를 지켜보더니 급히 그녀를 뒤쫓았고, 그녀가 문에 이르기 전에 그녀를 막아섰다. "뭘 말한다는 거죠? 무슨 말씀 하시는 거예요? 뭘 알고 계신 거죠, 뭘 가지고 날 위협할 작정이냐고요?"

"끝난 것 아니니?" 페니먼 부인이 물었다.

"내 약혼 말인가요? 아뇨, 전혀 그렇지 않아요!"

"그렇다면 미안하구나. 내가 너무 일찍 입을 열었어!"

"너무 일찍이라고요? 일찍이든 늦게든." 캐서린이 소리쳤다. "고모는 바보 같고 인정머리 없이 말씀하시는군요!"

"그렇다면 너희 둘 사이에 무슨 일이 있었는지 말해보렴." 외침이 너무 진지했는지 놀라서 고모가 물었다. "틀림없이 무슨 일이 벌어진 건 사실이잖니."

"아무 일도 일어나지 않았어요. 내가 그를 더욱 사랑하게 되었다는 것 말고는요!"

한순간 페니먼 부인은 침묵을 지켰다. "난 그래서 네가 오늘 오후에 그를 만나러 간 거라고 생각했는데."

마치 한 대 맞은 사람처럼 캐서린은 얼굴을 붉혔다. "그래요, 그를 만나러 갔었어요! 하지만 그건 내가 알아서 할 일이에요."

"그렇다면, 좋다. 더 이상 얘기하지 말자꾸나." 그러더니 페니먼 부인은 다시 문 쪽으로 걸어갔다. 하지만 갑작스런 소녀의 애원 섞인 울음이 그녀를 멈춰 서게 했다.

"라비니아 고모, 그 사람 어디로 간 거죠?"

"아 그러면 넌 그 사람이 멀리 떠났다는 것은 인정하는구나! 그 사람 집에서는 아무것도 모르고 있던?"

"그가 이곳을 떠났다는 말만 했어요. 더 이상 질문하지 않았고요, 창피했어요." 캐서린은 아주 명료하게 말했다.

"날 조금만 더 믿었어도 그런 위험천만한 발길을 내딛지 않아도 됐을 것을." 페니먼 부인이 상당히 우아하게 말했다.

"뉴올리언스인가요?" 캐서린은 개의치 않고 계속했다.

이 일과 관련해서 페니먼 부인이 뉴올리언스라는 얘기를 들은 것은 이번이 처음이었지만, 그녀는 캐서린에게 자신이 아무것도 아는 바가 없다는 것을 털어놓기를 꺼렸다. 그녀는 모리스가 알려준 것들에서 뭔가를 밝혀보려 했다. "내 사랑하는 캐서린." 그녀가 말했다. "헤어지기로 합의가 된 바에야 그가 멀리 가면 갈수록 더 좋은 거 아니니."

"합의요? 그가 고모하고 합의를 봤나요?" 참견하기 좋아하는 고모의 어리석음에 대한 극단적인 생각이 나머지 오 분 동안 그녀에게 스쳤고, 페니먼 부인이 그녀의 행복 위를 마음대로 활보한다는 생각에 넌더리가 났다.

"물론 그가 가끔 나하고 상의한 것은 사실이다." 페니먼 부인이 말했다.

"그러니까 그를 변하게 하고 그렇게 이상하게 만들어놓은

게 바로 고모군요?" 캐서린이 소리쳤다. "그를 조종하고 내게
서 앗아가버린 게 바로 고모란 말이네요? 그분은 고모 맘대로
되는 분이 아니에요. 그리고 우리 사이에 무슨 일이 생기든 그
게 고모하고 무슨 상관이 있는지 전 도무지 모르겠어요! 이
계획을 준비한 게 고모에요? 그에게 날 떠나라고 얘기했어
요? 어쩜 그렇게 마음씨가 고약하죠, 어쩌면 그렇게 잔인하냐
고요? 제가 고모께 뭘 어쨌다고 이러세요? 왜 날 그냥 내버려
두지 않는 거예요? 고모가 모든 걸 다 망쳐버리지 않을까 두
려웠어요. 왜냐하면 고모는 뭐든 손대기만 하면 다 망쳐놓잖
아요! 외국에 나가 있는 내내 고모가 불안했어요. 고모가 그
사람과 얘기하고 있다는 생각을 하면 한시도 마음을 놓을 수
가 없었다고요." 캐서린은 점점 더 격렬하게 계속해서, 쓰라
림 속에서도 자신의 열정(그녀의 열정은 갑작스럽게 모든 단
계를 뛰어넘어 마침내 그녀의 고모에 대한 거부할 수 없는 판
결을 내렸다)을 날카롭게 투시하며 수개월 동안 그녀의 마음
을 짓누르던 불편함을 쏟아냈다.

  페니먼 부인은 겁이 났고 어찌해야 할지 알지 못했다. 그녀
가 보기에 모리스의 진정한 동기를 약간이라도 늘어놓는 것
은 완전히 불가능했다. "너 참 배은망덕한 아이구나!" 그녀가
소리쳤다.

  "그와 얘기를 나눴다고 너 날 비난하는 거니? 우리가 주고
받은 얘기는 하나도 남김없이 다 네 얘기였어, 알겠니!"

  "네 알아요. 그런데 그게 그를 괴롭게 했다고요. 고모 때문

에 그 사람은 내 이름만 들어도 지겨워진 거라고요! 고모가 그에게 내 애기를 한마디도 안 하는 편이 나았어요. 난 도와달라고 한 적 없어요!”

“틀림없이, 내가 없었다면 그 사람이 이 집 안에 발을 들여놓는 일은 없었겠지. 그랬다면 넌 그가 네 생각을 했는지 알지 못했을 거고.” 페니먼 부인이 상당히 조리 있게 말했다.

“그가 이 집 안에 들어오지 않았기를 바랐어요. 그랬다면 난 그런 사실도 몰랐을 것이고요! 그 편이 나아요.” 가엾은 캐서린이 말했다.

“너 정말 배은망덕한 아이야.” 라비니아 고모가 반복했다.

일이 잘못되었다는 캐서린의 판단, 그리고 폭발하는 분노는 그것이 지속되는 동안은, 모든 폭력적인 단언에서 비롯되는 만족감을 그녀에게 주었고, 이것들은 그녀를 몰아붙였는데, 이는 언제나 공기를 가르며 나아가는 듯한 그런 기쁨을 선사했다. 하지만 마음속으로 그녀는 거칠어지는 것이 싫었고, 체계적으로 분노를 터뜨리는 데 자신이 무능하다는 것을 잘 알고 있었다. 그녀는 자신을 누그러뜨리려 상당히 애썼고, 아주 신속하게 몇 초간 방 안을 걸어 다니며 고모는 모든 것이 다 더없이 잘되기를 바랐을 뿐이라고 스스로 타일렀다. 믿음을 갖고 이런 말로 자신을 다독이는 데는 실패했지만, 얼마 후 캐서린은 아주 차분하게 말을 꺼낼 수 있게 되었다.

“난 배은망덕하지 않아요. 하지만 너무나 불행해요. 내가 이렇게 불행한데 이를 고마워할 순 없잖아요.” 그녀가 말했다. "제발, 그가 어디 있는지 알려주세요."

"난 아무것도 모른다. 내가 그 사람하고 은밀히 편지를 주고받는 것도 아니잖니!" 하지만 페니먼 부인은 진심으로 그가 어디 있는지 알고 싶었고, 갖은 고생을 한 자신을 캐서린이 얼마나 모질게 대했는지 그에게 알려주고 싶었다.

"그렇다면, 헤어지는 게 그의 뜻인가요?" 이때쯤 캐서린은 완전히 차분해져 있었다.

페니먼 부인은 다시 한번 해명할 수 있는 기회를 엿보고 있었다. "그는 물러섰어, 물러섰다고." 그녀가 말했다. "그는 용기가 부족했거든, 그러니까 널 상처 입힐 만한 용기 말야! 네가 아버지의 저주를 받는 걸 견뎌낼 수가 없었던 거야."

캐서린은 두 눈을 고모에게 고정시키고 이 얘기를 듣고 있었다. 그러고는 잠시 동안 그녀를 뚫어져라 바라보았다. "그가 그렇게 전하라고 하던가요?"

"많은 얘기들을 전해달라고 했어. 아주 세세하게, 하나하나 따져가며 말이야. 그리고 네가 그를 경멸하지 말아줄 것을 바란다고 전해달라더라."

"난 그를 경멸하지 않아요." 캐서린이 말했다. 그러더니 덧붙이기를, "그러면 그는 영원히 멀리 떠나버린 건가요?"

"오, 영원이란 너무 긴 시간이잖니. 아마도 네 아버지도 영원히 살지는 못할 거다."

"그럴지도 모르죠."

"마음이 아프겠지만 넌 다 받아들일 거라고, 이해할 거라고 믿는다." 페니먼 부인이 말했다. "틀림없이 넌 그가 지나치게 양심의 가책을 느낀다고 생각하겠지. 나도 그렇단다. 하지만 그의 양심적인 면이 난 존경스럽다. 그가 네게 원하는 것은 네가 변치 않고 살아가는 거란다."

캐서린은 여전히 고모를 쳐다보고 있었지만, 고모의 얘기를 알아듣지 못하는 듯 말했다 "그렇다면 이미 정해놓은 계획이었군요. 계획적으로 약혼을 파기한 거예요. 그가 날 포기한 거예요."

"당분간이야. 캐서린, 잠시 뒤로 미룬 것뿐이야."

"그는 날 혼자 내버려뒀어요." 캐서린이 계속했다.

"너도 날 그렇게 내버려뒀잖니?" 약간의 근엄함을 담아 페니먼 부인이 물었다.

천천히 캐서린은 고개를 저었다. "난 믿을 수가 없어요!" 그리고 그녀는 거실을 빠져나갔다.

제31장

그녀는 스스로에게 침착해야 한다고 다짐했고 침착함의 미덕을 혼자서 익히기를 원했으므로, 일요일 여섯 시면 저녁을 대신해 마련되는 다과 자리에는 모습을 드러내지 않았다. 슬로퍼가 그의 여동생과 얼굴을 마주하고 앉았지만, 페니먼 부인은 한 번도 오라비와 눈을 마주치지 않았다. 그날 저녁 늦게 그녀는 캐서린 없이 그와 함께 여동생 올먼드 부인의 집을 찾았고, 그곳에서 두 부인은 캐서린의 불행한 상황에 대해 솔직한 애기를 나누었다. 페니먼 부인이 상당히 애매모호한 태도로 말을 아끼다 보니 그들의 애기는 무한정 솔직한 것일 수는 없었다.

"그가 캐서린과 결혼하지 않는다니 너무 잘됐어요." 올먼드 부인이 말했다. "하지만 어쨌거나 그 사람은 채찍질을 당해야 당연하지 뭐예요."

여동생의 조야함에 충격받은 페니먼 부인은 그가 가장 고귀한 동기, 캐서린을 가난뱅이로 만들지 않으려는 동기에 따라 행동한 것이라고 대답했다.

"캐서린이 가난뱅이가 되지 않아도 되니 기쁜 일이네요. 난 그 청년이 지나치게 많은 돈을 갖게 되는 일이 절대로 없기를 바라고 있어요! 그런데 그 가엾은 아이는 뭐라고 하던가요?" 올먼드 부인이 물었다.

"나더러 남을 위로하는 데는 천부적인 재능을 지녔다고 하더라." 페니먼 부인이 말했다.

이것이 그녀가 사건의 진상에 대해 자신의 여동생에게 전한 말이었는데 어쩌면 그녀는 그날 밤 워싱턴 스퀘어로 돌아가면 다시 캐서린의 문 앞에 모습을 드러내야겠다는 천재적인 생각도 함께 하고 있었을 것이다. 캐서린은 다가와서 문을 열었다. 분명 그녀는 아주 얌전히 굴었다.

"네게 몇 마디 도움이 될 만한 말을 할까 해서다." 그녀가 말했다. "만약 아버지가 네게 묻거든, 모든 일이 잘되어가고 있다고 말하렴."

캐서린은 손을 손잡이에 얹은 채 들어오라고 권하지도 않고 고모를 바라보며 서 있었다. "아버지가 물어보실 거라 생각하세요?"

"물론 그러실 거다. 방금 엘리자베스 고모 댁에서 돌아오는 길에 내게 묻더구나. 네 아버지께는 아무것도 모른다고 얘기했다."

"그분이 제게 물어보실 거라고 생각하세요? 그분이 아시는데, 알고 계시는데도요?" 하지만 캐서린은 이쯤에서 입을 다물었다.

"많이 알면 알수록 그는 더욱 혐오스러워할 거다." 그녀의 고모가 말했다.

"최대한 그분이 알지 못하게 하겠어요!" 캐서린이 뜻을 밝혔다.

"결혼할 거라고 얘기하렴."

"난 결혼할 거예요." 캐서린은 온순하게 대답하더니 고모를 들이지 않고 문을 닫아걸었다.

이틀이 지나자 그녀는 더 이상 이런 말을 할 수 없었다. 그러니까 화요일에 드디어 모리스 타운센드로부터 편지를 받았을 때에도 그녀는 아무 말 하지 않았다. 그것은 그가 필라델피아에서 다섯 장의 커다란 정사각형 종이 위에 상당히 길게 쓴 편지였다. 그것은 해명을 담은 문서였는데, 아주 많은 설명들을 담고 있었다. 그의 마음속에 있는 단 한 사람, 그 사람의 길은 그가 스쳐 지나간 이후 온통 흩어져 폐허가 되어버렸다는 것, 그 사람의 모습을 마음에서 몰아내기 위해 이렇게 편지를 쓰고 있다는 것, 그가 긴박한 '사업상'의 부재를 택할 수밖에 없었던 까닭들이 주로 나열되어 있었다. 그는 모험 삼아 이번 사업에서 부분적으로 성공하기를 기대하고 있긴 하나, 그렇지만 어떤 실패를 하든 다시는 그녀의 따뜻한 마음과 그녀의 눈부신 미래 그리고 자식으로서의 의무 사이에 끼어드는 일은 없을 것임을 약속하고 있었다. 사업상의 이유로 몇 달간 여행을 해야 할 것이라는 암시를 끝으로 그는 편지를 끝맺었다. 언젠가 그들이 각자의 입장에 얽혀 있는 상황들에 익숙해지게 될 때에, 설령 수년이 지나도록 이러한 상태에 이르지 못한다 해도 다시 친구로, 함께 고통받는 이로, 거대한 사회 규범 앞의 무고하고 철학자다운 희생자로 다시 만나게 될 것이라는 희망과 함께였다. 그녀가 평온하고 행복한 삶을 누리는 것이 여전히 스스로를 그녀의 가장 충실한 종이라 부르는 그의 가장 소중한 바람이었다. 편지는 아름답게 쓰였고, 이후 오랜 세월 동안 편지를 간직했던 캐서린은 그 쓰라린 내용과 공허한 어조에 대한 감각이 조금씩 무뎌지기 시작했을 때에도 그 표현의 우아함에 대해 감탄했다. 현재로서는 아버지의 동정에 기대는 일은 없을 것이라는 나날이 더욱 견고해지는 결심만이 그 편지를 받은 이후 스스로에게 오래 지속되는 힘을 주기 위해 그녀가 내세울 수 있는 유일한 것이었다.

고통 속에서 일주일을 보낸 뒤 어느 날 아침, 의사는 좀처럼 딸아이와 만나는 일이 없는 시간에 뒷거실로 걸음을 옮겼다. 그는 시간을 확인했고, 딸아이가 혼자 있는 것을 알고 있었다. 그녀는 뭔가 일감을 손에 들고 있었고 그는 걸음을 옮겨 그녀 앞에 다가섰다. 외출하던 참이었으므로 그는 손에 모자를 쥐고 있었고 장갑을 끼고 있었다.

"요 며칠 네가 날 대하는 태도를 보면 마땅히 내가 받아야 할 배려들이 결여되어 있는 것 같은데." 그는 단숨에 얘기했다.

“제가 뭘 어쨌다는 말씀인지 모르겠어요.” 캐서린이 일감에 눈을 둔 채 대답했다.

“우리가 바다를 건너오기 전에 리버풀에서 했던 부탁을 마음속에서 까맣게 지워버린 게 틀림없구나. 내 집을 떠나기 전에 미리 내게 알려달라고 했던 부탁 말이다.”

“전 아버지 집을 떠나지 않았어요.” 캐서린이 말했다.

“하지만 떠날 작정이잖니. 그리고 내가 알아듣도록 네가 알려준 바에 따르면, 네 출발이 임박해 있는 것으로 아는데. 사실 네 몸은 아직 이곳에 남아 있다만 네 마음은 이미 이곳에 있지 않아. 네 마음은 네 미래의 남편과 함께 있잖니. 그리고 너도 당연히 너와 내가 함께하면서 누리고 있는 모든 좋은 기억들을 뒤로하고 부부만의 지붕 아래에 자리를 잡아야겠지.”

“더 밝아질 수 있도록 노력할게요.”

“넌 꼭 명랑해져야 한다. 만약 그렇지 못하다면 넌 상당한 대가를 치르게 되겠지. 매력적인 젊은이와 결혼하는 기쁨에 너만의 방식대로 살아가는 기쁨을 더했으니 말이다. 내가 보기엔 넌 아주 운이 좋은 젊은 숙녀가 되겠어!”

캐서린은 자리에서 일어섰다. 숨이 막힐 것 같았다. 그렇지만 그녀는 일거리를 조심스럽게 바르게 접고는 그 위로 빨개지는 얼굴을 수그렸다. 그녀의 아버지는 자리 잡은 곳에 그대로 서 있었다. 그녀는 그가 나가주었으면 했지만 그는 장갑을 문지르며 단추를 채우고 있었다. 그러고 나서 그는 손을 허리춤에 댔다.

"언제쯤 내 집이 텅 비게 되는지 알게 된다면 나로선 도움이 될 듯싶다만." 그는 계속했다. "네가 집을 나가는 날, 네 고모도 행진을 하게 될 거다."

드디어 그녀는 고개를 들고 조용히 오래도록 그를 쳐다보았다. 그녀의 눈길은 그녀의 자존심과 결심에도 불구하고 그녀가 보이고 싶지 않았던 애원의 조각을 내보이고 있었다. 그녀 아버지의 차가운 회색 눈동자가 그녀의 눈동자를 탐색했고 이윽고 그는 그의 뜻을 확실히 했다.

"내일이냐? 다음 주, 아니면 다다음 주인가?"

"전 떠나지 않아요!" 캐서린이 말했다.

의사가 눈썹을 치켜들었다. "그가 물러선 것이냐?"

"제가 약혼을 깨뜨렸어요."

"파혼했다고?"

"제가 뉴욕을 떠나달라고 그에게 청했고, 그래서 그는 멀리 떠나갔어요. 아주 오랫동안이 될 거예요."

의사는 당황스럽기도 하고 실망스럽기도 했다. 하지만 딸아이가 사실을 거짓으로 전하고 있다고──그녀의 말은 누구든 마음만 먹으면 인정할 만했다. 그럼에도 여전히 거짓은 거짓이었다──스스로에게 말함으로써 그는 자신의 당혹감을 해소했다. 그러고서 크게 몇 마디 내뱉고는 고대해왔던 자그마한 승리의 기회를 잃어버린 사람의 실망감을 누그러뜨렸다.

"파혼을 그가 어떻게 받아들이더냐?"

"모르겠어요!" 지금까지 그녀가 말했던 것보다는 현명함이 부족한 대답이었다. "아무 상관없다는 말이냐? 너 좀 잔인한 거 아니냐? 넌 그렇게도 오랫동안 그를 부추기고 그와 어울렸잖니!"

결국 의사는 앙갚음을 했다.

제32장

　지금까지는 우리 얘기가 꽤 느린 걸음걸이로 진행되었지만, 종국에 가까워진 만큼 보폭을 크게 해야겠다. 의사는 순전히 허풍이라고 생각했지만, 모리스 타운센드와 결별했다는 딸아이의 해명은 시간이 갈수록 뒤이은 정황들로 인해 어느 정도 정당화되었다. 모리스는 실연의 상처로 죽어버린 사람처럼 끈질기게 여전히 모습을 드러내지 않았고, 캐서린은 마치 아무런 열매도 맺지 못한 이 사건이 자신의 선택에 의해 종결되기라도 한 듯 기억을 아주 깊이 파묻어버린 것 같았다. 그녀가 치유될 수 없을 정도로 깊이 상처받았다는 것은 우리도 알고 있지만, 의사에게는 이를 감지할 만한 어떤 근거도 없었다. 물론 그는 사실을 알고 싶어 했고, 정확한 진상을 알아낼 수 있다면 상당한 대가를 치르려 했을 것이다. 그렇지만 그는 결코 알지 못하리라는 것, 이것이 그의 형벌이었다. 형벌이라함은 딸아이와의 관계에 있어서 풍자를 남용한 데 대한 벌을 뜻한다. 그녀는 그를 아무것도 알지 못하는 상태에 내버려둠으로써 상당한 풍자의 효과를 자아냈고, 이 점에 있어서 세상 모든 사람들은 그녀와 한편이 되어 그에 대해 풍자적인 태도를 취했다. 페니먼 부인은 그에게 한마디도 귀띔하지 않았는데, 부분적으로는 그가 전혀 물어보지 않았기 때문이기도 했다. 그러기에는 그가 페니먼 부인을 지나치게 하찮게 여겼다. 또 한편으로는 아무것도 알지 못하는 고통 속에서도 침묵해야 하는 고상한 자리를 그에게 줌으로써 이 일에 그녀가 쓸데없이 참견했다고 여기는 그에 대해 보복을 하게 되는 거라고 그녀 스스로 부추겼기 때문이기도 했다. 두세 번 몽고메리 부인을 만나러 갔었지만 그녀로서는 나누어 줄 것이 아무것도 없었다. 그녀는 단지 남동생의 약혼이 깨졌고 이제는 슬로퍼 양이 위험에서 벗어났다는 것 정도를 얘기했고, 어떤 식으로든 모리스에게 해를 끼치는 증인이 되고 싶은 마음이 없음을 밝혔다. 그녀는 예전에는 그렇지 않았다. 정말 내키지 않는 일이었지만 슬로퍼 양에 대한 연민 때문이었다. 하지만 이제 그녀는 조금도 슬로퍼 양이 안됐다고 생각하지 않았다. 아무런 연민도 없었다. 모리스는 내내 슬로퍼 양과의 관계에 대해 그녀에게 아무런 언급이 없었고 그 이후로도 아무 말도 하지 않았다. 항상 그는 멀리 있었고, 그녀에게 편지를 보내는 일은 아주 드물었다. 그녀는 그가 캘리포니아로 갔다고 믿었다. 올먼드 부인은, 그녀의 언니의 표현대로라면, 최근의 파국 이후에 캐서린을 강력하게 ‘휘어잡았지만’ 그 아이는 그녀의 친절함에 상당한 고마움을 표할 뿐 비밀을 털어놓으려 하지는 않았다. 그러니 그 마음 좋은 부인도 의사에게는 아무런 만족감을 줄 수 없었다. 그렇지만 설령 조카딸 아이의 불행한 사랑 이야기의 은밀한 과정들에 대해 그에게 얘기해줄 수 있었다 해도, 알지 못하는 상태에 그대로 그를 내버려두는 것이 올먼드 부인에게는 위안이 되었을 것이다. 왜냐하면 이즈음 올먼드 부인은 그녀의 오라비를 전적으로 동정하고 있지는 않았기 때문이다. 그녀는 나름대로 캐서린이 잔인하게 버려졌을 것이라고 추측했다. 그녀는 페니먼 부인으로부터는 아무 말도 듣지 못했다. 그건 페니먼 부인 스스로가 그 잘난 모리스의 동기를 감히 늘어놓는 모험을 하지 않았기 때문인데, 캐서린에게는 충분히 떠벌릴 만한 것이었지만 올먼드 부인에겐 달랐다. 그리고 그녀는 오라비가 그 불쌍한 아이가 겪었을 고통, 그리고 여전히 겪고 있을 고통에 대해 예나 지금이나 아무런 관심이 없다고 생각했다. 슬로퍼는 자신만의 의견을 갖고 있었고, 그가 자신의 생각을 수정하는 경우는 좀처럼 없었다. 그 결혼은 끔찍한 것이었던 만큼 그 아이가 도망쳐 나오게 된 것은 축복이었다. 그 때문에 그 아이를 가엾어할 이유는 전혀 없었고, 그녀를 위로하는 척하는 것은 그녀에게 모리스를 그리워할 권리가 있음을 인정하는 쪽으로 굽히고 들어가는 처신이라 생각했다.

“난 처음부터 이런 의견을 고수했고 지금도 변함이 없다.”

의사가 말했다. "난 어째서 그게 잔인하다는 건지 모르겠구나. 누구나 그렇게 오랫동안 한 가지 의견을 고수할 수 있는 건 아니다." 이에 대해 올먼드 부인은 여러 차례 답하기를 캐서린이 자신과 어울리지 않는 연인을 떠나보냈다면 그 아이는 공을 차지할 자격이 있고, 그 아이가 이 일을 둘러싼 아버지의 현명한 견해에 합류하려면 그 아이로서는 그가 감사해야 할 만한 노력이 필요할 것임을 얘기했다.

"난 그 아이가 그 사람을 떠나보냈다고 생각하지 않는다." 의사가 말했다. "조금도 그럴 가능성은 없어. 이 년 동안 마치 노새처럼 그렇게 고집 세게 굴더니 갑자기 분별 있는 인간으로 돌아섰다고? 아니다. 그 인간이 그 아이를 떠나버린 것이야. 그게 훨씬 더 그럴듯해."

"그렇다면 더더욱 그 아이에게 다정하게 대하셔야겠어요."

"난 그 아이를 다정하게 대하고 있어. 그렇지만 난 슬퍼할 수는 없다. 관대하게 보이고 싶다고 해서 그 아이에게 가장 잘된 일을 놓고 울음을 터뜨릴 수는 없는 일 아니냐."

"조금도 동정심이 없으세요." 올먼드 부인이 말했다. "그건 결코 오라버니의 장점이 될 수 없어요. 오라버니는 그저 옳은지 그른지, 이 결별이 그 아이에게서 시작된 것인지 아니면 그가 시작한 것인지 이런 것들을 알아내려고 그 아이를 지켜보고 계시잖아요. 가엾은 그 아이의 조그마한 심장이 쓰라린 상처를 입었는데 말이에요."

"상처에 손을 댄다고 해서, 또 상처에 눈물을 뿌린다고 해서 상처가 아무는 것은 아니다. 조금도 그렇지 않아! 내가 할 일은 그 아이가 더 이상의 불운을 입지 않도록 하는 것이고, 난 세심하게 살필 작정이다. 하지만 난 도무지 네가 말하는 캐서린을 이해할 수가 없구나. 내가 보기에 그 아인 전혀 도덕적인 찜질 약을 찾아 헤매는 젊은 여인으로는 보이지 않거든. 사실 내 생각엔 그 아인 그 인간이 어슬렁거리던 때보다도 훨씬 좋아 보이거든. 그 아인 완전히 편안한 상태에서 피어나고 있어. 먹고 자고, 늘 하던 일들을 하고, 언제나처럼 화려한 옷가지들로 지나치게 꾸미고 말이야. 그 아인 항상 손지갑 같은 것을 뜨거나 손수건에 수를 놓곤 하지. 그 아인 이런 물건들을 예전과 다름없이 재빨리 만들어내는 것 같고. 그 아인 할 말이 많은 것 같진 않아. 하지만 언제는 뭐 그 아이가 특별히 할 말이 있었냐 하면 그것도 아니거든? 그 아인 가벼운 춤을 추었던 것이고 이젠 자리에 앉아서 쉬고 있는 거야. 내 생각엔 대체로 그 아인 이런 생활을 즐기고 있어."

"사람들이 부러진 다리를 없애버리는 걸 기뻐하듯이 그렇게 그 아인 즐기고 있을 뿐이에요. 절단하고 난 다음의 느낌은 물론 상대적인 해방감 같은 것이겠죠."

"네가 말하는 다리가 젊은 타운센드를 빗대어 표현한 것이라면 그는 조금도 부러지지 않았다는 것을 네게 확실히 하고 싶구나. 부러졌다고? 그럴 인간이 아니지! 그는 살아 있고 완벽해. 아무 탈도 없다고. 그리고 그 점이 바로 내가 보기엔 만족스럽지 못한 부분이다."

"그를 죽이고 싶었겠네요?" 올먼드 부인이 물었다.

"그래, 정말이지 그랬다. 이 모든 게 다 눈속임일 수 있다는 생각을 늘 했었다."

"눈속임이라고요?"

"둘이서 짜고 하는 일이란 거지. 죽은 척하고 있는 거야. 프랑스 사람들이 말하듯이 말이다. 하지만 그 인간은 실눈을 뜨고 쳐다보고 있어. 내 말이 틀림없어. 아직 배를 다 불태워버린 게 아니거든. 다시 돌아올 수 있도록 한 척은 남겨뒀어. 내가 죽고 나면 다시 들어올 거야. 그러면 그 아인 그와 결혼할 거고."

"오라버니가 단 하나 있는 딸아이를 가장 비열한 위선자로 내몰다니 놀랍군요." 올먼드 부인이 말했다.

"내가 그 아이를 비난하는 게, 그 아이가 내 외동딸인 것과 무슨 상관이 있다는 것인지 모르겠구나. 열 명도 넘는 아이들을 비난하는 것보다야 한 명이 낫지. 하지만 난 아무도 비난하지 않았어. 캐서린에게는 약간의 위선도 없거든. 그 아이는 불행한 척 가장할 줄도 모르는 아이야."

이 모든 일이 '눈속임'이라는 의사의 생각은 잠시 중단되었다가도 되살아나곤 했다. 하지만 대체로 그가 나이를 먹어감에 따라, 캐서린은 편안하게 피어나는 동시에 더 강해졌다는 게 옳을 것이다. 그 아이에게 있어 커다란 고난의 해였던 그때에도 그 다음 해에도 그녀를 연인에게서 버림받은 처녀로 볼 만한 어떤 근거도 찾지 못했다면, 그녀가 완전히 자신의 냉정을 되찾은 이후에도 그가 아무런 근거를 찾지 못했다는 것은 놀랄 만한 일이 아니었다. 그로서는 만약 두 젊은이가 그의 길이 다하기만을 기다리고 있는 것이라면, 적어도 그들의 인내심이 보통이 아니라는 것으로 사태를 이해할 수밖에 없었다. 때때로 그는 모리스가 뉴욕에 있다는 말을 전해 들었지만 그 청년은 결코 오래 머무르지는 않았으며, 의사를 가장 만족스럽게 했던 것은 캐서린과 아무런 연락이 없었다는 것이었다. 그들이 만나고 있지 않다는 의사의 확신은 절대적인 것이었다. 그에게는 모리스가 그녀에게 전혀 편지를 하지 않았다고 생각할 만한 근거가 있었다. 언급된 바 있는 편지 이후에도 상당한 기간을 두고, 그녀는 두 차례 더 그에게서 소식을 들었지만 어느 경우에도 그녀는 답장을 하지 않았다. 한편, 의사가 파악한 바에 따르면 그녀는 다른 누군가와 결혼한다는 생각을 단호하게 차단하고 있었다. 결혼할 수 있는 기회가 많았던 것은 아니지만 그녀의 마음을 저울질할 만큼 종종 기회가 찾아왔다. 그녀는 상냥한 성격에 재산도 괜찮은 세 아이가 딸린 (그는 그녀가 아이들을 아주 좋아한다고 들었고 다소 신뢰를 갖고 있었기에 자신의 아이들에 대해 언급했다) 홀아비를 거절했다. 젊고 영리한 변호사의 간청도 못 들은 척했다. 변호사로서 훌륭한 사업 전망과 아주 호감 가는 사람이라는 평판을 들었던 그 사람은 아내를 찾아야 할 시기에 이르렀을 때 주위를 둘러보고 영리함을 발휘했고, 몇몇 더 젊고 아름다운 외모의 소녀들보다는 캐서린이 더 적합할 것이라고 믿었다. 홀아비였던 매컬리스터 씨는 합리적인 결혼을 희망했고, 그녀에게 잠재해 있는 점잖은 기혼 여성으로서의 자질에 이끌려 캐서린을 선택한 것이었다. 캐서린보다 한 살 연하였던 존 러드로우는 누구든 '골라잡을 수' 있는 청년으로 알려져 있었는데 캐서린을 진지하게 사랑하게 되었다. 하지만 캐서린은 그에게 눈길을 주지 않았고, 그의 방문이 너무 잦다는 의사를 분명히 밝혔다. 이후 그는 스스로를 위로하고는 가장 지각이 둔한 사람에게조차도 틀림없이 매력적으로 보일, 나이 어린 스터트밴 양과 결혼했다. 이러한 일들을 겪으며 캐서린은 서른을 훌쩍 넘겨버렸고 노처녀로서의 자리를 굳혔다. 그녀의 아버지는 그녀가 결혼하기를 바랐고, 한번은 그녀에게 너무 까다롭게 굴지 않았으면 한다는 말까지 했다. "내가 죽기 전에 네가 정직한 사람의 아내가 되는 걸 보고 싶구나." 그가 말했다. 이는 존 러드로우가 단념할 것을 강요받은 후의 일이었고 그래도 의사는 그에게 굽히지 말고 끝까지 해보라는 조언을 했다. 의사는 더 이상 압력을 가하는 일이 없었고 딸아이의 미혼 상태에 대해 결코 '노심초사' 하지 않는다는 신뢰를 보였다. 사실 그는 보이는 것보다 훨씬 더 염려하고 있었고, 상당한 기간 동안을 모리스 타운센드가 어느 문간 뒤엔가 숨겨져 있다는 확신 속에서 보냈다. "그게 아니라면 이 아이가 왜 결혼을 안 하겠어?" 그는 스스로에게 물었다. "그 아이의 총명함에는 한계가 있을 수 있어. 그렇다 해도 자신이 남들 하듯이 살아가야 한다는 것을 분명히 잘 알고 있을 텐데." 하지만 캐서린은 존경받을 만한 노처녀가 되었다. 즐겨 하는 일들을 찾았고 자신만의 체계에 따라 하루 일과를 규칙적으로 정했고, 자선 단체나 빈민가, 병원, 또 구호 협회에도 관심을 갖게 되었다. 대체로 그녀는 조용하고 고른 발걸음으로 엄중한 삶의 일상들을 돌보았다. 하지만 이러한 삶에는 공개적인 이야기만 있는 것이 아니었고 감춰진 부분도 있었다. 사교 생활이라는 것을 항상 골칫거리로 여겼던 수줍음 많은 원숙한 미혼 여성의 공개적인 내력에 대해 얘기하는 것이라면 그러했다. 그녀 자신이 보기에는 자신의 삶의 이력의 중심적인 사건이라면 모리스 타운센드가 그녀의 애정을 가지고 장난쳤고, 그녀의 아버지가 그 샘을 파괴해버렸다는 것이다. 이 사실은 어떠한 경우에도 뒤바뀌지 않았고 그녀의 이름처럼, 나이처럼, 평범한 얼굴처럼 그렇게 항상 그곳에 있었다. 그 무엇도 모리스가 그녀에게 입힌 상처를 치유할 수 없었고 그의 잘못을 바로잡을 수 없었고 결코 어렸을 때 아버지에게 향했던 감정을 다시금 불러일으킬 수도 없었다. 그녀의 삶에서 어떤 것들은 죽어 없어져버렸고, 그 빈자리를 채우려 노력하는 것이 그녀가 해야 할 일이었다. 캐서린은 이 책무를 완벽하게 깨닫고 있었고 생각에 잠기거나 얼굴을 찡그리는 일을 아주 싫어하게 되었다. 물론 그녀는 무절제에 빠져 추억을 사그라뜨리는 그런 수완은 없었지만, 자유롭게 도시 주변의 일상적인 환락거리 속으로 섞여들곤 했다. 급기야 그녀는 평이 좋은 모든 사교 모임에 없어서는 안 되는 인물이 되었다. 사람들은 그녀를 상당히 좋아했고, 시간이 지남에 따라 사회의 젊은 구성원들에게 인정 많은 미혼의 숙모가 되었다. 여자 아이들은 그녀에게 그들의 사랑 이야기들을 털어놓으려 했고(페니먼 부인에게 그러는 경우는 결코 없었지만), 젊은이들은 이유는 알지 못하면서도 그녀를 좋아하게 되었다. 그녀는 몇 가지 남에게 해가 되지 않는 괴상한 버릇을 만들었는데, 그녀의 버릇은 일단 만들어지고 나면 다분히 완고하게 유지되는 것이었다. 모든 사회적 · 도덕적 문제들에 대한 그녀의 의견들은 극히 보수적이었는데, 사십이 되기도 전에 그녀는 구세대로 여겨졌고 이미 사라져버린 관습들에 대한 권위로 생각되었다. 비교해보면 페니먼 부인은 극히 소녀다운 인물로 갈수록 더 어려졌다. 아름다움과 신비함에 대한 모든 감각을 하나도 잃어버리지 않고 있었지만 이를 발휘할 기회는 좀처럼 오지 않았다. 그녀는 캐서린의 후속 구혼자들과는 모리스 타운센드와의 교제에서와 같은 그런 흥미진진한 시간들을 보낼 만큼 친밀한 관계를 수립하는 데 실패했다. 이 젊은이들은 그녀의 훌륭한 역할에 대해 설명하기 어려운 불신을 보였고, 결코 그녀에게 캐서린의 매력에 대해 얘기하는 법이 없었다. 그녀의 고수머리, 금속 장식품들, 고리 장식들은 해가 바뀔수록 더욱더 밝게 빛났지만, 그녀는 예전과 다름없이 참견하기 좋아하고 공상적인, 우리가 지금까지 봐온 충동적인 면과 신중한 면이 이상하게 뒤섞인 페니먼 부인으로 남아 있었다. 하지만 한 가지 측면에 있어서는 그녀의 용의주도함이 지배적인 힘을 발휘했는데, 이 부분에 대해서는 합당한 신뢰를 받을 만했다. 십칠 년이 넘는 세월 동안 그녀는 조카딸 앞에서 결코 모리스 타운센드라는 이름을 입에 올리지 않았다. 캐서린은 그녀에게 고마워하고 있었으나 이런 일관된 침묵은 고모의 성격과는 전혀 어울리지 않는 것으로서 얼마간 그녀를 놀라게 했고, 페니먼 부인이 가끔씩 그의 소식을 듣고 있다는 의심을 결코 완전히 지워버릴 수 없게 했다.

점차 슬로퍼는 의사직에서 물러났다. 그는 희귀한 증상을 보이는 환자들만을 방문했다. 그는 다시 유럽을 찾았으며 두 해 동안 머물렀다. 캐서린이 동행했으며 이번에는 페니먼 부인도 함께였다. 확실히 페니먼 부인에게 유럽은 그다지 새로울 것이 없었는데, 굉장히 낭만적인 장소에 이르면 종종 이렇게 말하곤 했다. "이 모든 것들이 내게는 얼마나 친숙한지 몰라요." 그녀가 자주 이런 언급을 한 것은 그녀의 오라비에게도 그리고 조카딸에게도 아니라는 점을 밝혀둬야겠다. 그녀는 종종 우연히 가까이 있게 된 동료 여행객들에게, 혹은 가장 눈에 띄는 곳에 있는 안내인이나 염소지기들에게 그렇게 말하는 것이었다.

유럽에서 돌아온 후, 하루는 의사가 캐서린을 섬뜩 놀라게 하는 말을 꺼냈다. 그건 너무 오랜 과거로부터 흘러나온 듯했다.

"내가 죽기 전에 네가 약속을 하나 해줬으면 좋겠구나."

"왜 돌아가신다는 말씀을 하세요?" 그녀가 물었다.

"내 나이가 예순여덟이잖니."

"전 아버지께서 아주 오래 사셨으면 좋겠어요." 캐서린이 말했다.

"나도 그러고 싶구나! 하지만 언젠가 난 몹쓸 감기에 걸릴 것이고, 그렇게 되면 누가 뭘 원하는가 하는 따위는 아무런 소용이 없게 되겠지. 난 그렇게 사라지게 될 것이고. 그때가 오거든 내가 했던 말들을 기억하도록 해라. 내가 죽은 후에도 모리스 타운센드와 결혼하지 않겠다고 내게 약속해줄 수 있겠지."

이미 언급했듯이, 이 말은 캐서린을 놀라게 했지만 그녀의 놀라움은 소리 내지 않는 것이었고, 잠시 동안 그녀는 아무 말도 하지 않았다. "왜 그 사람 얘기를 하시는 거예요?" 마침내 캐서린이 물었다.

"넌 내가 하는 말마다 걸고넘어지는구나. 내가 그 사람 얘기를 하는 것은 그가 다른 사람들과 마찬가지로 애깃거리가 되기 때문이지. 다른 사람들과 마찬가지로 그도 모습을 드러낼 수 있지 않겠니. 그리고 그는 아직도 아냇감을 찾고 있어. 아내를 한 번 얻었다가 다시 홀몸이 되었다지. 어떻게 그리되었는지는 나도 모르는 바이고. 최근에는 뉴욕에 머무르기도 했어, 네 사촌 메리언의 집에 말이다. 엘리자베스 고모가 그를 거기서 봤다더구나."

"고모도 메리언도 그런 얘기는 내게 안 했어요." 캐서린이 말했다.

"그게 그들의 좋은 점이지. 네겐 그런 장점이 없지만 말이다. 살도 찌고 머리도 벗어졌다더라. 재산은 모으지 못했고. 하지만 그런 것들에만 의존해서 네 마음이 냉정히 돌아서리라고 장담할 수가 없구나. 그래서 네게 약속해달라고 부탁하는 것이고."

"살도 찌고 머리도 벗어졌다고요." 이 말은 캐서린의 마음에 야릇한 인상을 심어주었지만 이로 인해 세상에서 가장 아름다운 젊은 남성의 기억이 지워지는 것은 결코 아니었다. "전 아버지께서 이해하실 수 있으리라 생각지 않아요." 그녀가 말했다. "제가 타운센드 씨를 떠올리는 일은 좀처럼 없어요. 아주 드물어요."

"그렇다면 넌 어렵지 않게 계속 그럴 수 있을 것 아니냐. 그러니 내가 죽고 난 후에도 그러겠다고 약속해주렴."

또 잠시 동안 캐서린은 말이 없었다. 아버지의 요청은 그녀에게 깊은 충격을 주었다. 그것은 옛 상처를 다시 열어젖혔고, 다시금 아프게 했다. "그런 약속을 해드릴 수는 없을 것 같아요." 그녀가 대답했다.

"나로선 상당히 흡족할 것 같은데도 말이냐." 아버지가 말했다.

"아버진 이해 못하세요. 전 그런 약속 할 수 없어요."

한순간 의사는 말이 없었다. "난 특별한 이유가 있어서 네게 물어보는 것이다. 난 내 유언장을 고쳐 쓸 생각이다."

이 이유는 캐서린에게 아무런 충격을 주지 못했다. 사실 그녀는 이 말의 참뜻을 거의 알아듣지도 못했다. 그녀의 모든 감각은 그녀의 아버지가 수년 전에 그녀를 대하던 것과 똑같은 방식으로 그녀를 대하려 하고 있다는 생각 속으로 잠겨들었다. 그 당시 그녀는 그로 인해 상처를 입었다. 그리고 지금은 그녀의 모든 분별력이, 그녀에게 배어 있는 모든 평온함과 단호함이 온몸으로 거부하고 있었다. 젊은 시절 그녀는 너무나 미약했었지만 지금 그녀는 어느 정도의 자존심은 내보일 수 있게 되었고, 게다가 아버지의 이러한 요구가, 아버지가 아무런 제약도 없이 이런 말을 해도 된다고 생각하고 있다는 것이, 그녀의 위엄에 상처를 내는 것처럼 보였다. 가엾은 캐서린의 위엄이라고 해봐야 공격적인 것은 못 되었고, 당당하게 자리를 차지하는 것도 아니었지만 충분히 깊이 밀어붙인다면 드러나게 되어 있는 것이었다. 그녀의 아버지는 아주 깊이 밀고 들어갔다.

"약속할 수 없어요." 그녀는 꾸밈없이 반복했다.

"너 참 고집불통이구나." 의사가 말했다.

"아버지께선 이해 못하세요."

"그렇다면 어디 설명 좀 해보렴."

"설명할 수 있는 게 아니에요." 캐서린이 말했다 "약속할 수도 없고요."

"이런 이런." 그녀의 아버지가 외쳤다. "네가 이렇게까지 고 집불통인 줄은 몰랐구나!"

그녀 스스로도 자신이 고집불통이란 것을 알고 있었다. 그런데 이런 사실이 그녀에게 어떤 기쁨을 선사하는 것이었다. 이제 그녀는 중년의 여인이었다.

이 일이 있고 일 년 뒤, 의사가 말하던 일이 일어났다. 그는 심한 감기에 걸렸다. 4월 어느 날, 그는 정신에 문제가 있는 환자를 진찰하기 위해 블루밍데일로 마차를 몰았다. 그 환자는 정신 이상으로 인해 사설 보호소에 위탁되어 있었는데 그 가족들이 탁월한 전문의의 의학적 견해를 듣기를 몹시 갈망하고 있었기 때문이었다. 그는 봄날의 소나기를 만났고 덮개도 없는 마차를 타고 있었기 때문에 살갗까지 흠뻑 비에 젖었다. 그는 불길한 한기를 느끼며 집으로 돌아왔고 다음 날 중병을 앓게 되었다. "폐출혈이야." 그는 캐서린에게 말했다. "난 아주 훌륭한 간호가 필요할 거다. 어쨌거나 내가 회복될 수는 없으니, 큰 차이는 없을 것이다마는. 하지만 난 모든 게 정확히 진행되었으면 좋겠어. 가장 사소한 일 하나하나까지 말이다. 마치 내가 실제로 회복되길 기대하듯 말이다. 제대로 관리되지 않는 병실은 난 질색이다. 그리고 내가 나아질 거라는 전제하에 네가 날 간호해줄 수 있다면 좋겠구나. 착한 딸이 되어달라는 거다." 그는 그녀에게 어떤 동료 의사들을 부르러 보내야 하는지를 일러주었고, 엄청나게 많은 세세한 지시 사항들을 알려주었다. 그녀는 아주 긍정적인 가정하에 그를 간호했다. 하지만 그는 일생에서 단 한 번도 그릇된 판단을 내렸던 적이 없었고 이번에도 그의 판단은 틀리지 않았다. 그는 칠십 대로 접어들고 있었고 비록 잘 관리된 체격이었지만, 삶을 장악하던 그의 주도권은 그 견고함을 잃어버렸다. 삼 주간 앓고 그는 죽음을 맞이했다. 그 삼 주 동안 그의 딸은 물론이고 페니먼 부인도 그의 침상에서 온 정성을 쏟았다.

예의에 어긋나지 않을 정도의 기간을 두고서 그의 유언장이 개봉되었는데 두 종류로 나눠져 있었다. 처음 것은 십 년 전으로 거슬러 올라가는 것이었다. 이는 일련의 양도 과정들을 담고 있었는데, 두 여동생들에게 합당한 유산 상속을 해주면서 대부분은 그의 딸에게 상속되었다. 두 번째 것은 최근 것으로 일종의 유언 보충서였는데 연금 수령권을 페니먼 부인과 올먼드 부인이 유지하도록 하고 있었지만 캐서린의 몫을 처음 그녀에게 양도했던 것의 5분의 1로 축소했다. 서류에 따르면 "캐서린은 어머니로부터 충분한 유산을 물려받았고, 극히 일부분을 제외하고는 이 수입을 전혀 지출하지 않았다. 따라서 이미 그녀의 재산은 그녀가 아직도 변함없이 관심을 갖고 있는 부류라고 내게 믿게끔 만든 그 파렴치한 모험가들을 유혹하고도 남음이 있다." 따라서 의사는 상당한 나머지 재산을 크고 작은 일곱 부분으로 쪼갰고, 전국 곳곳의 도시에 있는 다양한 병원들과 의학교에 기부금으로 보냈다.

한 사람이 자신의 재산을 가지고 그런 짓궂은 짓을 한다는 것은 페니먼 부인에게는 소름 끼치는 일이었다. 물론 그녀가 말했듯이 의사의 죽음 이후 그 재산은 다른 사람들의 것이 되었기 때문이다. "당연히 넌 즉시 유언을 파기해야겠지." 페니먼 고모가 캐서린에게 말했다.

"아니요." 캐서린이 말했다. "아버지의 유언 내용이 아주 맘에 들어요. 단지 조금 다른 방식으로 표현되었더라면 더 좋았을 텐데요!"

제34장

　늦여름이 될 때까지 도심에 머물러 있는 것이 그녀의 습관
이었다. 그녀는 다른 어떤 주택보다도 워싱턴 스퀘어의 저택
을 좋아했으며 8월 한 달간 종종 바닷가로 떠나는 것도 마지
못해 하는 일이었다. 바닷가에서 그녀는 한 달을 호텔 방에서
나곤 했다. 아버지가 돌아가시던 해 그녀는 이러한 일정이 깊
은 애도와는 어울리지 않는다고 생각해서 모두 중단했다. 그
다음 해, 8월도 중순에 다다랐을 무렵, 그녀는 워싱턴 스퀘어
의 찌는 듯한 더위 속에 홀로 있는 자신을 발견하기까지 출발
을 지나치게 늦게 미루고 있었다. 변화를 아주 좋아하는 페니
먼 부인은 언제나 시골로의 여행을 갈망했지만 올해만큼은
거실 창가에 앉아서 나무 울짱 너머로 가죽나무들이 자아내
는 전원적인 풍경들을 감싸 안으며 꽤 만족하는 것 같았다. 7
월의 더운 밤마다 그 식물만의 독특한 향기가 저녁의 대기 속

으로 퍼져 나갔고, 그럴 때면 페니먼 부인은 곧잘 열어젖힌 창
가에 자리를 잡고는 그 향기를 들이마시는 것이었다. 페니먼
부인은 이런 순간이 행복했으며, 오라비의 죽음 이후 그녀는
더욱 자유롭게 자신의 충동이 이끄는 대로 따랐다. 그녀의 삶
에서 미미한 억압조차 자취를 감췄고, 아주 오래전 의사가 캐
서린을 데리고 외국 여행을 떠나면서 그녀를 집에 홀로 남겨
두어 모리스 타운센드를 환대하게 했던 그 추억 속의 시간 이
래로 한 번도 느껴본 적이 없는 일종의 자유라는 감정을 만끽
하고 있었다. 오라비의 죽음 이후 보낸 세월은 그녀로 하여금
행복했던 순간들을 떠올리게 했다. 캐서린은 나이가 들면서
점차로 비중 있는 사람이 되어갔지만, 그녀 자신의 모임은 페
니먼 부인 스스로 표현하듯이, 차디찬 물웅덩이 같은 모임이
었다. 이 나이 든 부인은 기다랗게 남겨진 삶의 자락을 어떻게
살아나가야 할지 거의 알지 못했다. 그녀는, 색실로 짠 주단
틀 앞에 반듯한 바늘을 손에 쥐고 앉아 있듯이, 그렇게 자주
자리를 잡고 앉아 삶을 뚫어져라 바라볼 뿐이었다. 하지만 그
녀에게는 한 가지 확실한 희망이 있었고, 그녀의 넘치는 충동
들, 또 자수 장식에 관한 한 타의 추종을 불허하는 재능은 아
직도 쓸모가 있을 것이라고 믿고 있었으며 여러 달이 지나기
전에 이는 사실임이 증명되었다.

조용한 습성을 지닌 미혼의 숙녀는 이즈음 이 도시의 상층
부를 가로지르는 주요 도로들을 장식하기 시작하던, 적갈색
사암으로 정면을 장식한 자그마한 집들 중의 하나에 거처를

정하는 것이 더 편리하리라는 생각이 들었음에도 불구하고 아버지의 집에 계속 머물렀다. 캐서린은 이전 시대의 건축물을 좋아했고, 이 무렵 이런 건축은 '구식' 집이라 불리기 시작했고 그녀는 그곳에서 삶을 마감할 것을 다짐했다. 허세라고는 없는 점잖은 두 여인네에게는 너무 큰 집이었지만, 너무 작은 것보다는 이편이 나았다. 캐서린은 집 안에서 그녀의 고모와 가까운 영역에 자리하고 싶은 마음이 전혀 없었기 때문이다. 그녀는 워싱턴 스퀘어에서 여생을 보낼 것이며, 이 기간 내내 페니먼 부인과 함께하게 될 것을 예상하고 있었다. 왜냐하면 그녀는 자신이 오래 살 것인 만큼, 고모도 적어도 그만큼 오래 살고, 또 사는 동안 그녀만의 빛과 활발함을 계속 갖고 있으리라는 믿음이 있었기 때문이다. 페니먼 부인은 그녀에게 넘치는 생명력에 대한 생각을 불러일으켰다.

앞서 언급한 7월의 어느 더운 저녁 무렵, 두 여인은 열린 창가에 자리를 잡고 앉아서 고요한 공원에 눈길을 주고 있었다. 불을 켜놓거나, 독서를 하거나, 일을 하기에는 너무 더웠다. 페니먼 부인이 오랫동안 침묵하고 있는 것을 보면 얘기를 주고받기에도 너무 더운 듯했다. 그녀는 발코니 중간쯤에 창문을 향해 자리를 잡고 앉아서 가볍게 노래를 흥얼거렸다. 캐서린은 방 안에서 하얀색 옷을 차려입고는 기다란 흔들의자에 앉아서 커다란 야자 잎 모양의 부채를 천천히 흔들고 있었다. 이 계절이면 고모와 조카딸은 차를 마시고 난 후 이렇게 그들의 저녁 시간을 보내는 것이었다.

"캐서린." 페니먼 부인이 드디어 말했다. "네가 놀랄 만한 얘기를 하나 할까 하는데."

"하세요." 캐서린이 말했다. "난 놀라운 일들을 좋아해요. 바로 지금도 그렇고요."

"그래, 그렇다면. 나 모리스 타운센드를 만났어."

설령 놀랐다 해도 캐서린은 이를 자제하여 내색하지 않았다. 그녀는 움찔하는 기색도 없었고 탄성을 지르지도 않았다. 실제로 한 몇 분 동안 그녀는 전혀 꼼짝 않고 그대로 있었는데, 어쩌면 이것이 그녀의 감정을 아주 잘 표현한 것인지도 모른다. "건강하시다면 좋겠네요." 드디어 그녀가 말을 꺼냈다.

"글쎄다. 아주 많이 변했더구나. 진심으로 널 만나보고 싶어 해."

"그를 보지 않는 게 좋을 것 같은데요." 주저하지 않고 캐서린이 대답했다.

"네가 그렇게 말할까 봐 걱정했었다. 하지만 넌 놀라는 기색이 아니구나!"

"놀라고 있어요. 아주 많이."

"메리언의 집에서 만났거든." 페니먼 부인이 말했다. "그가 메리언의 집을 드나드니까 네가 그곳에서 그를 만나게 되지 않을까 모두들 염려하고 있어. 내가 보기엔 그가 그 집에 가는 것도 그 이유인 듯해. 진정으로 널 만나보고 싶어 한다니까." 캐서린이 아무런 반응을 보이지 않자 페니먼 부인은 계속했다. "처음엔 그를 몰라봤어. 놀라울 정도로 변했어. 하지만 그는 나를 한눈에 알아보더구나. 내가 하나도 변하지 않았다고 말하지 뭐냐. 그 사람 얼마나 점잖은지 너도 알잖니. 내가 들어섰을 때 그는 막 나오던 참이었어. 그래서 함께 좀 걸어 나왔지. 여전히 아주 멋있어. 물론 더 나이 들어 보이긴 했지만 말이다. 그리고 예전처럼 그렇게 활기찬 모습은 아니었어. 슬픔의 흔적 같은 게 보이더구나. 특히 돌아서서 갈 때는 더 그랬어. 그다지 성공하지 못한 모양이야. 완전히 자리를 잡은 기색이 전혀 없더라. 그럴 만큼 꾸준히 일했을 것 같지가 않아. 그것이 결국 이 세상에서 성공하는 길인데 말이다." 이십여 년간 페니먼 부인은 조카딸 앞에서 모리스 타운센드라는 이름을 입에 담지 않았는데 이제 그에 대한 애기를 하고 있는 자신의 목소리를 들으며 어떤 환희 같은 걸 느끼는 것을 보면, 그녀는 주문을 풀었고 잃어버린 시간을 보상받으려는 듯 보였다. 하지만 그녀는 상당히 조심스럽게 이야기를 계속해나갔고, 가끔씩 캐서린이 반응을 보일 수 있도록 그녀에게 시간을 주었다. 캐서린은 의자를 더 이상 흔들지 않고 부채질도 멈추었을 뿐 그 이상 아무런 내색도 하지 않았다. 그녀는 꼼짝 않고 앉아서 아무 말이 없었다. "지난 화요일이었어." 페니먼 부인이 말했다. "그 이후로 네게 말을 해야 하나 줄곧 망설이고 있었단다. 네가 좋아할지 몰라서 말이다. 적어도 그건 모두 너무 오래전의 일이라 아마도 네게 별다른 감정이 남아 있지 않을 거라고 생각했어. 메리언의 집에서 마주치고 나서 다시 그를 만났어. 거리에서 그를 만나서 몇 발짝 같이 걸었어. 첫 질문이 너에 대한 것이었어. 아주 많은 질문을 하더구나. 메리언은 네게 아무 말 하지 말았으면 하더라. 그들이 그를 손님으로 받아들이고 있는 걸 네가 알기를 원치 않더구나. 많은 세월이 지났으니 넌 그런 일 따위는 아무렇지 않게 여길 거라고 그에게 얘기해줬다. 그가 자신의 사촌 집에서 환대받는 것을 네가 싫어할 리는 없을 것이라고 말이야. 만약 네가 그런 걸 꺼려한다면 그편이 더 괴로운 일이라고 애기했지. 메리언은 너희 둘 사이에 일어났던 일에 대해서 아주 괴상한 생각을 갖고 있더라. 내 마음대로 내가 그 아이에게 사실을 알려주었지 뭐냐. 이야기를 진실의 불빛으로 비춰 보여준 거지. 캐서린, 내가 확신한다만, 그에게는 아무런 비통함도 없었어. 그리고 그렇다 해도 그를 이해해줘야 할 것 같다. 그에게는 세상일이 잘 풀리지 않았나 봐. 전 세계를 돌아다니며 어디서든 자리를 잡으려 했었는데, 그의 불운이 그를 피해 가지 않았던 거지. 하는 일마다 실패했나 봐. 너도 알고 있고 기억하고 있는 그의 고상하고 자존심 강한 정신을 제외하고는 모든 것이 다 스러졌다는구나. 유럽 어디선가 결혼도 했던 것 같더라. 너도 알다시피 유럽에서는 그렇게 독특한 방식으로 결혼을 하잖니, 합리적 결혼이라고 부르잖아. 그러고는 곧 죽었다나 봐. 그의 말로는 그녀는 그저 그의 삶을 스쳐 지나간 것이라더라. 십 년 동안이나 뉴욕에는 발을 들여놓지 않았고, 몇 년 전에 돌아왔대. 그가 맨 처음으로 한 일이 내게 네 안부를 묻는 것이었어. 네가 결혼하지 않았다는 애기를 듣더니 깊은 관심을 갖는 듯 보였어. 너야말로 그의 인생의 진실한 사랑이었다고 하더라."

캐서린은 말을 끊지 않고 그녀가 이 얘기에서 저 얘기로, 이
번에서 얘기를 끊고 또 다음번까지 어렵사리 계속해나가도록
내버려두었다. 그녀는 눈을 바닥에 고정시킨 채 듣고 있었다.
하지만 마지막 말 이후 의미심장한 휴지가 이어졌고, 그러더
니 드디어 캐서린이 입을 열었다. 이런 반응을 보이기까지 캐
서린은 모리스 타운센드에 관한 실로 상당한 정보를 전해 들
었음을 감안해야 할 것이다. "제발 그만하세요, 제발 그 애긴
그만하세요."

"너 아무런 관심이 없단 말이니?" 페니먼 부인이 다소 겁에
질린 듯 짓궂게 물었다.

"나를 아프게 해요." 캐서린이 말했다.

"네가 그런 말을 할까 봐 나도 염려가 되더라. 그래도 이젠
익숙해졌다고 생각지 않니? 그는 진심으로 널 보고 싶어 해."

"그만하시라니까요, 라비니아 고모." 자리에서 일어나며 캐
서린이 말했다. 그녀는 재빨리 자리를 옮겨, 발코니 쪽으로 열
려 있는 다른 창가로 다가갔다. 그리고 그곳 창가에서, 하얀
커튼에 의해 페니먼 부인으로부터 가려진 채, 그녀는 오랫동
안 더운 어둠 속을 응시하며 그대로 서 있었다. 그녀는 너무나
큰 충격을 받았다. 그것은 마치 과거 속의 심연이 갑작스럽게
열리고, 유령 같은 존재가 그곳에서 걸어 나오는 것과 같았다.
그녀가 다 이겨냈다고 생각했던, 더 이상 살아 있지 않다고 믿
었던 감정들이었는데, 분명히 이 감정들 속에는 아직도 생명

력이 남아 있었다. 페니먼 부인으로 인해 이 감정들이 스스로 일어나 활동하기 시작했던 것이다. 하지만 그건 순간적인 흥분일 뿐이라고 캐서린은 스스로에게 말했고, 그것은 이제 곧 사라질 것이었다. 그녀는 떨고 있었다. 심장이 세게 고동쳤고, 그녀는 그것을 느낄 수 있었다. 하지만 이것 또한 가라앉을 것이었다. 그러더니 갑자기, 평온함이 다시 찾아들기를 기다리던 그녀는 울음을 터뜨렸다. 하지만 그녀의 눈물은 아무런 소리 없이 흘러내렸고 페니먼 부인은 아무것도 알지 못했다. 그날 밤 페니먼 부인이 더 이상 모리스 타운센드에 대한 얘기를 계속하지 않은 것은 어쩌면 캐서린이 울고 있으리라 생각했기 때문이었을지도 모른다.

제35장

이 신사에 대한 라비니아의 관심은 다시 살아났고, 그녀는 캐서린이 스스로 정해놓은 한계점 따위는 알지 못했다. 그녀의 관심은 충분히 오래 지속되었고, 그에 대한 얘기를 다시 입에 담기까지 꼬박 일주일을 더 기다릴 수 있게 했다. 전과 똑같은 상황에서 그녀는 한 번 더 그 화제로 포문을 열었다. 저녁이었고 그녀는 조카딸과 함께 앉아 있었다. 밤이 그리 덥지 않은 바로 이런 시간에만 등에 불이 켜졌고, 캐서린은 수예품 조각을 들고 등불 가까이 자리를 잡았다. 반 시간가량 발코니에 혼자 앉아 있던 페니먼 부인은 이내 안으로 들어오더니 망연히 방 안을 거닐었다. 드디어 그녀는 두 손을 꼭 쥐고 다소 상기된 얼굴을 하고서 캐서린 가까이에 있는 의자에 깊숙이 앉았다.

"그 사람 얘기를 다시 꺼내면 너 화낼 거니?" 그녀가 물었다.

캐서린은 말없이 그녀를 쳐다보았다. "그 사람이라뇨?"

"한때 네가 사랑했던 그 사람 말이야."

"화낼 일은 아니죠. 하지만 좋아할 만한 일도 아니에요."

"그 사람이 네게 편지를 보냈어." 페니먼 부인이 말했다. "네게 전해주겠노라고 약속했고 난 그 약속을 지켜야 할 입장이야."

캐서린은 그 모든 세월 동안, 자신이 고난에 처해 있었던 시절 페니먼 부인에게 고마워할 일이 거의 없었음을 잊을 만큼의 시간을 보냈다. 지나치게 나섰던 일에 대해 오래전에 그녀는 페니먼 부인을 모두 용서했다. 하지만 한순간 이런 식으로 간섭하고 빠져나가버리는 태도, 이렇게 편지를 받아 오고 또 약속을 지키려는 행동들이 페니먼 부인은 삶의 동반자로서는 위험한 존재라는 생각을 되불러왔다. 화내지 않겠노라고 얘기했지만, 한순간 그녀는 화가 났다. "고모가 한 약속이 어떻게 되든 난 아무 관심 없어요!" 그녀가 대답했다.

하지만 페니먼 부인은 거룩한 서약을 떠올리며 자신의 목적을 관철시켜나갔다. "되돌아오기엔 난 너무 멀리 가버렸다." 물론 이 말이 뭘 의미하는지에 대해 설명을 곁들이는 수고를 자청하지는 않은 채 그녀가 말했다. "캐서린, 타운센드 씨는 정말이지 널 보고 싶어 해. 그가 얼마나 널 보고 싶어 하는지, 왜 널 만나려 하는 것인지 네가 알게 된다면 너도 동의할 거다."

"그럴 만한 이유가 하나도 없어요." 캐서린이 말했다. "합당한 이유라곤 하나도 없어요."

"그의 행복이 달려 있는 문제야. 그건 합당한 이유가 되지 않겠니?" 페니먼 부인이 감정을 실어 물었다.

"내 경우는 아니에요. 내 행복과는 무관해요."

"그를 만나고 나면 네가 더 행복해질 거라고 생각해. 그는 곧 다시 떠날 거야. 방랑을 다시 시작한다고. 외롭고 불안하고 즐거움이란 없는 삶이야. 떠나기 전에 너를 만나서 얘기를 하고 싶은 거야. 그의 생각은 아주 단호해. 항상 이 생각을 품고 있었대. 네게 해야 할 아주 중요한 말이 있다고 했어. 네가 결코 그를 이해하지 못할 거라고 생각하고 있고, 그에게 정당한 판단을 내리지도 않을 거라고 말이야. 이런 믿음이 그를 무시무시하게 짓누르고 있나 봐. 자신의 입장을 설명하고 싶어 해. 단 몇 마디면 그럴 수 있을 거라 믿고 있고. 친구로서 널 보고 싶어 해."

캐서린은 일감에서 손을 놓지 않은 채 이 놀라운 연설을 듣고 있었다. 그녀는 이미 요 며칠간 모리스 타운센드의 존재를 현실로 인식하는 데 익숙해져 있었다. 얘기가 끝나자 캐서린은 명료하게 말했다. "날 이대로 내버려두라고 타운센드 씨께 전해주세요, 제발."

날카롭고 강한 현관 초인종 소리가 여름밤 사이로 퍼져 나갔을 때 캐서린은 아무런 할 말을 찾지 못했다. 캐서린은 시계를 올려다보았다. 아홉 시 반을 가리키고 있었다. 특히나 도심이 텅 비어 있는 상황이고 보면, 방문객으로서는 아주 늦은 시간이었다. 동시에 페니먼 부인은 약간 움찔하는 모습이었다. 다음 순간 캐서린의 눈은 재빨리 그녀의 고모를 향했다. 그녀의 눈이 페니먼 부인의 눈과 마주쳤고, 순간 그녀의 눈을 날카롭게 타진해 들어갔다. 페니먼 부인의 얼굴이 붉어졌다. 그녀는 뭔가를 알고 있는 모양새였다. 뭔가를 털어놓는 표정이었다. 캐서린은 그 뜻을 알아차리고는 재빨리 의자에서 일어났다.

"페니먼 고모." 함께 있는 상대방을 공포에 질리게 하는 어조로 그녀가 말을 꺼냈다. "고모 멋대로 하셨나요……?"

"내 사랑하는 캐서린." 페니먼 부인이 더듬거렸다. "잠깐만 기다렸다가 그를 만나보렴!"

캐서린은 그녀의 고모를 겁에 질리게 했고 스스로도 겁이 났다. 문가로 건너가는 하인에게 누구도 들이지 말 것을 주지시키기 위해 막 달려가려 했지만 방문객과 마주치게 될까 하는 두려움이 그녀를 제지했다.

"모리스 타운센드 씨입니다."

이것이 그녀가 망설이던 동안 하인이 희미하지만 알아들을 수 있게 전한 말이었다. 그녀는 거실 문을 등졌다. 잠시 동안 그녀는 그가 들어와 있음을 느끼며 그대로 서 있었다. 하지만 그는 아무 말이 없었고, 급기야 그녀가 뒤돌아보았다. 그리고 그녀는 방 한가운데에 서 있는 한 신사를 보았다. 그녀의 고모는 조심성을 발휘해 방을 빠져나간 상태였다.

그녀는 그를 알아보지 못했을 것이다. 그는 마흔다섯의 나이가 되었고, 더 이상 그녀가 기억하던 날씬하고 길게 뻗은 젊은이의 모습이 아니었다. 하지만 좋아 보였는데, 잘 드러난 가슴팍 위로 윤기 나는 아름다운 털이 뒤덮여 있어 더욱 좋아 보였다. 잠시 후 캐서린은 얼굴 위쪽으로 눈길을 주었는데, 이 손님의 풍성하던 머리카락이 드문드문해지긴 했으나 여전히 그는 놀랄 만큼 잘생긴 모습이었다. 그는 그녀를 응시하며 아주 예의 바른 태도로 서 있었다. "내가 감히, 내가 감히……." 그가 말을 꺼냈다. 그러더니 잠시 말을 끊고 주변을 둘러보는 것이었다. 그녀가 앉으라고 권하길 기다리는 것 같았다. 예전의 그 목소리였다. 하지만 예전의 그 매력은 더 이상 없었다. 일순간 캐서린은 그에게 자리를 권해서는 안 된다는 분명한 결심을 곱씹었다. 왜 온 걸까? 그가 온 건 잘못한 일이야. 모리스는 당혹스러웠지만 캐서린은 그에게 손을 내밀지 않았다. 그가 당혹해하는 것이 즐거웠던 것은 아니다. 정반대로 이는 그녀 안에 있는 일종의 책임을 자극했고, 그녀를 고통스럽게 했다. 하지만 그는 오지 말았어야 했다고 이렇게 확신하고 있는데 어떻게 그를 환대할 수 있단 말인가? "난 정말 간절했어요. 난 결심이 섰어요." 모리스는 말을 이어갔다. 하지만 그는 다시 말을 중단했다. 그도 쉽지가 않았다. 여전히 캐서린은 아무 말도 하지 않았다. 예전에 그녀가 보여줬던 침묵하는 능력이 불안스럽게 떠오른 것도 당연한 일이었다. 하지만 그녀는 계속 그를 지켜봤으며, 그러는 동안 아주 이상야릇하게 그를 관찰하는 것이었다. 그 사람이 맞는 듯도 하고 아닌 듯도 했다. 그녀의 전부였던 그 사람이다. 하지만 이 사람은 이제 아무것도 아니다. 정말 오래전 일이야. 그녀는 또 얼마나 나이가 들었고. 또 정말이지 오래 살아왔지 않은가! 그녀가 살아올 수 있었던 것은 그와 관련된 뭔가에 기댈 수 있었기 때문이었고, 그러는 동안 그녀는 그것을 하나씩 부수어나갔다. 이 사람 불행해 보이지 않아. 잘생겼고 많이 늙지도 않았어. 옷도 완벽하게 입었고, 성숙해지고 완전해졌어. 그를 바라볼수록 그의 인생 여정이 그의 눈동자에 그대로 드러났다. 이 사람은 자신을 학대한 적도 없고 억눌려본 적도 없어. 하지만 그녀의 생각이 이렇게 문을 열어젖히고 있는 동안에도 그를 붙들고픈 마음은 없었다. 그의 존재가 고통스러울 뿐이었고 그래서 그가 가주었으면 하는 것이 그녀의 유일한 바람이었다.

"자리에 앉지 않겠어요?" 그가 물었다.

"서 있는 편이 더 나아요." 캐서린이 말했다.

"내가 찾아온 것이 언짢은가요?" 그는 침울했고, 공경심이 넘쳐흐르는 어조로 얘기했다.

"당신이 오셨어야 했다고 생각하지 않습니다."

"페니먼 부인이 당신에게 말하지 않았나요? 내 전갈을 전하지 않던가요?"

"고모가 뭐라고 말하긴 했어요. 하지만 난 무슨 말인지 이해할 수 없었어요."

"내게 말할 수 있는 기회를 줄 수 있겠어요? 나에 대한 얘기를 좀 하게 해줘요."

"난 그럴 필요 없다고 생각해요," 캐서린이 말했다.

"어쩌면 당신을 위해서가 아니라 나 자신을 위해서겠죠. 상당한 위안이 될 거예요. 게다가 난 할 말이 많지도 않아요." 그는 가까이 다가오는 듯했다. 캐서린은 돌아섰다. "우리가 다시 친구가 될 수는 없을까요?" 그가 물었다.

"우린 원수가 아니에요." 캐서린이 말했다. "내가 당신에게 갖고 있는 것은 모두 다 우정 어린 감정들뿐이에요."

"아, 당신의 그 말씀을 듣는 것이 내게 어떤 행복을 안겨주는지 당신은 알까요!" 캐서린은 자신의 말이 갖는 영향력을 재보는 아무런 내색도 하지 않았다. 그러자 그는 곧 말을 이었다. "당신은 변하지 않았군요. 당신에게는 지나간 세월이 행복했나 봅니다."

"아주 조용한 나날이었죠." 캐서린이 말했다.

"세월이 흔적도 없이 지나갔어요. 당신은 눈부실 만큼 젊어요." 이번에는 그는 가까이 다가서는 데 성공했다. 그는 그녀 가까이 섰고 그녀는 향기롭고 윤이 나는 그의 수염을 바라보았다. 그 위로 자리한 그의 눈은 낯설고 냉랭했다. 그건 예전의 그의 얼굴, 젊었을 때의 그의 얼굴과는 아주 달랐다. 그녀가 맨 처음 보았던 그가 이런 모습을 하고 있었다면 그를 좋아하지 않았을 것 같았다. 그녀에게는 그가 웃고 있는 것처럼, 아니 웃으려고 애쓰는 듯이 보였다. "캐서린." 낮은 목소리로 그가 말했다. "난 당신 생각을 잊어본 적이 없소."

"부탁이에요, 그런 말씀 마세요." 그녀가 대답했다.

"날 혐오하오?"

"오, 아니에요." 캐서린이 대답했다.

그녀의 어조에 담겨 있는 무엇인가가 그를 낙담시켰지만 그는 이내 회복했다. "그렇다면 아직도 날 위한 약간의 친절은 남아 있는 거요?"

"난 당신이 왜 이곳에 와서 그런 질문을 하는지 모르겠어요!" 캐서린이 소리를 높였다.

"왜냐하면 우리가 다시 친구가 되는 것이 내가 오랜 세월 동안 간직해온 소망이기 때문이오."

"그런 일은 있을 수 없어요."

"왜 그런 거요? 당신만 허락한다면 그렇지 않아요."

"허락할 수 없습니다." 캐서린이 말했다.

그는 말없이 그녀를 쳐다보았다. "알겠소. 나라는 존재가 당신을 괴롭히고 고통스럽게 하는군요. 가겠소. 하지만 다시 와도 좋다고 허락해줘요."

"제발 다시는 오지 마세요." 그녀가 말했다.

"절대로? 절대로 말이오?"

그녀는 상당한 노력이 필요했다. 그녀는 그가 다시 그녀의 문지방을 넘는 일은 불가능함을 확실히 할 수 있도록 무언가 얘기할 수 있기를 소망했다. "당신 잘못하신 거예요. 당신이 이러는 것은 합당하지 않아요. 당신이 이럴 만한 아무런 이유도 없어요."

"아 소중한 여인, 당신 날 오해하고 있군요!" 모리스 타운센드가 외쳤다. "우린 그저 기다렸던 것뿐이고 이제 우린 자유로워진 거요."

"당신은 나에게 가혹했어요." 캐서린이 말했다.

"당신이 잘 생각해보면 그렇지가 않아요. 당신은 아버지와 평화로운 삶을 보냈잖소. 당신에게서 빼앗아서는 안 된다고 결심했던 게 바로 그것이었소."

"그래요, 난 평화로운 삶을 보냈어요."

그 밖에도 캐서린에게 뭔가 더 좋은 일들이 있었다는 말을 덧붙이는 것이 불가능함을 깨닫자 그는 자신의 근거에 치명적인 손상이 불가피함을 느꼈다. 말할 것도 없이 그는 슬로퍼의 유언 내용을 알고 있었기 때문이다. 그럼에도 불구하고 허둥댈 정도는 아니었다. "그보다 더한 운명들도 있어요!" 감정을 실어 그가 외쳤다. 아무런 보호도 받지 못하는 자신의 처지를 빗대어 말하는 것으로 들렸을 수도 있다. 그러더니 한층 깊은 온화함을 담아 그가 덧붙였다. "캐서린, 날 결코 용서하지 않았던 거요?"

"난 수년 전에 당신을 용서했어요. 하지만 우리가 다시 친구가 되려 한다는 것은 아무 소용없는 일이에요."

"우리가 예전 일을 잊어버린다면 그런 것만도 아니잖소. 우리에겐 아직도 미래가 남아 있잖소. 고맙게도 말예요!"

"난 잊을 수 없어요. 난 잊지 않아요." 캐서린이 말했다. "당신은 내게 가혹했어요. 난 그 아픔을 절절히 느껴야 했어요. 여러 해 동안이었죠." 그러더니 그녀는 그가 이런 식으로 다시 그녀를 찾아와서는 안 된다는 것을 알려줘야 한다는 생각에 말을 계속했다. "난 다시 시작할 수 없어요. 다시 시작할 수 없다고요. 모든 것은 그 생명력을 잃었고 잊혀졌어요. 그건 너무나 치명적인 것이었어요. 내 삶을 송두리째 뒤바꿨으니까요. 난 이곳에서 당신을 다시 보게 되리라고는 꿈에도 생각하지 않았어요."

"아, 당신 화를 내는군요!" 그녀의 고요함 속에서 어떤 열정의 빛을 억지로라도 끌어낼 수 있을 거라는 엄청난 기대를 모아 모리스가 소리쳤다. 그렇게만 된다면 그는 희망을 품어볼 만도 했다.

"아니에요. 난 화난 게 아니에요. 분노는 그런 식으로 수년간 계속해서 남아 있지 않죠. 하지만 다른 것들이 있어요. 인상은 오래 남죠. 강한 것들이라면 말입니다. 그렇지만 말씀드릴 수는 없군요."

모리스는 혼란스런 눈을 하고 턱수염을 쓰다듬으며 서 있었다. "왜 결혼은 하지 않은 거요?" 갑작스레 그가 물었다. "기회가 몇 번 있었잖소."

"난 결혼을 원치 않았어요."

"그렇겠죠. 당신은 부자인데다 자유로우니 말입니다. 당신이 얻을 건 아무것도 없었겠죠."

"아무것도 얻을 게 없었어요." 캐서린이 말했다.

모리스는 어렴풋이 주변을 둘러보더니 깊은 한숨을 쉬었다. "어쨌든 어쩌면 우리가 여전히 친구 사이일지도 모른다는 희망을 품었었소."

"당신의 전갈에 대한 답으로 내 고모를 통해 당신에게 말하려 했던 것은, 당신이 제 대답을 기다렸다면 말입니다. 당신이 그런 희망을 안고 찾아오는 것은 전혀 쓸모없는 일이라는 것이었어요."

"그렇다면 잘 있어요." 모리스가 말했다. "내 경솔함을 용서하시오."

그는 인사를 했고 그녀는 돌아섰다. 그가 방문을 닫는 소리를 들은 후로도 그녀는 잠시 동안 외면한 채 바닥을 응시하며 그곳에 서 있었다.

홀에서 그는 열망으로 흥분한 페니먼 부인을 발견했다. 그녀는 자신의 호기심과 위엄 사이의 양립할 수 없는 충동 속에서 갈팡질팡하고 있는 것처럼 보였다.

"이것이 당신의 고귀한 계획이었군요!" 모리스는 자신의 모자를 찰싹 때리며 말했다.

"그 아이가 그렇게 냉담하던가요?" 페니먼 부인이 물었다.

"그녀는 날 조금도 개의치 않습디다. 지독하고 인정머리 없이 냉담한 태도로 말이오."

"그렇게 매몰차던가요?" 페니먼 부인은 근심스럽게 쫓아 물었다.

모리스는 그녀의 물음은 거들떠보지도 않았다. 그는 모자를 쓴 채 잠시 생각에 잠겨 서 있었다. "그런데 말이야, 도대체 왜 결혼은 절대로 하지 않겠다는 거야?"

"맞아요. 정말 왜 그런 걸까요?" 페니먼 부인은 한숨지었다. 그러더니 이러한 해명이 부적절하다는 걸 알아차리기라도 한 듯했다. "하지만 당신 절망한 건 아니죠? 다시 올 거죠?"

"다시 와요? 미쳤어요!" 그러더니 모리스 타운센드는 페니먼 부인이 지켜보는 가운데 집 밖으로 걸어 나갔다.

그사이 거실에 남아 있던 캐서린은 수예품 조각을 집어 들었고, 다시 자리에 앉아 일을 계속했다. 평생 그렇게 있을 것처럼 보였다.

— 작가 인터뷰 —

소년, 예술과 사랑에 빠지다

Henry James

이 인터뷰는 Henry James, *The Art of the Novel*(Boston : Northeastern University Press, 1984) ; Henry James, "The Art of Fiction", James E. Miller (ed.), *Theory of Fiction*(Lincoln : University of Nebraska Press, 1972) ; *Henry James Autobiography : A Small Boy and Others · Notes of a Son and Brother · The Middle Years*, Frederick W. Dupee (ed.)(New York : Criterion Books, 1956) ; Leon Edel, *The Life of Henry James* 1, 2(Harmondsworth : Penguin Books Ltd, 1977) ; Frederick W. Dupee, *Henry James*(Toronto : William Sloane Associates, 1951) ; Harold Bloom (ed.), *Henry James*(New York : Chelsea House Publishers, 1987)를 참조하여 옮긴이가 가상으로 꾸민 것이다.

임정명_ 선생님, 참 반갑습니다. 무슨 꽃을 좋아하실지 몰라서 한참 망설였습니다. 노란 장미가 흐드러지게 피어 아름다웠어요. 마음에 드셨으면 좋겠어요.

제임스_ 상아색을 가득 안고 오셨군요. 제가 좋아하는 색입니다. 제게 행복을 주시는군요.

임정명_ 선생님께서는 작가 혹은 소설가보다는 예술가로 기억되길 더 원하시는 것으로 알고 있습니다. 작가와 예술가의 길이 다르다고 보시는지요?

제임스_ 어린 시절 헌트William Morris Hunt의 작업실을 형 윌리엄William James과 함께 찾았던 기억이 있습니다. 전 훌륭한 학생은 아니었어요. 당시 전 형의 그림 솜씨를 따라가지 못했으니까요. 하지만 그때 전 처음으로 미술을 통해 예술이라는 세계에 눈을 떴고, 어린 제게는 그 세계가 완전하고 만족스러운 것으로 보였어요. 우리가 삶의 어귀에서 만나는 느낌들과 인상들이 그림을 통해 몰라볼 만큼 아름답게 다시 태어날 수 있다는 것을 알게 되었던 것입니다. 참 매력적이더군요. 삶은 제게 아주 강렬하게 다가왔고 전 제 안의 인상들을 어떻게든 표현하고픈 충동을 느꼈어요. 그건 아주 진실한 느낌이었어요. 그래서 전 어떻게든 삶의 모습을 그려내기로 결심했던 겁니다. 그림으로든 글로든 제가 받은 인상을 담아내는 것이 제게는 중요했어요. 결국 삶이라는 하나의 대상을 놓고 그 대상을 바라보며 그것에서 받은 인상을 옮겨놓는다는 의미에서 소설가는 화가와 다르지 않다고 봅니다. 둘 다를 모두 예술가라 부를 수 있다고 생각합니다.

임정명_ 우리 안의 열정을 담아낸다는 뜻에서는 동일한 것이겠군요. 다만 예술가에 따라 그 그릇이 소설이 될 수도 있고, 그림이 되기도 하고, 또 음악이 될 수도 있다는 말씀이시군요. 선생님의 열정이 음악이나 미술보다는 유독 글쓰기를 통해 드러날 수 있도록 이끌어주신 분이 계셨을 것 같은데요?

제임스_ 사실 헌트의 작업실에서는 진지하게 그림에 몰입하지 못했어요. 제 그림은 아이들이 장난삼아 그리는 것처럼 보였을 것입니다. 때때로 한발 뒤로 물러서서 인상이 그림으로 재탄생되는 과정들을 가만히 지켜보던 순간도 많았어요. 관찰자의 역할을 했던 것이죠. 하지만 관찰자로든 화가로든 그곳에서의 경험은 이후 제가 작품 활동을 하는 데 밑거름이

되었다고 봐야 할 것입니다. 그리고 래 파지John La Farge와
의 우정도 말씀드리고 싶습니다. 저를 화가의 세계로 안내해
준 사람이 바로 그분이었어요. 제게는 그분의 우정과 지도와
협조가 절실했어요. 그분은 제게 기꺼이 글쓰기에 대해서도
이야기해주셨고 또 제 말을 귀 기울여 들어주셨어요. 아버지
가 아들에게 줄 수 있는 그런 공감을 제게 주셨던 분이에요.
나이도 저보다 일곱 살 많았고 세상을 더 잘 알고 계셨던 것으
로 기억합니다. 그분 스스로 창조적인 삶을 사셨고, 제게 삶의
비옥한 양분을 제공해주셨어요. 제가 그림 그리는 것을 좋아
하니까 그분은 제가 서툴게 그리도록 그냥 내버려두셨어요.
그러면서도 제가 글을 쓸 수 있도록 격려해주셨던 겁니다. 예
술이란 본질적으로 하나라는 것을 제게 가르쳐주신 분이 바로
그분이셨지요. 제가 발자크Honoré de Balzac와 메리메Pros-
per Mérimée, 브라우닝Robert Browning을 읽을 수 있었던
것은 바로 그분이 이끌어주셨기에 가능했어요. 그분과의 친
분으로 인해 저는 제 소년기를 참으로 풍요롭고 순수했던 시
절로 기억할 수 있지요.

임정명_ 가끔 그림을 그리시는지요?

제임스_ 아쉽지만 그렇지 못합니다. 어린 시절 이후 제게
있어 글 쓰는 일은 그림 그리는 일과 마찬가지의 기쁨을 주었
어요. 글쓰기에서 위안을 찾았던 거죠. 가끔씩 서툴게라도 좀
더 그림을 그렸으면 어땠을까 하는 생각을 해봅니다. 관찰자

로서 미술의 영역을 맴도는 데에는 분명히 한계가 있더군요. 제가 창조해내는 인물들도 그림을 좋아하는 애호가 수준에 머물러 있지요. 그들이 추구하는 심미적인 세계라는 것도 어디까지나 비전문가의 입장에서 예술품을 감상하는 선을 넘어서지 못합니다. 제가 의식적으로 선을 긋고 있지요. 제 인물들이 포스터E. M. Forster가 말하는 얄팍한 미학Sham Aesthetics의 미궁에서 헤매도록 하고 싶진 않습니다. 예술품 자체의 생명력을 감지하고 또 사랑할 수 있어야 하겠지요. 알지 못하고 느끼지 못한다면 소유하는 게 아무런 의미가 없어요.

임정명_ 예술품의 창조자로서 뚜렷한 색깔을 갖고 계시군요. 갑자기 고갱의 붉은색과 세잔의 붉은색이 각기 다른 인상을 담아내고 있다는 생각이 스칩니다. 결국 자신의 색채를 갖고 있지 않은 예술가는 잊혀지겠죠. 화가와 음악가, 작가를 모두 아우르는 예술가의 역할을 정의해주시겠어요?

제임스_ 예술가는 '악마 같은 관찰자'가 되어야 한다고 생각합니다. 보편적인 삶의 장면을 남김없이 관찰하되 명료한 정신을 가지고 철저히 그 장면들에 대해 숙고함으로써, 결국 그 장면 너머에 있는 이상적인 삶의 비전을 제시해야 하는 것이죠. 인간이 삶 속에 뒤엉켜 관계를 맺고 또 삶을 고찰해나가는 데 있어서, 삶을 더할 나위 없게 만들 수 있는 것은 바로 예술의 힘입니다. 삶을 한 차원 더 끌어올리는 것이죠. 이 과정에서 예술보다 더 강력하고 아름다운 힘을 발휘하는 것은 없어요. 평범한 삶의 장면들이 재료로 주어질 뿐이지만, 예술가는 빈약한 것보다는 풍요로운 것을, 검은 것보다는 흰 것을, 자그마한 것이 아닌 커다란 것을, 저속한 것이 아닌 고귀한 것을 포착해내야 한다고 믿습니다. 삶이 상당히 포괄적이며 혼란스러운 것인 만큼 예술가는 상당한 수준의 식별력을 갖고 정확한 선택을 해야 합니다. 어딘가에 묻혀 있는 뼈다귀를 찾아 본능적으로 정확하게, 산더미처럼 거대한 무언가의 주변을 넘새 맡는 개처럼, 예술가는 홀로 삶과 관계를 맺고 있는 견고한 숨은 가치를 찾아 나서야 하죠. 차이가 있다면 개들은 소멸시키기 위해, 먹어 없애기 위해 뼈다귀를 갈망하는 반면, 예술가들이 그들만의 가치에 취하는 것은 그 가치를 키워내고 결국 아름답게 꽃피우기 위함입니다. 예술가는 자신의 조그마한 삶의 뭉치 속에서 쓸모없는 부착물들을 씻어내고, 신성하면서도 견고하고 영원히 파괴되지 않는, 명확히 단언할 수 있는 바로 그런 의미를 피워내야 합니다. 그 의미가 꽃필 수 있도록 가장 행복한 기회를 만들어야 하는 것입니다.

임정명_ 말씀을 듣고 있자니 선생님께서 엄격한 청교도의 후손임을 떠올리게 됩니다. 혼란으로 가득한 복잡한 인간사를 꿰뚫어 보며, 그 속에서 삶을 '더할 나위 없게' 피워내기 위한 이상적 비전으로서의 의미를 추구해나가야 하는 것이 예술가의 직분이란 말씀이시군요.

제임스_ 그렇습니다. 무거운 의무입니다만 아름다운 것이기도 하지요.

임정명_ 선생님 작품이 독자들에게 얼마나 유명한지 아시죠? 특히 그 난해한 문체 말입니다. 간단하게 선생님께서 작품에서 표현하고자 하시는 비전이랄까, 주제를 말씀해주셨으면 합니다.

제임스_ 전 일생 동안 삶의 문제에 깊은 관심을 가졌습니다. 어떻게 살 것인가 하는 문제에 대해서 흔들림 없이 신념에 찬 답을 내리기가 쉬운 일은 아니죠. 주로 미국인과 유럽인 사이의 관계를 주목하면서 그 안에서 제가 얻어낸 해답은 우리 가슴 안에 끊임없이 순수하고 열정적인 삶에 대한 열망이 살아 있는 한 우리는 살아 있다는 것입니다. 어떻게 살아가야 하는가? 간단히 말씀드리죠. 삶은 하나의 고귀한 생명체입니다. 우리의 삶을 살아 있게 하는 것은 우리 내면의 열정입니다. 먼지를 털어낸 순수한 열정 말입니다. 전 그 열정을 담아내고 싶었습니다. 좀 더 구체적인 답을 원하신다면 이렇게 말씀드릴 수 있을 것입니다. 미국과 유럽 두 대륙의 상이한 문화적인 특성을 대비시키다 보니, 각각의 세계가 갖고 있는 문화적 한계가 포착되더군요. 저는 그 한계점에서 한 단계 더 나아가 서로 다른 두 세계의 문화적 특성을 조화시키면서도 동시에 그 한계점들을 넘어설 수 있는, 그러니까 먼지를 다 털어낸 삶의 자세를 추구하고 싶은 것입니다. 그러한 포용적인 안목으로 삶을 바라보아야만 우리는 자유롭고 풍부하게 삶을 체험할 수 있는 것이고 또 모든 인생을 남김없이 즐길 수 있는 것입니다. 어떤 이들은 제가 즐겨 쓰는 단어 중의 하나인 '독특한queer' 이라는 말을 들어 저를 동성애자라고 얘기하더군요. 우리의 삶은 모두 '독특'합니다. 우리 삶의 독특함이 마음에 들든 그렇지 않든 간에 우리는 삶의 독특함을 사랑해야 하는 것입니다. 한계에 갇혀 있을 때에는 그 독특함을 바라보기도 사랑하기도 쉽지 않아요. 하지만 우리는 한계를 넘어서야 하고 삶의 독특함을 직시하고 지켜내야 하며 또 그에 대한 순수한 열망을 멈추지 말아야 합니다.

임정명_ '한계'를 넘어서야 한다는 것을 특히 강조하셨습니다. 선생님께서는 미국적 인물을 통찰력 있게 묘사한 작가로 평가받는데요, 선생님께서 바라보신 동시대 미국인들의 한계를 어떻게 정의할 수 있을까요?

제임스_ 저는 제 아버님을 고귀한 사랑과 지성과 성실함을 고루 지녔던 분으로 기억합니다. 그분은 미국 사회에 만연해 있던 편협하고 경쟁적인 경향에 대해 뿌리 깊은 혐오감을 갖고 계셨어요. 자연히 저희를 교육하는 데 있어서도 저희들이 한 가지 직업의 굴레에 종속되기보다는 어떠한 구속으로부터도 자유로울 수 있는 사람이 되길 원하셨죠. 저 역시 아버님의 영향인지, 고도의 산업 국가로 급성장하고 있던 미국의 기계적이고 무감각한 사회적 특성이 불편했습니다. 미국 사회가 미국인들로 하여금 기계처럼 획일적이고 무감각한 생기 없는 삶을 살아가게 한다고 생각했습니다. 산업 국가로서의 미국은 엄격한 청교도적 양심이라는 철학을 바탕으로 하고 있습니다. 아널드Matthew Arnold의 표현을 빌리자면, 헬레니즘 Hellenism으로 대표되는 아름다움의 소명을 뒤로한 채 헤브라이즘Hebraism으로 대표되는 의무에의 소명에만 열중해 있었던 것이죠. 미국인 특유의 한계는 바로 '엄격한 양심'에 있습니다. 엄격한 청교도적 양심을 생의 철칙처럼 여기는 미국인들은 냉철한 이성에 기대어 단호하고 확고한 태도로 의무를 수행해나갑니다. 미국인들은 아무런 방해 요소 없이 현실을 개척해나가지만, 이들에게는 미의 세계를 담아낼 만한 지적 교양과 세련됨이 결여되어 있어요. 이 한계를 넘어서지 않는다면 그저 순진한 미국인에 불과하죠.

임정명_ 미국인 특유의 엄격한 청교도적 양심은 지켜내야 할 유산임에 틀림없지만 그 안에 안주해서는 안 된다는 말씀이시군요. 그렇다면 유럽인들로 대표되는 부류의 한계는 아름다움에의 소명에는 충실하되 의무에의 소명을 상대적으로 등한시한다는 것으로 이해하면 되겠습니까?

제임스_ 그렇다고 볼 수 있죠. 찬란한 유럽 문화의 정수를 고스란히 담고 있는 수많은 예술품들이 있고, 또 그 예술품을 꽃피워낸 예술가들의 정신이 곳곳에 가득 살아 있음으로 해서 유럽은 숨 쉬고 있습니다. 거대한 유럽 대륙의 유구한 역사적 유산은 로마의 폐허에서, 파리의 가난한 예술가들의 화실에서, 이탈리아 조각가의 작업실에서 여전히 이어져 내려오고 있어요. 미국인들은 단순히 '구매자'가 될 수는 있지만, 진정한 '상속자이자 소유자'가 될 수는 없지요. 하지만 이들 유럽인들에게는 찬미할 만한 도덕성이 결여되어 있습니다. 그렇다고 제가 의식적으로 도덕적 교훈을 앞세우는 베전트Walter Besant식의 단순하고 명확한 흑백 논리적 도덕성을 의미하는 것은 아닙니다. 저의 도덕성은 1870년대 말과 1880년대 초반에 이르러 급격히 성장했다고 봐야겠죠. 당시 전 파리의 문인들과의 빈번한 교류를 통해 그들의 급진적인 사상과 접하게 되었고 제 안의 도덕성을 다시 들여다보게 되었어요. 사실 그 이전만 해도 저는 모든 문학이 어느 정도는 도덕적이어야 한다는 신념 때문에 다소 관습적인 어휘들에 집착했고 때론 평범하고 진부한 견해에 관심을 보였었죠. 하지만 결론적으로 제가 생각하는 도덕성은 단순히 성적인 순결을 말하는 것은 아닙니다. 한마디로 '긍정적인 선함optimistic goodness'으로 정의할 수 있겠습니다. 긍정적이라는 것은 나와 다른 상대방의 독특함을 인정하고 존중한다는 의미이고, 선함이라는 것은 나와 상대방의 독특함을 바탕으로 더 나은 제3의 지향점을 이끌어내는 힘을 의미합니다.

임정명_ 그렇다면, 선생님 말씀대로 미국적인 순수한 양심과 유럽 문화의 아름다움을 지켜내고 이 두 세계를 포용하면서도 동시에 이를 넘어서서 더 나은 제3의 지향점을 향해 걸어가고 있는 인물로는 누구를 들 수 있을까요?

제임스_ 어려운 질문입니다. 제가 성공적으로 그려낸 인물이 항상 제가 아끼는 인물과 일치하는 것은 아니니까요. 전 가능성을 간직한 채로 일찍 삶을 마감해야 했던 사람들을 알고 있습니다. 특히 스물다섯 나이에 세상을 떠나버린 사촌 미니Minny Temple의 모습은 삶에 대한 순수한 열망을 지닌 미국인의 전형으로 아직도 제 안에 있습니다. 그녀는 제게 예술적 영감의 원천이었어요. 많은 인물들이 그녀에게서 태어났다고 봐야 할 겁니다. 《여인의 초상*The Portrait of A Lady*》의 랠프Ralph Touchett와 이사벨Isabel Archer, 그리고 《워싱턴 스퀘어》의 캐서린Catherine Sloper은 삶의 많은 가능성을 간직한 인물들입니다. 제 작품의 마지막 장을 뛰어넘어 이들의 삶은 계속되겠죠. 그들의 미래를 상상하며 전 만족합니다. 저는 마지막 장을 닫기 전에 이들에게 있는 힘껏 모든 가능성을 심어놓았어요. 이들에게서 때 아니게 일찍 시들어간 가능성을 꽃피우고 싶었습니다. 그러니까 참으로 위대한 것은 자신의 가능성을 끊임없이 인식하며 느끼고 또 살아나가는 것입니다. 이사벨과 캐서린은 그렇게 해나갈 것입니다.

임정명_ 이사벨과 캐서린 두 주인공에 대해서 독자들 사이에 의견이 분분합니다. 이사벨이 오스먼드Gilbert Osmond에게 돌아가는 결말만큼이나 다시 찾아온 모리스Morris Townsend를 캐서린이 거절하는 결말이 인상적이었습니다. 정확한 흑백 논리로 대상을 단정 짓기를 거부하시는 선생님 특유의 모호함, 또 그런 모호함을 통해 독자들에게 더 많은 삶의 가능성을 열어놓고자 하시는 선생님의 의도는 이해합니다만, 캐서린의 선택의 의미를 모호함을 해치지 않는 선에서 그려내 주실 수 있으신지요?

제임스_ 저는 캐서린이 자신의 삶의 무대를 스스로 엮어가는 여인으로 자라나기를 원했습니다. 삶에 가까이 다가서서 실제 삶에 충실하며 삶을 사랑하는 인물이 되어주길 바랐던 것이지요. 자유롭게 삶을 살아가고 사랑하기를 말입니다. 어린 시절 캐서린에게 있어 아버지라는 존재는 곧 그녀의 삶 전체를 의미했고, 그녀는 아버지를, 즉 삶을 아주 깊이 사랑했어요. 그녀에게는 아버지가 완벽한 아름다움의 세계였기 때문이죠. 뉴욕 최고의 내과 전문의로 명성을 쌓고 있던 그녀의 아버지는 재능과 학식을 고루 겸비한 엄격한 청교도적 양심의 소유자였어요. 그는 삶이 부여하는 모든 의무들을 성실하고 훌륭하게 수행하는 완벽주의자였고요. 예술적 취향도 뛰어나서 단순한 예술품 '구매자'의 수준을 넘어 진정한 '소유자'의 반열에 드는 인물이지요. 문제는 그녀의 아버지 슬로퍼Austin Sloper가 그 모든 장점에도 불구하고 타인의 독특함을 자신의 독특함만큼이나 사랑할 수 있는 선함을 갖고 있지 않았다는 것입니다. 캐서린에게 또 다른 완벽한 삶으로, 사랑으로 다가왔던 그녀의 연인 모리스 역시 자신의 독특함을 돌볼 뿐 타인의 독특함을 깊이 사랑할 줄 몰랐지요. 자신의 독특함을 읽어내지 못하는 아버지와 연인으로 인해 캐서린은 상처 입고 고통받게 됩니다. 시련은 그녀에게 왜 삶을 더 사랑해야 하는지, 또 어떻게 살아가야 하는지를 가르쳐주죠. 캐서린이 목숨처럼 사랑했고, 여전히 사랑하며, 앞으로도 사랑할 모리스를 돌려보내야 했던 것은 그에게 그의 삶을 스스로 사랑할 수 있는 기회를 주기 위해서라고 해야겠지요.

중요한 것은 삶과 직접 얽혀 들어가면서 필연적으로 마주하게 되는 그 모든 불확실하고 모호한 두려움에 과감히 맞서고 적극적으로 대응해나가는 태도입니다. 저는 모리스를 돌려보내는 캐서린에게 그러한 색채를 입히고 싶었어요. 삶에 대한 열정은 결국 그러한 것이니까요. 제가 한평생을 대가로 치르고 나서야 깨닫게 된 진리입니다.

임정명_ 말씀 정말 감사드립니다. 캐서린이 모리스를 다시 받아들인다는 것은 그를 거부하는 것보다 훨씬 손쉬운 선택이겠지만, 자신과 그 둘 다를 스스로의 한계 안에 가두는 일이며, 수동적으로 안주하게 하는 태도라는 말씀이시군요. 이제 알 것 같습니다.

선생님께서 작품에 구현해내신 정신세계는 사상이라기보다는 생각이나 느낌에 가깝습니다. 그래서 심오한 정신세계를 사상이라는 형식으로 표현해낸 도스토옙스키와 비교되기도 하는데요. 선생님께서 보여주신 생각이나 느낌은 도스토옙스키의 사상보다는 격렬함 면에서는 덜하지만 그 심오함 면에서는 결코 덜하지 않으며, 더 깊은 체념을 포함하고 있으면서도 우리의 미래에 더 유용한 도움을 주는 힘이 있다고들 얘기합니다. 우리 자신 같기도 하고 동생 같기도 한 캐서린의 선택을 통해 우리는 우리 자신의 오늘과 내일을 어떻게 살아가야 하는지, 우리가 왜 삶을 사랑해야 하는지를 배우게 됩니다. 귀한 말씀 감사합니다.

작 가 연 보

Henry James

당신이
파산하거나
불명예에 빠지거나
비웃음거리가 되거나
교수형을 당한다 해도,
그것으로 당신의 삶이 실패했다고 할 수는 없어요.
아무것도 아닌 삶을 사는 것,
그것이 실패한 삶이지요.
—헨리 제임스, 〈정글의 야수The Beast in the Jungle〉

헨리 제임스는 1843년 어느 봄날 뉴욕의 워싱턴 플레이스에서 자신을 '철학자'라고 부르는 헨리 제임스Henry James의 둘째 아들로 태어났다. 그는 자유로운 정신세계의 소유자였던 부친 덕택에 태어난 직후 2년간 유럽으로의 가족 여행에 동참하는 것을 시작으로 미국과 유럽 두 대륙의 문화와 전통을 자연스럽게 접하는 행운을 누리게 되고, 이러한 다국적 성장 배경은 국제적 작가로서의 그의 작품의 기본적인 토대가 된다. 에머슨Ralph Waldo Emerson을 비롯해 여러 초월주의자들과 두터운 친분을 쌓았던 부친은 자녀들에게 획일적인 미국식 교육의 틀을 강요하지 않았고, 대신 자녀들에게 세상을 직접 경험할 수 있는 기회를 빈번히 열어주려 했다.

열일곱 살 되던 해 가족이 뉴포트에 정착하면서 결정적으로 제임스를 글쓰기로 이끌었던 래 파지와의 두터운 친분이 시작된다. 제임스는 그를 통해 프랑스 문학과 호손Nathaniel

Hawthorne의 세계에 발을 들여놓는다. 이 시기 어느 날 우연히 인근 지역에서 발생했던 화재 진압 작업에 동참했던 제임스는 등에 상처를 입게 되고, 그때의 상처는 상당 기간 동안 그를 괴롭힌다. 결국 두 동생이 참전했던 남북 전쟁에도 참여할 수 없었을 뿐 아니라 일생 동안 그를 활동적이고 남성적인 영역에서 멀어지게 하는 결과를 낳았다.

하버드 대학에서 법학을 공부했지만 글쓰기에 대한 열정으로 문학에 뜻을 두게 되었고, 1864~1865년 익명으로 〈비운의 실수A Tragedy of Error〉를 발표한다. 이 시기에 《북미 비평 North American Review》지에 서평을 쓰기 시작한 후 《한 해 이야기 The Story of the Year》를 본명으로 발표하고 《네이션 Nation》지에도도 기고한다.

1869~1870년 다시 유럽 여행을 떠나 프랑스와 스위스, 이탈리아를 돌아본다. 문학적 영향을 주고받았던 조지 엘리엇 George Eliot과의 만남도 이때 이루어진다. 여행 중에 그는 어떤 면에서는 자신의 부모와 형, 동생들, 그 누구보다도 더 소중히 여겼던 사촌 미니 템플의 죽음을 전해 듣고 "그녀의 죽음으로 우리의 젊음은 완전히 끝이 났다"고 고백한다. 하지만 실제로 미니와 제임스가 사촌 관계를 넘어선 깊은 관계를 맺었던 것은 아니며 미니에 대한 제임스의 태도는 다소 일방적인 것이었다. 자주 편지를 주고받는 사이였던 것은 사실이지만, 미니는 제임스를 가끔씩 브라우닝의 시를 설명해주는 사촌, 또 자신을 올바른 길로 이끌어주는 조언자 이상으로는

생각하지 않았다. 하지만 제임스의 시선은 항상 미니를 향하고 있었고, 삶을 대하는 그녀의 강렬하고 적극적인 태도는 제임스의 의식에 깊은 인상을 남긴다. 특히 때 이른 죽음으로 인해 미니는 남다른 상상력의 소유자였던 제임스의 의식 속에 영원히 순수한 젊음의 뮤즈로 자리하게 된다.

1872~1874년 다시 유럽을 여행하며 《여행 스케치》와 단편 소설들을 쓰고 장편 소설의 토대를 닦기 시작한 제임스는 전문적인 작가로서 글을 써서 생계를 꾸려나갈 수 있게 된다. 1875~1876년 비중 있는 첫 장편 《로더릭 허드슨*Roderick Hudson*》이 미국에서 출판되고 이와 더불어 《뉴욕 트리뷴*New York Tribune*》의 통신원으로 일하게 된다. 이 시기에 제임스는 투르게네프Ivan Turgenev, 플로베르Gustave Flaubert, 도데 Alphonse Daudet, 졸라Émile Zola, 모파상Guy de Maupassant 등의 파리의 문인들과 교류하게 된다.

런던 피커딜리에 정착하기 직전 《뉴욕 트리뷴》 통신원을 사임하는데 통신원으로서의 생활은 제임스에게 《미국인*The American*》을 창작하는 토양이 되었다. 1년 뒤 1877년 다시 프랑스와 이탈리아 여행에 나선 제임스는 〈데이지 밀러Daisy Miller〉를 완성하고 영국과 미국에서 동시에 명성을 얻는다. 〈국제 이야기An International Episode〉와 《유럽인들*The Europeans*》을 발표한 후로는 그의 사적인 사교 모임과 시골 방문 계획 등이 공개될 만큼 명사로서 자리를 굳히게 된다. 1879년 미국의 문화와 문학 토양을 비판하는 《호손*Hawthorne*》의 발표를 끝으로 제임스의 작가로서의 전기 이력은 마감된다.

1881년 두 편의 성공적인 소설 《워싱턴 스퀘어》와 《여인의 초상》을 발표함으로써 제임스는 중기 이력을 쌓기 시작한다. 1881~1882년 미국을 다시 찾은 제임스는 뉴욕에서 큰 환대를 받는다. 1883년 14권의 소설 전집이 출판되고 이듬해 〈소설의 기예The Art of Fiction〉, 1886년에 《보스턴 사람들 The Bostonians》, 《캐서매시머 공주 The Princess Casamassima》가 발표되고, 1887년 제임스는 다시 이탈리아를 여행한다. 이후 〈대가의 가르침The Lesson of the Master〉, 《반사경 The Reverberator》, 〈애스펀 페이퍼스The Aspern Papers〉, 《비극의 여신 The Tragic Muse》을 차례로 발표한다.

1890년 연극으로 관심을 돌리고, 1891년 극으로 상연된 《미국인》이 런던에서 성공을 거둔다. 1895년 런던에서 《가이 돔빌Guy Domville》이 참담한 실패를 거두기까지 극에 대한 제임스의 열정은 계속된다. 1897년 《포인턴의 수집품들 The Spoils of Poynton》, 《메이지가 알고 있는 것 What Maisie Knew》을 쓰면서 비서에게 자신이 구술한 내용을 받아쓰게 하는 불러쓰기 작업을 시작한다. 1898년 서식스의 램 하우스에 정착하고, 〈데이지 밀러〉 다음으로 대중의 사랑을 많이 받은 〈나사의 회전The Turn of the Screw〉을 완성한다.

1899년 《설익은 시절 The Awkward Age》을 발표하면서 제임스는 작가로서 가장 완성된 모습을 보여주는 마지막 시기로 들어간다. 1901년에 《신성한 샘 The Sacred Fount》을 발표하고,

이듬해 자신이 사랑했던 사촌 미니에게서 받은 영감을 담은 《비둘기의 날개*The Wings of the Dove*》를, 그 후 1년 간격으로 〈정글의 야수The Beast in the Jungle〉, 《대사들*The Ambassadors*》, 《황금 잔*The Golden Bowl*》을 발표하며 제임스는 대가로서의 역량을 남김없이 발휘한다. 인물의 내면 심리를 정확하고 예리하게 파고들며 등장인물들의 의식의 끈을 난해한 문체를 사용하여 작품 속에 성공적으로 재현해냄으로써 제임스는 모더니즘의 의식의 흐름 기법을 이끈 작가로 평가받기에 이른다. 특히나 제임스 스스로 자신의 최고의 작품으로 평가했던 《대사들》과 독신으로 삶을 마감했던 제임스의 일생에서 뭇 여성들이 누리지 못했던 예외적인 찬미의 대상이었던 콘스탄스Constance Fenimor Woolson와의 관계를 회상하며 써 내려간 〈정글의 야수〉는 삶을 사랑하면서도 그 삶을 직접 소유하고 느끼기보다는 한발 물러서서 관찰자로서 지켜보며 자신만의 방식으로 인식하는 것으로 자신의 사랑을 표현하려 했던 제임스의 삶의 기록이다.

1904~1905년에는 20년간이나 걸음하지 않았던 미국을 다시 찾게 되고, 1906~1907년 18개의 작품에 서문을 붙이는 작업을 하는 동시에 1907년 발표한 《미국이라는 무대*The American Scene*》를 포함해 총 24권의 뉴욕 판 출간에 들어가지만 저조한 판매와 갖가지 질병으로 제임스는 힘든 나날을 보낸다. 이때 죽음의 세계를 시적 아름다움으로 담아낸 〈기쁨 어린 모퉁이The Jolly Corner〉를 쓴다.

1913년 제임스는 70세 생일에 지인들에게서 황금 잔을 선물 받는다. 절친했던 화가 사전트John Singer Sargent는 제임스의 생일을 기념해 그의 초상화를 완성한다.

자서전 《작은 소년 그리고 다른 사람들A Small Boy and Others》을 저술하고, 1차 대전이 발발한 1914년 《아들과 형제로서의 기록Notes of a Son and Brother》을 쓰고, 전쟁의 상처를 안고 살아가는 이들을 찾아 병원과 보호소를 방문한다. 전쟁 중이던 1915년 '이방인'이라는 꼬리표를 떼기 위해서인지 영국 시민으로 귀화하고, 같은 해 12월 심한 발작 증세로 고통을 겪는다.

1916년 12월 사망한 제임스는 뉴욕 첼시의 교회에서 장례식이 거행된 후 매사추세츠 캠브리지의 가족묘에 묻힌다. 사후인 1917년 자서전 《중년의 나날들The Middle Years》과 미완의 소설인 《상아탑The Ivory Tower》, 《지나간 것에 대한 느낌The Sense of the Past》이 발표됨으로써 제임스의 작가로서의 생애는 마무리된다.

1) 뉴욕 만(灣)을 가리킨다.
2) 배터리 지역은 맨해튼 섬의 남쪽 끝에 위치한 지역으로 공원이 들어서 있었다.
3) 커낼 가는 브루클린 다리에서 북쪽으로 몇 블록 떨어져 있다.
4) 슬로퍼의 두 여동생 중 올먼드Almond 부인이 손아래인 것으로 소개되고 있는데, 이는 6장에서 올먼드 부인을 손위라고 표현한 것과 모순된다. 주 7)을 참조하라.
5) 포킵시는 뉴욕 북부의 작은 지역으로 배터리 지역에 비해 개발이 더뎠다.
6) 워싱턴 스퀘어는 1828년에 대중을 위한 공원 단지로 조성되었으며 1830년대에 고풍스러운 저택들이 들어서면서부터 뉴욕 상류 사회의 주거지로 자리 잡게 된다.
7) 원문에는 "여동생들 중 손위인 올먼드 부인the elder of his sisters, Mrs. Almond"이라고 되어 있다. 이는 올먼드 부인을 페니먼Penniman 부인의 손아래 동생으로 소개한 2장의 설정과 모순된다. 제임스 자신이 둘째 아들이었고, 모든 면에서 자신보다 우월했던 맏형 윌리엄에 대한 중압감에 평생 동안 시달렸던 전기적 사실을 고려하면 제임스 작품 속의 맏이들이 하나같이 둘째보다 열등하게 묘사되는 것을 이해할 수 있다. 슬로퍼의 아내를 제외하고는 가장 분별력 있는 여인으로 그려지는 올먼드 부인은 페니먼 부인에 비해 작가의 사랑을 더 많이 받는 여성으로, 두 자매 중 어린 쪽에 속한다는 것은 제임스의 전기와 그가 그려낸 많은 인물들을 고려할 때 이론의 여지가 없다. 따라서 이를 "연장자다운"으로 옮기는 것이 모순을 최소화하는 것이라고 판단한다.
8) 바워리는 맨해튼 남쪽에 위치한 지역으로 19세기만 해도 수많은 음악 홀이 들어서 있었다. 20세기 들어서 이 지역이 겪은 경제적 침체는 당시만 해도 찾아볼 수 없었다.

옮긴이에 대하여

    제임스를 읽고 연구하는 제임스 탐미가의 길을 걸으며, 제임스의 작품에 그려진 삶의 문제 연구로 고려대에서 석사 논문 〈*The Ambassadors* 연구〉와 박사 논문 〈Henry James의 이상적 삶의 비전〉을 쓰는 동안 그녀는 《여인의 초상》, 《대사들》, 《비둘기의 날개》, 《황금 잔》, 《상아탑》 등 제임스의 중·후기 대표작을 아우르는 열정을 담아 제임스가 일생을 통해 표현하고자 했던 삶의 메시지를 포착해내는 데 몰두했다. 그녀는 영화로 만들어진 제임스의 작품에도 깊은 관심을 보이고 있는데, 많은 독자들과 더불어 자신의 세계를 나누고자 했던 제임스의 진솔한 열망을 이루어낼 수 있는 가능성을 영화에서 보았기 때문이다. 그리하여 《《비둘기의 날개》 고찰 : 제임스 대중화 방안〉을 써서 그 가능성의 가깝고도 먼 실제를 짚어내려 했다. 현재 그녀는 제임스 소설을 영화로 옮긴 작품들을 분석하며 제임스를 보다 널리 알릴 수 있는 길을 모색 중이다. 제임스의 많은 대표작들을 뒤로하고 중기 대표작 중의 하나인 《워싱턴 스퀘어》를 선택해 번역한 것도 제임스를 처음 접하거나 그를 어려운 작가로만 기억하고 있는 독자들이 가벼운 발걸음으로 제임스와 만날 수 있기를 바랐기 때문이다.

    현재 고려대에 출강하고 있는 그녀는 학생들과 《워싱턴 스퀘어》를 함께 읽던 겨울, 〈정글의 야수〉를 읽던 여름, 그들이 보여준 제임스에 대한 진지한 애정의 기억이 있어 제임스 탐미가로서의 길이 외롭지 않다. 또 제임스가 후기 대표작들을 집필하며 만년을 보냈던 서식스 한 모퉁이 램 하우스를 방문했던 기억이, 램 하우스로 이르는 인어길Mermaid Road을 오르내리던 추억이 그녀 안에 살아 있는 동안 그녀는 제임스를 놓을 수 없을 것 같다.

anais1516@hotmail.com

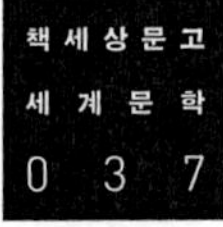

책세상문고
세계문학
0 3 7   워싱턴 스퀘어

초판 1쇄 발행 2007년 1월 20일
초판 2쇄 발행 2020년 12월 10일

지은이 헨리 제임스
옮긴이 임정명

펴낸이 김현태
펴낸곳 책세상
등록 1975. 5. 21 제1-517호
주소 서울시 마포구 잔다리로 62-1, 3층(04031)
전화 02-704-1250(영업) 02-3273-1334(편집)
팩스 02-719-1258
이메일 editor@chaeksesang.com
광고·제휴문의 creator@chaeksesang.com
홈페이지 chaeksesang.com
페이스북 /chaeksesang   트위터 @chaeksesang
인스타그램 @chaeksesang   네이버포스트 bkworldpub

ISBN 89-7013-608-0 04840
      89-7013-373-7 (세트)

· 잘못되거나 파손된 책은 구입하신 서점에서 교환해 드립니다.
· 책값은 뒤표지에 있습니다.